NV

パイレーツ
—掠奪海域—

マイクル・クライトン
酒井昭伸訳

早川書房
6993

PIRATE LATITUDES

by

Michael Crichton

Translated by
Akinobu Sakai
Published 2012 in Japan by
HAYAKAWA PUBLISHING, INC.
This book is published in Japan by
arrangement with
JANKLOW & NESBIT ASSOCIATES
through JAPAN UNI AGENCY, INC., TOKYO.

目次

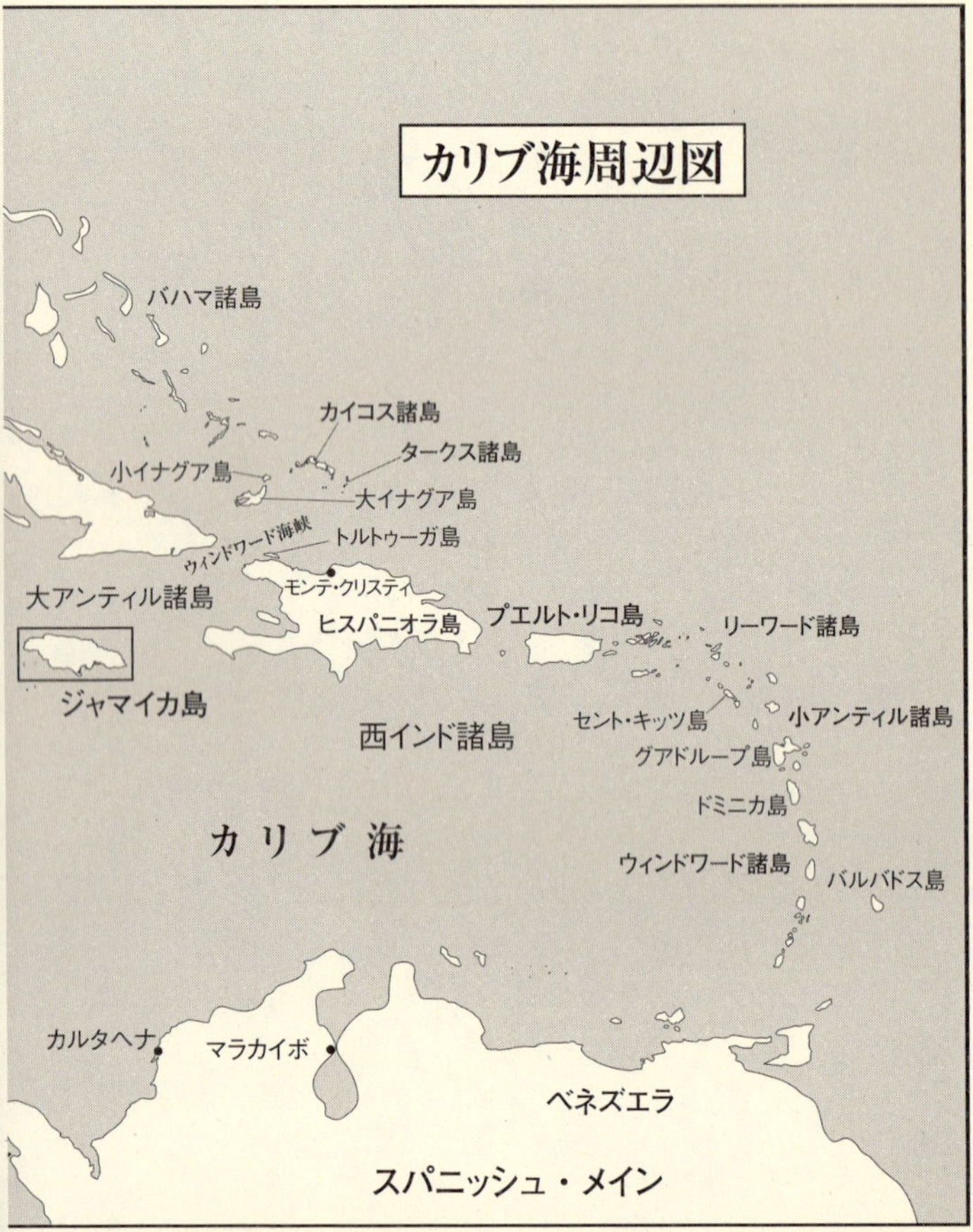
カリブ海周辺図
バハマ諸島
カイコス諸島
タークス諸島
小イナグア島
大イナグア島
ウィンドワード海峡
トルトゥーガ島
モンテ・クリスティ
大アンティル諸島
ヒスパニオラ島
プエルト・リコ島
リーワード諸島
ジャマイカ島
西インド諸島
セント・キッツ島
小アンティル諸島
グアドループ島
ドミニカ島
カ リ ブ 海
ウィンドワード諸島
バルバドス島
カルタヘナ
マラカイボ
ベネズエラ
スパニッシュ・メイン

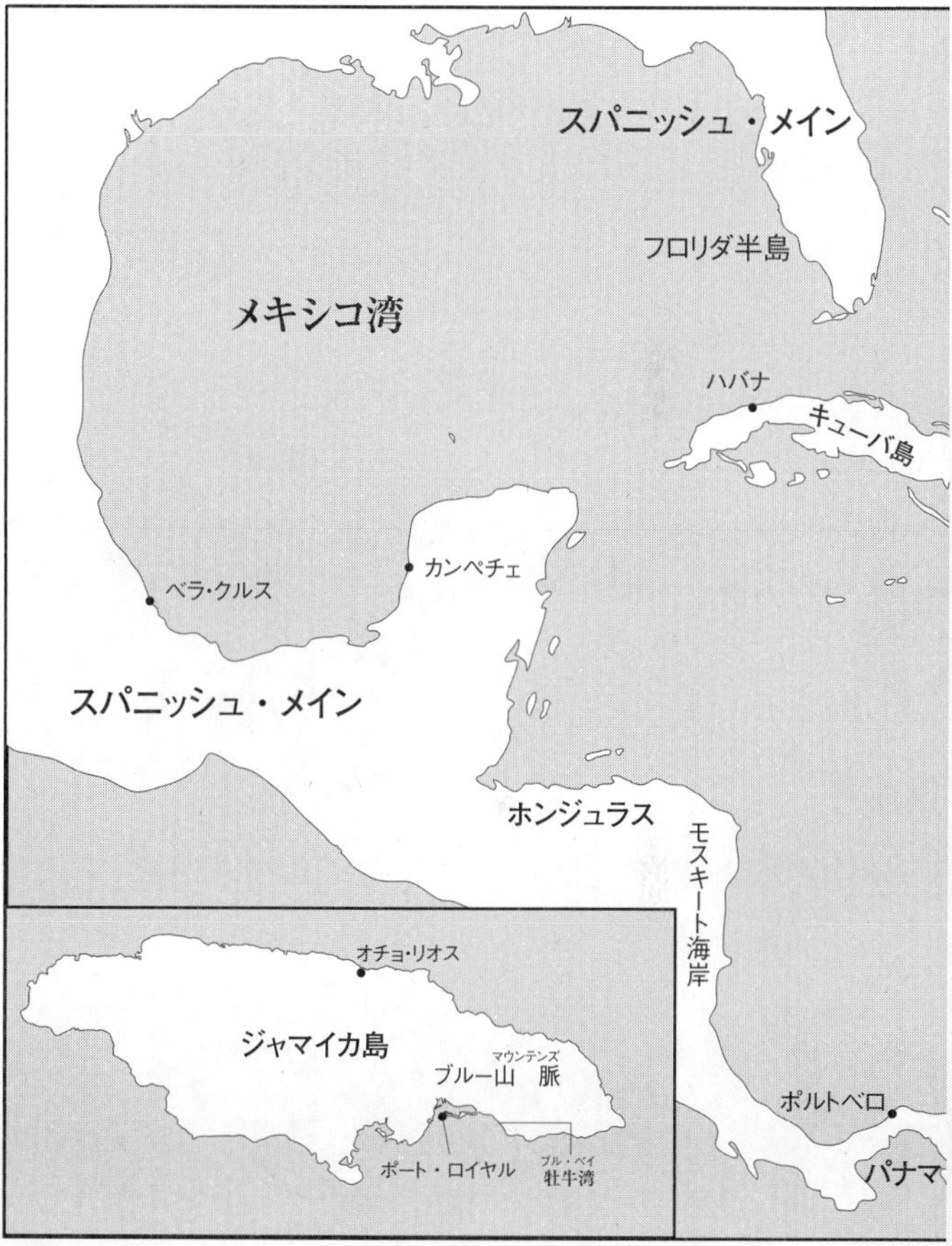
スパニッシュ・メイン
フロリダ半島
メキシコ湾
ハバナ
キューバ島
カンペチェ
ベラ・クルス
スパニッシュ・メイン
ホンジュラス
モスキート海岸
ポルトベロ
パナマ
オチョ・リオス
ジャマイカ島
ブルー山脈《マウンテンズ》
ポート・ロイヤル
牡牛湾《ブル・ベイ》

パイレーツ
―掠奪海域―

登場人物

チャールズ・ハンター……………私掠船カサンドラ号船長
ドン・ディエゴ…………………火薬の専門家。通称〈ユダヤ人〉、〈黒斑眼《ブラック・アイ》〉
エンダーズ………………………天才的な航海士。床屋。外科医
レイジュー………………………水先案内人
サンソン…………………………カリブ海一の冷酷な殺し屋
〈ムーア人〉……………………怪力の巨漢。バッサとも呼ばれる
〈ウィスパー〉…………………元私掠船船長
サー・ジェイムズ・オルモント……ジャマイカ総督
レディ・サラ・オルモント…………サー・ジェイムズの姪
ロバート・ハクレット……………書記官
エミリー…………………………ロバートの妻
スコット…………………………フォート・チャールズ守備隊司令官
チャールズ・モートン……………商船ゴッドスピード号船長
リチャーズ………………………サー・ジェイムズの召使い
アン・シャープ…………………同小間使い
ルイシャム………………………海事裁判所判事
フォスター／プアマン……………商人
ドッドスン………………………フォート・チャールズ守備隊副司令官
ジェイムズ・フィップス……………商船の船長
カサーリャ………………………マタンセロス島スペイン守備隊司令官
ボスケ……………………………同砲術長

第一部　ポート・ロイヤル

1

イングランド国王チャールズ二世により、ジャマイカ総督に任命されたサー・ジェイムズ・オルモントは、朝早くから起きだす習慣が身についている。ひとつには、すでに初老の男やもめであり、ひとつには痛風の痛みでろくに眠れないためだが、そのほかにもうひとつ、植民地ジャマイカの気候に適応したという理由もあった。この地では、陽が昇ったとたん、温度も湿度も一気に高くなるのである。

一六六五年九月七日、サー・ジェイムズは毎朝の習慣にしたがって、総督官邸三階にある居室部分の寝室で目を覚まし、窓辺に歩みよると、きょうの天気模様を眺めた。総督官邸は総煉瓦《れんが》造りの頑丈な建物で、屋根は赤いタイルで葺《ふ》いてある。ポート・ロイヤルで三階建ての建物は、唯一、この官邸だけだ。下では点灯夫たちが通りをめぐり歩き、夜通し灯されていた街灯を消してまわっていた。リッジ・ストリートでは、守備隊の兵士たちが早朝の巡回を行なっており、地べたに倒れた酔っぱらいを拾ったり、死体を回収したりしている。窓の真下に目を向ければ、官邸一階の前を、水運搬用の樽を積んだ馬車がごとごとと通りすぎていくのが見えた。数マイル離れたコブラ川《リオ・コブラ》まで真水を汲みにいくのだ。以上の動きを除けば、ポート・ロイヤルはひっそりとして、夜更けまでどんちゃん騒ぎをやらかした酔っぱらいの最後のひとりが前後不覚に陥ったのち、港のまわりで早朝の商いの喧噪がはじまるまでの、ひとときの静寂を楽しんでいた。

町のごみごみしたせまい通りから目を離し、総督は港へ目を向けた。そこに見えるのは、波に揺られるマストの林だ。港には大小さまざまな大きさの船が何百隻もひしめいている。桟橋《さんばし》に舫《もや》われてある船もあれば、乾船渠《ドック》に引きあげられている船もある。沿岸から向こうの海原へ視線を移すと、沖合のラカムズ礁《リーフ》付近に、イングランドから到着したばかりの、二本マストの商船《ブリッグ》が停泊しているのが見えた。どうやら、夜のうちに到着したものの、ポート・ロイヤルの桟橋へ接岸するのは夜明けまで待つことにしたらしい。サー・ジェイムズが見ているあいだにも、商船の各中檣帆《トップスル》が展張されていった。要塞《フォート》チャールズの船着き場からは、商船を埠頭まで曳航するため、二隻の長艇《ロングボート》が漕ぎだしていこうとしている。

オルモント総督こと、地元の通称〈十分の一税ジェイムズ〉は——この呼び名は、総督が私腹を肥やすため、獲物を襲ってきた私掠船に対し、戦利品の十分の一を拠出せよと求めることからきている——窓に背を向け、痛風で痛む左脚を動かしつつ、おぼつかない足どりで部屋を横切っていき、洗面所に足を踏みいれた。商船のことはたちまち意識から消えうせた。というのも、この特別の朝、サー・ジェイムズは絞首刑の執行という、あまり気乗りしない務めをはたさなければならなかったからである。

つい先週、兵士たちが、ルクレールというフランスの悪党を逮捕した。取り調べをさせたところ、この男はジャマイカ島北部の沿岸にある入植地オチョ・リオスで海賊行為を働いていたことがわかった。

そして、その襲撃を生き延びたわずかな住民の証言により、ルクレールは死刑を宣告され、ハイ・ストリートにある公共絞首門で処刑されることになったのである。オルモント総督は、このフランス人にもその処分にもまるっきり興味がなかったが、総督である以上、処刑には立ちあわねばならない。したがって、これから待っているのは、不愉快な公務の朝だ。

総督つきの召使い、リチャーズが部屋にはいってきた。

「おはようございます、閣下。お目覚めの赤ワイン《クラレット》でございます」

あいさつをしながら、リチャーズはグラスを差しだした。

サー・ジェイムズは一気に赤ワインを飲み干した。そのかたわらで、リチャーズが洗面所の用意をととのえはじめる。薔薇《バラ》水を満たしたボウルと、香り高い銀梅花《ギンバイカ》の実のペーストを盛ったボウルがひとつずつ。そのほかには、歯みがき粉を入れた小さめのボウルがひとつ。その横に歯みがき布を置く。サー・ジェイムズが身支度にかかると、リチャーズは香りづけ用のふいごをシュッシュッと動かし、室内に香気をふりまきはじめた。これはリチャーズの毎朝の日課となっている。

「縛り首をするには、暑い日になりそうでございますね」リチャーズがいった。

サー・ジェイムズはのどの奥でうめいた。同感だ、という意味だ。それから、ギンバイカの実のペーストをすくい、すっかり薄くなった頭髪にすりこみはじめた。オルモント総督は五十一歳。十年前から、髪が薄くなってきている。とくに容姿にこだわるほうではないし、どのみち、ふだんは帽子をかぶっているので、頭髪の薄さが目だつことはない。それでも、抜け毛対策には気を配っていた。ここ数年、彼が好んで使っているのはギンバイカの実で、これはプリニウスの『博物誌』にも出てくる伝統的な養毛剤だ。ほかには、白髪予防のため、オリーブオイル、灰、ミミズのペーストをすりこむこともある。もっとも、このペーストはかなり悪臭を放つので、塗布を怠りやすい。

サー・ジェイムズは薔薇水《バラ》で髪をすすぎ、タオルでぬぐうと、鏡に映して顔をあらためた。ジャマイカ植民地における最高位の行政官——そんな立場から得られる特権のひとつは、この島で最高の鏡を持てることにある。鏡の大きさは一フィート四方もあり、品質も上等で、歪みも傷もない。この鏡は、昨年、ロンドンから島のとある商人のもとへ送られてきたさい、なんのかのと口実をでっちあげ、総督権限で取りあげてしまったものだ。サー・ジェイムズという人物は、ためらうことなくこの手の横車を押す。それどころか、こういう横暴こそ、地域社会での尊敬を勝ちとる秘訣だと感じていた。じっさい、前総督のサー・ウィリアム・リットンからも、ロンドンにいたさい、こんな警告を受けている。

〝ジャマイカというところは、過剰なモラルが重荷になる土地柄なんだよ〟

ここ数年は、このことばを思いだすことが多い。みごとなまでにこの地の実態を暗示することばだからである。サー・ジェイムズ自身は、それほどことばが巧みなほうではない。というよりも、他人が心地よく感じる物言いができない。極度の癇癪《かんしゃく》持ちでもある。その激しやすさを、当人はいつも痛風のせいにしていた。

鏡に映った自分をしげしげと見つめて、そろそろ床屋のエンダーズのところへいかねばな、と思った。いいかげん、あごひげの手入れをさせなくては。サー・ジェイムズは、けっしてハンサムな人間ではない。〝イタチのように細長く尖《とが》って、鼻の突きでた〟顔の持ち主だ。あごひげをたっぷりとたくわえているのは、そんな独特の顔つきをごまかすためだった。

鏡に映る顔を眺めて、ひとつうめいてから、こんどは歯に注意を向けた。指を一本濡らし、歯みがきペーストにつけ――これはウサギの頭骨、ザクロの皮、モモの花をそれぞれ粉にし、練り合わせたものだ――歯に塗りつけていく。そのあいだ、ずっと鼻歌を歌っていた。

窓ぎわのリチャーズが、港に近づいてくるブリッグ船を眺めやった。

「あの商船、安全祈願号《ゴッドスピード》と申しますそうで」

「ふうん？」

サー・ジェイムズは薔薇水をすこし含み、口をすすいでから、歯みがき布で歯をぬぐった。この布はオランダ産の高級な歯みがき布だ。生地は赤いシルクで、レースの縁どりがつけてある。同じような歯みがき布を、以前は四枚持っていた。これもまた、この植民地における特権的な地位の、ささやかな役得といえよう。もっとも、そのうちの一枚は、無神経な若い下女にだいなしにされてしまった。あろうことか、その女は現地人のやりかたで洗濯をし、石で布をたたきつづけたあげく、繊細な生地をぼろぼろにしてしまったのである。この土地では、よい使用人を見つけることはむずかしい。それもまた、前任のサー・ウィリアムから聞かされていたとおりだった。

ただし、このリチャーズだけは例外だ。召使いとして、これほど得がたい人材はいない。スコットランド人なのにきれい好きで誠実、なにかと頼りになる。町のうわさ話やできごとも聞きこんできてくれるため、ふつうなら総督の耳にははいらないような椿事《ちんじ》まで把握することができる。

「いま、ゴッドスピード号といったか？」

「はい、申しました」

本日、サー・ジェイムズが着ていく服をベッドの上にならべながら、リチャーズは答えた。

「すると、わしの新しい書記官が乗っているんだな？」

先月の連絡便によれば、ゴッドスピード号は新書記官、ロバート・ハクレットという男を運んでくることになっている。聞き覚えのない名前だったが、顔を合わせるのが楽しみではあった。ルイスが赤痢《せきり》で死んで、書記官なしで仕事をするはめになってから、もう八カ月もたっているからだ。

「さようにぞんじます」とリチャードは答えた。

サー・ジェイムズは化粧をはじめた。最初に白粉《おしろい》を塗る。これは白鉛を酢で練ったもので、顔と首に塗り、流行の青白さを演出するのに使う。つぎに、頬と唇に化粧料《フューカス》を塗った。これは海藻《かいそう》と赭土《オーカー》から作った赤い染料だ。

「絞首刑は延期なさいますか？」

薬用オイルを差しだしながら、リチャーズがたずねた。

「いや、延期はすまい」

サー・ジェイムズは答え、顔をしかめてスプーン一杯のオイルを飲んだ。赤犬から取ったこのオイルは、ロンドンで某ミラノ人が調合したもので、痛風に効くことで知られる。薬効を期待して、サー・ジェイムズは毎朝欠かさず、このオイルを服用していた。

つぎは、本日の公務にふさわしい服を着る番だ。

リチャーズは適切にも、総督用のいちばん上等な衣装を選びだしていた。まずはじめに、上等な純白のシルクのシャツに袖を通し、薄青い脚衣《ホーズ》をはく。つづいて、緑のベルベットの胴衣《ダブレット》を身につける。しっかり詰め物がしてあるため、とんでもなく暑いが、公務のあいだはこれを着ないわけにはいかない。最後に、いちばん上等の羽つき帽子をかぶり、正装は完了した。

これだけの身支度をするのに、小一時間。開いた窓からは、眼下で目覚めはじめた町の、早朝の喧噪や叫び声が聞こえていた。

一歩あとずさって、おかしなところはないかをリチャーズにあらためさせた。リチャーズは襟の皺《しわ》をととのえ、満足げにうなずいた。

「スコット司令が、お乗り物の用意をすませてお待ちでございます、閣下」

「よろしい」

サー・ジェイムズはゆっくりと歩きだした。一歩歩くごとに、左足のつま先に刺すような痛みが走る。装飾的な厚手のダブレットを着ているせいで、早くも汗をかきはじめていた。顔の横と耳の下には、流れ落ちた化粧が筋を引いている。

そんな状態で、玄関の前で待つ公用馬車をめざし、ジャマイカ総督は官邸の階段を降りていった。

2

痛風持ちの男にとっては、玉石敷きの道を馬車で移動するだけでも——それがいくら短い距離であろうとも——たいへんな苦痛をともなう。ほかの理由はさておき、この理由だけで、絞首刑の儀式に立ちあう気にはなれない。それにもうひとつ、サー・ジェイムズが絞首刑をきらう裏には、自分の支配地のまっただなかへ入っていかねばならないという理由もあった。彼としては、自室の窓の高みから下界を見おろしているほうが、はるかに好ましいのである。

一六六五年のポート・ロイヤルは、建設されてまもない新興都市だ。クロムウェルの命《めい》を受けた遠征で、イングランドがスペインからジャマイカ島を奪ってから、今年で十年。この十年のうちに、ポート・ロイヤルは著しい変化をとげ、みすぼらしくて荒廃して病気の蔓延する砂地の小村から、やはりみすぼらしくはあるものの、八千人の人間がひしめき、殺しが横行する、人口過剰の町へと変貌していた。

いまのポート・ロイヤルが裕福な町であることは否定しようのない事実が——なかには、世界一裕福な町だという者さえいる——だからといって、住み心地がよいとはかぎらない。イングランドからの船がバラストとして運んできた玉石を敷きつめて舗装した街路もなくはないが、それはまだ数えるほどだ。ほとんどの街路は轍《わだち》だらけのせまい未舗装路で、いたるところにゴミや馬糞がころがって悪臭を放っており、大量の蠅《ハエ》と蚊《カ》がうるさく飛びまわっている。

びっしりと建ちならぶ木造や煉瓦積みの家屋は、造りが粗雑なばかりか、使用目的も粗野きわまりない。延々と連なるのは、酒場に居酒屋、賭博場に売春宿ばかり。やってくる客は、地元の船乗り千人と、そのときどきに上陸している寄港中の船乗りたちで占められる。それ以外の建物はといえば、合法的な商店がほんのひとにぎりあるほかは、町の北のはずれに、前総督サー・ウィリアム・リットンがいみじくも表現したごとく、〝訪れる者とてめったにない〟教会が一軒あるのみだ。

もちろん、サー・ジェイムズ以下、総督官邸の者たちは、地域社会の少数の敬虔《けいけん》な信者とともに、日曜日には礼拝へいく。しかし、せっかくの説教だというのに、途中で中止になる日もめずらしくない。酔っぱらった船乗りが乱入してきて、冒瀆《ぼうとく》的なことばや罵《ば》倒《とう》をわめきちらす例があとを絶たないからである。いちど、鉄砲をぶっぱなされたこともある。サー・ジェイムズはその男を取り押さえさせ、事件後二週間にわたって監獄にぶちこんでおいた。

もっとも、この地で刑罰を執行するには、それなりの慎重さが必要になる。ジャマイカ総督の権威は、これもまたサー・ウィリアムのことばを借りるなら――〝羊皮紙のかけらほども薄っぺらでもろいもの〟だからだ。

国王の命《めい》で任官した直後、まだロンドンにいたサー・ジェイムズは、サー・ウィリアムと引き継ぎの晩餐《ばんさん》をともにした。そのさい、サー・ウィリアムからは、ジャマイカ植民地での仕事がどのようなものかをいろいろ聞かされた。新総督たるサー・ジェイムズは、注意深く耳をかたむけ、頭では理解したつもりでいたが、いざ新世界にやってきて、粗野な暮らしを実体験してみると、じつはまったく理解できていなかったことを痛感したものだった。

あれから数年を経て、いま、こうして馬車に乗り、ポート・ロイヤルの悪臭ふんぷんたる街路を通りぬけ、会釈する庶民たちに窓ごしにうなずきかけていると、自分がすっかりこの世界に馴じんでしまっていることに驚きをおぼえる。いまではなにもかもが自然で、あたりまえのものにさえ思えるようになっていた。酷暑にも蠅の群れにも悪臭にも慣れた。盗みの横行にも腐りきった商慣習にも慣れた。酔っぱらって好き放題をやらかす私掠人《プライヴァティアー》どもの傍若無人ぶりにも慣れたし、そのほか、こまごました点で、いつしか現地の状況に適応してしまったところは無数にある。毎夜毎晩、港では夜どおし耳ざわりな怒鳴り声や銃声が頻発するが、そんななかでも眠れるようになったことは、その典型といえるだろう。

しかし、それでもなお、耐えがたいいらだちの元はたくさんあった。なかでも、いちばん神経にさわるのは、馬車で対面の席にすわっているスコット司令——フォート・チャールズ守備隊の指揮官であり、自分では洗練された態度が身についていると思いこんでいる、この鼻持ちならない男だ。

ありもしないほこりを軍服からはらって、司令はいった。

「閣下におかれては、ぐっすりとお休みになられたごようすで。けさの公務にも、ごきげんうるわしく臨まれるものとお見受けします」

「ああ、よく眠れた」

サー・ジェイムズは木で鼻をくくったような返事をした。守備隊の指揮官が武張った軍人ではなく、愚かな伊達者《だてもの》であった場合、ここでの暮らしがどれほど危険なものになることか――そう考えるのは、これがはじめてではない。

「報告によりますと」スコット司令は、香水を染ませたレースの縁どりがあるハンカチーフを鼻にあてがい、軽くにおいをかぎながら、ことばをつづけた。「あのルクレールなる囚人の処刑につきましては、準備万端ととのっているとのことです」

「よろしい」スコット司令に渋面を向けて、サー・ジェイムズは答えた。

「それと、もうひとつ気がついたことが……。こうして話しているあいだにも、商船ゴッドスピード号が桟橋に接岸しようとしております。乗ってきた乗客のなかには、閣下の新しい書記官、ミスター・ハクレットも含まれておりますそうで」

「こんどの書記官が、前任者ほど無能ではないことを祈ろう」

「まことに、おっしゃるとおりですな」

それからあとは、ありがたいことに、スコット司令は口をつぐんでいてくれた。まもなく馬車はハイ・ストリート広場にはいった。処刑を見物するため、広場にはおおぜいの野次馬が詰めかけている。サー・ジェイムズとスコット司令が馬車から姿を現わすと、あちこちでまばらに歓声が起こった。

サー・ジェイムズはそっけなくうなずいてみせ、司令は小さく会釈した。

「なんともよいものですな、こんなにも人が集まるというのは」司令がいった。「これほどおおぜいの子供や青少年が処刑を見に集まることには、いつもながら心温まるものをおぼえます。青少年にとって、処刑はなによりの教訓になる――そうは思われませんか？」

「うむ」

サー・ジェイムズはぼそりと答え、群衆の前にまわりこみ、絞首門が作る日陰に立った。ハイ・ストリートの絞首門は常設だ。頻繁に使うからである。絞首門の上部には低い横木が差しわたされていて、そこからひとすじ、太い絞縄《こうじょう》がたれている。絞縄の下端は、地面から七フィートの高さにあった。

「囚人はどこだ？」

サー・ジェイムズはいらだった声で問いかけた。

囚人の姿はどこにも見えない。総督はじりじりと待った。何度も何度も手を首のうしろにあてがう。そのしぐさで、じれていることがはた《ヽ》か《ヽ》ら《ヽ》もはっきりとわかるだろう。待つことしばし、すぐそばから太鼓を低く鳴らす音が響きだした。もうじき囚人が処刑車で運ばれてくるという合図だ。ややあって、喚声と笑い声をあげながら、群衆が左右に分かれ、ラバに引かれてくる処刑車が見えるようになった。

囚人ルクレールは、両手をうしろ手に縛られ、処刑車の上に傲然《ごうぜん》と立っていた。着ている灰色のチュニックは、嘲《あざけ》る群衆が投げつけるゴミにまみれている。それでもルクレールは、昂然とこうべをかかげ、胸を張っていた。

スコット司令が身を乗りだした。

「なかなか覇気のある男ですな、閣下」

サー・ジェイムズはうめいただけだった。

「死を目前にして、あれだけ堂々としているとは、好感すら持てます」

サー・ジェイムズは返事をしない。ほどなく、処刑車は絞首門の真下まで運ばれてきて、そこで向きを変えられた。囚人が群衆と向きあう形だ。

死刑執行人のヘンリー・エドモンズが総督の前に歩みよってきて、深々と一礼をした。

「おはようございます、総督閣下、それに、スコット司令閣下。ごめんをこうむりまして、フランス人の囚人ルクレールめをご高覧に供します。この者は先ごろ、スペイン領で死刑を宣告された男でして、宣告したのは、最高司法院《アウディエンシア》の――」

「さっさと処刑せんか、ヘンリー」サー・ジェイムズは命じた。

「かしこまりました、閣下」

執行人は傷ついた顔になり、ふたたび一礼をすると、処刑車のところへもどっていった。階段を昇ってルクレールのそばに立ち、その首に絞縄をかける。つづいて、処刑車の前方にまわりこみ、ラバのとなりに立った。静寂がおりた。だが、静寂は長びくばかりで、なにも起きる気配はない。

執行人は業をにやし、その場でくるりと横に向きなおると、居丈高に怒鳴りつけた。

「テディ、なにをしてる、さっさと鳴らさんか！」

すぐさま、齢若《とし》い少年が――これは執行人の息子だ――太鼓を小刻みにたたきはじめた。執行人は改めて群衆に向きなおった。鞭を高々とかかげてみせ、それでラバの尻をピシッとたたく。処刑車はごとごとと前に動きだし、囚人はたちまち足場を失って宙に吊られ、前後に大きく揺れながら脚をばたつかせはじめた。

サー・ジェイムズはもがく囚人を見つめた。ルクレールののどから漏れるヒューヒューという音が聞こえる。顔がどんどん紫色になってきた。囚人がさらに狂おしく脚をばたつかせだす。フランス人のつま先は、むきだしの地面からほんの一、二フィート離れているだけだ。眼窩《がんか》から目が飛びだした。舌も大きく突きだしている。絞縄に吊るされた全身がわななき、ひくひくと痙攣《けいれん》しだした。

「もうよかろう」

ややあって、サー・ジェイムズは宣言し、群衆にうなずきかけた。すぐさま、太った男がふたり、絞首門の下に駆けよってきた。死刑囚の友人たちだろう。なおもはげしくばたつく脚のそれぞれをつかんで、男たちは体重をかけ、下に引っぱった。慈悲深い死をすみやかに与えてやるためだ。だが、要領が悪いのと、海賊の力が強いのとで、ふたりは勢いよくはね飛ばされてしまい、地面にころがった。死の苦悶は、それからも数秒ほどつづいた。やがて、唐突に、ルクレールはぐったりと動かなくなった。

太った男たちが離れていく。ルクレールの股間は失禁で濡れており、小便が脚をつたってぽたぽたと地面に落ちはじめた。ぐったりとした死体は、絞縄の先でぶらんと前後に揺れている。

「いやあ、じつにすばらしい処刑でしたな」

満面の笑みを浮かべて、スコット司令が感想をいい、死刑執行人に金貨一枚を投げ与えた。

サー・ジェイムズは背を向け、馬車に乗りこんだ。乗りこみながら、ひどく腹がへったな、と思った。食欲をいっそう刺激するために――それともうひとつ、町なかの悪臭を締めだす意味も兼ねて――サー・ジェイムズはひとつまみ、特別に嗅《か》ぎタバコを吸うことにした。

新しい書記官がもう下船したかどうかをたしかめるため、港に寄ろうといいだしたのは、スコット司令だった。馬車は桟橋を進んでいき、できるだけ海辺に近づいて停止した。御者は総督が必要最小限の距離しか歩きたがらないことを知っているのだ。

御者が扉をあけると、サー・ジェイムズは顔をしかめて馬車を降り、強烈な悪臭ただよう朝の空気のもとへ出た。

すぐそばに、自分と向かいあう形で、三十代はじめの若者が立っていた。総督自身と同じように、厚手のダブレットを着ていて、かなり汗をかいている。若者は一礼し、あいさつをした。

「はじめてにお目にかかります、閣下」

「きみは？」

小さく会釈をしながら、サー・ジェイムズはたずねた。脚の痛みのせいで、総督はもう、大きく頭を下げることができない。どのみち、こんな形式ばった儀礼が好きではないということもある。

「チャールズ・モートン――商船ゴッドスピード号の船長です。以前はブリストルに住んでおりました」

いいながら、モートンは書類一式を差しだした。

だが、サー・ジェイムズは、書類には目もくれない。

「積荷はなにかな？」

「西部地方《ウェスト・カントリー》産の広幅織物です、閣下。それと、スタワーブリッジ産のガラス製品に鉄製品。すべて、いまお渡しした積荷目録に書いてあります」

「乗客は？」

たずねながら積荷目録を開いたサー・ジェイムズは、眼鏡《めがね》を忘れてきたことに気がついた。字がぼやけて、まったく見えない。ちらりと見ただけで、すぐに目録を閉じた。

「ミスター・ロバート・ハクレットをお連れしました。閣下の新しい書記官どのです。そのご夫人もごいっしょです」モートンは答えた。「ほかには、こちらの植民地で商《あきな》いをする、自由民の平民が八名。それから、重犯罪者の女、三十七名も。ロンドンのアンブリトン公のご配慮で、入植者の妻にするようにと連れてきました」

「アンブリトン公のご親切、痛みいる」

サー・ジェイムズはそっけなく答えた。ときとして、イングランドの大都市のいずれかの役人が、囚人の女らをジャマイカに送りつけてくることがある。地元で収監しておく費用を浮かせるための、要するにやっかいばらいだ。この船で運ばれてきた女たちの人品について、サー・ジェイムズはけっして幻想をいだいてはいない。

「で、ミスター・ハクレットはどこに？」

「まだ船におられます。ご夫人と荷物をまとめておられるところです」モートン船長は脚の重心をかけかえた。「ハクレット夫人は、船旅ですっかりまいっておられまして」

「さもありなん」新しい書記官が栈橋で自分を出迎えなかったことに、サー・ジェイムズはいらだちをおぼえた。「ミスター・ハクレットはわし宛のメッセージを携えてきたのか？」

「そう思います」

「すまんが、準備がととのいしだい、できるだけ早く総督官邸まで顔を出すようにと伝えてくれんか」

「承知しました」

「主計官とミスター・ガウアーがくるまで——これは税関の検査官だが——荷揚げは待っていてくれ。両名が積荷目録を検査したのち、荷揚げの監督をはじめる。死者は出たか？」

「ふたりだけです、閣下。どちらも水夫で、一名は海に落ち、一名は水腫で死亡しました。その程度ですんでいなければ、入港は見送っていたでしょう」

サー・ジェイムズはけげんな顔になった。

「どういう意味だね、入港を見送っていたというのは？」

「つまり、疫病で死んだ者が出ていたら……ということです」

朝の熱暑のもとで、サー・ジェイムズは眉をひそめた。

「疫病？」

「閣下におかれては、最近、ロンドンをはじめ、周辺の町で猛威をふるっている疫病の件をごぞんじないので？」

「初耳だ。ロンドンで疫病が？」

「おっしゃるとおりです。何カ月も前から大流行しておりまして、おおぜいが命を落としています。なんでも、アムステルダムから持ちこまれたものだとか」

サー・ジェイムズはためいきをついた。どうりで、この数週間、イングランドからの船がぱったりと途絶え、王宮からの通達もなかったわけだ。十年前に疫病が流行したときのことを思いだす。妹と姪《めい》はぶじだろうか。ふたりに田舎の屋敷《カントリーハウス》へ避難するだけの分別があればいいのだが。もっとも、必要以上に動揺したりはしなかった。オルモント総督は災厄というものを冷静に受けいれる。なにしろ、自分自身が、この地に——赤痢と瘧《おこり》が蔓延し、毎週、ポート・ロイヤルの市民の命が数十人単位で奪われている土地に暮らしているのだから。

「その話、くわしく聞きたい。今夕、晩餐をともにしてくれ」

「喜んでお招きにあずかります」もういちど深々と頭を下げて、モートンはいった。「総督閣下のお招きにあずかるとは、光栄のいたりです」

「そのことばは、この貧しい植民地で出せる料理を見るまで取っておいたほうがよかろう。ああ、それからな、船長——もうひとつ頼みがある。官邸用に、小間使いがひとりほしい。これまでいた黒人の小間使いたちは、病気でつぎつぎに死んでしまってな。連れてきた囚人女たちを全員、できるだけ早く官邸に送ってもらえると助かる。選に漏れた者たちの処遇はこちらでやろう」

「承知しました」

最後にひとつ、小さくうなずき、サー・ジェイムズは痛みに顔をしかめつつ、馬車に乗りこんだ。

やれやれと吐息をついて、座席の背あてにもたれかかる。同時に、ゴトゴトと馬車が動きだした。

スコット司令がいった。

「それにしても、きょうは鼻が曲がりそうなほど悪臭のひどい日ですな」

たしかに、そのとおりだった。それからも長いあいだ、町の悪臭は総督の鼻孔にいすわりつづけ、もういちど嗅《か》ぎタバコを吸うまで、ついに消えることはなかった。

3

軽装に着替えたサー・ジェイムズ・オルモント総督は、官邸のダイニングホールに赴き、ひとりで朝食をとった。いつもの習慣で、食事自体は、ゆがいた魚《ポーチド・フィッシュ》にワイン少々という軽いものだったが、食事のあとには、総督の特権として、ささやかな喜びのひとつが待っている。香りといい、味わいといい、このうえなく豊かな一杯のブラックコーヒーだ。総督職に着任してからというもの、サー・ジェイムズはますますコーヒーが好きになっていた。しかも、故国では貴重きわまりないこの嗜好品《しこうひん》を、ここではほぼ無制限に飲むことができる。

コーヒーを飲みおえようかというころ、秘書官のジョン・クルークシャンクがダイニングホールにはいってきた。ジョンは清教徒《ピューリタン》で、五年前の王政復古のさい、フランスに亡命していたチャールズ二世が王位につくのにともなって、ケンブリッジにいられなくなったため、急遽《きゅうきょ》、国外へ脱出してきた男だ。というのも、チャールズ二世が亡命するにいたったのは、ピューリタン革命が原因だったからである。ジョンは顔色が悪く面白みのない退屈な男だが、仕事だけはちゃんとこなす。

「囚人女たちが到着しました、閣下」

めんどうな面接を思うと、気が重くなる。サー・ジェイムズは顔をしかめ、口をぬぐった。

「ここに通せ。薄汚れてはおらんだろうな？」

「充分に身ぎれいです」

「では、通せ」

女たちが騒々しくダイニングルームにはいってきた。てんでにしゃべりながら、あちこちの家具を指さしたりしている。どれもこれも、あつかいにくそうな女たちだった。どの女も灰色の綿織物《ファスチアン》を着ており、足にはなにも履《は》いていない。秘書官が指示を出し、壁を背にする形で女たちをならばせた。サー・ジェイムズはテーブルに手をつき、立ちあがった。

黙りこんだ女たちの目の前をゆっくりと歩いていく。室内に静寂が訪れた。いま聞こえているのは、総督が痛む左足を床に引きずる音だけだ。女たちの目の前を歩きながら、サー・ジェイムズはひとりひとりの顔を凝視した。

どの女も醜い。髪はもつれ、下品そのものだ。これほどみっともない女の集団は見たこともない。ひとりの女の前で、総督は足をとめた。サー・ジェイムズよりも背の高い、醜悪な女だった。顔はあばただらけで、歯が何本も欠けている。

「名前は」

「シャーロット・ビクスビー――です」女は敬語めいたものを使おうとした。

「なにをした」

「誓ってほんとです、犯罪なんてやってないんで。これはエンザイってやつで――」

「夫のジョン・ビクスビーを殺しております」

秘書官が目録の罪状を淡々と報告した。

女は黙りこんだ。サー・ジェイムズは先へ進んだ。進むにつれて、女たちの顔はますます醜くなっていく。こんどは、もつれた黒髪の女の前で足をとめた。首筋に黄色い傷跡の走る女だった。女はぶすっとした顔をして立っている。

「名前は」

「ローラ・ピール」

「なにをした」

「紳士の財布を盗んだことにされちまってさ」

「四歳と七歳になる自分の子供を窒息死させています」

ジョンが感情のない声で罪状を報告した。目録から目をあげようとしない。

サー・ジェイムズは女をにらみつけた。こういう女たちなら、ポート・ロイヤルでは水を得た魚だろう。粗暴な私掠人《しりやくにん》どもにも負けず劣らず、タフで鉄面皮だ。しかし、妻としてはどうか？　およそ妻が務まるような手合いではない。

ところが……顔の列にそって進むうちに、ひときわ若い娘が目にとまり、総督はその前で立ちどまった。

年齢はせいぜい十四、五というところだろう。金髪で、化粧もしていないのに、肌の色が白い。ブルーの目は澄んでおり、奇妙に無垢《むく》な感じで、気だてのよさを感じさせる光もある。

この卑しい集団の中では、まったく場ちがいな少女だった。

ほかの者に対するよりもおだやかな口調で、サー・ジェイムズはたずねた。

「名前はなんというのだね？」

「アン・シャープと申します」

蚊の鳴くような声だった。ささやきといってもいい。控えめに目を伏せている。

「なにをした？」

「窃盗を」

サー・ジェイムズはジョンに目をやった。秘書官はうなずいた。

「ロンドンのガードナーズ・レインにある某紳士の住居で、窃盗を働きました」

「なるほどな」サー・ジェイムズは娘に視線をもどした。この娘を見ていると、どうしてもきつくあたることができない。娘は目を伏せたままだ。「わしの身のまわりの世話係として、ひとり、小間使いが必要なのだがね、ミストレス・シャープ。きみを雇いたい」

「閣下」ジョンが口をはさみ、サー・ジェイムズの耳もとに口を寄せた。「よろしければ、少々申しあげたいことが……」

ふたりはその場を離れ、女たちからやや離れたところへ移動した。秘書官は動揺しているようすで、目録を指し示し、こうささやいた。

「閣下。これによりますと、あの娘は裁判のさい、魔法を使った廉《かど》で告発されております」

サー・ジェイムズは、のどの奥で愉快そうに笑った。

「さもあろう、さもあろう」

美人というものは、しばしば魔法を使った廉で告発されるものだ。

「閣下」敬虔《けいけん》なピューリタンであるジョンは、動揺を隠そうともせずにつづけた。「これによりますと、あの娘には魔痕があるとのことですが」

サー・ジェイムズは物静かな金髪の娘に目をもどした。あれが魔女だとは、とうてい信じられない。魔法についてなら、総督にも多少の知識はあった。たとえば、魔女の目が奇妙な色をしていることや、魔女が冷たい空気に包まれていること、皮膚が爬虫類《はちゅうるい》のそれのように冷たいこと、乳首がひとつ余分にあることなどだ。

この娘が魔女でないことには、強い確信がある。

「湯浴《ゆあ》みをさせて、着替えを与えてやれ」

「閣下、もういちど申しあげます、あの娘には魔痕が——」

「その魔痕とやらは、あとでわしがじきじきに調べてやる」

ジョンは引きさがり、一礼した。

「お望みのままに、閣下」

ここではじめて、アン・シャープは顔をあげ、床からオルモント総督に視線を移し、ごく小さく、ほほえんでみせた。

4

「失礼を承知で申しあげれば、サー・ジェイムズ、わたしはこう告白せざるをえませんね。ここの港に到着したときほどの驚きをおぼえることは、この先、二度とないでしょう」

痩《や》せぎすでまだ若く、神経質そうなミスター・ロバート・ハクレットは、室内をいったりきたりしながらそういった。しゃちこばって椅子にすわり、オルモント総督を見つめている、細身で黒髪、外国人風の顔だちをした若い女性は、その細君だ。

サー・ジェイムズは自分のデスクの前で椅子にすわり、悪いほうの足をクッションの上に載せていた。痛風がひどく痛む。癇癪《かんしゃく》を起こさないためには努力がいった。

「新世界におけるわれらが国王陛下の重要拠点、ジャマイカ植民地の首都である以上――」ハクレットはつづけた。「――当然ながら、ここには多少とも、キリスト教的な美徳と法治社会のまがいものの程度の秩序はあろうと思っておりました。すくなくとも、いたるところで気まま勝手にふるまう漂泊のやからや、粗暴な田舎者どもを取り締まる法律はあると思っておりました。それなのに、屋根なしの馬車《オープン・コーチ》がポート・ロイヤルの街路を通ってくるさいには――あれを街路と呼べるならばですが――酔っぱらった悪党が、家内に呪いのことばを投げかけてくる始末です。あれで家内が、どれだけ動揺したことか……」

「気持ちはわかる」ためいきをついて、サー・ジェイムズはいった。

エミリー・ハクレットは無言でうなずいた。エミリーはそれなりに美人の部類に属する。とくに、チャールズ王のお好みのタイプだろう。ミスター・ハクレットが宮廷の寵愛《ちょうあい》厚く、ジャマイカ総督つき書記官という、潜在的に儲《もう》かる地位に就かせてもらえた理由は、なんとなく見当がついた。エミリー・ハクレットが王に組み敷かれたことは、一度ならずあったにちがいない。

サー・ジェイムズは、ふたたびためいきをついた。

「まだあります」ハクレットはつづけた。「街路のいたるところに半裸のみだらな女たちが立っていて、声をかけてくるのです。窓から呼びかけてくる女たちもいます。男たちは酔っぱらい、ところかまわず嘔吐《おうと》しているかと思えば、角を曲がるたびに、盗っ人や海賊どもが喧嘩《けんか》しているか、なんらかの形で風紀を乱す行為をしているありさま。それに――」

「海賊？」ことば鋭く、サー・ジェイムズはいった。

「そうです、海賊です。あの粗暴な船乗りどもは、どこからどう見ても、海賊としか――」

「ポート・ロイヤルでは、あれを海賊とはいわん」

サー・ジェイムズはきっぱりと否定した。声がこわばっている。新しい書記官をねめつけながら、心の中で、こんな阿呆を補佐役として送りこんできた、陽気な君主《メリー・モナーク》ことチャールズ二世の好色ぶりを毒づいた。このぶんだと、ハクレットという男、まったく使えそうにない。

「この植民地に海賊はおらん」オルモント総督は頑（かたくな）な口調でいいきった。「この地にいる者が海賊である——そんな証拠を見つけたら、ただちに正当な裁きにかけ、縛り首に処す。それが王の施政下における法だ。法は厳格に執行されねばならん」

ハクレットは信じられないという顔になった。

「サー・ジェイムズ——それは詭弁《きべん》というものでしょう。この問題の真実は、町のあらゆる街路と住居に歴然と見られるのですよ」

「この問題の真実はな、ハイ・ストリートの絞首門でのみ見られるものだと思え。こうしているいまも、ある海賊が縊《くび》られたまま、風に揺られていることだろう。おまえもぐずぐずと船に残らず、さっさと下船していれば、その目で絞首刑の現場を見られただろうにな」サー・ジェイムズはまたしても嘆息した。「とにかく、すわれ。そして、しばらく口をつぐんでいろ。さもないと、ただでさえ阿呆丸出しのその顔に、度しがたい愚か者の烙印《らくいん》を押されることになるぞ」

ミスター・ハクレットはすっと青ざめ——これほど露骨な侮辱には慣れていないのだろう——すぐさま、妻のとなりの椅子に腰をおろした。なだめるような手つきで、妻が夫の手をなでる。王の数多い愛人のひとりからの、心のこもったなぐさめというわけだ。

サー・ジェイムズは立ちあがり、左足に走った激痛に顔をしかめつつ、デスクに身を乗りだした。

「いいか、ミスター・ハクレット——わしは国王陛下のご命令により、ジャマイカ植民地の発展と治安維持を託されておる。その務めをはたすうえで関係する、いくつかの事実を説明させてもらおう。

　ひとつめ。この植民地は、周囲をスペイン領に取り囲まれた、イングランドのちっぽけで貧弱な前哨点でしかない。むろん、知っているとも――」と、ここでことばに力をこめて、「――陛下が新世界にしっかり足がかりを確保しておられると考えるのが、宮廷の流行《はや》りであることはな。しかし、実態は異なる。この地域における陛下の領地は、三つのちっぽけな植民地――セント・キッツ、バルバドス、ジャマイカ――これだけしかない。ほかはみんな、スペイン王フェリペ《フィリップ》のものだ。周囲はすべて、いまもスペイン領のままなのだ。この海域にイングランドの軍艦はおらん。カリブ海周辺の大陸本土にもイングランドの守備隊はおらん。対するにスペインは、十五以上もの大規模な植民地を擁し、第一等級の戦列艦だけでも十隻以上を展開させ、駐留の守備兵も総勢数千を数える。賢明なるチャールズ陛下におかれては、今後も陛下の植民地を保持しつづけたいとお考えだが、他方、スペインの侵略を受けた場合、多額の戦費を費やしてまで防衛なさるおつもりはない」

　なおも青ざめたまま、ハクレットは総督を見つめている。

「わしにはこの植民地を防衛する務めがある。そのためにするべきことはなにか？　明白だ。戦闘員を調達することだ。その人員調達の源は、金目あての流れ者と私掠人《しりゃくにん》どもしかおらん。だからこそ、この港町に連中が好んで寄りつくようにと、わしは環境作りに腐心しているのではないか。おまえは気にいらんかもしれんがな、あの者たちがいなければ、ジャマイカはまるはだかで、無防備になってしまうのだぞ」

「サー・ジェイムズ――」

「黙っておれ。つぎに、ふたつめの務めについて話す。その務めとは、ジャマイカ植民地を発展させることにある。宮廷では、ここに農業が根づき、それによって利潤をあげていると考えるのが流行っているだろう。しかし、この二年間、農夫はただのひとりとして送られてきてはおらん。ここの土地は塩気が多く、不毛であり、地元民は反抗的だ。そんな状況で、どうやって植民地を発展させ、人口と富を増やせるというのか？　それには交易しかない。そしてな、交易に必要な黄金と物資を確保するには、スペインの船や植民地を私掠するしかないのだ。最終的には、この私掠《プライヴァティアー》人らの活動が王の財源を富ませることになる。わしが聞きおよんでいるところによれば、この事実を、陛下は全面的に不快には思っておられん」

「サー・ジェイムズ――」

「三つめ――」サー・ジェイムズはつづけた。「これが最後だ。わしには秘密の役目がある。フェリペ《フィリップ》四世の宮廷からなるべく多くの富を奪うことだ。これもまた、陛下は――非公式《プライヴァトリー》に――価値あることと認めておられる。スペインに送られたはずの黄金がカディスにとどかず、ロンドンで納められた場合、ことのほかお喜びだ。ゆえに、私掠行《プライヴァティアリング》為については公然と推奨される。しかし、海賊行為は断じて許されん。これはたんなる言い逃れなどではないぞ、ミスター・ハクレット」

「サー・ジェイムズ――」

「この植民地のきびしい現実の前に、異論をさしはさむ余地はない」サー・ジェイムズは、デスクの前の椅子にすわり、ふたたびクッションの上に左足を載せた。「いまわしがいったことを、ひまなとき、じっくりと考えてみるがいい。きっとわかるはずだ。この件に関して、わしが経験に基づく知恵を語ったことがよくわかるだろう。きみたち夫婦も出席してくれ。それでは、よかったら、今夕、モートン船長を招いての晩餐会に、きみたち夫婦も出席してくれ。それまでは当地の居館に収まり、荷ほどきその他、いろいろとやることがあるだろう」

これで会見は終わりだ、という合図だった。ハクレット夫妻は立ちあがった。ミスター・ハクレットはぎくしゃくと会釈をした。

「では、失礼します、サー・ジェイムズ」

「それではな、ミスター・ハクレット、ミセス・ハクレット」

夫妻が出ていくと、ふたりの背後で、秘書官のジョンが扉を閉めた。サー・ジェイムズは目をこすり、かぶりをふりふり、ぼやいた。

「やれやれだな」

「すこし午睡《ごすい》をとられますか、閣下?」ジョンがたずねた。

「うむ。そうするか」

サー・ジェイムズはデスクに手をついて立ちあがり、廊下に出て居室へ向かった。途中、ある部屋の前で足をとめたのは、金属製のバスタブの中で湯がはねる音と、女性のくすくす笑う声が聞こえてきたからだ。総督はジョンに目顔《めがお》で問いかけた。

「例の小間使いに湯浴みをさせているのです」ジョンは答えた。

返事のかわりに、サー・ジェイムズはのどの奥でうなった。

「あとで小間使いの検分をなさいますか？」ジョンがたずねる。

「ああ、あとでな」

サー・ジェイムズはジョンに目をやり、つかのま、心の中で苦笑した。ジョンがいまなお、魔法の告発に恐怖していることは、ひと目でわかる。まったく、庶民の恐怖というやつは、どうしようもなく強烈で、じつに愚かきわまりないものだな、とサー・ジェイムズは思った。

5

アン・シャープは、バスタブの熱い湯につかってリラックスし、浴室内をどすどすと歩きまわる、おそろしく太った黒人女の饒舌《じょうぜつ》を聞かされていた。女は英語をしゃべっているようだが、アンにはひとこともわからない。歌うようなリズムと独特の発音は、なんとも奇妙なことばだという印象を与える。黒人女は、どうやらオルモント総督がどういう人物かを教えようとしているようだった。アン・シャープは、オルモント総督の親切になどまったく興味がない。かなり幼いうちから、男あしらいの方法は身をもって学んでいるからである。

目をつむった。するとたちまち、黒人女の歌うようなことばは、心の中で鳴り響く教会の弔いの鐘の音に取って代わられた。ロンドンじゅうでひっきりなしに鳴りわたるあの単調な音が、アンは大きらいだった。

ロンドンのワッピング地区に、船乗りを引退して、縫帆《ほうはん》業を営んでいる男が住んでいた。アンはその男の娘で、三人いる子供のうちの末っ子だった。ところが、去年のクリスマスのころ、疫病が流行りだし、アンのふたりの兄は病人の見張りの仕事をはじめた。これは感染者の家の玄関に立ち、その家の者が理由なく屋外に出ないよう、見張っておく仕事である。

アン自身は、何軒かの裕福な家で、看護婦として働いていた。

それから何週間かたつうちに、アンはさまざまな恐怖を経験し、いつしかそれは記憶の中でひとつに融合していた。昼も夜も鳴り響く弔いの鐘――。墓地という墓地は埋葬者を収容しきれなくなり、ひとりずつ埋める余裕もなくなって、深く掘った溝に何十人分もの死体が放りこまれては、白い石灰の粉と土が大急ぎでかぶせられていく。墓掘り人たちは、遺体を高々と積みあげた死体運搬車を引っぱって街路をめぐり歩き、一軒一軒の前で足をとめては、「死体を出してくれ！」と呼びかける。死臭は街のいたるところにただよっていた。

なんという恐怖。思いだすのは、ひとりの男が路上でふいに倒れ、死んでしまったときの光景だ。男の横には、金がたっぷりはいった財布がころげ落ち、チャリンという音をたてた。だが、死体のそばを行きかう人々はおおぜいいるのに、だれひとり財布を拾おうとはしない。しばらくして男の遺体は運び去られたが、財布はやはり手をつけられることなく、道ばたに放置されたままだった。

市場という市場で、食料雑貨屋や肉屋は、商品のそばに酢のボウルを置いた。買物客は、その酢の中に貨幣を投げこむ。人の手から人の手へと、貨幣がじかに渡されることはない。そして、つり銭を受けとる必要がないようにと、だれもが値段きっかりの貨幣で払うようになった。

護符、装身具、水薬、呪《まじな》いは、ひっぱりだこ。アン自身、異臭を放つが疫病よけになるというハーブ入りのロケットを買いもとめ、肌身はなさず身につけていたものである。

そのあいだも死者は増えつづけ、とうとう上の兄が疫病に倒れた。ある日、路上に倒れていた若者に目を向けると、それが兄だったのだ。兄の首は大きく腫《は》れあがり、歯ぐきからは血が流れていた。以来、二度と兄の姿は見ていない。だが、あのときはもう、すでに死んでいたのだと思う。

二番めの兄は、見張りがよく遭遇する運命の餌食になった。ある晩、とある家の見張りをしていたところ、隔離されていた住民たちが病気で正気を失い、外に飛びだしてきて逃走を試みたため、それをとめようとして、射殺されてしまったのだ。アンはその話を人づてに聞いただけだった。兄の遺体は見ていない。

最後には、アン自身、ある家に隔離されることになった。そこはミスター・スーエルなる人物の自宅で、ミセス・スーエルの——これは家主の妻ではなく、老齢の母親なのだが——看護をしていたさい、ミスター・スーエルが疫病にかかり、浮腫を生じたため、家が即座に隔離されるはめになったのだ。アンは病気治癒のため、できるかぎりの手をつくした。だが、ひとり、またひとりと、スーエル家の者たちは死んでいき、遺体はつぎつぎに死体運搬車へ引きわたされ、とうとう家の中にはアンひとりしかいなくなった。その時点でもまだ、アンは奇跡的に、病気にかかることもなく、健康体を維持できていた。

アンが屋内で見つけた黄金と貨幣少々を盗み、二階の窓からそっと家を脱け出したのは、その晩のことである。翌朝、早くも巡査につかまり、若い娘がこれほどの黄金をどこで手に入れたのかと問いつめられた。結局、黄金は巡査に取りあげられて、アンはブライドウェル刑務所に放りこまれてしまう。

そこで何週間か、鬱々《うつうつ》と収監生活を送るうちに、アンブリトン公という公共心の高い紳士が刑務所を視察にきて、アンに目をとめた。アンはずっと前から、自分の見目が紳士たちに好かれることを知っていた。アンブリトン公も例外ではなかった。そして公は、アンを自分の馬車に連れこみ、しばしのお娯しみののち、新世界へと送りだすことを約束してくれたのだった。

ほどなくして、アンはプリマスの港に移送され、商船ゴッドスピード号に乗せられていた。船旅のあいだは、若くて精力あふれるモートン船長に気にいられ、余人の目のない船長室で、塩漬け肉その他のまともな食事を与えてもらう見返りに、ほぼ毎晩のように、船長の歓心を買うことに努めた。

そしていま、アンは異郷にいる。なにもかもが奇妙で馴じみのない、この見知らぬ土地にいる。それでも恐怖は感じていない。なぜなら、アンにはわかっていたからである。総督は自分を気にいってくれている。これまで自分を気にいり、めんどうを見てくれたほかの紳士たちと同じように、自分を気にいってくれている。

湯浴みがおわると、染めたウールのスカートにコットンのブラウスを着させられた。この三カ月強のあいだで身につけた、それはもっとも上等な服だった。生地が肌に触れる感触に、アンはつかのま、うっとりとした気分にさえなった。黒人女は扉をあけ、ついてくるようにと手ぶりでうながした。

「どこへいくの？」

「総督のところだよ」

高くて幅の広い廊下を奥へ進んでいく。床は板張りだが、でこぼこがあった。総督ほどの重要人物ともあろうものが、こんな造りの悪い屋敷に住んでいるということ自体、アンには不思議でならなかった。ロンドンでは、ごくふつうの紳士たちでさえ、これよりもっと立派な造りの屋敷に住んでいる。

黒人女が、ある扉をノックした。扉をあけたのは、目つきの悪いスコットランド人だった。その部屋は寝室で、ベッドのそばには寝間着《ねまき》姿の総督が立っており、あくびをしているのが見えた。スコットランド人はアンにうなずきかけた。はいってもいいという合図だった。

「おお」総督が感嘆の声をあげた。「ミストレス・シャープ。沐浴《もくよく》をしただけで、ずいぶん見栄えがよくなったな。見ちがえるようだ」

総督が口にしたことばは、むずかしくて意味がわからないものがあったが、喜んでくれていることはわかったので、アンのほうもうれしくなった。母親に教わったとおり、ちょっとひざを曲げ、からだをかがめて、お辞儀をしてみせる。

「リチャーズ、もう引きあげてもいいぞ」

スコットランド人はうなずき、外に出て扉を閉めた。これでアンは、総督と寝室でふたりきりになったことになる。なにをするつもりなのかと、じっと総督の目を見つめた。

「そう怯《おび》えなくてもよろしい」総督はやさしい声を出した。「怖がることなどなにもない。

ここにきて、窓のそばに立ちなさい、アン。からだに光がよくあたるように」

アンはいわれたとおりにした。

総督はしばし、無言でアンを見つめていたが、ややあって、こうたずねた。

「魔法を使ったと裁判で告発されたことは知っているね？」

「はい、ぞんじております。でも、それはほんとうではありません」

「もちろん、ほんとうではないだろう。わしもそう思う、アン。しかし、きみのからだには、悪魔と交わした契約のしるしがあるという報告があってな」

「誓って、そんなことはありません」ここにいたってはじめて、アンは動揺をおぼえた。

「悪魔となんて、なんの関係もありません」

「わしはきみを信じているとも、アン」そういって、総督はほほえんでみせた。「しかし、立場上、魔痕がないことをたしかめるのは、わしの務めだ」

「誓ってほんとうです。そんなものはありません」

「わかっている。それでも、服は脱いでもらわねばならん」

「いますぐにですか？」

「うむ、いますぐ脱ぎなさい」

アンはすこし疑わしげな顔になり、室内を見まわした。

「脱いだ服はベッドの上に置くといい」

「かしこまりました」

総督はアンが服を脱ぐようすをじっと見つめていた。その目に浮かぶ光の意味に、アンは気がついた。これならもう、恐れる必要はない。この地の空気はあたたかいから、服を着ていなくたって、べつにこまることもない。

「きみは美しい子だね、アン」

「ありがとうございます」

アンは立ったまま、服を脱いだ。総督はいったん目をそらし、眼鏡をかけてから、アンのむきだしになった肩を見つめた。

「さあ、ゆっくりと、向こうを向いて」

アンは総督に背中を向けた。総督が自分の背中を凝視しているのが感じられた。

「両手を頭の上に」

いわれたとおり、両手をあげる。総督は左右の腋の下を覗きこんだ。

「ふつう、悪魔のしるしというものは、腋の下か乳房につけられるといわれているんだよ。そうでなければ——外陰部にね」総督はほほえんだ。「わしがいう意味、わかるかな？」

アンはうなずいた。わかる、という意味だ。

「ベッドに横になりなさい、アン」

アンはベッドの上であおむけになった。

「もうすこしで検査がおわるからね」

総督は真顔でそういうと、指先でアンの下のヘアをかきわけ、女性自身から数インチしか離れていないところまで鼻を近づけてきた。総督を侮辱することになるのはわかっていたが、どうにも可笑《おか》しさをこらえきれずに——なによりも、くすぐったかったので——アンは笑いだした。

総督はつかのま、むっとした顔でアンを見おろした。だが、まもなく、いっしょになって笑いだした。ついで、着ている寝間着を脱ぎはじめ、ややあって、眼鏡をかけたまま、上にのしかかってきた。金属の縁が耳に押しつけられた。アンは好きなようにさせておくことにした。情事は長くはつづかず、それ以後は総督も上機嫌だったので、アンも晴ればれとした気持ちになった。

ことがすんで、ふたりでベッドに横たわっているあいだ、総督はいろいろと質問してきた。アンの人生のこと、ロンドンで経験したこと、ジャマイカへの航海のこと。アンは総督からきかれたことをみな話した。航海のあいだ、ほとんどの女はたがいになぐさめあうか、水夫たちとしけこむかしていたことも話したし、自分はそういうことをしなかったことも話した。じっさいには、事実とはすこしちがう。だが、していいた相手はモートン船長だけだったので、真実にかなり近い。それから、西インド諸島の陸影が見えたとき、いきなり襲ってきた嵐のことも話した。その嵐によって、まる二日間、荒浪に翻弄《ほんろう》されたことも。

オルモント総督が、アンの話にまるで関心をはらっていないことは明らかだった。その目にはふたたび、例の独特の光が宿っていたからである。それでもアンは話しつづけた。嵐が去った翌日、港と要塞のある島が見えたこと、そこの港に大きなスペイン船が停泊していたこと。そのスペイン船は軍艦らしく、イングランドの商船に気づかなかったはずはないから、いまにも襲ってきはしないかとモートン船長は戦々兢々《きょうきょう》としていたが、結局、スペイン船は港から出てこなかったこと。

「なんだと――？」

オルモント総督はけげんな声を出し――というより、叫んだというほうが近い――がばと跳ね起きるなり、急いでベッドをおりた。

「どうかなさいましたか？」

「スペインの軍艦に姿を見られていながら――襲われなかったというのか？」

「はい、閣下。わたしたち、心から安心したものです」

「安心した？」オルモントは叫んだ。自分の耳が信じられないといわんばかりの顔だった。

「安心しただと？　なんということだ！　それはどのくらい前の話だ？」

アンは肩をすくめた。

「三、四日前です」

「要塞はどちら側にあった？」

アンは困惑し、かぶりをふった。

「おっしゃる意味がよくわかりません」

「つまりだな」オルモントは急いで服を着ながら、問いを重ねた。「正面から島と港を見たとき、その要塞は港の右側にあったのか、左側にあったのかということだ」

「こっち側です」アンは右手で、正面に向かって右を指さした。

「その島に高い山はあったか？　それは緑のやけに多い、うんと小さな島だったか？」

「はい、そうです、そんな島でした」

「こうしてはおれん――リチャーズ！　リチャーズ！」

総督は室外に叫んだ。

「ハンターを呼べ！」

総督は部屋を駆けだしていった――ベッドに横たわるアンを、ひとりあとに残して。

自分の不用意なことばが総督の機嫌をそこねてしまったと思いこみ、アンは泣きだした。

6

扉にノックの音がした。ハンターはベッドの上で寝返りを打った。あけっぱなしの窓から陽の光が射している。

「うるさい」

扉に向かって、ぼそりとつぶやいた。となりでは若い女がもぞもぞと動いているが、目を覚ましてはいない。

ふたたび、ノックの音。

「うるさいといってるだろう。クソくらえだ」

扉が開き、女将《おかみ》のミセス・デンビーが顔を覗かせた。

「寝てるところ悪いんだけどさ、船長《キャプテン》ハンター。いま、総督官邸から使者がきてね。晩餐会に出てくれというんだけど、どう答えとく？」

ハンターは目をこすった。陽の光のもとで、眠たげにまばたきをする。

「いま何時だ？」

「五時」

「いくと伝えてくれ」

「わかった、そう伝えとくよ、キャプテン・ハンター。あ、それからね、キャプテン？」

「なんだ？」

「例の頬に傷があるフランス人、下であんたを探してるよ」

ハンターはうめいた。

「わかった、ミセス・デンビー」

扉は閉じられた。ハンターはベッドをおりた。若い女はあいかわらず眠ったまま、大きないびきをかいている。

ハンターは室内を見まわした。せまくて息の詰まりそうな部屋だった。ベッドが一台あるほかは、片隅に衣類箱《シーチェスト》がひとつ。これには持ちものを入れてある。ベッドの下には寝室用の便器があり、そのそばには水を張った盥《たらい》が一口《こう》。

軽く咳ばらいをして、服を着にかかったが、途中でふと思いたち、窓に歩みよって、下の通りに小便をした。真下から罵声が飛んできた。ハンターはにやにや笑いながら、ふたたび服を着はじめた。衣類箱の中から、唯一まともなダブレットを選び、残っている脚衣《ホーズ》のうち、かぎ裂きがわずかしかない、比較的まともなものを身につける。その上から、短剣を吊った黄金ごしらえのベルトをはめ、部屋をあとにしかけたが、途中で思いなおし、銃を一挺手にとると、火薬を詰め、弾をこめてから、押さえ《ワディング》で銃身内に固定し、ベルトに吊った。

以上が、ふだんなら日没とともに起きだすチャールズ・ハンター船長の、いつもどおりの身支度だった。支度には二、三分しかかからない。服装の好みなどないからである。それに、おれは――とハンターは思った――敬虔《けいけん》なピューリタンというわけでもないしな。

ベッドで眠る女に最後の一瞥《いちべつ》をくれてから、室外に出て扉を閉め、ギシギシきしむせまい木の階段を降りていく。向かう先は〈ミセス・デンビーの宿《ズ・イン》〉の酒場《メインルーム》だ。

ここの酒場は、広いのはいいが天井が低く、汚れた床にはごつい木製のテーブルが数脚、平行にならべて置いてある。ハンターは入口で足をとめた。ミセス・デンビーの注進《グ》どおり、やはりルヴァスールのやつがきていた。隅っこの席で、壁を背にしてすわり、水割りラム《ロッグ》のはいったふたつき《タン》ジョッキ《カード》にかがみこんでいる。

「ハンターは気づかないふりをして酒場を横切り、表に出る扉へ歩いていった。

「ハンター！」

　ルヴァスールが耳ざわりな声で呼ばわった。酔いがまわっているらしく、だみ声になっている。

ハンターは向きなおり、驚きの表情をつくろった。

「おお、ルヴァスールじゃないか。ひさしぶりだな」

「ハンター――このイングランドの雑種の牝犬のクソガキめ」

「ルヴァスール――」光のあたるところから影の中へもどりながら、ハンターは答えた。

「このフランスの農夫が牝羊に産ませた小僧め。なにしにきた？」

ルヴァスールがテーブルの向こうで立ちあがった。明るいところから急に暗いところへともどったため、ルヴァスールがなにをしようとしているのかよく見えないが、彼我の距離は三十フィートほど離れている。これなら銃を撃たれても当たる心配はない。

「ハンター。おれのカネを返せ」

「おまえのカネなんぞ、預かっちゃいないぜ」

事実、そのとおりだった。ポート・ロイヤルの私掠人《しりやくにん》のあいだでは、借金は即座に、耳をそろえて返すものと相場が決まっている。〝借金を返さないやつ〟という悪評ほどこの地で立場を悪くするものはない。〝獲物を山分けしないやつ〟という悪評といい勝負だ。私掠船の襲撃では、掠奪品の一部を隠匿しようとしたことがばれたら、その場で殺されても文句はいえない。ハンター自身、お宝をふところに隠そうとした船乗りの心臓を撃ち抜き、死体を無造作に船縁《ふなべり》から蹴落としたことが一再ならずある。

「カードでイカサマしやがったろうが」ルヴァスールがいった。

「イカサマかどうかわからないほど酔っていたやつが、なにをぬかす」

「あれぁイカサマだった。イカサマでおれから巻きあげた五十ポンド、いますぐ返せ」

ハンターは酒場内を見まわした。間の悪いことに、ひとりも証人がいない。証人のいないところでルヴァスールを殺すのは避けたいところだ。ハンターには敵があまりにも多すぎるからである。

「おれがどうやってイカサマをしたって？」

問いかけながら、すこしずつ、ルヴァスールとの距離を詰めていく。

「どうやってだぁ？　どうやってなんぞ、知るもんけぇ。要はな、おれをカモった——それだけだ」

　いいながら、ルヴァスールはタンカードを口に運び、ぐびりとあおった。

　その隙を見のがさず、ハンターはだっと前に飛びだした。手のひらをタンカードの底面にたたきつけ、ルヴァスールの顔を強打する。のけぞったルヴァスールは壁に後頭部をぶつけ、水割りラム《グロッグ》を噴きだし、口から鮮血をたれ流しながら、ずるずるとくずおれた。ハンターはタンカードをひっつかみ、相手の脳天に思いきりたたきつけた。フランス人はひとたまりもなく昏倒した。

　ハンターは手をふって指についたグロッグをふりはらい、ルヴァスールにすっと背を向け、〈ミセス・デンビーズ・イン〉をあとにした。道はぬかるんでいて、たちまち足首まで泥に埋もれてしまったが、そんなことは気にもならない。気になるのは、むしろルヴァスールが酔っぱらっていたことのほうだった。人を待ちかまえていて、あんなに酔っぱらってしまうとは、なんというふぬけぶりか。

　そろそろ、つぎの掠奪を企てるころあいかもしれないな、とハンターは思った。どいつもこいつも軟弱になってきている。ハンター自身、他人のことはいえない。酔いつぶれるほど飲み明かした晩もあれば、港の女たちをはべらせて快楽をむさぼった晩もある。いいかげん、またぞろ海に出ないと、みんなふぬけていくばかりだ。

　高い窓から呼びかけてくる娼婦たちに笑顔を向け、手をふりながら、ハンターはぬかるみの道を歩き、総督官邸へ向かっていった。

「ロンドンではもっぱら、疫病が流行《はや》る前夜、彗星が現われたことが話題になっています」ワインを飲みながら、モートン船長がいった。「五六年に疫病が流行するまぎわにも彗星が現われましたし」

「たしかに、彗星が出現はしたが——」オルモント総督はいった。「——それがなんだというんだ？　五九年にも彗星が現われたが、疫病など流行らなかったぞ」

「アイルランドでは梅毒が流行りました」ミスター・ハクレットがいった。「五九年のうちにです」

「梅毒なら、アイルランドではしじゅう流行っているではないか。それも、毎年だ」

ハンターは黙っていた。じっさい、晩餐会がはじまってからこちら、ハンターはほとんど口をきいていない。毎度のことながら、総督官邸の晩餐会は退屈きわまりなく、しゃべろうという気になれないのである。しばらくのあいだは、新顔の四人に興味をそそられ、ようすを観察して過ごした。四人のうち、男はふたりで、ゴッドスピード号の船長モートンと、新書記官のハクレットという、顔がイタチのようにとがった、頭の悪そうな男だった。それに、ハクレット夫人も出席していた。細身で黒髪の夫人は、フランス人の血を引いているらしく、どことなく好色そうで、動物じみた精気を放っている。

晩餐会でだれよりも気になったのは、新しい小間使いだった。いかにも味のよさそうな、淡いブロンドの娘は、ときどき料理を運んできては、皿をさげていく。ハンターはしきりに娘の目をとらえようとした。ハクレットがそれに気づき、非難の目を向けてきた。もっとも、今夕、ハクレットがハンターにそんな視線を向けるのは、こんどがはじめてではない。

娘がグラスにワインをついでまわりだすと、ハクレットがいった。

「きみはそんなに使用人が好きなのかね、ミスター・ハンター？」

「見た目のいい使用人ならな」ハンターはさらりと受け流した。「あんたの好みはどんなんだい？」

耳まで真っ赤になって、皿を見つめたまま、ハクレットは話題をそらした。

「このマトン、じつに旨《うま》いな」

ここで、オルモント総督がのどの奥でうなり、客たちが通ってきたばかりの大西洋航路の件に話をもどした。モートンは興奮した口調で、大仰に熱帯暴風雨《トロピカル・ストーム》のすごさを語りはじめた。しょせんはささやかな白波だったろうに、まるで史上はじめて大嵐を経験した人間のような口ぶりだった。ハクレットもそのさいの恐怖について少々付言し、ハクレット夫人はひどく気分が悪くなったと語った。

ハンターはますます退屈になってきて、ワインのグラスを一気に飲み干した。

「そしてです、やっとのことで——」とモートンはつづけた。「——まる二日間にわたって恐るべき猛威をふるいつづけた嵐も去り、明けて三日め、われわれは雲ひとつない快晴の、すばらしい朝を迎えたのです。周囲は何マイルもの彼方まで見わたすことができましたし、北風を受けて順風満帆の状態でした。しかし、四十八時間のあいだ強風にあおられつづけていたため、現在地がどこなのかわかりません。ようやく上陸できそうな島を見つけ、そちらへ向かったのは、しばらくたってからのことでした」

なんという無謀なまねをするんだ、とハンターは思った。このモートンという船長、経験不足もいいところじゃないか。まわりじゅうがスペイン領だらけの海域だぞ。そんななかで、どこの領地かたしかめもせず、イングランドの船がのこのこ陸地に近づいていくなんて、正気の沙汰じゃない。十中八九、そこのあるじはスペイン《ザ・ドン》人に決まってる。

「島の向こうにまわりこんでみると、驚いたことに、港には一隻の軍艦が停泊していました。小さな島ではありましたが、その船がスペイン艦であることはまちがいありません。すぐに追撃されるものと、われわれは覚悟を固めました」

「で、どうなったんだい？」あまり興味もないまま、ハンターはたずねた。

「スペイン艦は港にとどまったままだったよ」そういって、モートンは笑った。「せっかくの冒険談の締めくくりには、もっと劇的な結末を持ってきたいところだがね、真実は、拍子ぬけするものだった。スペイン艦は追いかけてこようともしないで、港に残っていたんだ」

「――当然、スペイン人はあんたの船を見てるよな？」

がぜん、興味をそそられて、ハンターはたずねた。

「ああ、確実に見ているはずだ。こちらは全装帆の状態だったし」

「どのくらいの距離まで近づいた？」

「海岸まで二、三マイルというところだったかな。いうまでもなく、島はわれわれの海図に載っていなかった。地図に載せるには値しない、小さな島だからだろう。港はひとつだけで、その脇に要塞があった。そのあとは全員、からくも危地をのがれたと安堵《あんど》したものさ」

ハンターはゆっくりと、オルモント総督に顔をふり向けた。オルモントは薄笑いを浮かべ、じっとハンターを凝視している。一拍おいて、声をかけてきた。

「いまのエピソードに興味を引かれたかな、ハンター船長？」

ハンターはモートンに顔をもどした。

「港のそばに要塞があったといったな？」

「いったとも。かなり立派な要塞に見えた」

「要塞は港の北岸か、南岸か、どっちにあった？」

「ちょっと待ってくれ、たしか——北岸だ。なぜだね？」

「スペイン艦を見たのは何日前だ？」

「三、四日前——いや、三日前か。進む方位が定まりしだい、ただちにポート・ロイヤルをめざしたから」

ハンターは指先でとんとんとテーブルをたたきはじめた。たたきながら、眉根を寄せて、からになったワイングラスを見つめた。短い沈黙がおりた。

オルモント総督が咳ばらいをした。

「ハンター船長。どうやらきみは、いまの物語に夢中と見える」

「おもしろいですな」と、ハンターはいった。「総督もおれと同じくらい、夢中のごようすですが」

「思うに――」とオルモントは答えた。「――これには陛下も、おおいにご興味を示されるはずだ。そう断言しても問題あるまい」

ハクレットはすわったまま、身をこわばらせ、総督にたずねた。

「サー・ジェイムズ――よかったら、この件のなにがそれほど重要なのか、教えていただけませんか」

「あとでな」オルモントはわずらわしげに片手を横にひとふりし、視線をハンターにすえたまま、先をつづけた。「まず、きみの条件を聞こう」

「折半――でどうです」

「おいおい、ハンター船長、それは法外だ。折半では陛下がいい顔をなさるまい」

「そうはおっしゃるが、総督、それよりすくないと、船乗りどもがいい顔をしません」

オルモントはにやりと笑った。

「当然、わかっているだろうが――得られるお宝は莫大だぞ」

「たしかに。ただし、あの島が難攻不落なこともわかっています。昨年、閣下も黙認されたように、エドマンズが三百の手勢を率いてあの島を襲ったでしょう。それなのに、もどってきたのは、たったひとりだけだった」

「エドマンズは使えんやつだと、きみはつねづねいっていたではないか」

「というか、カサーリャのやつがやり手すぎるんですよ」

「わしもそう思う。だが、わしの見るところ、きみはそのカサーリャと相まみえたいのではないか？」

「それはもう、ぜひとも。ただし、折半でなら、ですがね」

「しかしだよ」サー・ジェイムズは余裕たっぷりの笑みを浮かべてみせた。「陛下に遠征の装備と資金を用立てていただく以上、まずはその費用を返してもらって、それから折半するべきではないのかな？　それが筋というものだろう」

「あの、ちょっといいですか？」ハクレットが口をはさんだ。「サー・ジェイムズ、あなたはこの男と……金銭の駆け引きをしようとしているんですか？」

「まさか。わしは彼と紳士の取り引きをしようとしているんだ」

「なんのために？」

「マタンセロスのスペイン前哨基地に対して、私掠遠征を手配するためさ」

「マタンセロス？」これはモートンだ。

「それこそは、きみが目の前を通過してきた孤島の通称だよ、モートン船長。正式な名前はレーレス島というんだが。ふだんは、その島の岬、プンタ・マタンセロスにちなんで、そう呼ばれている。二年前、スペインはその岬に要塞を建設した。指揮をとるのはカサーリャという名の、あまりぞっとしないスペイン紳士《かいわい》だ。きみもこの名には聞き覚えがあるだろう？ない？　ふむ、そうか。西インド諸島の界隈では、いささか名を知られた男でな。うわさに

よると、死にゆく敵の悲鳴を聞いては陶然としている手合いらしい」ハクレット夫人は蒼白に
　オルモントは、晩餐の席についている客たちの顔を見まわした。

なっている。

「そのカサーリャの仕切るマタンセロス要塞が造られた目的はただひとつ——この海域における最東端のスペイン領として、財宝船団が母国へ向かうにあたり、海路の安全確保の拠点とすることにある」

　長い沈黙がおりた。新参の客たちはみな、不安そうな顔になっている。

「きみたちは、この地域の経済をあまり理解しておらんようだな」オルモントはつづけた。「フェリペ《フィリップ》王は毎年、スペインのカディスから当地へと、財宝回収のためのガレオン船団を派遣してくる。この船団は新大陸本土《スパニッシュ・メイン》スペイン領のフロリダぞいに南下し、キューバ経由でこれもスパニッシュ・メインのメキシコに渡る。そこで分散後、カルタヘナ、ベラ・クルス、ポルトベロほか各地の港を訪ね、財宝を回収してまわるわけだ。最終的に、船団はハバナに集結し、東のスペインめざして、そろって帰途につく。船団を組んで行動するのは、私掠船による襲撃を防ぐためだ。以上で状況が呑みこめたかね？」

　客たちはうなずいた。

「さて」オルモントはつづけた。「この大船団《アルマダ》、昨年は晩夏にやってきた。晩夏というのはハリケーンの季節の始まりでもある。そのため、帰路の航海の初期において、ときどき船団からはぐれる船が出る。そういったはぐれ船を保護するために、スペイン人は防備の堅い港

をほしがった。マタンセロス要塞は、ただそれだけの目的で建設されたものだ」

「それだけでは、充分な建設理由になるとは思えませんが」ハクレットがいった。「わたしには、とても……」

「いいや、充分な理由になるのさ」オルモントは押っかぶせるようにいった。「それでだな。さいわいにも、何週間か前、いまいった財宝回収の大型外洋船《ナオ》のうち、二隻が嵐で船団からはぐれた。なぜそうとわかったかというと、ある私掠船がはぐれた二隻を襲撃し、失敗したからだ。その私掠船を振りきって、二隻は南へ――マタンセロスの方向へ向かったという。一隻はかなり損傷を負ったらしい。きみが、モートン船長、スペインの軍艦と呼んだものは、いまいった二隻の財宝ガレオン船の片割れと見ていいだろう。それが純然たる軍艦ならば、二マイルの距離などものともせず、猛然と追いかけてきたろうからな。ゴッドスピード号はあっという間に拿捕《だほ》されて、いまごろきみは、さんざんに拷問されたあげく、悲鳴をあげてカサーリャを楽しませていたはずだ。その船が追いかけてこなかったのは、安全な港の外へ出たくなかったからにちがいない」

モートンがたずねた。

「あの船、あとどのくらいのあいだ港にとどまっているでしょうね？」

「もういまにも出航してしまうかもしれん。あるいは、来年、つぎの船団がやってくるまで、避難したままでいる気かもしれん。そうでなければ、スペインの軍艦が駆けつけてくるのを待って、故国まで護送してもらうつもりか」

「拿捕できるでしょうか？」ふたたび、モートンがたずねる。

「できればそうしたいところだな。その財宝船が積んでいるお宝の総額は、五十万ポンドを下るまい」

テーブルに、痺《しび》れたような静寂がおりた。

「それで、だ」オルモントはおもしろがっているような表情になっていた。「この情報が、いたくハンター船長の興味をそそるだろうと思ったわけだよ」

ハクレットがたずねた。

「では、このハンターという人物、そこらの私掠人の仲間だとおっしゃるのですか？」

「およそ、〝そこらの〟私掠人ではないがな」くっくっと笑いながら、オルモントはいった。

「どうだね、ハンター船長？」

「ま、〝そこらの〟ではないでしょうな」

「しかし、この男の態度、いちいち無礼です！」

「彼の態度には目をつむりたまえ。もっとも、ハンター船長は、マサチューセッツ湾植民地のエドワード・ハンター少佐の第二子なんだ。新世界の生まれで、現地の教育機関で教育を受けている。そこの名前は、たしか——」

「ハーヴァードです」ハンターは助け船を出した。

「おお、そうそう、ハーヴァードだ。ハンター船長がわれわれと行動をともにしだしてから、すでに四年。わが地元社会において、彼は私掠人として確固たる地位を築いている。以上できみの経歴の要約としてはどうかな、ハンター船長？」

「申し分ないですな」ハンターは答え、にやりと笑った。

「しかし、この男、どう見ても、ならず者じゃありませんか」ハクレットはいいつのった。

だが、ハンターを見る夫人の目には、それまでとはちがう好奇の光が宿っていた。「そこらにいるならず者と、なんら変わりはない」

「口を慎みたまえ」オルモントは冷静に釘を刺した。「ジャマイカでは、決闘は違法だが、それでもしじゅう起こっている。この慣習をとめる力は、残念ながら、わしにはない」

「この男の話は耳にしたことがあります」なおも興奮したようすで、ハクレットはつづけた。

「この男はエドワード・ハンター少佐の子息なんかじゃない。すくなくとも、合法的な息子じゃない」

「ほほう、そうなのかい？」

ハンターはぼりぼりとあごひげをかいた。

「そうだとも。しかも、人殺しだとも聞いている。ゴロツキで、淫売買いで、海賊だとも」

〝海賊〟ということばを聞いたとたん、ハンターの右腕が電光の速さで飛びだし、テーブルごしにハクレットの髪をわしづかみにすると、その顔を食べかけのマトンにたたきつけた。

それからしばらく、ずっとそうやって押しつけつづけていた。

「やれやれ」オルモントが嘆いた。「先刻も警告したところだというのに……。いいかね、ミスター・ハクレット。私掠は名誉ある職業だ。対するに、海賊は非合法の存在でしかない。

ハンター船長が犯罪者だと、きみは本気でいいつのるつもりなのか？」

マトンに顔を押しつけられたまま、ハクレットはもごもごと答えた。

「聞こえんな、ミスター・ハクレット」

「〝ちがいます〟といったんです」

「では、紳士として、ハンター船長に謝罪することが適切だとは思わんかね？」

「謝罪します。ハンター船長、侮辱するつもりはなかったんだ」

ハンターは押さえていた手を頭から放した。ハクレットは上体を起こし、背あてにもたれかかると、顔についた肉汁《グレービー》をナプキンでぬぐった。

「さて」オルモントはいった。「不愉快な展開は避けられた。デザートに移るとしようか」

ハンターはテーブルの面々を見まわした。ハクレットはまだ顔をぬぐっている。モートンはあからさまな驚愕の表情でこちらを見ていた。ハクレット夫人もこちらをじっと見つめていたが、たがいの目と目が合ったとき――蠱惑的《こわくてき》に唇をなめた。


晩餐後、ハンターとオルモントは、ふたりだけで官邸の図書室内にすわり、ブランデーを飲んでいた。新しく任命されてきた秘書官のことで、ハンターは総督に同情の意を示した。

「あの男がいると、なにかとこう、やっかいな思いをすることになりそうだ」オルモントはうなずいた。「すまんが、きみにもわずらわしい思いをさせるかもしれん」

「あの男、現状批判の文書をロンドンに送るでしょうか？」

「送ろうとするだろうな」

「この植民地の現状が、王の知るところとなるわけだ」

「それをどう見るかは、立場によって変わろうさ」オルモントは、気にもしていないというしぐさをした。「ひとつたしかなのは――王に潤沢な利益をもたらすかぎり、私掠活動への後援は継続されるということだ」

「最低でも、折半ですよ」間髪を容れずに、ハンターはいった。「念を押しておきますが、それ以下の条件では呑みませんからね」

「しかし、王の財源で、きみに船団、武器、船乗りを提供する以上……」

「ああ、いや」ハンターはいった。「それは必要ありません」

「必要ない？　おいおい、ハンター、きみもマタンセロスのことはよく知っているだろう。あそこにはスペインの一個守備隊が詰めているはずだ」

　ハンターはかぶりをふった。

「正面から攻撃したって、うまくいきっこない。それはエドマンズの遠征でようくわかったはずです」

「正面攻撃をしないとなると、では、どうする？　マタンセロスの要塞は、湾口ににらみをきかせているんだぞ。まずは要塞を陥《お》とさないかぎり、財宝船は奪えん」

「たしかに」

「なら、どうする？」

「要塞の陸地側から、小規模の襲撃をかけます」

「一個守備隊をまるごと相手にしてか？　すくなくとも三百人はいると見たほうがよかろう。成功はおぼつくまい」

「そこをなんとかするんですよ」とハンターはいった。「どのみち、要塞をなんとかしないかぎり、カサーリャは財宝ガレオン船を砲撃して、港に錨泊《びょうはく》させた状態のまま、航行不能にしてしまうでしょう」

「そこまでやるとは思いがおよばなかったが……」オルモントはブランデーを口に含んだ。「ふむ。きみの計画、くわしく聞かせてもらおうか」

7

後刻、総督官邸を出ようとしていると、ハクレット夫人が廊下に現われ、歩みよってきた。

「ハンター船長」

「なんでしょう、ミセス・ハクレット」

「夫の非礼なふるまいをお詫《わ》びしたいと思いまして」

「お詫びしていただくにはおよびませんよ」

「いいえ、そんな、とんでもない、船長。ぜひともお詫びしなくては。夫はあなたを粗野な田舎者あつかいしたのですから」

「マダム。ご主人は紳士として、ご自身のふるまいを詫びられたんです。したがって、あの件はもう片がつきました」ハンターは夫人に会釈した。「では、おやすみなさい」

背を向けて、出口へと歩みだす。

「――ハンター船長」

戸口にさしかかった船長は、足をとめ、ふりかえった。

「なんでしょう、マダム」

「あなたはとても魅力的な殿方ね」

「過分なおことば、痛みいります、マダム。またお会いする機会を楽しみにしていますよ」

「わたしもですわ、船長」

官邸をあとにしながら、ハンターは思った――あのハクレットという男、女房の動向に目を光らせていたほうがいいな。ああいう反応は前にも見たことがある。あれはイングランドの地方郷紳《ジェントリー》の家で育った上品な女性が、宮廷にお娯《たの》しみを見いだすパターンだ。あの感じだと、ハクレット夫人もご同様だろう。もちろん、もしも夫が油断していたならばだが――あのていたらくでは、ミスター・ハクレットはそこまで気がまわるまい。そして、故郷からはるか遠く、はるばる西インド諸島までやってきた女というやつは、階級としきたりの束縛から解放されて、じきに……。そういう事例を、ハンターは前にも見たことがあった。

官邸の母屋《おもや》を出て、玉石を敷きつめた道を歩きつづける。やがて厨房《ちゆうぼう》の前に差しかかった。屋内にはまだ煌々《こうこう》と灯りがついていて、使用人たちが立ち働いていた。ポート・ロイヤルのすべての屋敷では厨房が独立している。気候が暑いため、別棟にしておく必要があるからだ。その厨房の開かれた窓ごしに、晩餐会で給仕をしていた金髪娘の姿が見えた。ハンターは娘に手をふってみせた。

娘は手をふり返し、背を向けて仕事をつづけた。

〈ミセス・デンビーズ・イン〉の前では、熊いじめが行なわれていた。ハンターの見ている前で、抵抗するすべもない動物に、子供たちが石を投げつけている。熊がうなり、鎖をぴんと張って逃げまどうたびに、子供たちは愉快そうに笑い、歓声をあげる。ふたりの娼婦は棒で熊をたたいていた。ハンターはその横を通りすぎ、〈イン〉にはいった。酒場にはトレンチャーがいた。まだ少年といってもいいほどの若い男で、片隅にすわり、使えるほうの手で酒を飲んでいる。ハンターは声をかけ、そばに招きよせた。

トレンチャーが興味津々《しんしん》のようすでやってきた。

「なんだい、船長《キャプテン》」

「何人か、居どころをたしかめてほしい連中がいる」

「だれ？」

「レイジュー、ミスター・エンダーズ、サンソン。それと〈ムーア人〉」

トレンチャーはにやりと笑った。

「ここに連れてくんの？」

「いや、居場所をさがしてくれればそれでいい。こっちから出向く。ああ、それから、もうひとり――〈かすれ声《ウィスパー》〉はどこにいる？」

「〈青山羊亭《ブルー・ゴート》〉にいるぜ。奥の部屋に」

「〈黒斑眼《ブラック・アイ》〉はファロウ・ストリートだな？」

「と思う。じゃあ、〈ユダヤ人〉にも声をかけるんだ？」

「おまえだから話したんだぞ。だれにもいうなよ」

「おれも連れてってくれるのかい、キャプテン？」

「いわれたとおりにするならな」

「いいつけは守る。絶対守るよ、キャプテン」

「だったら、しっかりさがしてこい」

ハンターは言い残し、〈イン〉の外に出ると、ぬかるんだ道を歩きだした。夜気はぬるく、むっとよどんでいた。むし暑さは昼間と変わらない。どこかでそっとギターをつまびく音が聞こえている。どこかで酔っぱらいの笑い声がしたかと思うと、銃声が轟いた。

ハンターはリッジ・ストリートにはいった。向かう先は〈青山羊亭《ブルー・ゴート》〉だ。

ポート・ロイヤルの町は、港《ポート》を中心に、おおざっぱにいくつかの区画に分割されている。港にいちばん近い区画にならぶのは、居酒屋、売春宿、賭博場などだ。だが、港の喧噪からもうすこし奥へはいると、街路はだいぶ静かになって、食料雑貨屋、遠征資金出資者の店、家具職人の工房、船関係の雑貨屋、鍛冶屋、金細工屋などが目につくようになる。いっそう奥へ進み、湾の南側へいけば、そこから先は私邸がならぶ区画で、そのあいだに混じって、何軒かのまっとうな宿屋も建っている。〈青山羊亭《ブルー・ゴート》〉は、そんなまともな宿屋の一軒だ。

ハンターは宿屋にはいった。食堂では、何人もの紳士がテーブルにつき、酒を飲んでいた。見知った顔もいくつかある。陸《おか》では最高の医者、ミスター・パーキンズ。議員のひとりの、ミスター・ピカリング。マーシャルシー監獄の所長。そのほか、それなりの地位にある紳士たち。

本来ならば、〈青山羊亭《ブルー・ゴート》〉のような店は、一介の私掠船の船乗りを歓迎することはない。しかし、ハンターは好意を持って迎えられた。この例ひとつをとっても、ポート・ロイヤルの商業活動が、私掠行為の成功で陸続と流れこんでくる掠奪物資の上に成立していることがわかる。ハンターは場数を踏んだ豪胆な船長だ。したがって彼は、ここの地域社会の重要なメンバーなのである。昨年、ハンターは三回の掠奪を行なって、スペインのピストール貨とダブルーン貨、合わせて二十万枚以上の金貨をポート・ロイヤルにもたらした。その大半はこの紳士たちのふところにはいったのだから、彼らがハンターを歓迎するのも当然だろう。〈青山羊亭《ブルー・ゴート》〉の女主人、ミストレス・ウィッカムも、ハンターを歓迎してくれる者のひとりだった。未亡人である彼女が〈かすれ声《ウィスパー》〉を住まわせるようになったのは、いまから何年か前のことで、ハンターが店に姿を見せたとたん、〈ウィスパー〉に会いにきたのだとすぐにわかったらしく、親指で奥の部屋を指し示し、こういった。

「おりますよ、キャプテン」

「ありがとう、マダム・ウィッカム」

足をとめることなく、奥の部屋へと向かう。ノックだけはしたが、どうぞといわれるのも待たず、勝手に扉をあけた。返事がないことがわかっているからだ。

室内は暗くて、一本の蠟燭《ろうそく》が灯されているだけだった。ハンターは目をしばたたき、薄闇に目が慣れるのを待った。室内からはリズミカルなきしみ音が聞こえてくる。ややあって、〈ウィスパー〉の姿がうっすらと見えるようになってきた。部屋の隅でロッキングチェアにすわっている男がそうだ。きしみの正体はそのチェアの音だった。見ると、〈ウィスパー〉は銃を手にしており、銃口をハンターの腹に向けていた。

「いい夜だな、〈かすれ声《ウィスパー》〉」

低く、かすれた声が返ってきた。

「いい夜だ、キャプテン・ハンター。あんたひとりか？」

「ひとりだ」

「なら、はいるがいい」ふたたび、低いかすれ声。「ラム酒《キル・デヴィル》、やるか？」

〈ウィスパー〉は横手にある樽を指さした。テーブルがわりに使っている樽だ。樽の上にはグラスが何脚かと、ラム酒の小さな陶瓶《クラック》が置いてあった。

「もらおう、〈ウィスパー〉」

ハンターは、〈ウィスパー〉が二脚のグラスを取り、ダークブラウンの液体をそそぐのを見まもった。目がさらに薄闇に慣れるにつれて、相手のようすがいっそうはっきりと見えるようになっていく。

〈ウィスパー〉は――本名はだれも知らない――大柄のいかつい男で、青白い両手は特大に大きく、かつては私掠船の船長として鳴らした男だった。ところが、エドマンズに同行し、マタンセロス島襲撃に加わったのが運の尽き――あの遠征のただひとりの生存者とは、この〈ウィスパー〉だったのである。正確には、カサーリャにつかまり、のどを切り裂かれ、放置されてそのまま死ぬはずだったのだが、どういうわけか生き延びた。そのかわり、命は助かったものの、声を失ってしまった。かすれ声とあごの下にアーチを描く大きな白い傷跡とは、〈ウィスパー〉が経験した地獄のあかしにほかならない。

ポート・ロイヤルにもどってきて以来、〈ウィスパー〉はこの暗い部屋に隠れ住んでいる。いまのこの男は屈強で身体頑健ではあるが、かつての豪胆さはもうない。鋼《はがね》の心はどこかへ消えてしまったようだ。つねにびくびくしていて、なんらかの武器を手に持ち、そばにもうひとつ用意していないと、落ちつかないという。事実、こうしているいまも、部屋の椅子に収まったハンターは、〈ウィスパー〉の手がとどく床の上に、ひとふりの舶刀《カトラス》の——片刃の曲刀の——反射光を見てとった。

「なんの用だ、キャプテン。マタンセロスか？」

自分では気づかなかったが、ハンターは驚きの表情を浮かべたにちがいない。というのは、〈ウィスパー〉がふいに笑い声をあげたからである。ぞっとする笑い声だった。ケトルから蒸気が噴きだすときのような、かんだかいシューシューという音——そんな音を発しながら、頭をのけぞらせて大笑いしたため、のどもとの白い傷跡がはっきりと見えた。

「驚かせたようだな、キャプテン。おれが知っていて驚いたか？」

「〈ウィスパー〉——ほかに知ってるやつはいるのか？」

「何人かいる」〈ウィスパー〉はかすれた声で答えた。「すくなくとも、目星はつけているだろう。しかし、やつらにはことの深刻さがわかっていない。モートンが航海中に遭遇した島の話は聞いた」

「そうか」

「いくのか、キャプテン？」

「マタンセロスのことを教えてくれ、〈ウィスパー〉」

「地図がいるか？」

「いる」

「十五シリングでどうだ？」

「買った」

じっさいには二十シリング渡すつもりだった。友情のあかしに加えて、口止め料の意味もある。あとからだれかが訪ねてきても、この件のことは黙っていてもらわなくてはならない。〈ウィスパー〉のほうも、その余分の五シリングを受けとることで、口を閉じていなくてはならないことを察する。余人にマタンセロスの件を話せば、ハンターに殺されることもだ。

〈ウィスパー〉は油布のはしきれを一枚と、木炭をひとかけ取りだした。油布はひざの上に載せ、木炭で手早く地図を描いていく。

「これがレーレス島――通称マタンセロス島だ。スペイン語で〝殺戮《さつりく》〟を意味する」

かすれ声で、〈ウィスパー〉は説明した。

「島はCの字形をしていて、湾は東側に――大西洋の方向に――口をあけている。この岬が――」

〈ウィスパー〉はCの字の右上の先端をつついて、

「——殺戮《プンタ・マタンセロス》岬だ。カサーリャはこの岬に要塞を築いた。一帯は低地で、海岸からゆるい勾配の斜面を登っていくと、五十歩足らずで要塞の基部にたどりつく」

ハンターはうなずき、〈ウィスパー〉がラム酒を口に含むのを待った。

「要塞は八角形でな。外壁は総石造り、高さ三十フィート。中にはスペイン義勇軍の守備隊が詰めている」

「兵力は？」

「二百人というところか。三百人という説もある。四百人という話も耳にしたが、信じちゃいない」

ハンターはうなずいた。これは三百人と見ておくのが妥当だろう。

「砲台は？」

「要塞の二面だけしか備わってない。ひとつは大西洋側にあって、真東を向いている。もうひとつは湾口側に面していて、真南を向いている」

「火砲の種類は？」

「聞いて驚くな、キャプテン・ハンター。クレブリナ砲だ。二十四ポンド砲だよ。青銅鋳造のな」

「数は？」

「十門。もしかすると、十二門」

こいつはおもしろい、とハンターは思った。クレブリナ砲は——イングランドの呼び名でカルヴァリン砲は――最強クラスの火砲ではなく、もはや艦載砲としても好まれない。どの国でも、いまどきの軍艦に積むのは、ずんぐりしたカノン砲が標準となっている。

というのも、カルヴァリン砲は旧式の火砲だからだ。重量は二トンを越え、砲身は最大で十五フィートと長く、取りまわしが悪い。ただし、この長大な砲身のおかげで、長射程での照準は正確をきわめる。大口径の砲弾も射てるし、装塡《そうてん》時間も短い。百戦練磨の砲手たちがあつかえば、一分間に一発というハイペースで発射することもできた。

「なるほど、考えたな」ハンターはうなずいた。「砲術長の名は？」

「ボスケ」

「聞いたことがあるぞ――もしや、誉れ号《レナウン》を沈めた男か？」

「あのボスケだ」

となると、砲手たちの練度は高いだろう。ハンターは眉をひそめた。

「で、〈ウィスパー〉――砲台のカルヴァリン砲は、固定砲座かどうかわかるか？」

〈ウィスパー〉は長いあいだ、ロッキングチェアを前後にゆすっていた。

「あんたってやつは、いかれてるよ、キャプテン・ハンター」

「なぜだ？」

「島の裏手に上陸して、背後から攻めるつもりなんだろう？」

ハンターはうなずいた。

〈ウィスパー〉はひざの地図をとんとんとたたいた。

「それはうまくいかんぞ。エドマンズも最初は同じことをもくろんだ。が、島を見たとたん、そんな考えは捨てた。見ろ、ここを。島の西側に上陸する場合――」そういって、Cの字の湾曲部分の左側をつつきながら、「――使えそうな小さな入江がひとつある。しかし、陸地づたいに、島の反対側にある主要港へいくとなると、レーレス山の尾根を越えていかざるをえない」

ハンターは、話がまどろっこしいぞといわんばかりのしぐさをした。

「その尾根越え、たいへんか？」

「まず不可能だと思え。並みの人間には越えられん。ここ――西の入江から五百フィートかそこらまでは傾斜がゆるやかだが、暑くてむしむしするし、木々の密生する密林がつづく。沼地もたくさんある。真水はない。見まわりの連中もいるだろう。しかし、運よく警邏《けいら》隊に見つからず、熱病で死ぬこともなく、尾根のふもとまでたどりつけたとしよう。レーレスの尾根の西側は高さ三百フィートの切りたった岩壁だ。鳥でさえ止まるところがない。強風もひっきりなしに吹いている」

「かりに尾根を登れたとする。そこから先は？」

「東側はゆるやかな斜面だ。下るのはそうたいへんじゃないだろう。しかし、それ以前に、尾根を越えて東側にたどりつくのはむりだな。断言する」

「かりに東側へ越えられたとしよう。マタンセロスの大砲は山側を狙えるか？」

〈ウィスパー〉は小さく肩をすくめてみせた。

「砲はみんな海に向けてあるさ。カサーリャも馬鹿じゃない。陸地から襲撃されないことはわかっている」

「抜け道はかならずあるものだぞ」

〈ウィスパー〉は長いあいだ、無言でチェアを揺らしていた。

「かならずある、とはかぎらんさ」ややあって、〈ウィスパー〉はいった。「かならずあるとはな」


ドン・ディエゴ・デ・ラマーノ、通称〈黒斑眼《ブラック・アイ》〉、またはたんに〈ユダヤ人〉と呼ばれる男は、ファロウ・ストリートにある自分の店で椅子にすわり、作業台に顔を近づけ、しょぼしょぼした目をしきりにまばたかせながら、左手の親指と人差し指でつまんだ真珠をじっと見つめていた。左手で残っている指は、この二本だけだ。

「こいつは上質の真珠だな」そういって、〈黒斑眼《ブラック・アイ》〉は真珠をハンターに返した。「手元にとどめておいたほうがよろしい」

〈黒斑眼《ブラック・アイ》〉はしきりにまばたきをする。事故で目を傷めたからだ。白目の部分は血走って、白ウサギの目のように赤い。しじゅう涙を流しており、ときどきその涙を指の先でぬぐう。右目には、瞳のそばに大きな黒い斑《ふ》があった。通り名の由来はここにある。

「これほどのしろものだ。わしに鑑別させるまでもなかろうが、ハンター」

「たしかにな、ドン・ディエゴ」

〈ユダヤ人〉はうなずくと、作業台から立ちあがった。せまい店内を横切っていき、通りに通じる扉を閉める。ついで、窓の鎧戸《よろいど》を閉じ、ハンターに向きなおった。

「で？」

「からだの調子はどうだ、ドン・ディエゴ？」

「からだの調子はときおったか。この左手か？」ドン・ディエゴは、ゆったりしたローブのポケット深くに両手をつっこんだ。指をなくした左手のことになると、この男は敏感な反応を示す。「見ればわかるだろう、いつもと変わらんよ。これもまた、わしにいわせるまでもないことだな」

「店はうまくいってるのか？」

店内を見まわしながら、ハンターはたずねた。武骨な展示台の上には、金細工の宝飾品が飾ってある。〈ユダヤ人〉がこの店で宝飾品を売るようになり、早くも二年ちかくがたとうとしていた。

ドン・ディエゴは椅子に腰をおろした。ハンターをじっと見つめ、あごひげをしごきつつ、傷めた目の涙をはらう。それから、やおら、口を開いた。

「ハンター——じれったいぞ。腹のうちをいえ」

「いや、気になっていたんでな」とハンターは答えた。「いまでも火薬の調合をやっているのかなと」

「火薬？　火薬だと？」

〈ユダヤ人〉は虚空を見つめた。それから、火薬ということばなどは聞いたことがない、といわんばかりに眉根を寄せ、こう答えた。

「いいや——火薬はもう調合しておらんよ。これのあとではな——」

そういって、一部が黒くなった片目を指さしてみせる。

「それに、これもある——」

こんどは、指をなくした左手を上にかかげた。

「——だから、もう火薬の調合はやっておらん」

「気が変わる可能性はないのか？」

「ない」

「いつまで〝ない〟？」

「ないといったら、もう二度とないということだ、ハンター」

「カサーリャを攻めるといってもか？」

〈ユダヤ人〉はうめいた。そして、

「カサーリャか……」と沈鬱な声を出した。「カサーリャはマタンセロスにいる。あそこは攻められん」

「それをあえて攻めるのさ」ハンターは静かにいった。

「キャプテン・エドマンズも同じことをいっていたぞ。今年のはじめにな」

ドン・ディエゴは顔をしかめた。あのときのことを思いだしたらしい。ドン・ディエゴはあの遠征の資金を一部出資していた。だが、投資した額は――五十ポンドだ――すべて水の泡と消えてしまった。

「マタンセロスは難攻不落だ、ハンター。虚栄心で分別を曇らすな。あの要塞は陥《お》とせん」

頬を流れる涙を、またもやぬぐう。「だいいち、あの要塞にはお宝などない」

「要塞にはないだろうさ。だが、港には？」

「港？　港だと？」〈黒斑眼《ブラック・アイ》〉は、ふたたび虚空を見つめた。「あそこの港になにがある？

おお、そうか。八月の嵐ではぐれた、お宝運びの大型外洋船《ナオ》か。そうだな？」

「はぐれた一隻が停泊している」

「なぜわかった？」

「そこはそれ、いろいろと」

「財宝船一隻か？」〈ユダヤ人〉はいっそう小刻みにまばたきしだした。左手の残っている指のうち、人差し指で鼻をかく。これはいつも、この男が考えに没頭しているときに見せるしぐさだ。しばらくして、〈ユダヤ人〉は陰鬱な声を出した。「積み荷がタバコとシナモンだったらどうする？」

「黄金や真珠を満載しているのはまちがいない。そうでなければ、拿捕を覚悟で、とっくにスペインへ向かってる。マタンセロスに逃げこんだのは、お宝の価値がありすぎて奪われる危険を冒せないからだ」

「かもしれん、かもしれん……」

ハンターは〈ユダヤ人〉を注意深い目で見つめ、この男、なかなかの役者だな、と思った。

「かりにあんたのいうとおりだとしても――」ややあって、〈ユダヤ人〉はいった。「――わしはそんなものになど興味はないぞ。マタンセロスにいる財宝船は安全そのもの、本国のカディスに舫《もや》われているのと同じだ。あの要塞に護られていては手も足も出せん。そして、あの要塞は陥《お》としようがない」

「たしかに。だが、港を護っている砲台は破壊できる――あんたのからだの調子がよくて、もういちど火薬を調合してくれさえすればな」

「それは買いかぶりだ」

「おれはそうは思っていない」

「だいたい、わしのからだの調子がどう関係してくる？」

「おれの計画は――」とハンターはいった。「こなせないのさ、からだが丈夫でないとな」

ドン・ディエゴは眉をひそめた。

「まさか……わしに同行しろといっているのか？」

「当然だろう。おれがなにしにきたと思ってる？」

「出資を持ちかけにきたものとばかり――。わしに同行してほしいだと？」

「あんたにきてもらわんことには計画がなりたたんのだ、ドン・ディエゴ」

いきなり、〈ユダヤ人〉は立ちあがった。

「カサーリャを攻める、か……」

急に興奮した口調になっていた。室内をいったりきたりしながら、ドン・ディエゴは語をついだ。

「わしはやつが死ぬところをずっと夢見てきた。この十年、毎晩のようにずっと夢見てきた……」ぴたりと足をとめ、ハンターを見た。「あんたにはあんたの理由があるんだな？」

「ある」ハンターはうなずいた。

「しかし、成功の見こみはあるんだろう？　いけそうか？」

「見こみは高い」

「そういうことなら、ぜひともその計画を聞かせてもらおうか」興奮しきったようすで、〈ユダヤ人〉はいった。「それに、どんな火薬を調合してほしいかも聞いておきたい」

「あんたにはある品を発明してほしい」ハンターは答えた。「いまだかつて存在しなかったものをこさえてもらおうと思う」

〈ユダヤ人〉は流れる涙をはらい、

「話を聞かせてくれ」とうながした。「くわしく聞かせてくれ」

床屋にして外科医、かつ名航海士《シー・アーティスト》のミスター・エンダーズは、患者の首筋にそっとヒルをあてがった。椅子の背にもたれかかって、顔をタオルでおおわれた患者は、ナメクジに似た生きものが肌に触れたとたん、うめき声をあげた。血を吸うにつれ、ヒルはみるみる大きくなっていく。

小さく鼻歌を歌いながら、ミスター・エンダーズはひとりごとをいった。

「ようし、いいぞ」

それから、これは患者に向かって、

「もうすこししたら、ずっと気分がよくなりますよ。いいですか、呼吸を楽にして。ご婦人がたに勇気のあるところを見せてやろうじゃありませんか」そういいながら、綿布ごしに、患者の頬をそっとたたく。「わたしはちょっと外の空気を吸ってきます。すぐにもどりますからね」

そう言い残して、ミスター・エンダーズは店の外に出た。旧知のハンターが表に現われ、手招きするのが見えたからだ。

ミスター・エンダーズは小柄な男で、敏捷《びんしょう》かつ繊細な動きかたをする。歩きかたにしても、歩いているというより踊っているような動きだ。ほかの外科医と異なり、彼の施術を受けた患者は生き延びる率が高いため、ポート・ロイヤルでは、この店はかなり繁盛しているほうだった。もっとも、彼の本領は——そして、彼がなによりも愛してやまないのは——帆船に乗って舵をとり、船を自由自在にあやつることにある。エンダーズは天性の航海士で、完璧な操舵手であり、船と意思の疎通でもできるかのように、船と一心同体になって舵をとれる稀有《けう》な才能の持ち主なのである。

「ひげでも剃《そ》ってほしいのかい、キャプテン？」

「ほしいのは乗組員だ」

「だったら、外科医は確保できたな。で、航海の目的は？」

「ログウッドの刈り入れさ」ハンターは答え、にやりと笑った。

「ログウッドの刈り入れか。望むところだよ。で、だれのログウッドだい？」

「カサーリャのだ」

それまでひやかしぎみだったエンダーズが、急に真顔になった。

「カサーリャ――？　まさか――マタンセロスへいく気か？」

「しっ、声が高い」ハンターは制し、通りの左右に目をやった。

「キャプテン、キャプテン。自殺は神に対する冒瀆《ぼうとく》だぞ」

「おまえの力が必要なことはわかっているだろう」

「といわれても、キャプテン、命は惜しい」

「みすみす黄金を見逃すのも惜しかろう？」

エンダーズは眉をひそめ、黙りこんだ。〈ユダヤ人〉と同じく、またポート・ロイヤルのあらゆる人間と同じく、エンダーズも知っているのだ――マタンセロスの要塞には黄金などないことを。

「くわしい説明はしてもらえるんだろうな？」

「いまはしないほうがいい」

「出航はいつだ？」

「二日後だ」

「牡牛湾《ブル・ベイ》を出るときには説明してもらえるのか?」

「約束する」

エンダーズは黙って手を差しだした。ハンターはその手を握った。

そのとき、店内の患者がもがき、うめきだした。

「あ、まずい。悪いことをしちまった」

エンダーズは急いで店内に駆けもどった。ヒルは血を吸って大きく膨れあがり、板張りの床に赤いしずくをしたたらせていた。エンダーズが急いでヒルをむしりとると、患者は悲鳴をあげた。

「だいじょうぶ、だいじょうぶです、落ちついてください、閣下」

「きさまは海賊か! ゴロツキか!」

顔の綿布をはぎ、血まみれの首筋を押さえて叫んだのは、サー・ジェイムズ・オルモント総督だった。

レイジューはライム・ロードの娼館にしけこみ、周囲にくすくす笑う女たちをはべらせていた。レイジューはフランス人で、この呼び名はフランス語の〝レ・ジュー〟——〈眼《まなこ》〉という通称がなまったものだ。目が大きく、明るい光をたたえ、数々の伝説を残していることからきたその通り名のとおり、レイジューは視力にすぐれるうえ、だれよりも夜目がきく。ハンター自身、夜間にレイジューを船首楼に立たせ、その水先案内でサンゴ礁や浅瀬をぶじに通過したことが何度もある。それに、もうひとつ——この細身で猫のような人物は遠目がきき、距離を見きわめる名人でもあった。

「おーっ、ハンターじゃないか」豊満な女の腰に片手をまわしたまま、レイジューはうなるような声でいった。「あんたも混じんなよ、ハンター」

自分の髪をもてあそびながら、女たちがくすくす笑う。

「内密の話があるんだ、レイジュー」

「ちぇっ、つまんねえやつだぜ」レイジューは答え、女たちのひとりひとりにキスをした。「すぐにもどってくるからな」

レイジューは立ちあがり、ハンターとともに部屋の遠い隅へ移動した。女のひとりがラム酒の陶瓶《クラツク》とグラスをふたつ持ってきた。

肩までたれたレイジューのもつれ髪とあごひげのない顔を見つめて、ハンターはたずねた。

「酔っぱらってるのか、レイジュー？」

「そんなに酔っちゃいないさ、キャプテン」レイジューは答え、耳ざわりな笑い声をあげた。

「ま、単刀直入にたのむわ」

「二日後に船出する」

「へえ？」レイジューは急にしらふになったように見えた。よく光る大きなふたつの目が、じっとハンターを凝視している。「船出して、どこへいくんだい？」

「マタンセロスだ」

レイジューは笑った。深く響く、野太い笑い声だった。こんなに低い声がこれほどの細身から出てくるのかと思うと、なんだか不思議ですらある。

「マタンセロスってのは、〝殺戮〟の意味だったっけか。あそこの話はいろいろ聞いてるぜ。うまい名前をつけたもんだ」

「それでもいくんだよ」

「命を賭けるだけの理由があるのかい？」

「ある」

レイジューはうなずいた。もっとくわしい話を聞こうとしてもむだだと気づいたのだろう。賢明な船長は、乗組員が船に乗りこむまで、計画をつまびらかにはしないものだ。

「大きな危険に見あうだけの理由なんだな？」

「そうだ」

レイジューはハンターの顔を見つめ、腹のうちを読もうとした。

「こんどの航海、女連れでいきたいってか？」

「だからこそ、ここにきた」

レイジューはふたたび笑った。そして、小ぶりの乳房のあいだを無意識のうちにボリボリと掻いた。

男物の服を着てはいるし、男顔負けの戦いぶりを見せもするが、じつはレイジューは女だ。その過去を知っている者は数えるほどしかいない。ハンターはその数少ないひとりだった。

レイジューはブルターニュの船乗りの女房が産んだ娘だという。夫が航海中、女房は妊娠していることに気づき、やがて男の子を産んだ。結局、夫は帰ってこなかった。というより、消息さえわからないままとなった。ところが、数カ月後、女房はまたもや妊娠した。醜聞を恐れた女房は、ブルターニュ内の別の村へと移り住み、その地で娘を産み落とした。それがレイジューだ。

一年後、息子のほうは死んだ。そのあいだに、女房は生活費が尽き、故郷の村にもどって両親といっしょに暮らさざるをえなくなった。そのため、不名誉を避けようと、女房は娘に息子の格好をさせた。擬装は完璧だったので、村のだれもレイジューが女の子であることに気がつかなかった。それは娘の祖父母でさえも同様で、ふたりとも、ほんのすこしも疑念をいだかなかったという。かくしてレイジューは男の子として育てられ、十三の齢《とし》、地元貴族の御者となった。

のちにはフランス軍に入隊し、女であると見破られることなく、数年間の軍隊生活を送る。やがて――すくなくとも、本人の話によれば――若くてハンサムな騎兵隊の将校と恋に落ち、自分の秘密を打ち明けたそうだ。その後、ふたりは情熱的に愛しあったものの、結局、結婚するにはいたらず、やがて関係がおわると、レイジューは西インド諸島へ渡ることを選んだ。そしてふたたび、この地で男のふりをして暮らすことになったというわけだった。

もちろん、ポート・ロイヤルのような町では、こんな秘密は長続きしない。レイジューが女であることは町じゅうの人間が知っている。そもそもレイジューには、私掠行為のさい、敵をまどわせ、混乱させる目的で、乳房を露出させるくせがあるのである。もっとも、この港町では、レイジューは男としてあつかわれるし、それを問題にする者などいはしない。

笑いながら、レイジューはいった。

「あんた、いかれてるぜ、ハンター。マタンセロスを攻めるなんざ、正気じゃない」

「いっしょにくるか？」

レイジューはふたたび笑った。

「ほかにすることがなかったらな」

そして、向こう端のテーブルでくすくす笑っている娼婦たちのもとへもどっていった。

〈ムーア人〉は〈黄《イエロー・》ハタ亭《スキャンプ》〉なる賭博場で――ハタはゴロツキを意味する――オランダ人の私掠人《しりやくにん》ふたりを相手にグリークをやっていた。このゲームは四十四枚のトランプを使い、三人で行なうものだ。

〈ムーア人〉、またの名をバッサと呼ばれる男は、巨大な頭を持つ偉丈夫で、肩も胸も筋肉が隆々と盛りあがり、腕も太ければ手もごつく、その手の中にふつうの大きさのトランプが収まると、やけに小さく見えてしまう。どうして〈ムーア人〉と呼ばれるようになったのか、その理由は忘れられてひさしい。

しかし、たとえ本人に理由を話す気があったとしても、話すすべはなかった。というのは、以前、ヒスパニオラ島にいたとき、スペイン人の農園《プランテーション》主によって舌を切られてしまったからである。

ただ、一般に、〈ムーア人〉はムーアの出身などではなく、ヌビアと呼ばれるアフリカの一地域——おおぜいの黒人が住む、ナイル河ぞいの砂漠地帯の出身であろうと思われている。もうひとつの通称であるバッサは、ギニア沿岸の港の名に由来するものだ。バッサの港は、ときに奴隷商人が立ちよることで知られるが、〈ムーア人〉がやはりバッサの出身でもないことは、この地のだれもが認めるところだった。なにしろ現地人はもっと貧弱で、肌の色もはるかに白いのである。

〈ムーア人〉は口がきけないため、手ぶりで意思の疎通をせざるをえず、それは彼の肉体のたくましさをいっそう強調することになる。折にふれて、ポート・ロイヤルにきたばかりの新参者は、口がきけないことと肉体派であることから、バッサを愚かと思いこむ。いま目の前で行なわれているカードゲームのプレイぶりを見ていると、今回もそのパターンらしい。ハンターはワインのタンカードを脇のテーブルまで持っていき、椅子にすわって成りゆきを楽しんだ。

オランダ人たちはどちらもしゃれ者で、上等な脚衣《ホーズ》に刺繍《ししゅう》入りのシルクの上着を着ており、浴びるように酒を飲んでいた。〈ムーア人〉のほうは一滴も飲んでいない。いまだけでなく、彼はいっさい酒を飲まないのだ。一説によれば、〈ムーア人〉はアルコールにはなはだ弱く、あるとき、うっかり酔っぱらってしまって、五人の男を素手で撲殺《ぼくさつ》したという武勇伝がある。それが事実なのか作り話なのかはわからない。が、この〈ムーア人〉が、自分の舌を切ったプランテーション主のみならず、その妻と家人の半数を殺したのは、まぎれもない事実だ。その後ただちに、〈ムーア人〉はヒスパニオラ島西側にある海賊の港に逃げこみ、そこからこのポート・ロイヤルへやってきた。

ハンターは賭け金を積むオランダ人を眺めた。ふたりとも上機嫌でジョークをいい、笑いあいながら、気前よく大金を賭けている。〈ムーア人〉は目の前に金貨を積みあげ、無表情で泰然とすわったままだ。

グリークというのは簡単に勝負のつくゲームだが、考えなしに賭けると大損をしやすい。案の定、ハンターの目の前で、〈ムーア人〉はカードを三枚引き、相手に見せ、オランダ人ふたりの賭け金を総取りした。

オランダ人たちは、一瞬、ことばを失い、そのようすを見つめていたが、すぐにいろいろな言語で〝いかさまだ！〟と叫びだした。〈ムーア人〉は、落ちつきはらった態度で巨大な頭を左右にふり、金をポケットにしまった。

オランダ人のふたりはもうひと勝負を要求したが、〈ムーア人〉は手ぶりで、ふたりにはもう賭けるだけの金が残っていないことを指摘した。

ここにいたって、オランダ人たちは喧嘩腰になり、〈ムーア人〉に指をつきつけ、罵倒を投げかけた。バッサはなおも泰然とした態度を崩さない。ただし、そばにやってきた給仕の少年に一枚のダブルーン金貨をわたした。

オランダ人たちは〈ムーア人〉がなんのために金を払ったのかわからず、けげんな表情になった。じつはこの金は、これから賭博場にもたらすであろう損害にそなえて、あらかじめ弁償金を前払いしたものなのである。金貨を受けとった給仕の少年は、すぐに安全な場所へすっ飛んで逃げた。

オランダ人たちは荒々しく立ちあがり、席についたままの〈ムーア人〉をなじっている。〈ムーア人〉は無表情のままだが、その目はふたりのオランダ人を交互にとらえて離さない。オランダ人たちはますます激昂し、手を突きだして、金を返せと要求しだした。

〈ムーア人〉はかぶりをふった。

と、オランダ人船乗りの片方がベルトの短剣を引きぬき、〈ムーア人〉の鼻先からほんの数インチのところへ突きつけた。〈ムーア人〉は、あいかわらず悠然たる態度を崩さない。じっとすわったまま、テーブルの上で両手を組んでいる。

もうひとりのオランダ人がベルトからピストルを抜きかけた。その刹那《せつな》、〈ムーア人〉はついに行動に出た。大きな黒い手をすばやく突きだすなり、短剣を持ったオランダ人の手をぐっとつかみ、刃先を下に向けさせ、勢いよくテーブルに突きたてたのだ。短剣は深々と、天板に数インチも突き刺さった。ほぼ同時に、〈ムーア人〉はもうひとりの腹を殴りつけた。オランダ人がピストルを落とし、身をふたつに折って悶《もだ》えだす。その顔に、〈ムーア人〉は蹴りを見舞った。オランダ人はひとたまりもなく吹っとんで、長々と床に転がった。それを見とどけてから、〈ムーア人〉は最初の男に向きなおった。オランダ人の目は恐怖に大きく見開かれている。〈ムーア人〉はそのからだをわしづかみにし、高々と頭上にかかえあげ、扉に歩いていって、外へ、路上へと放り投げた。両手両足を大きく広げた格好で、男は顔面から泥道に落下した。

〈ムーア人〉は店内にもどってくると、テーブルの短剣を引っこぬき、自分のベルトに収め、ハンターのところまで部屋を横切ってきて、どっかりと椅子に腰をおろした。

ここではじめて、〈ムーア人〉は、にかっと笑った。

「新参者だな、あれは」ハンターはいった。

なおも笑顔のまま、〈ムーア人〉はうなずいた。ついで眉根を寄せ、ハンターを指さした。なにしにきたのかといいたげな表情だ。

「おまえに会いにきたのさ」

〈ムーア人〉は肩をすくめた。

「二日後に出帆する」

〈ムーア人〉は唇をすぼめ、ひとつのことばを形作った。

(ほう?)といったのだ。

「マタンセロスだよ」

〈ムーア人〉は渋面を作った。

「興味なしか?」

〈ムーア人〉は薄く笑い、人差し指で自分ののどを掻き切るしぐさをしてみせた。

「正直、そうなる可能性はある」ハンターは答えた。「おまえ、高いところは怖いか?」

〈ムーア人〉は横静索《シュラウド》を登るようなしぐさをし、かぶりをふった。

「いや、帆柱や索具のことじゃない。絶壁だ。ちょっとした絶壁だよ——高さ三百フィートから四百フィートの」

〈ムーア人〉は額を掻いた。天井を見あげる。絶壁の高さを想像しようとしているのだろう。ややあって、こくりとうなずいた。

「登れるんだな?」

もういちど、こくり。

「強風のなかでもか? よし。それなら、いっしょにきてくれ」

店を出ようとして、ハンターは立ちあがった。が、〈ムーア人〉に腕をつかまれ、椅子に引きもどされた。〈ムーア人〉はポケットの上から金貨をジャラジャラと鳴らし、物問い顔でハンターに指をつきつけた。

「心配するな。危険を冒す価値は充分にある」

〈ムーア人〉はにんまりと笑った。

ハンターは店を出た。


サンソンは〈女王の武器亭《クィーンズ・アームズ》〉二階の一室にいた。ハンターは扉をノックし、返事を待った。室内から、くすくす笑う声とためいきが聞こえた。もういちどノックした。

驚くほどかんだかい声が答えた。

「うるせえ、どっかにいっちまえ」

ハンターはためらったが、もういちどノックした。

室内から不機嫌な声がいった。

「いいかげんにしろ。だれだ、いったい?」

「ハンターだ」

「おお、なんだ、あんたか。はいってこいよ、ハンター」

ハンターは取っ手に手をかけて、大きく扉を開いた。が、扉の陰に隠れたまま、室内にははいろうとしない。一瞬ののち、戸口から廊下へ向かって、中身のはいった室内便器が飛びだしてきた。

室内から、くっくっという笑い声が聞こえてきた。

「いつもながら、用心深いやつだな、ハンター。おれたちのだれよりも長生きするぜ。ま、はいんな」

ハンターは室内に足を踏みいれた。一本だけ灯った蠟燭の光で、サンソンがベッドの縁に腰かけているのが見えた。そばには金髪の女が横たわっている。

「いいところで邪魔してくれやがって」サンソンがいった。「邪魔されるだけの理由があることを祈ろうじゃないか、ハンター」

「理由はある」

しばし、気まずい沈黙がおりた。ふたりのにらみあいがつづく。ややあって、サンソンがぼりぼりとあごを掻いた。あごには黒いひげがたっぷりとたくわえられている。

「あんたがなにしにきたか、あてていいか？」

「だめだ」ハンターはちらと女に目をやった。

「ああ、そうか」サンソンは女に顔を向けた。「おれのたおやかな愛しい娘よ……」

そういいながら、女の指先にキスをし、部屋の外を指さす。

女はただちに、全裸のままベッドを脱けだし、急いでドレスをひっつかむと、部屋を飛びだしていった。

「いいよなあ、女ってのはよ」

ハンターは扉を閉めた。

「ありゃあ、フランス女でな」サンソンはいった。「フランス女ってやつは愛人にゃ最高だ。そうは思わないか？」

「たしかに、最高の娼婦にはなる」

サンソンは笑った。大柄でごついサンソンは、全体に黒っぽく見える。黒い髪、鼻の上でひとつながりになった黒い眉、黒いあごひげ、陽灼けした肌。ただし、その声は異様なほど高い。笑うととくにかんだかくなる。

「フランス女のほうがイングランド女より上だってこと、あんたに納得させられんかなあ」

「上なのは病気を移されにくいことだけだろう」

サンソンは愉快そうに笑った。

「ハンターさんよ、おまえのユーモア感覚、ふつうじゃねえぜ。ま、いっしょにワインでもどうだい？」

「喜んでつきあおう」

サンソンはベッドサイド・テーブルの瓶を取ると、グラスについだ。ハンターはグラスを受けとり、ちょっとかかげて乾杯をした。

「おまえの健康に」

「あんたの健康にも」

サンソンのことばとともに、ふたりはグラスをかたむけた。が、どちらも相手からは目を離さない。

じつをいうと、ハンターはサンソンという男をまるで信用していなかった。本音をいえば、遠征に連れていきたくない男ではある。だが、襲撃を成功させようと思えば、このフランス人の存在は欠かせない。というのも、このサンソンという男、自尊心が強く、虚栄心も強く、大言壮語癖はあるものの、にもかかわらず、カリブ海でもとびきり無慈悲な殺し屋だからだ。さすがにフランスの伝統ある死刑執行人一家の出身だけのことはある。

事実、その姓は——フランス語で〝音なし〟を意味するサンソンは——この男のひそやかな仕事ぶりをみごとに体現していた。サンソンはその凄腕でカリブ海に勇名を馳せ、いたるところで恐怖の的となっている。一説によると、父親のシャルル・サンソンは、ディエップで王の死刑執行人をしていた男だそうだ。サンソン自身は、うわさによれば、短期間ながらリエージュで司祭をしていたが、付近の修道女たちとの姦通がばれて、国外脱出を余儀なくされたという。

しかしポート・ロイヤルは、だれかの過去になど関心がはらわれる町ではない。ここでのサンソンは、サーベル、ピストル、そして好んで使う武器、弩《クロスボウ》の腕前でのみ名の売れた存在なのである。

サンソンはふたたび笑った。

「さてさて、ハンター。お困りごとはなにかかな？」

「二日後に出航する。目的地はマタンセロスだ」

さすがのサンソンも、こんどばかりは笑わなかった。

「おれもマタンセロスについてこいというのか？」

「そうだ」

サンソンはワインをつぎたした。

「いきたかないな。まっとうな人間でマタンセロスへいきたがるやつなんか、いやしない。だいいち、あんなところへなにしにいくんだ？」

ハンターは黙っていた。

サンソンは眉をひそめ、ベッドに投げだした自分の両足を見つめた。そして、なおも眉をひそめたまま、もぞもぞと足指を動かした。

「財宝船か」ややあってサンソンはいった。「こないだの嵐――あれではぐれた財宝運びのガレオン船が、マタンセロスに避難した――そうだな？」

ハンターは肩をすくめた。

「やれやれ、剣呑《けんのん》、剣呑――で、そんな血迷った遠征におれをつきあわせる条件は？」

「分け前として、四パーセント」

「四だぁ？　しみったれてやがるぜ、キャプテン・ハンター。おれのプライドは傷ついた。おれさまの価値がたった四しかないと思ってるんなら――」

「じゃあ、五でいい」しかたがないという顔で、ハンターはいった。

「五だと？　八にしとけ。それで手を打て」

「五でがまんしろ。それで手を打つ」

「ハンター。もう夜も遅いし、おれも辛抱づよいほうじゃない。七でどうだ？」

「六」

「まったく、吝《しわ》いやつだな」

「六だ」ハンターはくりかえした。

「七。ま、もう一杯、ワインでも飲めや」

ハンターはサンソンを見つめ、これ以上は値切らないほうがよさそうだと判断した。高く買われたと思わせたほうが、サンソンは御しやすい。逆に、不当にねぎられたと思われたら、あとあとあつかいにくくなるし、愛想も悪くなる。

「わかったよ、七でいこう」とハンターはいった。

「友よ、ものわかりのいいやつめ」サンソンは片手を差しだした。「さて、襲撃のあらましを教えてもらおうじゃないか」

話のあいだ、サンソンはひとことも口を差しはさまず、計画にじっと耳をかたむけていた。やがてハンターが話しおえると、サンソンはパシッと自分の太腿《ふともも》をたたき、こういった。

「たしかに、俗にいうとおりだな。スペイン人は怠惰、フランス人は優雅――イングランド人は老獪《ろうかい》」

「きっとうまくいくぞ」

「ああ、きっとうまくいくだろうさ。一瞬だって疑う気はないよ」

ハンターが小部屋をあとにしたとき、すでにポート・ロイヤルの通りには、夜明けの光が兆《きざ》しはじめていた。

8

もちろん、遠征を秘密にしておくことなどはできなかった。どんな私掠遠征であっても、仲間に加えてくれといって船乗りたちが殺到してくるものだし、ハンターの快速スループ船カサンドラ号の補給に関しては、関与する商人と農夫がやたらに多い。そのため、その日の早朝までには、ポート・ロイヤルじゅうがハンターのきたるべき掠奪遠征の話で持ちきりになっていた。

カンペチェを襲うといううわさが出ていた。マラカイボを襲ううわさも出ていた。なかには、七十年前にドレイクがやったように、パナマ地峡を襲うとうわさすら出ていた。しかし、そんなに遠くまで航海するとなると大量の食糧が必要になるのに、ハンターが積みこませた食糧はごく少量だったので、襲撃先はハバナだというのがおおかたの見かただった。いまだかつて、ハバナが私掠人の襲撃を受けたためしはない。そのため、その考え自体に、ほとんどの住民が熱狂した。

ほどなく、判断に苦しむ情報が明るみに出た。〈黒斑眼《ブラック・アイ》〉とも〈ユダヤ人〉とも呼ばれる男が、港周辺の子供たちやチンピラたちからネズミを買い集めているというのだ。どうして

〈ユダヤ人〉がネズミを集めるのかは、どんな船乗りの想像も超えていた。それに加えて、〈黒斑眼《ブラック・アイ》〉がブタの腸を買い集めていることも判明した。ブタの腸に使い道があるとすれば、せいぜい占いくらいだろうが、ユダヤ人はそんな占いなどしない。

しかも、きょう一日、〈ユダヤ人〉の金細工店は鍵をかけられており、戸口には板が打ちつけられた状態にある。

その間に、〈ユダヤ人〉は島主要部の丘陵地帯のどこかへ出かけていたらしい。そして、夜明け前に帰ってきたときには、大量の硫黄、硝石、木炭を携えていたという。

カサンドラ号への物資補給も同じくらい奇妙だった。発注された食糧は少量の塩漬け豚肉だけなのに、水は大量に運びこまれたのだ。しかも、水をいれるいくつかの樽は、樽造りのミスター・ロングリーに特注されたものだった。いっぽう、ミスター・ホイットストールの麻店は、長さ千フィートにもおよぶ丈夫な索《つな》を発注された。それも、スループ船の索具には使えないほど太くて頑丈な太索《ふとづな》をである。縫帆屋《ほうはん》のミスター・ネドリーは、ばかでかい帆布の袋をいくつか造るように依頼された。上端にいくつもの金属の索環をつけ、そこにひもを通して口を閉じる形のものだった。そのほかに、帆布の細い帯のようなものの注文も受けた。鍛冶屋のカーヴァーは、特殊な形状の引っかけ鉤《かぎ》を鍛造している最中だという。これは鉤に蝶番《ちょうつがい》がついていて、全体を小さく平らに折りたためる仕組みだそうだ。

ひとつ凶兆があった。朝方、漁師らが一頭の巨大なシュモクザメをとらえ、ショコラータ・ホールの——ここはウミガメが上陸することで知られる——付近にある栈橋に引きあげたさいのできごとである。サメは体長十二フィートはあり、頭部は横に長く、左右に突きでた平たい突起の先に目があって、ひどく醜かった。漁師と通りすがりの者たちは銃弾を何発も撃ちこんだが、すこしも効き目があるようには見えない。結局、サメは桟橋横の敷板の上でのたうち、真昼までバタバタと暴れつづけた。

ついにぐったりしたサメの腹を裂いてみると、粘液にまみれたとぐろ状の腸があふれでた。そのなかに金属光沢が見えたので切り開いたところ、その金属はスペイン兵の鎧《よろい》一式であることがわかった。胸当て、頭頂部にうねのついた兜《かぶと》、脛《すね》当てなどだ。このことから察するに、サメは不運な兵士を丸呑みにしてしまったらしい。そして、兵士の肉を消化したのち、消化できない鎧だけがあとに残ったのだろう。

これをスペイン軍がポート・ロイヤルに攻めてくる予兆だと見なす向きもあったし、逆にハンターがスペイン領を掠奪する兆しだと見る向きもあった。

サー・ジェイムズ・オルモントには、吉凶になどかまっているひまがなかった。けさがた戦利品としてスペインのブリッグ船を回航してきた、ロロネなるフランス人掠奪者の訊問に追われていたからである。ロロネは他国商船の拿捕《だほ》免許状を持っていなかったし、そもそも、イングランドとスペインは、表向きは友好関係にあった。さらにまずいことに、港に着いた時点で、ブリッグ船はとくに価値のあるものを積んでいなかった。船倉に見つかったのは、皮革とタバコ少々だけだったのである。

海賊として名が通ってはいるが、ロロネは愚かで粗暴な男だ。あたりまえの話だが、商船を襲うのにたいして知能はいらない。しかるべき緯度で待ちかまえていて、手ごろな獲物がやってきたら、襲いかかりさえすればいいのだから。

両手で帽子を持ち、総督官邸の執務室で総督の前に立ったロロネは、とうてい信じがたい話を子供のような単純さで得々《とくとく》と語ってみせた。その話によれば、たまたまロロネは洋上でブリッグ船に遭遇し、乗りこんで調べてみると、なぜか無人だったという。乗員はひとりも乗っておらず、船はあてどなく波間をただよっていたのだそうだ。

「おおかた疫病かなにかの災厄で、みんな死んじまったんでしょうねえ」とロロネはいった。「けど、なかなかいい船だったもんで、港に回航してきたら王さまのお役にたてると思ったんでさ」

「乗員はひとりもいなかったのか？」

「人っ子ひとりも」

「死体もなしか？」

「ありやせん」

「どんな災厄に見舞われたか、手がかりはないんだな？」

「ただのひとつも」

「で、積み荷は――」

「閣下の検査官が調べたとおりでさあ。おれたちは指一本ふれちゃいねえや。見ればわかるはずですぜ」

商船の甲板から乗員を一掃するため、ロロネは罪もない人間を皆殺しにしたにちがいない。いったい何人の人間を殺したのだろう、とサー・ジェイムズは思った。それに、この海賊、価値のある積み荷のほうはどこへ隠してきたのか？　カリブ海には小島や汽水のサンゴ礁《キー》が一千もあり、隠し場所にはことかかない。

サー・ジェイムズは指先でとんとんとデスクをたたいた。この男がうそをついているのはまちがいない。だが、それを裏づける証拠が必要だ。いくらポート・ロイヤルが無法地帯だとはいっても、イングランドの法律は守らなくてはならない。

「よかろう」ややあって、サー・ジェイムズはいった。「それでは正式に通告する。陛下は今回の拿捕に対し、はなはだご不快であらせられる。したがって、陛下の取り分は五分の一と――」

「五分の一！」

通常、王の取り分は十分の一であり、場合によっては十五分の一のこともある。

「聞いたとおりだ」サー・ジェイムズは平然と答えた。「陛下の取り分は五分の一とする。それと、このことも正式に通告しておくぞ。おまえが卑劣な行ないをしたことを示す証拠がこの耳にはいったときには、ただちにおまえを裁判にかけ、海賊および殺人犯として絞首刑に処す」

「閣下、誓って、おれは――」

「もういい」サー・ジェイムズは片手で制した。「当面は放しておいてやる。だが、わしのことばは肝に銘じておけよ」

ロロネは丁重に礼をし、あとずさりつつ執務室を退出した。サー・ジェイムズは呼び鈴を鳴らし、秘書官を呼んだ。

「ジョン——ロロネの船乗りの何人かに声をかけて、たっぷりワインを飲ませてやれ。口のすべりをよくさせろ。どうやってあの船を拿捕したのか知りたい。やつの犯罪を裏づける、動かぬ証拠がいる」

「かしこまりました、閣下」

「それからな、ジョン——今回の掠奪品のうち、王の取り分として十分の一、総督の取り分として十分の一を確保しておけ」

「承知しました、閣下」

「以上だ」

ジョンは一礼したが、まだ用件があるようだった。

「ところで、閣下、ハンター船長が書類を持ってこられましたが」

「そうか、通せ」

待つほどもなく、ハンターがはいってきた。サー・ジェイムズは立ちあがり、握手をした。

「意気軒昂《いきけんこう》のようだな、船長」

「おっしゃるとおりです、サー・ジェイムズ」

「準備は順調か？」

「順調ですとも、サー・ジェイムズ」

「かかった必要は？」

「五百ダブルーンです、サー・ジェイムズ」

予想していたとおりの金額だった。デスクから金貨の袋を取りだし、サー・ジェイムズはいった。

「これだけあれば充分だろう」

ハンターは会釈しつつ、金を受けとった。サー・ジェイムズはつづけた。

「さて、つぎに――場所のいかんにかかわらず、きみが適切と判断する地点において、随時ログウッドの刈り入れを許可する免許状を作成させておいた」

そういって、免許状をハンターに手わたした。

一六六五年の当時、イングランドはログウッドの刈り入れを合法的な商業活動と見なしていたが、スペインはこれをみずからの独占事業であると主張していた。ログウッド――学名ハエマトクシロン・カムペキアヌムの心材は、赤紫色の染料のほか、いくつかの薬品の原料になる。その金銭的価値はタバコにも匹敵した。

「この点だけは念を押しておかねばならんが――」サー・ジェイムズはゆっくりといった。

「スペインの植民地に対する攻撃は、挑発された場合を除き、いっさい黙認してやることはできんぞ」

「先刻承知ですよ」

「なんらかの挑発があると思うかね？」

「ないでしょうな、サー・ジェイムズ」

「その場合、当然ながら、マタンセロスに対して攻撃を行なえば、海賊行為を働いたということになる」

「サー・ジェイムズ、われらがあわれなスループ船カサンドラ号は、武装も貧弱なら、閣下の免許状も証明しているとおり、商業活動を目的として出航するんです。しかし、たまたまマタンセロスに近づいたとき、砲火を浴びせられるかもしれない。そうなったら、さすがに応戦せざるをえないでしょう？　罪もない船舶に不当な砲撃を加えるなど、黙認されていいはずがありません」

「もちろんだとも」サー・ジェイムズはうなずいた。「わしはきみが兵士として、かつ紳士として、適切に行動してくれるものと信じている」

「ご信頼は裏切りませんよ」

　ハンターは背を向け、出ていきかけた。その背中に向かって、サー・ジェイムズはいった。

「カサーリャはフェリペ《フィリップ》王の寵臣《ちょうしん》だ。カサーリャの娘は、フィリップの副大法官に嫁いだ。カサーリャが本国に書き送るマタンセロスの顛末《てんまつ》がきみの報告と著しく食いちがっていれば、チャールズ国王陛下の宸襟《しんきん》を悩ます事態になろう」

「おそらく――」とハンターは答えた。「――カサーリャの急送公文書がとどくことはないでしょうね」

「万が一にもとどかぬよう、万全を期す必要がある」

「海の深みから急送公文書を回収することはできませんよ」

「もっともだ」とサー・ジェイムズはいった。

ふたりは握手を交わした。


ハンターが総督官邸を出ようとしたとき、黒人の小間使いが近づいてきて、一通の手紙を握らせ、無言のまま背を向けて、去っていった。官邸の上がり段を降りながら、ハンターは手紙を読んだ。

そこには女性の文字で、こんな内容がつづってあった。

敬愛する船長さま——
ジャマイカ島の内陸部にあるクローフォード・ヴァレーと呼ばれるところに、美しい清水の泉があるとのこと。新たな住環境に慣れるため、本日午後、この泉を訪ねます。きっととてもすてきなところにちがいないと、いまから楽しみにしております。

真心をこめて
エミリー・ハクレット

ハンターは手紙をポケットにつっこんだ。いつもなら、この手紙に示唆されたハクレット夫人の招きなど、気にもとめなかっただろう。カサンドラ号の出帆をあすに控えて、きょうはしなければならないことが山ほどある。しかし、どのみち内陸部へは、〈黒斑眼《ブラック・アイ》〉の進捗状況を見にいかなくてはならない。もしも時間があるのなら……。

ハンターは肩をすくめ、馬に乗るために厩《うまや》へ向かった。

9

〈ユダヤ人〉は、内陸部ではなく、ポート・ロイヤルの東に位置するサッター湾に腰を落ちつけていた。まだだいぶ距離があるというのに、緑の木々の上に立ち昇る刺激臭の強い煙と、ときおり響く爆発物の轟きとで、居場所の見当は簡単につく。

やがて林間の小さな草地に出た。〈ユダヤ人〉、別名〈黒斑眼《ブラック・アイ》〉は、そのまっただなかにいた。当人の周囲に広がっているのは異様な光景だった。いたるところにさまざまな動物の死体が横たわり、真昼の強い陽の光のもとで強烈な悪臭を放っている。いっぽうには三つの樽がならべてあった。中身は各々、硝石、木炭、硫黄だ。丈の高い草のあいだには、割れたガラスの破片がきらきらと輝きを放っている。〈ユダヤ人〉自身は忙しげに作業しており、その服も顔も、動物の血と爆発した火薬の煤《すす》とで汚れきっていた。

ハンターは馬を降り、周囲を見まわした。

「いったい、なにをやってる？」

「あんたに頼まれたことをだよ」〈黒斑眼《ブラック・アイ》〉は答え、にんまりと笑った。「だいじょうぶだ、失望はさせせんから。いま、証拠を見せてやろうな。はじめに依頼された仕事は、ゆっくりと燃える長い導火線を作ることだった——そうだろう？」

　ハンターはうなずいた。

〈ユダヤ人〉は分別くさい顔でつづけた。

「ふつうの導火線では、その任には耐えん。火薬を筋状に撒《ま》いてもいいが、それでは燃焼が速すぎる。逆に、火縄《スロウ・マッチ》を使った場合——」火縄とは、撚《よ》り糸や縄に硝石を染みこませたものである。「——こんどは燃焼速度が極端に遅くなるし、燃焼力も弱すぎて、最終爆発物に点火できんこともめずらしくない。わしのいう意味、わかるな？」

「わかる」

「では先をつづけよう。中程度の燃焼力と燃焼速度は、火薬中の硫黄の割合を増やすことで得られる。ところが、硫黄分の多い火薬は不安定なことで悪名高い。パチパチと音をたてて燃えて、すぐに火が消えてしまうようではこまるだろう？」

「たしかに」

「試みに、いろいろな糸、芯《しん》、布に火薬を吸収させてみたが、うまくいかなかった。どれもこれも、信頼性が低いんだ。そこで、火薬を入れて導火線とするのにちょうどいい容れ物はないかと、いろいろあたってみた。そうしてさがしあてたのが、これだ」〈ユダヤ人〉は、白くて細い糸のような物体をかかげ、愉快そうに笑ってみせた。「ネズミの腸だよ。これを温めた石炭に載せて、軽く乾かして、柔軟さを残したまま体液を飛ばしてやる。そうやって乾かした腸に火薬を詰めると、こんどの目的にぴったりの導火線ができるのさ。いま見せてやろう」

〈ユダヤ人〉は、一本につなげた腸を取りだした。長さは十フィートほどだ。色は白いが、中に火薬を詰めてあるため、すこし黒っぽく見える。〈ユダヤ人〉はそれを地面に置いて、一端に点火した。

導火線は静かに燃えだした。音はほとんどたてないし、燃焼速度も遅い。一分間に一、二インチというところだろう。

〈ユダヤ人〉はにやりと笑った。

「な？」

「立派なもんだ。おおいに自慢していい」とハンターはいった。「この導火線、持ち運べるのか？」

「安全に注意しさえすれば持ち運べる」と〈ユダヤ人〉は答えた。「唯一の問題は時間だ。腸が乾きすぎると、もろくなって裂け目ができるかもしれん。まる一日もしたら、そうなる可能性が出てこよう」

「となると、大量のネズミを運んでいかざるをえないか」

「わしもそう思う。ところで……あんたに依頼されたこととはちがうが、もっと驚く成果があるぞ。使い道は見つからんかもしれんが、わしの見るところ、じつに効果絶大な武器だ」

〈ユダヤ人〉はいったんことばを切った。

「擲弾《グルナード》というフランスの武器は聞いたことがあるだろう？」

「いや、ない」ハンターはかぶりをふった。「毒入りの果物かなにかか？」

グルナードとは、フランス語でザクロのことである。そして毒殺は、近ごろルイの宮廷でおおいに流行《はや》っているものだった。

「ある意味で、ザクロ的ではある」薄く笑って、〈ユダヤ人〉は答えた。「名前の由来は、ザクロの実に詰まった種だからな。この武器のことは、いままでにも聞いたことはあったが、造るのには危険がともなうんだ。しかし、なんとかこさえてのけた。キモは硝石の配合率にある。ま、見ているがいい」

〈ユダヤ人〉は中身がはいっていないガラスの細口瓶を手にとり、ハンターの見ている前で、その中にひとにぎりの鳥撃ち用小散弾と少量の金属片をそそぎこみだした。作業をしながら、〈ユダヤ人〉はいった。

「こんな話をして、気を悪くせんでほしいんだが——あんた、大いなる陰謀《コンプリシダード・グランデ》のことは知っているか？」

「すこしだけなら」

グルナードの準備をしつつ、顔をしかめながら、〈ユダヤ人〉はつづけた。

「発端は、わしの息子でな……。あれは一六三九年の八月のことだったよ。息子はユダヤの信仰放棄を宣言してから、だいぶたっていた。住んでいたのは、南アメリカのスペイン領、ペルーのリマだ。息子の一家はなかなかに繁栄していて、それだけに、敵もおおぜいいた。

そして、その年の八月十一日、息子は逮捕された……」

〈ユダヤ人〉は、さらにまた小散弾と金属片を瓶にそそぎたした。

「……隠れユダヤ教徒という理由でだ。日曜日に商いをせず、朝食にベーコンを食べない、というのがその根拠だった。かくして息子はユダヤ主義者のレッテルを張られ、拷問された。素足に真っ赤に灼けた鉄の靴をはかされ、肉が焼けただれ——とうとうたまらずに、息子は告白したよ」

〈ユダヤ人〉は瓶に火薬を詰め、蠟《ろう》をたらしてふたをした。

「半年間、息子は投獄されていた」〈ユダヤ人〉は語をついだ。「明けて一六四〇年の一月、十一人が火刑に処された。死ぬならまだしも、無惨に焼けただれた状態で生き残った囚人が七人いて——息子はそのひとりだった。そしてな、そのときの異教徒の火刑《アウト・デ・フェ》執行の責任者が、守備隊司令官のカサーリャだったんだ。息子は全財産を没収された。そのうえ、息子の妻と子供たちは……行方不明となった」

〈ユダヤ人〉はちらとハンターに目を向け、目ににじむ涙をはらった。

「いまさら嘆きはすまい。だが……これを造ったわしの気持ちはわかるだろう」

〈ユダヤ人〉はグルナードを手にとり、短い導火線を差しこんだ。

「さて——そこの茂みに隠れたほうがいいぞ」

いわれたとおり、ハンターは茂みの陰に身をひそめ、〈ユダヤ人〉の行動を見まもった。

〈ユダヤ人〉は瓶を岩の上に載せ、導火線に点火すると、大急ぎで茂みに駆けこんできた。茂みの陰から、ふたりして瓶を見まもる。

「なにが起きるんだ?」ハンターはたずねた。

「まあ、見ているがいい」

〈ユダヤ人〉は答え、ここではじめて、愉快そうな笑みを浮かべてみせた。

一瞬ののち、瓶が炸裂し、まわりじゅうにガラス片と金属片を飛び散らせた。ハンターと〈ユダヤ人〉はすばやく地面に身を伏せた。頭上の茂みを多数の金属片が突きぬけていく。しばらくして頭をあげたハンターは、蒼白になっていた。

「なんという武器だ……」

「紳士の武器ではないがな」〈ユダヤ人〉がいった。「それに、人の肌より堅いものには、ほとんど効き目がない」

ハンターは興味津々の顔で〈ユダヤ人〉を見つめた。

「いずれにしても、スペイン人めらは、この武器の洗礼に値する」〈ユダヤ人〉はいった。「さて、このグルナード——あんたはどう評価する?」

ハンターは考えこんだ。本能という本能は、これほど非人道的な武器に対して、拒否感を示している。しかし、敵の根拠地のまっただなかにある財宝ガレオン船を奪うため、自分が率いていく人数は六十人。この六十人で、要塞の守備兵三百人を相手にしなければならない。上陸中の乗組員もそれに加われば、さらにもう二、三百人は増える。

「こいつを一ダース造ってくれ。箱に詰めて船に積みこむ。これのことはだれにもいうなよ。ふたりだけの秘密にしておこう」

〈ユダヤ人〉はにやりと笑った。

「これでやっと、復讐をはたせるわけだな、ドン・ディエゴ」

ハンターはそういうと、それを最後に、馬にまたがり、森をあとにした。

10

クローフォード・ヴァレーは、北へ三十分ほど馬を走らせたところにある。ブルー山脈《マウンテンズ》のふもとに茂るみずみずしい緑の中での騎行は、心が洗われるような爽快さをもたらした。ほどなく高い尾根の上に達したハンターは、そこから眼下の谷《ヴァレー》を見おろした。ハクレット夫人とふたりの奴隷の乗ってきた馬が、せせらぎの音をたてる小川のそばの木につながれているのが見えた。小川の源流は、谷の東端にある岩場の泉だ。小川のほとりにはピクニック・クロスが広げてあり、その上に食べものがならべてあるのも見える。

ハンターは下り勾配の斜面に馬を進ませ、小川のほとりまで降りていき、ほかの馬のそばに自分の馬もつないだ。ふたりの黒人女を懐柔するには、すこしも時間がかからなかった。ふたりに向かって、無言で唇に人差し指を押しあててみせ、一シリング貨を投げ与えてやるだけで話がついたのだ。ふたりの黒人女は、くすくす笑いながら、そうっと離れていった。ふたりとも、密会の口止め料をもらうのは、今回がはじめてではないのだろう。もっとも、ハンターとしては、ここで見たことをだれかにしゃべられても、いっこうにかまいはしないのだが。

それに、どうせあのふたり、どこかへいったふりをして、すぐさま茂みの陰に身を隠し、にやにや笑っておしゃべりしながら、ふたりの白人がすることを夢中になって見はじめるにちがいない。

ハンターは足音を忍ばせ、泉がある岩場に歩みよった。泉には、勢いの弱い、ささやかな滝が流れこんでいた。ハクレット夫人は泉に身をひたし、向こうを向いて水浴びをしている。ハンターにはまだ気づいていない。

「ねえ、サラ――」いまも奴隷がそばにいると思っているのだろう、ハクレット夫人は話しかけてきた。「――港のハンター船長は知っていて？」

「はい」

かんだかい作り声でハンターは答え、夫人の服のそばにすわりこんだ。

「ロバートにいわせると、あのひとはまともな人間じゃなくって、そこらにいるならず者、ただの海賊なのだそうよ。でも、ロバートはちっともわたしを顧《かえり》みてくれないの。わたしに王さまのお手がついてからというもの、わたしの従者も同然で、失礼のないようにと、そればっかり。でも、あのハンター船長は――ほんとうにハンサムな方よね。町ではたくさんの女性に慕われていらっしゃるのではないかしら。おまえ、知らない？」

ハンターは返事をしない。水浴びをする夫人を黙って見つめる。

「きっとそうにちがいないわ。あの方の眼差しには、どんなに頑《かたくな》な心も融かしてしまう、なにかがあるもの。それに、強くて勇敢なことはたしか。どんな女だって、それはひと目でわかるわ。おまけに、指も長いし、お鼻も高いから、あちらのケアもいきとどくはずだしね。この町に、あの方のいいひとはいらっしゃるの、サラ?」

ハンターは黙っている。

「陛下もとても長い指をお持ちでいらっしゃるのよ。それに、寝室では、とってもよくしてくださるの」そういって夫人はくすくす笑った。「うふふ、こんなことをいってはいけないわね、サラ」

依然として、ハンターは黙ったままだ。

「サラ?」

夫人がふりむいた。そして、すぐそばの岩場にすわって、にやにや笑いを浮かべ、自分を見ているハンターに気がついた。

ハンターはいった。

「冷水で沐浴《もくよく》するのは身体によくないですよ。知りませんでしたか?」

夫人は柳眉《りゅうび》を逆立て、ハンターに水をひっかけた。

「巷《ちまた》でいろいろいわれていること、みんなほんとうでしたのね。あなたは卑劣で、粗野で、最低の下種《げす》で、およそ紳士ではないと――」

「はて……きょうは紳士を期待しておられたのかな?」

夫人はさらに水をひっかけた。

「すくなくとも、泥棒みたいにこそこそ近づいてくるようなまねは期待していませんでした。

さっさとあっちへいってくださる？　服を着ます」

「しかし、ここはなかなか居心地がよくってね」

「あくまでもいすわるとおっしゃるの？」

夫人は本気で怒っている。澄んだ清水を通して見える肢体は、ハンターの好みからすると細すぎるし、胸も小ぶりにすぎた。細面《ほそおもて》に痩《や》せぎすの女というのは、あまり趣味ではない。しかし、怒っている女には、妙にそそられるものがある。

「じつをいうと、そのとおりで」

「あなたという方を見そこなっていましたわ。苦境にある女性に対しては、けっして礼儀を失することなく、きちんと思いやりを示してくださる方だと見こんでいましたのに」

「ほほう、その苦境とは？」

「わたし、全裸なんですよ」

「そのようですな」

「それに、この泉、氷のように冷たいの」

「そんなに？」

「冷たいんです、とても」

「ずっとつかっていたくせに、いまごろになって急に冷たくなってきたと？」

「もういちどいいますよ。こんな意地悪はもうやめて、しばらくどこかへいって、わたしがからだを拭いて服を着る時間をくださいな」

答えるかわりに、ハンターは水辺に降りていき、ハクレット夫人の手をつかむと、ぐいと岩の上にひっぱりあげた。全身から水をしたたらせた夫人は、強い陽射しのもとにいながら、がたがた震えていたが、そんな状態だというのに、きっとハンターをにらみつけてきた。

夫人の当惑ぶりをにやにやと眺めつつ、ハンターはいった。

「いつまでもそんな格好でいたら、風邪を引いて死んでしまいますよ」

「だったら、あなたも同じ思いをなさればいいんだわ」

いうなり夫人は、服を着たままのハンターを泉に押しやった。

水しぶきをはねあげて、ハンターは泉に落ちた。ぎょっとするほど冷たかった。反射的にあえぎ声が漏れる。バシャバシャと水をはねあげ、必死の形相でもがくハンターをよそに、夫人は岩場に立ち、笑いながらこちらを見おろしていた。

「マダム――」もがきながら、ハンターはいった。「マダム、どうか手を――」

夫人は笑いつづけている。

「マダム――わたしは泳げないんです。おねがいですから、手を――」

頭を水中に沈めた。

「泳げない？　船乗りが？」夫人はさらに笑った。

「マダム……」

いったん水面に顔を出したハンターは、かろうじてそれだけいうと、また水中に沈んだ。

一瞬ののち、ふたたびザバッと顔を出し、やみくもに水をかいて脚をばたつかせだす。

さすがに不安になったのだろう、夫人は心配そうな表情になり、身をかがめて、手を差しのべてきた。その瞬間、ハンターは水を蹴り、夫人に飛びかかった。

そして、夫人の手をつかむと、乱暴に引っぱり、高々と頭上にかかえあげ、勢いをつけて、うしろに放りだした。夫人が大声で悲鳴をあげる。あおむけの状態で泉に落下して、水面でしたたかに背中を打った夫人は、もういちど悲鳴をあげた。夫人の全身が水中に沈んでいく。ハンターはげらげら笑いながら夫人を見まもった。ほどなく、夫人が水面に顔を出したので、そこで手を貸し、陽光で温まった岩の上に押しあげてやった。

「あなたというひとは、ほんとうに――」口にはいった水を吐きながら、夫人はいった。「――最低のならず者ね。下種で性悪の、鼻持ちならない悪党だわ」

「なんとでも、お好きに呼んでください」

ハンターはいきなり、夫人の口にキスをした。

夫人が顔を引き離す。

「おまけに、身勝手」

「たしかに、身勝手ですとも」

ハンターはうなずき、もういちど夫人の口にキスをした。

「そこらの平民の女を相手にするみたいに、わたしを手ごめにするつもりなのね」

「力ずくでことにおよぶ必要は――」服を脱ぎながら、ハンターはいった。「――ないかと思うんですがね」

じっさい、そのとおりだった。

「でも、こんな昼間から……？」

夫人は決まりの悪そうな声を出した。

夫人の口にした、それが最後の理性的なことばだった。

11

同日昼、ミスター・ロバート・ハクレットは、サー・ジェイムズ・オルモント総督に不吉な知らせを伝えた。

「町は不穏なうわさで持ちきりです。あのハンター船長が――昨夜、晩餐をともにしたあの男が――スペイン領へ海賊遠征に出かける準備を進めているのだとか。なかには、ハバナを狙っているといううわささえ出ています」

「きみは町のうわさ話を鵜呑《うの》みにするのかね？」総督は冷静にたずねた。

「閣下――ハンター船長が自分のスループ船カサンドラ号に補給品を積みこませているのは事実です。あれは航海にそなえてのものです」

「それは事実かもしれん。だが、犯罪の証拠がどこにある？」

「閣下――まことに失礼ながら、問題の遠征は閣下も承認しておられ、なおかつ金銭的支援までしておられるとのうわさも流れているのですよ」

「遠征資金をわしが出したというのか？」

サー・ジェイムズの声にはいらだちがにじみはじめていた。

「要するに、そういうことです、サー・ジェイムズ」

サー・ジェイムズはためいきをついた。

「ミスター・ハクレット。ここに住んでもうすこしたてば——そうだな、せいぜい一週間というところか——どの遠征もわしが承認し、資金を提供しているとのうわさが流れることに気づくだろう」

「では、町のうわさは根も葉もないものだと？」

「根も葉もないというわけではない。ハンター船長には、本人が適当と判断するいずれかの場所において、ログウッドの刈り入れをする許可を与えた。この件についてわしが関与しているのはそこまでだ」

「しかし、どこでログウッドを刈り入れるのです？」

「わしは知らん。たぶん、ホンジュラスのモスキート海岸あたりだろう。ふつうはあそこで刈り入れを行なう」

「閣下」ハクレットは食いさがった。「畏《おそ》れながら、わが国とスペインが平和的関係を維持しているいま、ログウッドの刈り入れのように相手国を刺激する行為は、厳に慎むべきではありませんか」

「そうはいうがな。その判断は正しくないといわざるをえん。この地域の大半はスペインが領有権を主張しているが、そこに人を住まわせているわけではない。町もなければ入植者もおらんし、一般市民がいるわけでもない。このように領有の証拠を欠く以上、ログウッドの刈り入れに異議を申したてられる筋合いはあるまい」

「閣下――たしかに、おことばには一理あるかもしれません。しかし、当初はログウッドの刈り入れとしてはじまった遠征がいとも簡単に海賊行為へと変わりかねないことは、閣下もよくご承知のはずです」

「簡単にだと？　その切り替わりはな、けっして簡単にいくものではないんだ、ミスター・ハクレット」


神の御恩寵《ごおんちよう》にてイングランドをしろしめす信仰ほかの守護者、至聖なるチャールズ陛下陛下の領せられる西インド諸島ジャマイカの農園と土地の総督に代わりし卑小な建言書

誠恐謹言
わたくしこと陛下の忠実なる臣めは、陛下よりたまわりたる任にしたがい、西インド諸島の海賊行為に関わる宮廷の思惟《しい》と要望を知らしむべく、前述せしジャマイカの地の総督サー・ジェイムズに対し、書簡と口頭にて宮廷の思惟と要望を伝達いたしました旨《むね》、ここにご報告申しあげます。残念ながら、当地域における海賊行為の停止と抑止につきましては、いっさい配慮がなされておらぬ旨を啓上せねばなりません。それどころか、サー・ジェイムズ自身、申しあげるも悲しきことながら、ありとあらゆる種類のならず者や悪党と交流があるのが現状であります。現総督は、言辞、実利、資金をちらつかせ、スペイン領に対して卑劣かつ残虐な襲撃を行なうことを奨励しております。またポート・ロイヤルを当地の人殺しやゴロツキが集う場所として、さらにまた、不正利得の分配場所として使うことをも許容しております。かくのごとき活動を許容することに対し、総督が良心の呵責《かしやく》をおぼえていると思われる形跡はこれなく、将来的にその種の活動を抑止せんとする証拠も見当たりません。加うるに、総督本人は、健康状態のかんばしくなきこと、および倫理感の低さにより、総督という重責にはふさわしからぬ人物と思量いたします。現総督は、畏れ多くも陛下の御名において、ありとあらゆる腐敗と悪徳を享受しているのが実情なのです。以上の理由および証拠から、まことに僭越《せんえつ》しごくにも、この人物をご解任いただき、陛下の偉大なる英知のお導きのもと、日々、玉座の権威を汚すことなき、より適任なる後継者をご任官いただきたく、ここに奏上申しあげます。陛下におかれましては、なにとぞこの卑しくも粗末な建言にご叡慮《えいりよ》をたまわりますよう。陛下のこのうえなく忠実かつ謹直にして神妙なるしもべ——

ロバート・ハクレット

神《ゴッド》よ、国王陛下《セイヴ・ザ・キング》を護らせたまえ

官邸でこの手紙を書きあげたハクレットは、文章を読み返すと、内容に満足し、呼び鈴を鳴らして使用人を呼んだ。呼びだしに応えてやってきたのは、アン・シャープだった。

「——この手紙をつぎの船便でイングランドに送るよう、手配してほしい」

ハクレットはそういって、アンに貨幣を一枚握らせた。

「かしこまりました」小さくひざを曲げて、アンはいった。

「たいせつにあつかえよ」眉根を寄せながら、ハクレットは念を押した。

アンは貨幣をブラウスにすべりこませ、たずねた。

「ほかにご用はございますか？」

「うん？」

娘の態度に、ハクレットは少々驚いた。この娘、いかがわしくも、唇をなめながら自分にほほえみかけている！ そっけない口調で、ハクレットはいった。

「いや、ない。もう退出してもよいぞ」

アンは立ち去った。

ハクレットは嘆息した。

12

松明《たいまつ》の光のもと、夜が更けるまで、ハンターは自船の荷積みを監督した。

ポート・ロイヤルの桟橋《さんばし》使用料は高い。一般の商船なら、荷積みや荷揚げで桟橋につけていられるのは二、三時間がいいところで、それ以上は足が出る。ところが、ハンターの小型スループ船カサンドラ号は、すでにまる十二時間も杭に舫《もや》い綱をつないだままだというのに、一銭も要求されてはいなかった。無償使用どころか、桟橋所有者のサイラス・ピトキンは、桟橋を使ってくれることに感謝の意を示し、今後もごひいきにと、五樽の真水をただで提供してくれたほどだ。

ハンターは丁重な態度で贈り物を受けとった。ピトキンはけして気前がよいわけではない。それはちゃんとわかっている。この贈り物は、カサンドラ号が帰還したとき、なにがしかの見返りを期待してのことなのである。じっさい、見返りは与えられることになるだろう。

同様の見返りねらいで、農夫のミスター・オーツからは塩漬け豚肉をひと樽、鉄砲鍛冶のミスター・レンフルーからは火薬の小樽を提供された。受け入れはいずれも丁重に行なわれ、品質が期待にたがわぬものかどうか、厳密に検分された。

この儀礼的な受けとりの合間をぬって、ハンターは乗組員希望者のひとりひとりと面接し、外科医のミスター・エンダーズに病気の有無を検査させ、健康体であると診断された者だけ乗船をゆるした。さらに、補給品もすべて船長みずから調べ、豚肉と水の樽をひとつひとつあけては中身のにおいを嗅《か》ぎ、樽の底までも手をつっこんで、上げ底ではなく、しっかりと中身が詰まっていることを確認した。水については、どの樽からもひとくちずつ飲んでみた。堅パンのストックが新しく、コクゾウムシなどが湧いていないこともたしかめた。

長期にわたる大洋航海の場合には、とても船長自身でこんな検査をしきれるものではない。大洋航海には、乗組員用として、文字どおり何トンもの食糧と水を積んでいく必要がある。食用にする豚や牛も、生きたまま何頭も載せていく。

だが、私掠船の航海は、大洋航海とは性質が異なる。船は小型で、人ばかりをぎっしりと乗せていき、積みこむ糧食はごくわずかだ。航海中、私掠船の乗組員は、しっかり食うことなど考えない。ときどき、食糧をまったく載せていかないこともある。最初からほかの船や町を襲って手に入れるつもりなのである。

私掠船は重武装とも縁がない。カサンドラ号は全長七十フィートのスループ船で、船首と船尾に都合四門、旋回砲座に据えつけた小口径のセーカー砲を搭載しているだけだ。ほかに武装は持たず、これでは五等級や六等級の軍艦にもかなわない。じっさい、より強力な敵を回避するにさいして、私掠船はなによりもスピードと機動性を——そして吃水《きっすい》の浅さを——武器としていた。より大型の軍艦とくらべれば、私掠船は詰め開きで帆走する能力が高い。

つまり、逆風でも帆をいっぱいに開き、船首を風上ちかくに向けて帆走する能力にすぐれる。また、浅い入江や海峡に逃げこめば、吃水が深い大型艦はそれ以上追ってはこられないため、そこで振りきることができる。

カリブ海では、どこを航海していても、島影が見えないということはほとんどない。島の周辺には、環礁、つまり環状のサンゴ礁があり、浅瀬になっているから、いつでもただちに逃げこめるという安心感がある。

ハンターは夜明け近くまで船の荷積みに立ちあった。ときどき物見高い者たちが集まってきたが、そのたびに、徹底的に追いはらった。ポート・ロイヤルにはスパイがうようよしている。スペインの植民地は、事前に私掠情報をもらたすと、多額の報賞金をくれるからだ。それでなくても、ハンターとしては、今回積みこんでいく特殊な物資を——おそろしく長い太索《ふとづな》や折りたたみ式の引っかけ鉤《かぎ》、〈ユダヤ人〉が箱に入れて持ってきた一ダースの奇妙な瓶などを、できるかぎり見られずにすませたかった。

とくに、〈ユダヤ人〉の箱は油布の袋に入れたうえで、乗り組む船乗りたちにすら見られないよう、甲板下に格納した。いみじくもハンターが〈ユダヤ人〉にいったように、これは〝ふたりだけの秘密〟なのだ。

夜が明けるころ、依然として精力的なミスター・エンダーズが、例によってリズミカルな歩きかたでやってきて、こう報告した。

「ちょっといいかな、キャプテン。倉庫のそばに、片脚の物乞いがいすわってやがる。夜になってからこっち、ずっとだ」

ハンターは倉庫に目をこらした。黎明《れいめい》の薄明のもとで、地上はまだ薄暗く、シルエットになっている。物乞いにとって、桟橋界隈《かいわい》はけっして実入りの多い場所ではない。

「知っているやつか？」

「いいや、キャプテン」

ハンターは眉をひそめた。こんな朝早くでなかったなら、ミスター・エンダーズを総督のもとに走らせ、あの物乞いを二、三週間ほどマーシャルシー監獄にぶちこんでおいてほしい、とたのむこともできただろう。だが、時刻はまだ早い。夜が明けたばかりだ。総督は眠っている。こんなことでたたき起こそうものなら、機嫌をそこねてしまうにちがいない。

「バッサ」

呼ぶと同時に、〈ムーア人〉の巨軀がぬっとそばに現われた。

「あの義足の物乞い、見えるか？」

バッサはうなずいた。

「殺せ」

バッサは歩み去った。

ハンターはエンダーズに向きなおった。エンダーズはためいきをつき、

「ま、こうするのがいちばんなんだろうけどなあ、キャプテン」といって、古い格言を口にした。「〝流血ではじまる航海のほうが、流血でおわる航海よりまし〟ってもんだ」

「はじまりだけじゃない。おわりも流血だらけかもしれないぞ、この航海は」

ハンターはそういってエンダーズに背を向け、仕事にもどった。

三十分後、カサンドラ号の展帆が完了し、レイジューが船首に立つころ——払暁《ふつぎょう》の薄明のもとで、ペリカン岬の浅瀬の水先案内をするためだ——船に乗りこんだハンターは、最後にもういちど、栈橋と港を見まわした。港町は安閑と眠っている。点灯夫たちが栈橋の松明を消しはじめた。わずかな見送りの者たちが船に別れを告げ、それぞれ引きあげていく。

ついでハンターは、海面に視線をおろした。栈橋のそばに片足の物乞いの死体が浮かんでいるのが見えた。死体は潮に揺られながら、木の義足で小さくコツコツと杭を打っている。

これは吉兆かもしれないし——凶兆かもしれないな、とハンターは思った。

どちらであるかは、なんともいえない。いまはまだ。

13

「〝ありとあらゆる種類のならず者や悪党と交流〟だと」
サー・ジェイムズは、目をむいて手紙を読みあげた。
「〝スペイン領に対して……卑劣かつ残虐な襲撃を行なうことを奨励〟――！　なんという
いいぐさだ！　〝卑劣かつ残虐〟だと？　あの男め、気でもちがったのか？――〝ポート・
ロイヤルを当地の人殺しやゴロツキが集う場所として許容……総督という重責にはふさわし
からぬ人物……ありとあらゆる腐敗と……〟。あのろくでなしめ！」
サー・ジェイムズ・オルモントは、まだ寝間着《ねまき》姿のまま、手にした手紙をふりまわした。
「なにが〝ならず者や悪党〟だ！　あいつがこの手紙をおまえに託したのはいつだ？」
「きのうでございます、閣下」アン・シャープは答えた。「ごらんになりたいのでは……と
思いまして」
「まさしくそのとおりだ」サー・ジェイムズはうなずき、貨幣を一枚与え、労をねぎらった。
「またこのような手紙を託されることがあれば、かならずわしのところへ持ってきてくれよ。
さらに報賞を与えるぞ、アン」

この娘は、今回の行動によって、きわめて賢いことを証明したことになる。

「あの男、おまえに言いよってきたか？」

「いいえ、閣下」

「思ったとおりだな――。では、ミスター・ハクレットの陰謀ゲームに完膚《かんぷ》なきまで決着をつける手だてを考えるとしよう」

サー・ジェイムズは寝室の窓に歩みより、外を眺めやった。早朝の光のもとで、出航していくカサンドラ号が見える。いまはちょうど、ライム島の岬《キー》をまわりこんでいくところだ。主檣帆《メインスル》をいっぱいに張って、船は東をめざし、しだいに速度をあげようとしていた。


カサンドラ号は、ジャマイカのすべての私掠船がそうであるように、いったん、牡牛湾《ブル・ベイ》にはいった。これはポート・ロイヤルの数マイル東にある小さな入江のことである。ミスター・エンダーズが船首を風上に向けた。軽風に帆がはためくなかで、キャプテン・ハンターは出航の儀式をはじめた。

この儀式は、乗組員全員におなじみのものだ。はじめにハンターは、自分が船長を務めてよいかどうかの決をとった。これは熱烈な〝アイ！〟の唱和で迎えられた。

つぎにハンターは、この航海のルールを述べた。酒はご法度、姦通もご法度、船長の許可なき掠奪もご法度。以上のルールを破った者には死で償ってもらう。いつもどおりのルール説明に返ってきたのは、おざなりな〝アイ〟だった。

つづいて掠奪品の分配ルールを説明した。ハンターは船長として一三パーセントの取り分をもらう。サンソンの取り分は七——これには船乗りのあいだから不満の声があがった——ミスター・エンダーズは一・五。レイジューが一と四分の一。〈黒斑眼《ブラック・アイ》〉が一と四分の一。あとは残りの乗組員で山分けする。

　乗組員のひとりが立ちあがった。

「キャプテン、あんた、おれたちをマタンセロスに連れてく気だろ？　あそこはヤバいぜ」

「たしかに、ヤバい。だが、戦利品は莫大だ。ひとりあたりが受けとるのは、とんでもない額になる。ヤバすぎて同行できないという者は、ここで船を降りてもらおう。おれとしては、それ以上の目に遭わせるつもりはない。ただし、船を降りるんなら、お宝がどこにあるかをいう前にしてくれ」

　ハンターは待った。動く者もいなければ、口を開く者もいない。

「ようし」ハンターはいった。「では、いおう。マタンセロスの港にはスペインの財宝船が避難している。おれたちはそれをぶんどりにいく」

　ここにおいて、乗組員たちは興奮し、盛大に歓声をあげはじめた。ハンターは〝静まれ〟というしぐさをしたが、みんな、いっこうに静まる気配はない。ようやく静かになったのは、それから何分かたってからのことだった。ふたたび自分を見つめる船乗りたちの眼差しに、ハンターはぎらぎらと異様な光を見てとった。どれもこれも、すっかり黄金に取り憑《つ》かれた者の目だ。

ハンターは大声で問いかけた。

「おれとくるか？」

乗組員はうおーっという蛮声で応えた。

「ようし、では出発だ！　マタンセロスめざして！」

第二部　黒い船

14

遠くから見ると、カサンドラ号はじつに颯爽《さっそう》としている。朝風を満帆に孕《はら》み、ほんの数度かたむいた状態で、軽快な音をたて、色鮮やかな青海原を切り裂いていく姿はとても美しい。

しかし、甲板上は人でひしめきあい、とても快適とはいいがたい状態だった。なにしろ、六十人からの、むさくるしく、つーんとにおう船乗りたちが、さんさんと照りつける陽光のもと、せまい甲板の上でひじつきあわせ、すわりこみ、カードをし、眠っているのだから。どうかすると、何人かが船縁《ふなべり》からはみだすこともあったし、ふと風下側に目を向けたとき、むきだしの尻が六つも船縁にならぶ壮観を、ハンターは何度も目のあたりにした。

食糧が分配されることはない。水もだ。出航して一日めは、いっさい飲み食いはできない。乗組員もみなそれは承知していて、昨夜はポート・ロイヤルで食えるだけ食い、飲めるだけ飲んできた。

最初の晩、ハンターは投錨しなかった。私掠船はふつう、夜になると岬で囲まれた入江に隠れ、錨泊する。乗組員が陸《おか》で眠れるようにとの配慮からだ。しかし、この晩、ハンターは夜っぴて航海をつづけさせた。急ぐ理由はふたつあった。ひとつめは、スパイの急報が怖いこと。マタンセロスの守備隊に警告がとどけば、計画は水泡に帰す。ふたつめは、ぐずぐずしていたら、マタンセロスの港に停泊中の財宝ガレオン船が出航してしまう恐れがあることだった。

二日めのおわりには北東へ快走し、ヒスパニオラ島とキューバ島のあいだに広がる危険な海域に差しかかった。乗組員たちはこの海域のことをよく知っている。長きにわたる海賊の根城のひとつ、トルトゥーガ島まで、帆船で約二日の距離だからだ。

休むことなく、三日めも帆走をつづけたが、その晩は、とある小島の入江内に船を停め、疲れきった船乗りたちを上陸させて休ませた。明後日、大小のイナグア島を通過したあとは、長い外洋航海がはじまる。そこから目的地のマタンセロス島までは、安全に上陸できる島がひとつもない。緯度二十度を越えたら、そこはもう、スペインが統《す》べる危険な海なのだ。

乗組員たちの意気は盛んで、みんな、焚火《たきび》をかこんでげらげら笑いあい、ジョークをいいあっていた。この三日間のうち、〝悪魔が肌を這いまわる〟幻覚に取り憑《つ》かれた者はたった一名しか出ていない。これはラム酒が切れたときによく見る症状だが、その発作を起こした男もいまは落ちついていて、もはやがたがた震えてはいなかった。

現状に満足したハンターは、じっと目の前の焚火を見つめていた。ほどなく、サンソンがやってきて、となりに腰をおろした。

「なにを考えてる、ハンター」

「べつに、なにも」

「カサーリャのことか？」

「いいや」ハンターはかぶりをふった。

「知ってるぞ、あいつがあんたの兄弟を殺したことは」

「たしかに、殺されるにいたったきっかけはカサーリャだったが」

「腹がたたないのか？」

ハンターはためいきをついた。

「いまはもう、な」

ちらつく焚火の光を受けながら、サンソンはハンターを見つめた。

「どんな死にかたをした？」サンソンがたずねた。

「そんなこと、どうでもいいだろう」ハンターは平板に答えた。

サンソンはしばし無言でその場にすわっていたが、ややあって、語をついだ。

「おれの聞いた話じゃ、あんたの兄弟、乗ってた商船ごと、カサーリャにつかまったというじゃないか。カサーリャのやつに両手を縛りあげられて、キンタマを切りとられたあげく、そのタマを口につっこまれて、窒息死したとか」

ハンターは黙っている。ようやく返事をしたのは、しばらくたってからのことだった。

「そういう話だな」

「この話、信じてるのか？」

「ああ」

サンソンはハンターの表情をさぐった。

「イングランド人は老獪《ろうかい》、か。表情まで老獪でいやがる。怒りはどうした、ハンター」

「持ってるさ、ちゃんと」

サンソンはうなずき、立ちあがった。

「カサーリャを見つけたら、即座に殺せ。憎しみで判断が鈍らないうちに」

「そんなもので判断を鈍らせたりはしないさ」

「ああ、まあ、そうだろうがな」

それだけいうと、サンソンは立ち去った。その後も長いあいだハンターは、じっと焚火の炎を見つめていた。


明けて四日めの朝、キューバ島とヒスパニオラ島の距離がぐっとせばまるウィンドワード海峡に到達した。ここは風向きが定まらず、波も荒い難所だが、それでもカサンドラ号は、めざましいペースで海峡を突っ切っていった。ヒスパニオラ島西端に位置するルモール岬の黒いシルエットを右舷に見たのは、四日めの晩のいつかのことである。やがて翌日の夜明けちかくになると、東にひとかたまりになって見えていた陸影が左右に分かれ、ヒスパニオラ島の北岸にそって東西に伸びるトルトゥーガ島が識別できるようになった。

カサンドラ号は進みつづけた。

五日めは、終日、陸影のほとんど見えない、広々とした海上にあった。天気は清朗で波もおだやかだ。午後遅くまでには、左舷に大イナグア島が見えるようになっていた。それから数時間後、レイジューがまっすぐ前方の水平線上に陸影を発見した。位置からすればカイコス諸島《レ・カイク》だろう。ここから先は気をつけて進まなくてはならない。なぜなら、カイコス諸島の南には、何マイルにもわたって浅瀬がつづくからである。

ハンターは東へ——いまだ見えないタークス諸島へ回頭を命じた。空は依然として晴れている。乗組員たちは陽光のもとで歌を歌い、まどろんだ。

やがて太陽が水平線に大きくかたむくころ、レイジューの警告の声が船全体に響きわたり、まどろんでいた船乗りたちはぎょっとして飛び起きた。

「船影《セイル・ホー》あり！」

ハンターははじけるように立ちあがった。水平線に目をこらす。なにも見えない。操舵手のエンダーズが小型望遠鏡を片目にあてがい、周囲を見まわした。それから、

「気にいらんな」といって、ハンターに望遠鏡を差しだした。「真横だ、キャプテン」

ハンターは望遠鏡を覗いた。レンズの屈折が作る虹色の煌《きら》めきを通し、水平線すれすれに白い横長の四角が見える。見ているうちに、白い四角は角度がずれて、重なりあうふたつの四角になった。

エンダーズがたずねた。

「あれをどう見る？」

ハンターはかぶりをふった。

「きくまでもなかろう」

この距離からでは、近づいてくる船の国籍を識別するすべはない。が、ここはスペインが支配する海域だ。ハンターはすばやく周囲の水平線を見まわした。イナグア島ははるか後方、帆走して約五時間の距離にある。どのみち、あそこに隠れられそうな場所はない。北方ではカイコス諸島が差し招いているものの、風は北東から吹いており、向かい風では充分な速度が出ないから、もっと近いならともかく、この距離ではまず逃げこめないと見たほうがいい。東にはなおもタークス諸島が見えているが——問題の帆が近づいてきているのは、その東の方角からだ。

早急に結論を出さなくてはならない。だが、どの選択肢も決定打に欠ける——。

「針路変更」最終的に、ハンターは腹を決めた。「カイコス諸島へ」

エンダーズは唇をかみ、ひとつうなずくと、船乗りたちに怒鳴った。

「上手《うわて》まわし用意！」

指示を受け、船乗りたちがいっせいに揚げ索《ハリヤード》へ飛びついた。カサンドラ号の船首が風上を向いていく。これからは、ジグザグに間切りながら北へ進んでいくことになる。

「なんとかして振りきらないと」右から近づいてくる白帆をにらんで、ハンターはいった。

「速度をあげろ」

「アイ、キャプテン」エンダーズが答えた。

エンダーズは眉間に縦じわを刻み、険しい表情で舵をとっている。こんな表情になるのもむりはない。水平線上に出現した船は、すでに肉眼でもはっきりと見えるようになっていたからである。もう一隻の帆船は着実に追いついてきていた。すでに各上檣《トゲルンマスト》が水平線上にすっかり顔を出しており、各中檣帆《トップスル》——下から二番めの帆も——見えはじめている。

望遠鏡を片目にあてて、ハンターは相手のようすをさぐった。見えているマストの上部はぜんぶで三つ。三本マストの船ということは、十中八九、どこかの国の軍艦だ。

「くそっ！」

見ているうちに、三枚の四角い帆が融けあって一枚になり、ついでまた分かれた。

「間合いを詰めてきてる」ハンターはいった。「このままだと、じきに捕捉されるぞ」

片手で舵輪をあやつり、踊るような動きで小さく不安げに足を動かしながら、エンダーズがいった。

「こんな間切りをしてるうちは振りきれないぜ、キャプテン」

「どんな間切りでもいっしょだ」ハンターはむすっとした声で答えた。「風が凪《な》ぐのを祈るしかない」

未知の船はなおも距離を縮めてきていた。もう五マイルと離れていない。いまの位置関係だと、安定して吹いている風は、むしろカサンドラ号にとって重荷となる。唯一の希望は、風が弱まってくれることにあった。風さえやめば、より軽量のカサンドラ号なら、なんとか相手を振りきれるだろう。

日没が近づくころ、ときどき風がやむこともあった。だが、それは一時的なもので、そのつどまたすぐに吹きはじめた。ほどなくハンターは、頬をなでる風がいっそう強くなりだすのを感じた。

「きょうは運が悪いらしいな」エンダーズがいった。

すでに、追跡してくる帆船の主檣大横帆《メインコース》も見えるようになっている。勢いを増した弱風を受けて、大きくうねりながら、夕陽を浴びたメインコースはピンクに染まっていた。

カイコス諸島はまだまだ彼方だ。安全の地はじれったいほど遠く、いっこうに手がとどきそうにない。

「回頭して逃げるか、キャプテン?」エンダーズがきいた。

ハンターはかぶりをふった。向きを変え、風を背負って進めば、カサンドラ号の逃げ足は速くなるが、回頭でもたつけばやがて追いつかれてしまう。どうすることもできないままに、やり場のない怒りに駆られ、ハンターはぐっと両手を握りしめて、大きくなってくる追跡船の帆を見つめた。いまはもう、船体の上端までもが見える。

「あれは戦列艦だな」エンダーズがいった。「艦首はまだ見えないが」

艦首の形は国籍を見わけるうえで格好の判断基準だ。スペインの軍艦はイングランド船やオランダ船とくらべ、艦首がずんぐりしている傾向が強い。

サンソンが舵輪のところへもどってきて、ハンターにたずねた。

「一戦交えるか？」

答えるかわりに、ハンターは無言で追跡艦を指さした。いまは水平線の上に船体の大半が見えている。吃水線部分での全長は百三十フィート以上。砲列甲板も二層をそなえており、各砲門はすでに開かれ、カノン砲のずんぐりした砲口がぬっと突きだしていた。ハンターはいちいち数を数えようともしなかった。ここから見える右舷側だけでも、砲はすくなくとも二十門――たぶん、三十門はある。

「見たとこ、スペインの軍艦だな、ありゃあ」サンソンがいった。

「おれにもそう見える」ハンターはうなずいた。

「闘《や》るか？」

「あれとか？」

そのとき、こんなやりとりのあいだにますます距離を縮めていた軍艦が、カサンドラ号に向けて一斉射を放った。彼我の距離はまだ遠い。砲弾は右舷の遠くに着弾し、水柱をあげただけにおわった。しかし、警告の意図は明白だ。あと千ヤードも近づけば、カサンドラ号は軍艦の射程内にとらえられてしまう。

ハンターは嘆息し、静かに命じた。

「船首を風上へ」

「なんだって、キャプテン？」エンダーズが聞き返した。

「船首を風上へ向けろといったんだ。揚げ索《ハリヤード》をすべてゆるめろ」

「アイ、キャプテン」エンダーズは答えた。

サンソンはハンターをきっとにらみつけ、足どりも荒く船首へ歩み去った。だが、いまはサンソンにかまっているひまなどない。ハンターは自船の行動を見まもった。小型スループ船の船首が風上へと向いていく。揚げ索《ハリヤード》がゆるめられ、すべての帆がいっぱいに張られた。向かい風を受けて、帆がばたばたとはためいている。じきに船は停止した。乗組員は右舷の手すり前にならび、近づいてくる軍艦を見つめた。軍艦は艦全体が黒く塗ってあり、艦尾楼には黄金の装飾を取りつけてある。描かれているのはフェリペ《フィリップ》の紋章——躍りかかる獅子だ。であれば、これがスペイン艦であることはまちがいない。

「臨検しようと近づいてきたら、目にもの見せてやるぜ」エンダーズがいった。「ひとこと〝やれ〟といってくれりゃいいんだ、キャプテン」

「だめだ」

あの規模の艦からすると、艦内に乗せている兵士はすくなくとも二百人を数えるだろう。主甲板にも同程度の武装兵が待機しているはずだ。対するに、こちらは甲板一枚のスループ船で、乗組員はわずか六十人。大型艦の四百人が相手では、まるで勝負にならない。すこしでも抵抗するそぶりを見せれば、軍艦は一定の距離をたもち、カサンドラ号が沈むまで片舷斉射をくりかえすだろう。

エンダーズがいった。

「カトリックの縄で縛り首になるのも、火焙《ひあぶ》りにされてのたうつのもごめんだ。そのくらいなら斬り死にしたほうがいい」

「いまは待て」ハンターは制した。

「待ってどうする?」

ハンターは返事をしなかった。見まもるうちに、軍艦はカサンドラ号の主檣帆《メインスル》の影が艦腹に落ちるほど近くまで接近してきた。深まりゆく暮色のなか、歯切れのいいスペイン語で、つぎつぎに命令を怒鳴る声が聞こえる。

「おれは戦うぞ」そばに引き返してきて、サンソンがいった。「あんたは臆病な女みたいに投降するがいい。おれは戦う」

妙案が閃《ひらめ》いたのはこのときだった。

「それなら、こうしろ」

ハンターはサンソンに耳打ちした。やがてフランス人は足音を忍ばせ、歩み去っていった。

スペイン語の怒鳴り声はなおもつづいている。いくつかの縄梯子《なわばしご》がカサンドラ号の甲板に投げおろされてきた。ずっと上にある舷縁《げんえん》を見あげれば、軍艦の甲板に兵士たちが隙間なくならんで立ち、マスケット銃の銃口を小型スループ船に向けている。ほどなく、スペイン兵の最初のひとりが、縄梯子をつたってカサンドラ号に降りてきた。やがて兵士たちの移乗がすむと、ハンターと乗組員たちは、ひとり、またひとりとマスケット銃でつつかれ、縄梯子を昇って軍艦に乗船させられた。

15

せまいカサンドラ号で何日もぎゅうづめになってきたあととあって、軍艦はとんでもなく広く感じられた。主甲板はきわめて広く、はるか向こうまで連なる平原のようだ。ハンターの乗組員たちは、兵士たちに追いたてられ、主檣《メインマスト》のまわりに集められた。スループ船ではあふれんばかりだったあの人数が、軍艦上ではごく少数のちっぽけな集団にしか見えない。ハンターは部下たちの顔を見た。みんな目をそむけ、ハンターとは視線を合わせようとしていない。どの顔も怒りを浮かべ、失望をあらわにしている。

ずっと上方では、巨大な帆が風にはためいていた。その音があまりにも大きかったので、ハンターの目の前にいるスペイン人士官は、大声を張りあげねばならなかった。

「おまえ、船長か！」士官が怒鳴ったのは、かたことの英語だった。

ハンターはうなずいた。

「なんというか！」

「ハンターだ！」ハンターも叫び返した。

「イングランド人か！」

「そうだ！」

「ここの艦長に会え！」

士官の命令を受けて、ふたりの兵士がハンターを艦尾方向へ引っぱりだした。どうやら、艦長室へ連れていかれるらしい。昇降口から主甲板の下へ連れこまれるまぎわ、ハンターは肩ごしにふりかえり、なすすべもなくマストのそばに集められている船乗りたちのようすを目に収めた。すでに全員、うしろ手に縛りあげられている。この艦の兵士たち、なかなかに手ぎわがいい。

幅のせまい昇降梯子《ばしご》をつたいおり、よろめきながら砲列甲板へ降りる。ずらりとならんだカノン砲の列と、発射準備をととのえて立つ砲手たちに目をやったのもつかのま、たちまち乱暴に背中を突き飛ばされ、艦尾へと追いたてられた。艦尾へ移動していく途中、開かれた砲門から、下の小型スループ船が見えた。索《つな》で軍艦につながれている。船上にはスペイン兵たちがひしめき、拿捕船《だほせん》回航員として乗りこんだスペイン人水兵たちが索具の点検をして、回航の準備に取りかかっていた。

だが、足をとめてじっくりと見ている余裕はなかった。マスケット銃で背中をつつかれ、先へ進まされたからである。ほどなく、とある船室の扉の前にたどりついた。扉の左右には、凶悪な顔つきをしたいかつい男がひとりずつ、武器を手にして警護に立っていた。どちらも軍服を着ておらず、兵士たちより格上の雰囲気をただよわせており、蔑《さげす》みの目をハンターに向けている。ひとりが扉をノックし、ふたことみこと、早口のスペイン語でなにかをいった。

室内からうなるような声が応えた。ふたりは扉をあけ、ハンターを室内に押しこんだ。兵士のうちのひとりがいっしょにはいってきて、扉を閉めた。

艦長室は驚くほどの広さで、ふんだんに装飾が施されていた。いたるところ、広々とした空間ならではの贅沢《ぜいたく》さがあふれている。上等なリネンのテーブルクロスを敷いたダイニングテーブルの上では、燭台に蠟燭《ろうそく》が灯されて、晩餐用に何枚もの黄金の皿がならべてあった。寝心地よさそうなベッドにかぶせられた紋織り《ブロケード》のベッドカバーには、金糸のレースの縁どりがある。一角には開いたままの砲門があり、そこに据えつけられたカノン砲の上の壁には、十字架にかけられたキリストの姿を描く、独特の色彩の油絵がかけてあった。別の一角には角灯《ランタン》が吊るされて、室内にあたたかい黄金色の光を投げかけていた。

船室の奥側には、もう一脚、テーブルがあった。その上に広げられているのは、何枚もの地図だ。テーブルの向こうには、フラシ天とベルベットを張った椅子があり――そこに艦長らしき人物がすわっていた。

艦長はこちらに背を向けたまま、カットクリスタルのデカンターからグラスに赤ワインをついでいる。ハンターには艦長が大男であることしかわからない。その背中は牡牛のそれのように大きい。

「さて――」と艦長はいった。きわめて流暢《りゅうちょう》な英語だった。「ここにすばらしい赤ワイン《クラレット》がある。一杯つきあえといったら、きみはどうするね？」

答えるひまも与えず、艦長はくるりとこちらに向きなおった。ハンターは呆然としてその顔を見つめた。いかつい顔、鋭く眼光を放つ目、力強い鼻、漆黒のあごひげ——。

われ知らず、ひとりでに叫び声が口をついて出た。

「カサーリャ！」

スペイン人は心から愉快そうに笑った。

「チャールズ王が乗っているとでも思ったのか？」

 ハンターはことばを失った。自分の唇が動いているのはぼんやりとわかったものの、声がまったく出てこない。同時に、心の中には一千もの疑問が去来した。なぜカサーリャがここにいる？　どうしてマタンセロスにいない？　もう財宝船は立ち去ったあとなのか？　それとも、有能な副官に要塞の指揮をまかせて、気晴らしに海へ出てきたのか？　あるいは、上層部から異動命令を受けて——ハバナあたりに向かう途中なのだろうか。

心の中にあふれるそんな疑問に翻弄されるうちに、ハンターは冷たい恐怖に呪縛された。カサーリャの前に立ってその顔を見つめるあいだ、からだが震えださないようにするだけでせいいっぱいだった。

「イングランド人よ」カサーリャはいった。「きみの動揺ぶり、じつに痛快な気分にさせてくれるな。残念ながら、わたしはきみの名を知らない。ともあれ、すわって楽にしたまえ」

ハンターは動かなかった。すぐさま兵士に荒々しく押しやられ、カサーリャと面と向かう椅子にすわらされた。

「そのほうがずっといい。さ、クラレットをどうかね？」

カサーリャがグラスを差しだした。

ハンターはありったけの意志力をふりしぼり、差しだされたグラスを受けとる手の震えを抑えこんだ。だが、ワインには口をつけない。受けとってすぐ、グラスをテーブルに置いた。

カサーリャはにやりと笑い、

「きみの健康に」といってグラスをかかげた。「なにしろ、こういって乾杯してやれるのは、いま、きみが健康でいるうちでないとむりだからな。どうしたんだ、いっしょに飲まんのかね？いやか？おいおい、イングランド人。こいつは最上級のクラレットだぞ。ハバナ守備隊の総司令官といえども、そうそう飲めるしろものではない。なんと、フランス産のワイン――オーブリオンだ。飲みたまえ」

カサーリャはいったんことばを切った。

「飲まんか」

ハンターはグラスを手にとり、少量だけワインを口に含んだ。あまりの旨《うま》さに陶然として、一瞬、ぼうっとしかけた。しかし、クラレットの味は、一時的に陥っていた呪縛から精神を解き放つ効果をもたらしてくれた。と同時に、グラスを口もとへ運び、少量を飲むというありふれた動作は、自分を取りもどすきっかけにもなった。ショックは去った。いまはもう、一千ものささやかなディテールを把握できる。背後に立った兵士の息づかいさえ聞こえた。おそらく、二歩うしろに立っているのだろう。カサーリャのあごひげの長さにはばらつきがあるところを見ると、海上に出て何日もたつにちがいない。テーブルに身を乗りだしてきて、カサーリャがこううながしたときには、その口臭がニンニクくさいこともわかった。

「さて、イングランド人。質問に答えてもらおうか。名は？」

「チャールズ・ハンター」

この立場に置かれた人間に望めるよりも力強く、自信にあふれて聞こえる声で、ハンターは答えた。

「ほほう？　その名前、聞いたことがある。一シーズン前、コンセプション号を拿捕した、あのハンターか？」

「そうだ」

「イスパニョーラ《ヒスパニオラ》のモンテ・クリスティを襲撃して、農園主《プランテーション》のラモーナを人質に身代金をせしめた、あのハンターか？」

「そうだ」

「あれはブタだよ、あのラモーナという男はな。そうは思わんか？」カサーリャは笑った。

「それに、グアドループ島に投錨していたド・リュイテールの奴隷船を拿捕して〝積み荷〟をごっそり連れ去った、あのハンターでもあるのだな？」

「そうだ」

「そういうことなら、お近づきになれて、はなはだ光栄だ、イングランド人。きみは自分の価値を知っているか？　知らない？　年々、きみの懸賞金は吊りあがるいっぽうでな。最近もまたあがったはずだぞ。最後に聞いた話では、フェリペ王は、きみをとらえた者に対し、ダブルーン金貨二百枚——乗組員ごと一網打尽にした者に対しては、さらに八百枚の懸賞金をおかけになったという。いまごろはもっと吊りあがっていることだろう。王命は変わる。いろいろなことの細部も変わる。以前のスペイン軍であれば、とらえた海賊をセビーリャに連行し、取り調べを受けさせて、罪と異端を悔い改めさせていたところだが、それでは手間ひまがかかりすぎていかん。そこでわれわれは、首だけを送ることにした。これなら船倉のスペースもあいて、そのぶん、利益の高い品物を積みこめる」

ハンターは黙っていた。

「きみはきっと、こう考えているのだろう」カサーリャはつづけた。「二百ダブルーンでは、いかにもすくなすぎると。きみにも想像がついていようが、いまこの瞬間、思いはわたしもまったく同じだ。それでも、きみがこの海域一帯でもっとも懸賞金の高い海賊であることはまちがいない。それを知って、さぞ鼻が高いのではないかね？　どうだ、気分がいいか？」

「そんな懸賞金がなんのためにかけられたのかを考えれば」とハンターは答えた。「あまりいい気分にはなれないな」

カサーリャは薄く笑った。

「きみは根っからの紳士らしい。だが、これだけは請けあおう。きみが紳士としてどれほど立派な人物であろうとも、かならず縛り首になる。この点は確実と思ってくれてよい」

ハンターはすわったまま、小さく会釈してみせた。ふいに、カサーリャがテーブルの上に手を伸ばし、小さなガラスのボウルをとりあげた。ボウルにはぴったりしたふたがかぶせてある。ボウルの中には緑色の幅広い葉が何枚もはいっていた。カサーリャはその一枚をとり、考えこんだ顔で嚙《か》みはじめた。

「ずいぶん、けげんな顔をしているな、イングランド人。この慣習に馴じみがないか？　ヌエバ《ニュー》・イスパーニャ《スペイン》のインディオ《インディアン》は、この葉をコカと呼ぶ。これは高地に育つ植物でな。嚙めば元気が出るし、力も出る。女に嚙ませれば、おおいに情熱をかきたてる効果もある」

カサーリャはくっくっと笑った。「きみも試してみるかね？　いらない？　きみはなかなかわたしの歓待を受けいれてくれようとはせんのだな、イングランド人よ」

　カサーリャはしばし無言で葉を嚙みつつ、じっとハンターを見つめていたが、ややあって、こういった。

「はて、きみとは前に会ったことがあるか？」

「ない」

「きみの顔には奇妙に見覚えがあるぞ。ずっとむかしに会ったことがないか？　たとえば、きみが子供のころにだ」

　ハンターは動悸《どうき》が速くなるのをおぼえた。

「そうは思わない」

「ふむ、ま、そうかもしれん」カサーリャは考えこんだようすで、遠い壁にかかった絵画を眺めた。「イングランド人の顔というのは、わたしにはみな同じに見える。ならべて見ても、さっぱり見わけがつかん」

カサーリャはことばを切り、ハンターに視線をもどした。

「しかし、きみはひと目でわたしだとわかった。会ったこともないというのに。なぜだ？」

「あんたの容貌と行状は、イングランドの植民地ではつとに有名だからさ」

カサーリャはコカの葉といっしょに、少量の石灰の粉を口に入れ、いっしょに嚙みだした。それから、にんまりと笑みを浮かべ——ついで、くっくっと笑いだした。

「そうだろうとも——そうだろうとも」

つぎの瞬間、椅子にすわったまま、荒々しく向きを変え、平手で思いきりテーブルを殴りつけた。

「もういい！　きくべきことをきこう。おまえの船の名は？」

「カサンドラ号」

「持ち主は？」

「おれが船主で船長だ」

「出帆した港は？」

「ポート・ロイヤル」

「航海の目的は？」

ハンターは口ごもった。説得力のある理由をでっちあげられれば、ただちにそうしていただろう。だが、この海域にカサンドラ号がいる理由を納得させるのは、そう簡単なことではない。

ややあって、こう説明した。

「ここいらをギニアからきた奴隷船が通る——そんな話を聞きこんだのさ」

カサーリャはくっくっと笑い、かぶりをふった。

「イングランド人、イングランド人」

ハンターは自分にできるかぎり、いかにもしぶしぶながら真実をいうというふりを装って、こういった。

「アウグスティン《オーガスティン》を襲撃するつもりだったんだ」

フロリダにあるスペインの植民地でも、ここはもっとも入植の進んだ町だ。とくに豊かな町ではないが、イングランドの私掠船が襲撃する対象としては、それほどおかしくはない。

「それにしては、妙な航路を選んだものだな。おまけに、時間がかかりすぎる」テーブルをとんとんとたたいて、カサーリャはいった。「なぜキューバの西を迂回して、バハマ航路にははいらなかった？」

ハンターは肩をすくめた。

「バハマ航路には、スペイン艦が哨戒していると信じる理由があったんでな」

「なぜこの航路にはいないと思った？」

「こっちのほうがリスクが低そうに思えたのさ」

カサーリャは長いあいだ、この供述の信憑性《しんぴょうせい》を考えていた——そのあいだずっと、クチャクチャと音をたてて葉を噛み、ワインをすすりながら。

「オーガスティンは湿原だらけで、ヘビくらいしかおらん。しかもわざわざウィンドワード海峡を通る危険を冒す必要など、さらさらない。そして、この付近にあるのは……」

カサーリャは肩をすくめた。

「……強固に防衛された植民地ばかりだ。おまえのちっぽけな小舟とひとにぎりの乗組員で襲えるような場所はひとつもない」

そこで、眉をひそめた。

「イングランド人よ、おまえのほんとうの目的はなんだ？」

「真実だよ、おれが話しているのはな」ハンターは答えた。「おれたちはオーガスティンをめざしていたんだ」

「そんな〝真実〟は納得できん」

そのとき、扉をノックする音がして、ひとりの水兵が顔を覗かせた。水兵はスペイン語で口早にしゃべった。ハンターにはスペイン語がわからない。が、フランス語の命令はすこしばかり知っていたので、その知識をたよりに、この水兵がカサーリャに報告している内容の見当はついた。おそらく、スループ船に乗りこんだ拿捕船回航員が、帆走準備をととのえたと報告しているのだ。カサーリャはうなずき、立ちあがった。

「よし、帆をあげるぞ。おまえも甲板にこい、ハンター。もしかすると、おまえの部下は、おまえのように真実を話したがらない者ばかりではないかもしれんからな」

16

私掠人《しりやくにん》たちは両手をうしろ手に縛られ、二列にならばされていた。乱れたその列の前を、カサーリャがいったりきたりしている――右手にナイフを持ち、左の手のひらにその刃面をぴたぴたとたたきつけながら。つかのま、あたりには完全な静寂がおりた。聞こえるのは、鋼《はがね》の刃面で手のひらを打つリズミカルな音だけだ。

ハンターはカサーリャから目を離し、軍艦の索具を見まわした。艦は東へと進んでいる。おそらく今夜は、タータ島の南岸にある鷹の巣《ホークス・ネスト》の入江へ投錨するつもりなのだろう。薄暮のもとで、大型の軍艦からはすこし距離をとり、カサンドラ号も同じ針路をついてくるのが見えた。

ハンターの物思いは、カサーリャの大声で断ち切られた。

「おまえたちの船長は――わたしに目的地を教えようとせん。なんでも、オーガスティンに向かうところだったそうだが」皮肉たっぷりに、カサーリャはいった。「オーガスティン？　子供でも、もうすこしましなうそをつくぞ。だが、わたしにはわかっている。おまえたちの目的地などお見通しだ。それがどこか、一歩進み出て、口にする者はいないか？」

カサーリャは二列にならんだ男たちを見まわした。全員、無表情のままで、カサーリャを見返している。「背中を押してやらねばならんか？　ん？」カサーリャはひとりの船乗りに歩みよった。「おまえ。しゃべらんか？」

男は微動だにせず、口をきかず、まばたきもしない。ややあって、カサーリャはふたたび、列にそって歩きはじめた。

「黙っていたところで、どうにもなるわけではない。おまえたちはみな異教徒だ。掠奪者だ。やがては絞縄に吊るされて、ぶらぶらと揺れる運命にある。その日まで、楽しく過ごすか、生地獄を味わって過ごすか――口を割った者は安楽に過ごさせてやろう。それについては、このわたしが保証する」

やはり、だれも動かない。カサーリャは立ちどまった。

「馬鹿なやつらめ。わたしが本気なのがわからんのか」

カサーリャが立っているのは、トレンチャーの目の前だった。私掠船の乗組員のなかで、ひと目で最年少とわかるトレンチャーは、小さく震えてはいたものの、それでも昂然《こうぜん》と胸を張っている。

「おまえ、若いの」カサーリャは猫なで声でいった。「こんな荒くれどもの集団にはまるで似つかわしくない男だな。話してしまえ。おまえたちの航海の目的地をいえ」

トレンチャーは口を開き――すぐに閉じた。唇がわなないている。

「さあさあ、どうした」カサーリャは猫なで声でうながした。「話せ、話せ、話せ……」

だが、いまにも陥落しそうな一瞬は過ぎた。トレンチャーがしっかりと唇を引き結ぶ。

カサーリャはつかのま、トレンチャーを凝視した。つぎの瞬間、片手のナイフを一閃させ、最小限の動きでトレンチャーののどを掻き切った。ハンターの目にはとらえきれないほどの、あまりにもすばやい動きだった。ぱっくりと開いた傷口から、幅の広い、真っ赤な滝が流れ落ち、若者のシャツを真紅に染めていく。目は大きく恐怖に見開かれている。信じられないとでもいいたげに、トレンチャーはゆっくりと左右に首をふった。一拍おいて、がっくりとひざをつき——しばしその状態でうつむいたまま、流れ落ちる自分の血潮を見つめつづけた。大量の鮮血が板張りの甲板上に広がっていって、カサーリャの長靴《ちょうか》のつま先を濡らしだす。カサーリャが毒づき、あとずさった。

永遠とも思える時間のあいだ、トレンチャーはそうやってひざまずいていた。ややあって、顔をあげ、ハンターの目を見た。ハンターは胸を締めつける、強烈な心の痛みをおぼえた。懇願するような、それと同時に、ひどく混乱し、恐怖におののいているような眼差し——。ついで、その目がぐるっと上を向き、からだが前のめりにかしいでいったかと思うと、甲板にどうと倒れ伏した。全身ががくがくと痙攣《けいれん》しだす。

列にならばされた船乗りたちは、全員、死にゆくトレンチャーを食いいるような目で凝視していた。だが動く者はいない。トレンチャーは身悶《みもだ》えしている。靴が甲板の板をひっかき、狂おしい音をたてた。顔の周囲に、みるみる大きな血だまりが広がっていく。やがてついに、トレンチャーはぴくりとも動かなくなった。

そんな断末魔のようすを、カサーリャはうっとりした顔で眺めていたが、トレンチャーがぐったりとすると、そばに歩みより、死んだ少年の首に足をかけ、ぐっと押しつけた。首の骨がへし折れる、ボキッという音が響きわたった。

つづいてカサーリャは、二列の船乗りに目を向け、「かならず真実を聞きだしてやる」と宣言した。「誓ってほんとうだ。かならず聞きだしてやるからな」

それから、副官にくるりと向きなおり、

「この者どもを最下層の船倉に連れていき、閉じこめておけ」と命じた。ついで、ハンターにもあごをしゃくって、「あいつもいっしょにだ」

それだけ言い残すと、カサーリャは大股に艦尾楼へ歩み去っていった。ハンターはうしろ手に両手を縛られ、ほかの者たちとともに甲板の下へ連れていかれた。

このスペイン艦は合わせて五層の甲板で構成されている。主甲板の下の二層は砲列甲板だ。乗組員の一部は、カノン砲のあいだにハンモックを吊って、そこで眠る。その下の下甲板は兵士の居住区で、そのもうひとつ下の最下甲板は、弾薬、食糧、滑車装置、備品、補給物資、家畜などの倉庫になっている。この最下甲板の下の、船底とのあいだにある空間は、臨時の船倉として使われるものだ。船底からごつい梁《はり》が通る天井までの高さは四フィートしかなく、吃水線の下にあるので換気孔もない。そのため、船倉内には、屎尿《しにょう》と水垢《みずあか》のにおいが濃厚に立ちこめていた。

カサンドラ号の乗組員はこの船倉に放りこまれ、ひとりひとり、すこしずつ間隔をあけて、仕上げの粗い床にすわらされた。四隅には二十名の兵士が五名ずつ分かれて見張りに立ち、ときおり一名がランタンを片手に巡回して、ひとりひとりの縛《いまし》めを調べ、ゆるんでいないかどうかを確認してまわった。

しゃべることは禁じられた。眠ることもだ。どちらかをしようとした者は、兵士の長靴《ちょうか》でしたたかに蹴りつけられた。動くこともゆるされなかったので、姿勢を変えようと思えば、すわったまま重心を移し変えるしかない。六十人の船乗りと二十人の見張りとが、せまくて換気されていない空間に押しこめられているため、船倉内はたちまち息苦しく、暑くなり、体臭がただよいはじめた。見張りたちでさえ汗まみれになっている。

時間の経過を測るすべはなかった。唯一聞こえるのは、上の最下甲板で家畜が動きまわる音と、帆走する軍艦が海水を切るさいの、途切れることのない単調な音だけだ。ハンターは一角にすわったまま、海水の音に耳をそばだてた。この音が途切れてくれればいいんだが。自分が置かれた絶望的な状況については——自分と乗組員たちとが強力な軍艦の艦底深くに押しこまれ、何百人もの敵兵に囲まれて、生かすも殺すも向こうしだいという状況の深刻さについては——なるべく考えないようにした。今夜、カサーリャが錨泊《びょうはく》しないかぎり、自分たちは一巻の終わりだ。ハンターたちが脱出できる唯一の可能性は、軍艦が一夜、錨泊してくれるかどうかにかかっている。

時間が経過した。ハンターは待った。

そのうちに、とうとう海水の音の性質が変わりだした。索具のきしみにも変化が現われている。ハンターは背筋を伸ばし、耳をすました。まちがいない――艦が減速しつつあるのだ。四隅に固まった兵士たちは静かにことばを交わしていた。やはり減速したことに気づき、なにごとかを話しあっている。ほどなく、海水の音が完全にやみ、錨索がくりだされていく音が聞こえた。ついで、錨が音高く水しぶきをあげ、海中に沈む音。自分が艦首付近にいることを、ハンターは心の中に書きつけた。そうでなければ、投錨の音がこんなにはっきりと聞こえるはずがない。

さらに時間が経過した。錨を降ろした軍艦はゆったりと揺れている。この感じからすると、どこかの岬に囲まれた小さな入江にはいり、投錨したにちがいない。波がきわめておだやかだからだ。ただし、入港してはいないだろう。この艦は吃水が深いから、よほどよく知った港でないかぎり、カサーリャが夜間に入港するはずはない。

では、ここはどこだろう。タークス島あたりの入江ならいいんだが。ここらへんには、この大きさの軍艦が停泊できる深さの、海風が吹きこむ入江がいくつかある。

投錨した軍艦の揺れは、なんともいえず心地よかった。気がつくとまどろんでいたことも、一度や二度ではない。兵士たちはしじゅう船乗りたちを蹴りつけ、目を覚まさせておくのに忙殺された。最下層の陰気な薄闇には、蹴られる船乗りたちのうめき声や苦痛の声が何度となく響いた。

ハンターは自分の計画のことを考えた。はたしてうまくいくだろうか……？

もうしばらくすると、ひとりのスペイン兵が降りてきて怒鳴った。

「全員、起立！　カサーリャさまの命令だ！　全員、起立！」

兵士たちに蹴られながら、船乗りたちはひとりずつ、せまい船倉で立ちあがった。天井が低いので、みんな背中を曲げている。痛みをともなう、かなりつらい姿勢だった。

さらに時間が経過したのち、見張りの交替が行なわれた。新たな兵士たちは、鼻をつまみ、悪臭のことでジョークをいいながら船倉に降りてきた。ハンターはけげんな目で兵士たちを見た。閉じこめられているうちに、自分の鼻はすっかり馬鹿になって、なんのにおいも感じなくなっているらしい。

交替の兵士たちは、前の兵士たちより齢が若く、見張りの仕事を軽く見ていた。どうやらスペイン人たちは、とらえた海賊が面倒を起こす恐れはないと判断したようだ。兵士たちはさっそくカードにふけりはじめた。ハンターは目をそらして、自分の汗が床にしたたるのを見つめた。ふと、あわれなトレンチャーのことを思ったが、それにしては、怒りがまったく湧いてこない。恐怖もだ。心がすっかり麻痺《まひ》しているのだろう。

じきに、新たな兵士が一名やってきた。これは士官らしく、若い兵士たちのだらけぶりに不快感をいだいたと見えて、鋭く一喝した。兵士たちがあわててカードをしまう。

新たに訪れた士官は、私掠人の顔をひとりひとりあらためながら、船倉をひとめぐりした。最終的に、ひとりの船乗りを選びだし、連れていこうとしたが、歩けと命じられた船乗りは脚が痺《しび》れていて動けず、その場でくずおれた。結局、ふたりの兵士が左右から男をかかえ、引きずりだしていった。

扉が閉じられた。見張りたちは一時的に気を張りはしたものの、すぐにまただらけだした。とはいえ、さすがにもうカードはやらない。しばらくして、兵士のうちのふたりが、小便の飛ばしっこをすることにした。標的は、片隅にいる船乗りだった。ほかの見張りたちもこの勝負に興味をそそられて、笑いながら、どっちが勝つか大金を賭けようといいだした。

そういった諸々《もろもろ》のできごとに、ハンターはぼんやりとしか気づいていなかった。疲労困憊《ひろうこんぱい》していたからだ。立ちっぱなしで、脚が燃えるように痛い。ずっと曲げたままの背中も痛む。ここにいたって、あのときなぜ、カサーリャに航海の本当の目的を話さなかったのだろうという考えが芽生えだした。いまとなっては、無意味な意地を張ったようにしか思えない。

そのとき、またも新たな士官が登場し、ハンターの思考は中断された。

士官は怒鳴った。

「ハンター船長！」

ハンターは外へ、船倉の上へと連れだされた。

ハンモックの中で揺られて眠る水兵たちを押しのけ、押しやり、つぎつぎに上の甲板へとあがっていく。その途中、船のどこかから、はっきりと、奇妙で悲しげな音が聞こえてきた。

それは女の泣き声だった。

17

だが、その奇妙な音の意味を考えるひまは、ハンターにはなかった。しきりにうしろからせっつかれ、主甲板へ突きだされたからである。たたんだ帆と星々の下で、水平線ちかくに低くかかる月が見えた。ということは、あとせいぜい二、三時間で夜が明けるということだ。

圧倒的な絶望が胸をわしづかみにした。

「イングランド人――こっちへこい！」

見まわすと、カサーリャの姿が見えた。主檣《メインマスト》のそばで、松明《たいまつ》の輪の中心に立っている。その足もとには、さっき船倉を連れだされた船乗りがあおむけになり、手足を大きく広げた格好で甲板に縛りつけられていた。周囲にはおおぜいのスペイン兵が立ちならび、にやにや笑いながらそのようすを眺めている。

カサーリャ本人はひどく興奮しているようだった。呼吸が荒く、小刻みだ。あいかわらずコカの葉を嚙んでいることに、ハンターは気がついた。

「イングランド人、イングランド人」カサーリャはかなり早口になっている。「ぎりぎりで間にあったな。われわれのささやかな娯楽をその目で見られるぞ。われわれがおまえの船を捜索したことは知っているな？　知らない？　そうか。事実、捜索したんだ。そして、興味深いものをいろいろ見つけた」

（くそっ、見つかったか）とハンターは思った。（これではもう……）

「ずいぶん大量の太索《ふとづな》を積んでいたものだ。それに、妙な鉄の引っかけ鉤《かぎ》も。折りたたみ式だと？　われわれには使い道の見当さえつかん、帆布製の帯のような、おかしなしろものもあった。しかし、イングランド人よ、なによりも理解できんのは、これだ」

ハンターの心臓は、もういまにも口から飛びだしそうになっていた。もしもグルナードが見つかったなら、万事休すだ。

だが――カサーリャがかかげたのは、四匹のネズミを入れた籠だった。ネズミたちは興奮したようすで籠の中を駆けまわり、キーキーと耳ざわりな鳴き声をあげている。

「想像できるかね、イングランド人よ、われわれがこれを見つけたときの驚きを？　船内にわざわざネズミを持ちこむだと？　われわれは自問した――なぜこんなことをするのか？　なぜあのイングランド人はオーガスティンにネズミなど運んでいくのか？　オーガスティンには地元のネズミがうようよしている。フロリダ産の肥えたネズミが、わんさといる。そうだろう？　だったら、ネズミを運んでいくことにどんな理由があるというのか？　いやでも気になるではないか」

ハンターの見ている前で、甲板に縛りつけられた船乗りの顔に、ひとりの兵士がなにかをしはじめた。最初のうちは、なにをしているのかわからなかった。兵士は船乗りの顔をなでさすっているようだ。そこでやっと、ハンターは気がついた。兵士は船乗りの顔にチーズを塗りつけていたのである。

「調べるうちにな」カサーリャはかかげた籠を振ってみせた。「おまえが自分の友人たちに――このネズミたちに――はなはだ冷たい仕打ちをしていたことに気がついた。こいつらは腹をへらしているんだよ、イングランド人。食いものをほしがっているんだ。見ろ、ひどく興奮しているだろう？　これは食いもののにおいを嗅《か》ぎつけたからにほかならない。それでこんなに興奮しているんだ。これほど飢えているからには、餌を与えてやらずばなるまい。そうだろう？」

船乗りの顔から数インチのところに、カサーリャは籠を置いた。チーズにかじりつこうとして、ネズミたちがいっせいに籠の格子に飛びついた。

「わたしのいう意味がわかるかな、イングランド人？　おまえのネズミどもはひどく飢えている。餌をやるべきだとは思わんかね？」

ハンターはネズミたちを凝視した。身動きのとれない船乗りの、恐怖にすくんだ目もだ。

カサーリャがいった。

「はたして、おまえの船乗りは真実を語ってくれるだろうか――」

船乗りは一瞬たりともネズミから目を離さない。

「でなければ、イングランド人よ、おまえがこの男に代わって真実を話すか？」

「断わる」力ない声で、ハンターは拒否した。

カサーリャが船乗りにかがみこみ、その胸をつついた。

「それとも、おまえが話してくれるかな？　ん？」

もういっぽうの手を、籠の扉のラッチにかける。

船乗りは食いいるようにラッチを見つめている。カサーリャがゆっくりと、ほんのすこしずつ、ラッチをあげていった。とうとうラッチが完全にはずれた。カサーリャは一本の指で扉を押さえた。ネズミが飛びだしてくるのを押さえているのは、もはやその指だけだ。

「最後のチャンスだ、わが友よ……」

「ノン！」船乗りが金切り声を出した。「話《ジュ・パルル》す！　ジュ・パルル！」

「よろしい」流暢《りゅうちょう》なフランス語に切り替えて、カサーリャはいった。

「マタンセロス」船乗りは答えた。

カサーリャの顔色がさっと変わった。怒ったのだ。

「マタンセロスだと！　この馬鹿めが！　わたしにそんなたわごとを信じろというのか？

マタンセロスを襲うだと！」

さっと籠の扉をあけた。

ネズミたちが顔に飛びかかっていった。船乗りはすさまじい悲鳴をあげた。首をはげしくふってはいるが、四匹の毛むくじゃらの生きものは、頬や頭やあごに食らいついて放さない。そうやってかぶりついたまま、キーキーと鳴き声をあげている。一匹がはねとばされた。が、はげしく起伏する男の胸の上をあっという間に駆けもどり、こんどは首筋に食らいついた。

船乗りが何度も恐怖の悲鳴をあげる。単調な悲鳴を、何度も何度も、くりかえし絞りだした。やがてとうとう、船乗りはショック状態に陥り、ぐったりと動かなくなった。ネズミたちはキーキー鳴きながら、船乗りの顔で饗宴《きょうえん》をくりひろげている。

カサーリャは立ちあがった。

「きさまら、よくもこれだけ、おれを虚仮《こけ》にできるものだな！　イングランド人よ、いまに見ていろ。かならず航海の真の目的を吐かせてやるぞ！」

兵士たちに顔を向けた。

「こいつを下に連れていけ」

兵士たちにこづかれながら、ハンターは下の甲板に降りる昇降梯子へと移動していった。カサンドラ号は、軍艦から数ヤードほどの距離をとって投錨している。うしろから押されてせまい昇降梯子を降りるまぎわ、ハンターはカサンドラ号の手すりごしに、船内のようすを覗きこんだ。

18

スループ船カサンドラ号には、甲板が一枚しかない。その甲板は雨ざらしになっていて、積荷を収容する場所は船首と船尾の小さな船室だけだ。夕刻、カサンドラ号を拿捕《だほ》したのち、スペインの兵士と拿捕船回航員たちは船内の捜索に取りかかった。そのさい見つけた特殊な補給品や装備は、のちにカサーリャをおおいに悩ませることになる。

兵士たちはカサンドラ号の船内を徹底的に捜索した。船首と船尾にある艙口《ハッチ》のふたもあけ、ランタンを片手に甲板の下へと潜りこみ、内竜骨《キールソン》にいたるまであらためた。船底には汚水《ビルジ》がたまっており、甲板の裏すれすれまで達していた。これほどの汚水を排出しておかないとは、なんと怠惰な海賊どもだろう、と兵士たちは皮肉たっぷりに話しあったものである。

その晩、岬に囲まれた小さな入江にカサンドラ号を進入させ、軍艦の陰で投錨もすませた十人の回航員たちは、松明《たいまつ》の光をたよりに、何時間も笑いあいながら、酒を酌みかわした。やがて真夜中をまわるころ、回航員たちはやっと眠けをもよおしてきて、あたたかい夜気のもと、甲板で横になった。全員、しこたまラム酒を飲んでいるので、眠りは深い。見張りを立てておくようにと命じられてはいたが、そんな手間をかけたりはしなかった。すぐ真横に軍艦が停泊しているのだから、いったいなにを恐れることがあろう。

そのため、甲板に寝ていた回航員は、だれひとりとして異変に気づかなかったのだが——深夜、船底の汚水だまりで小さくゴボゴボという音がしだした。そして、だれにも見られることのないままに、口に呼吸用の葦《あし》の茎をくわえた男の頭が、ねっとりとして悪臭ふんぷんたる汚水の中から、ゆっくりと現われた。サンソンだった。

サンソンは寒さでがたがた震えていた。何時間ものあいだ、油布の袋を胸に抱き——袋の中身は、例のかけがえのない擲弾《グルナード》だ——葦を使って空気を吸いながら、水中に全身を沈めていたからだ。サンソンも袋も、いまのところ、だれにも気づかれてはいない。そうっと頭を突きだし、あごが汚水の水面からかろうじて上に出たところで、頭頂部が甲板裏にこつんとぶつかった。あたりは真っ暗で、方向がまったくわからない。ひとまず両手と両足で周囲をさぐり、船体に背中を押しつけ、湾曲した船板の位置をたしかめる。どうやら自分は、船の左舷側にいるようだ。ゆっくりと、静かに前へ進み、船のセンターラインへ移動していく。そこからはにじるようにして、ごくゆっくりと船尾方向へ向かった。そうやって進むうちに、甲板に設けられた船尾艙口《ハッチ》の四角い窪みに頭が軽くぶつかった。顔を上にふりむける。ふたの格子の隙間が、並行する何本もの薄明るい線として見えていた。これは星明かりだ。音はしていない。聞こえるのは、ひとりの船乗りのいびきのみ——。

ひとつ深呼吸をし、頭を上に突きだして、艙口《ハッチ》のふたを数インチほど持ちあげる。甲板のようすが見えた。すぐ目の前に眠っている船乗りの顔があった。一フィートと離れていない。

男は大きくいびきをかいている。

サンソンはふたたび汚水に身を沈めた。水面にあおむけの状態で浮かび、片手で船板を押しやりつつ、船尾側から船首側の艙口《ハッチ》までの五十フィートを移動するのに、十五分ちかくかかった。船首側にたどりつくと、こちらでも艙口《ハッチ》のふたをすこし持ちあげ、周囲を見まわした。十フィート以内に、眠っている船乗りはいない。

音をたてないよう、慎重にふたをはずし、そうっと甲板に置く。汚水の上へからだを引きあげ、甲板に這いあがり、立ちあがって新鮮な夜気を吸いこんだ。全身、濡れそぼっているため、風が猛烈に冷たく感じられる。だが、そんなことは意識にない。サンソンの全神経は、甲板で眠りこけている回航員たちにそそがれている。

人数を数えた。ぜんぶで十人か。これ以上はいないだろう。カサンドラ号程度の船なら、いざとなれば三人で帆走させられる。五人いれば余裕綽々《しゃくしゃく》だ。十人もいればおつりがくる。

甲板に寝ている男たちの位置をたしかめ、どういう順番で殺していくか考えた。音を極力たてずに殺すのは簡単だ。だが、完全に無音でとなると、簡単にはいかない。綱渡りなのは、十人のうち四人か五人を始末するまでだろう。ひとりでも声をたてられたら、残りの連中が飛び起きてしまう。

ベルトがわりに使っている細縄をはずした。その端を左右の手に巻きつけ、ピンと張る。細縄の強度に満足すると、硬木を削りだした長さ一フィートの索止め栓《ビレイピン》を一本とり、足音を忍ばせつつ、回航員たちに近づいた。

最初の回航員はいびきをかいていなかった。男の上体を起こし、すわった格好にさせる。姿勢を変えられて、男が眠たそうに小さくうなった。その直後、頭頂部に索止め栓《ビレイピン》をたたきつけた。すさまじい打撃にもかかわらず、ゴンッという鈍い音がしただけだった。すぐさま、男を甲板の後方へ引きずっていく。

暗闇のなか、両手で男の頭をさぐった。深い陥没ができていた。おそらく、いまの強打でこの男は死んだだろう。だが、無用の危険を冒しはしない。男の首に細縄を巻きつけ、片手で思いきり絞めあげる。同時に、男の胸に手をあて、鼓動を確認した。一分後、鼓動は完全に途絶えた。

甲板をよぎる翳《かげ》となり、サンソンはつぎの男に近づいていった。そして、同じことをくりかえした。甲板で寝ている回航員を九人まで殺してしまうのに、かかった時間は十分たらず。殺した者たちは、はたからは眠っているように見える格好で甲板にころがしてある。

最後のひとりは、ほんとうは船尾で見張る役目だったのだろうが、すっかり酔っぱらったあげく、舵輪にもたれかかり、眠りこけていた。サンソンはすばやく男ののどを斬り裂き、船端《ふなばた》からそっと海に落とした。そのさい、チャプンと小さな音がしただけだったが、軍艦の甲板にいた見張りのひとりが耳ざとく聞きつけ、舷縁《げんえん》から身を乗りだし、スループ船に目をこらして、大声で呼びかけてきた。

「異状ないか？《エスター・ビエン》」

サンソンは船尾の見張りがいるべき位置に立つと、上に向かって手をふってみせた。濡れネズミだし、軍服を着てもいないが、こう暗くてはわかるまい。

「異状なし《エスター・ビエン》」わざと眠たげな声を出した。

「了解《コンフォルメ》」見張りは答え、こちらに背を向けた。

サンソンはしばらくようすをうかがってから、スループ船よりずっと大きな軍艦に注意をふりむけた。遠くはなかった。が、錨泊中の艦が風向きの変化や潮の満ち干で移動しても、カサンドラ号にぶつからない程度の距離はとっている。スペイン人が砲門をあけっぱなしにしていてくれたのは幸いだった。下の砲列甲板の砲門から艦内に忍びこめば、主甲板の歩哨たちには見とがめられずにすむだろう。

カサンドラ号の舷縁を乗り越えて海にはいり、軍艦に向かってすばやく泳いでいく。ちらと頭をよぎったのは、夜になって、スペイン人が入江にゴミを投棄していなければいいがということだ。ゴミはサメどもを呼びよせる。そしてサメは、サンソンがこの世で恐れている、数少ない生きもののひとつなのである。さいわい、途中でサメに襲われることもなく、軍艦までぶじ泳ぎつくことができた。船体のすぐそばに浮かび、波に揺られながら、サンソンは上を見あげた。

下側の砲列甲板は、十二フィートは上だ。主甲板で見張りたちがジョークをいいあう声が聞こえた。舷縁からはなおも縄梯子が一本だけたらされているが、それは使わない。自分の体重がかかれば縄梯子はきしみをあげ、動いてしまう。そうなったら、甲板の見張りたちに気づかれるのは避けられない。

かわりに、音をたてないようにして艦首側へ泳いでいき、錨索づたいに、第一斜檣《バウスプリット》の下、船首像からうしろへ走る装飾板《トレイルボード》のところまで這い登っていった。装飾板は、船体からほんの数インチ突きだしているだけだったが、なんとか足をかけ、索具の一本をつかむ。そこから前部の砲門のひとつに手をかけ、中を覗きこむのは簡単だった。

聞き耳を立てた。ややあって、一定のペースで歩きまわる見張りの足音が聞こえてきた。足音の響きからすると、歩哨はひとりだけで、砲列甲板を巡回しているようだ。サンソンは見張りが通りすぎるまで待ってから、砲門を通って艦内にはいりこみ、ひとまずカノン砲の下の影に身をひそめた。からだを酷使したのと、侵入の興奮により、息が荒くなっている。サンソンほどの者でさえ、四百人の敵のただなかにいると思うと――その半数はハンモックでゆっくりと揺れているのだが――ぞくぞくする感覚を抑えきれない。サンソンはしばらくその場にひそみ、これからの行動計画を練った。

ハンターは軍艦の悪臭を放つ船底で待っていた。せまいスペースで背中をまるめ、ずっと立ちっぱなしの状態でいるため、疲労はその極みに達している。いいかげんサンソンがきてくれないと、疲労のあまり、どの男も脱出できる状態ではなくなってしまうだろう。見張りたちはあくびをしながら、ふたたびカードにふけりはじめていた。捕虜にはまったく注意を向けていない。じつに腹だたしいかぎりだが、これは絶好の機会でもある。軍艦の者たちが眠りこけている隙に部下たちを逃がすことができれば、カサンドラ号で逃げだせる見こみが出てくるからだ。しかし、見張りの交替要員がやってきたなら――見張りはもう、いまにもくるかもしれない――あるいは、夜が明けて軍艦の乗組員が起きだしたなら――逃げられる可能性はなくなる。

ひとりのスペイン兵がやってきたとき、ハンターは絶望的な敗北感をいだいた。見張りの交替がはじまったらしい。万事休すか――。

しかし、そう思ってすぐに、あきらめるのはまだ早いことに気がついた。やってきたのはひとりだけで、士官ではない。男を迎えいれた見張りたちがとくに緊張したようすを見せていないところからすると、交替要員ではないのだろう。男はいかにも重要人物のように尊大な態度で船底を歩きまわり、私掠人たちの縛《いまし》めを調べてまわった。やがて男は、ハンターのところにもやってきた。自分の手首にかかった縄を、男の指がまさぐっている。と、なにか冷たいものが――ナイフの刃だ――縄を断ち切った。

背後の男が小声でいった。

「取り分の割り増し、二パーセント」

サンソンだった。押し殺した声で、サンソンはうながした。

「誓え」

ハンターはうなずいた。怒りと興奮がこみあげてくる。それでも、口はきかない。無言でサンソンの行動を見まもった。やがてサンソンは船底をひとめぐりし、人の出入りを封じるかのように、扉の前に立った。

そして、囚われの船乗りたちを見まわし、押し殺した声でこういった。英語でだ。

「静かにやれよ、静かにな」

見張りの兵たちは飛びかかってくる私掠人たちを呆然と見つめた。見張りの数は私掠人の三分の一しかいないため、一瞬でけりがついた。船乗りたちは、倒した兵の軍服をただちに脱がし、自分たちが着はじめた。サンソンがハンターのもとへ歩みよってきた。

「あんたが誓う声、聞こえなかったぜ」

手首をさすりながら、ハンターはうなずいた。

「誓う。二パーセント割り増しだ」

「よしきた」

サンソンは扉をあけ、唇に指を押しあててから、船乗りたちを導き、船底をあとにした。

19

カサーリャはワインを飲みながら、死にゆく主《しゅ》の顔を眺め、考えにふけった。主の受けた肉体的苦しみたるや、いかばかりのものであったことか。カサーリャはごく若い時分から、さまざまな主の苦悶の姿を見て育った。肉体を苛《さいな》む苦痛、たわんだ筋肉、うつろな目、脇腹の傷から流れる血、十字架に釘で打ちつけられた手と足から流れる血——。

この絵は——艦長室に飾ってあるこの油彩は、フェリペ国王陛下からじきじきに拝領したものである。作者は陛下お気にいりの宮廷画家で、最近亡くなったベラスケスという男だ。ベラスケスの絵を下賜《かし》されるということは、自分が高く評価されていることのあかしであり、これを拝受したときは、カサーリャも深く感銘を受けたものだった。以来、どこへいくにも、この絵はつねに持ち運んでいる。カサーリャにとって、これはなににも勝るたいせつな宝物なのである。

だが、このベラスケスという画家は、主の頭の周囲に頭光を描いていない。からだの色も死体を思わせる鉛色がかった白だ。それだけに、きわめてリアルではあったが、カサーリャとしては、やはり頭光があったほうがよいと思うことが多い。フェリペ王ほど敬虔《けいけん》なお方が頭光を描き加えるように命じられなかったことが、彼には不思議でならなかった。おそらく陛下はこの絵がおきらいだったのだろう。だからこそ、ニュー・スペイン《ヌエバ・エスパーニャ》の一司令官ごときにこの絵を下賜されたのではないのか。

落ちこんだせいで、別の不愉快な思いが頭をもたげてきた。フェリペ王宮廷時代の豪勢な暮らしを思いだすにつけ、僻地《へきち》暮らしの苛酷さを痛感しないではいられない。宮廷の贅沢《ぜいたく》を支えるため、遠い植民地からせっせと金銀を送りだしているというのに、自分たちはなんと宮廷とは対照的な暮らしを送っていることだろう。カサーリャはいつの日か、うんと裕福になって、宮廷に返り咲いてやるつもりだった。ときどき廷臣たちに嘲笑されているところを想像することがある。ときどき怒りにまかせて凄惨な決闘を行ない、自分を嗤《わら》う廷臣たちを皆殺しにする夢を見る。

だが、そんなカサーリャの物思いは、ふいに訪れた艦の揺れによって中断された。引き潮になったのだろうか。ということは、夜明けがさほど遠くはないということだ。もうじき、本日の活動がはじまる。そろそろイングランドの海賊をまたひとり殺してもいいころあいだ。カサーリャとしては、知りたいことをひとつ残らず聞きだすまで、連中をひとりずつ殺していくつもりだった。

艦はなおも揺れつづけている。この揺れにはどこか奇妙なところがあった。カサーリャは本能的にそれを感じとった。艦首の錨索を中心に揺れているのならわかるが、そうではない。横に揺れている。これはひどく妙だ。

その瞬間、小さくガリッという音がしたかと思うと、艦がひときわ大きく揺れて——安定した。

罵声《ばせい》を吐きつつ、カサーリャは主甲板にあがる昇降梯子を駆け昇った。甲板に飛びだしたとたん、目に飛びこんできたのは——ヤシの葉だった。つい目と鼻の先に、ヤシの葉が突きだしている。島の浜辺にならんだ数本のヤシの木が、これほどそばにあるということは——艦が砂浜に乗りあげたのだ！

カサーリャは怒声を発した。パニックを起こした乗組員たちが周囲を駆けまわっている。

震えながら、航海長が駆けよってきた。

「艦長——やつらが錨索を切断しました」

「やつら？」カサーリャはわめいた。

カサーリャが怒ると、その声は女がわめいているみたいにかんだかくなる。カサーリャは反対側の手すりに駆けよった。

順風を受けて、カサンドラ号が傾きつつ、外海へ出ていこうとしていた。

「やつらだと？」

「海賊どもが脱出したのです」蒼白のまま、航海長が報告した。

「脱出した？　どうやったら脱出できるというのだ！」

「わかりません、艦長。見張りは全員、殺されていました」

カサーリャは航海長の顔を思いきり殴りつけた。航海長は吹っとび、甲板にころがった。

はらわたが煮えくり返って、まともにものが考えられない。彼我を隔てる波ごしに、去ってゆくスループ船を眺めやる。

「どうやったら脱出できるというのだ？」問いをくりかえした。「いったいどうやった？ どうやったら脱出できるはずがある？」

海兵隊の隊長が歩みよってきた。

「艦長――艦は座礁しています。兵を上陸させて、艦を押させましょうか？」

「いまは引き潮だ」

「承知しております、艦長」

「だったら、わかるだろうが、馬鹿者め！ 押したところで、潮が満ちてくるまで、浅瀬を離れることはできん！」

カサーリャは大声で毒づいた。潮が満ちるまで、三十分砂時計《ハーフアワー・グラス》で十二回分――この大きな艦の自由がきくまで、あと六時間も待たなくてはならない。たとえ満潮になっても、座礁の程度によっては、結局、海に出られない可能性もある。いまは月が欠けてゆく時期だ。一回の満ち干ごとに、満潮時の水位は下がっていく。こんどの満潮で――遅くとも、そのつぎの満潮で――押しだせなかったら、艦は三週間以上、ここで座礁したままになるだろう。

「馬鹿者どもが！」かんだかい声でわめいた。

遠く湾口では、カサンドラ号が鮮やかに向きを変え、南風に乗って視界から消えた。

南風だと？

「やつら、ほんとうにマタンセロスへ向かう気か？」とカサーリャはつぶやいた。

その全身は、抑えがたい怒りでわなわなと震えていた。

ハンターはカサンドラ号の船尾にすわり、針路を検討していた。不思議だった。まる二日、ほとんど眠っていないというのに、まったく疲れを感じていない。周囲では、乗組員たちが甲板に倒れ伏し、ほぼ全員、死んだように眠りこけている。

船乗りたちを眺めやって、サンソンがいった。

「まったく、泣かせるやつらだぜ」

「同感だよ」とハンターは答えた。

「口を割ったやつは？」

「ひとりだけだ」

「カサーリャはそいつを信じたか？」

「そのときは信じなかった。だが、あとで思いなおしたかもしれん」

「すくなくとも六時間は先行したわけだ」サンソンがいった。「運がよければ、十八時間」

ハンターはうなずいた。マタンセロスは風上に向かって帆走二日の距離にある。これだけ先行していれば、あの軍艦よりもずっと先に要塞へたどりつけることはまちがいない。

ハンターはいった。

「昼夜ぶっとおしで帆走するしかないな」

サンソンはうなずいた。

「船首三角帆《ジブ》を張れ！」エンダーズが怒鳴った。「いい風がきた」

南西から吹いてきた風を孕《はら》んで、帆がぴんと張る。

カサンドラ号は海面を斬り裂き、暁光《ぎょうこう》をめざして疾走をつづけた。

第三部　殺戮島《マタンセロス》

20

　午後の空には叢雲《むらくも》が流れ、それが太陽をおおうにつれて、天は暗い鉛色を帯びはじめた。空気はじっとりと重苦しい。レイジューが海面に浮かぶ木切れを見つけたのは、そんなときだった。

　帆走をつづけるカサンドラ号の周囲に、やがて多数の木ぎれや船の破片がただよいだした。何人かが索《つな》を投げこみ、破片のいくつかを引きあげた。

「イングランド船のようだな」

　甲板に置かれた破片を見て、サンソンがいった。破片は船尾楼外板の一部だろう、赤と青に塗ってある。

　ハンターはうなずいた。かなり大きな船が沈んだらしい。

「そんなに前のことじゃない」生存者はいないかと水平線に目をこらしてみたが、人の姿は見当たらなかった。「われらがスペインの友人たちは、どうやら狩りをしていたようだ」

それから十五分ほどのあいだ、カサンドラ号の船体は海に浮かぶ木片がぶつかりつづけた。乗組員たちは動揺している。船乗りというのは、破壊された船の破片を見るのをきらうものなのだ。こんどは筋交《すじかい》の一部が引きあげられた。そのサイズから察するに、沈められたのは商船だったらしい、とエンダーズがいった。おそらくはブリッグ船かガレオン船で、全長は百五十フィート程度だったろう——。

生存者はついに見つからなかった。

夜の訪れとともに天候は荒れ模様になり、強風が吹きだした。やがて暗闇のなか、重くてぬるい雨粒がカサンドラ号の板張りの甲板を打ちすえだした。その晩はみなずぶ濡れになり、悲惨な思いをして過ごした。だが、夜が明けるころには雨もきれいにやんで、空はふたたび晴れあがっていた。まもなく兆《きざ》した暁光のもとで、まっすぐ前方の水平線上にレーレス島が——通称殺戮《マタンセロス》島が見えた。

遠くから見ると、レーレス島西側の絶壁は、異様に殺伐とした風情をただよわせていた。海岸ぞいに生える低い植物を除いて島は茶色に乾ききり、荒涼として見える。レーレス山の絶壁のほかにも、ところどころ、赤っぽい灰色をした岩の露頭が見えていた。この島は雨がすくなく、カリブ海の東のはずれに位置しているため、島にそびえる山の頂は絶えず大西洋からの風に吹きさらされているのだ。

カサンドラ号の乗組員は、あまりぞっとしないようすで、近づいてくるレーレス島の姿を見つめていた。

舵をとっているエンダーズが、眉をひそめていった。

「まだ九月だというのに――みずみずしい万年緑で歓迎してくれやがるもんだ」

「たしかにな」ハンターは答えた。「寄港に向いた場所じゃない。だが、島の東側には森があるし、真水もたっぷりとある」

「たっぷりとあるのは、カトリック教徒のマスケット銃もだぜ」これもエンダーズだ。

「それをいうなら、カトリック教徒の黄金もさ。上陸はいつごろになる？」

「順風だから、遅くとも正午には着く。断言しよう」

「よし、あの入江に入れろ」ハンターは島の一カ所を指さした。

すでにもう、西海岸で唯一の湾入部が見えていた。〈盲者の入江《ブラインド・マンズ・コーヴ》〉と呼ばれるせまい入江だ。

ハンターは小人数の上陸パーティーが携行していく荷物をまとめはじめた。〈ユダヤ人〉ことドン・ディエゴは、すでに甲板の上へ装備をならべおえている。

涙っぽい目をハンターにすえて、〈ユダヤ人〉はいった。

「スペイン人も情け深いことだ。取りあげておきながら、手つかずでまとめておくとは」

「ネズミ以外はな」

「小動物ならネズミでなくてもかまわんのさ、ハンター。オポッサムでもなんでも、小さな動物でありさえすればいい」

「いやでも代わりを見つけざるをえまい」

サンソンは船首に立ち、レーレス山をにらんでいた。この距離からだと、山は半円の形をした赤い岩の露頭として見える。ふもとから頂上までは、垂直に切りたった絶壁のようだ。

「あれを迂回するルートはないのか？」サンソンがきいた。

ハンターはかぶりをふった。

「迂回路はあるが、確実に警備の兵がいる。山越えするしかないだろう」

サンソンは薄く笑った。ハンターは船尾にもどり、エンダーズに指示を出した。

潜入班が上陸したら、カサンドラ号を南のラモナス島へ向かわせろ。そこに、真水が手に入る小さな入江がある。スループ船をそこに隠しておけば、まず攻撃されることはない――。

「あの入江は知っているな？」ハンターは念を押した。

「ああ、知ってる。何年か前、片目のキャプテン・ルイシャムのもとで舵をとっていたとき、一週間ほど隠れていた。あそこなら充分に安全だな。で、何日ほど待っていればいい？」

「四日だ。四日めの午後に入江を出て沖がかりしろ。真夜中になったら帆をあげて、五日めの夜明け前、マタンセロスの岬へ到着するようにしてくれ」

「そのあとは？」

「夜明けとともに、まっすぐ東の港へはいってきて、みんなを財宝船に乗りこませろ」

「要塞の砲台のまんまえを通ってか？」

「五日めの朝には、脅威ではなくなっているさ」

「おれはあんまりまじめに祈るほうじゃないが――せいぜい祈るとするよ」

ハンターはエンダーズの肩をどやしつけた。

「びびるな。だいじょうぶだ」

エンダーズは島を眺めやった。その顔には最後まで、笑みが浮かぶことはなかった。


正午、真昼のよどんだ熱暑のなかで、ハンター、サンソン、レイジュー、〈ムーア人〉、ドン・ディエゴの五人は、白砂が連なる細長い砂浜に立ち、走り去っていくカサンドラ号を見送っていた。五人の足もとに帆布の袋に収めて置いてあるのは、合わせて百二十ポンドを越す装備の数々だ。太索《ふとづな》、引っかけ鉤《かぎ》、帆布の吊り帯、マスケット銃、真水の樽――。

五人はしばし無言でその場に立ちつくし、肺が焼けつきそうなほど熱い空気を吸っていた。

ややあって、ハンターは内陸側に向きなおった。

「さて……いくとするか」

一行は波打ち際をあとにし、海岸ぞいの木々に向かって歩きだした。

砂浜の内陸側には樹海の壁が立ちはだかっていた。ヤシの木々のほかに、根がからみあうマングローブが密生していて、石壁となんら変わらない。過去の経験から、この手の障壁は切り開けないことがわかっている。まる一日、汗みずくになって伐採をつづけたところで、二、三百ヤードも進むのがせいぜいだろう。島の奥にはいるための一般的な方法は、小川を見つけだし、それにそって上流へ向かうことだ。

どこかに小川があることはまちがいない。この小さな入江があること自体、小川の存在を物語っている。こういった入江は、ひとつには、島の外周部の砂州に切れ目ができるために形成される。なぜ切れ目ができるかといえば、内陸部から真水が流れだしてくるからだ。

一行は砂浜ぞいに歩いていき、一時間後、海岸べりの植物の壁のあいだからちょろちょろと流れだす泥混じりの細流を見つけた。川床の幅はせまく、その上には植物の枝葉がおおいかぶさり、せせこましくて暑苦しいトンネルを形成している。ここを通りぬけていくのは、至難の行程だろう。

「もっとましな川をさがすか？」サンソンがたずねた。

〈ユダヤ人〉がかぶりをふった。

「この島は雨がすくない。もっとましな川があるとは思えん」

みな同感のようだったので、ハンターは一同の先に立ち、植物のトンネルに足を踏みいれ、細流を上流へ、海から逆方向へと進みだした。いくらもいかないうちに、熱暑は絶えがたいほどひどくなった。空気は蒸し暑く、こもっている悪臭もすさまじい。レイジューがいったように、まるで蒸しタオルごしに呼吸しているようだった。

進みだして二、三分もすると、一同は話をするのをやめた。しゃべることで浪費する体力を温存しておくためだ。聞こえるのは、舶刀《カトラス》でじゃまな枝葉をはらう音と、枝葉のトンネルの周囲でさえずる鳥の声や、小動物の鳴き声のみ。上り勾配の遡上《そじょう》は遅々として、進んでも進んでも、なかなか海から離れることができない。うしろをふりかえるたびに、鮮やかな青の海原は、ためいきをつきたくなるほど近く見えた。

それでも一行は足をとめずに進んだ。とまるのは食糧を確保するときだけだ。サンソンはクロスボウの名手で、サルを一頭、鳥を何羽か仕留めた。細流のほとりにイノシシのフンを見つけたときは、確実に内陸へ通じているとわかり、ほっとしたものだった。レイジューは食べられる植物を集めた。

いまだ緑のトンネルを脱しきれず、レーレス山のむきだしの岩場まで道なかばと思われるあたりで、とうとう日が暮れた。それで気温は多少低くなったが、密生した枝葉に囲まれているため、蒸し暑さはたいして変わらなかった。それよりも閉口したのは、暗くなってから増えた蚊《カ》の多さだ。

蚊の群れは恐るべき敵だった。実体としてさわれそうなくらい濃密な蚊の雲は、となりにいる者の姿をおおい隠してしまうほど濃い。ワーンという羽音をたてて蚊の大群はまとわりつき、ところかまわずたかってきては血を吸い、耳、鼻、口の中にまでも入りこんでくる。蚊をよけるため、一行は全身に泥を厚く塗りたくったものの、なんの効果もなかった。火はあえて起こさないようにし、仕留めた動物の肉は生で食べた。その晩は木にもたれかかって眠ったが、耳にまで入りこむ蚊の羽音にわずらわされて、みんな何度となく目を覚ました。

翌朝、目を覚ました一行は、こわばったからだから乾いた泥の層を引きはがし、たがいのありさまを見て思わず笑った。顔じゅうを蚊に刺され、赤く腫《は》れあがって、すっかり人相が変わっていたからである。ハンターは水の残量を確認した。四分の一がなくなっていたので、これからは水の供給をきびしくすると宣言した。一行は先へ進みだした。出発してひそかに期待したのは、イノシシに遭遇しないかということだった。全員、腹がぺこぺこだったのだ。しかし、イノシシの姿を見ることはついになかった。頭上に密生する枝葉の上で鳴き交わすサルの声が、まるで一行を嘲《あざけ》っているように聞こえる。動物の鳴き声や動く音は聞こえても、はっきり姿をとらえられなくては、サンソンにも仕留めようがない。

二日めの午後、風の音が聞こえだした。最初は遠くかすかなささやき程度だったのだが、密林のはずれに近づくにつれて——はずれが近いとわかったのは、木々がしだいにまばらになり、進むのが楽になってきたためだ——風の音はかなり大きくなっていた。ほどなく、風そのものが肌に感じられるようになった。風は心地よかったが、一行は不安の面持ちで顔を見交わしあった。レーレス山の絶壁に近づくにつれて、この風はますます強さを増していくはずなのだ。

ようやく絶壁の基部にまでたどりついたのは、午後も遅い時刻になってからのことだった。このあたりまでくると、風は金切り声をあげる魔物となって服をはためかせ、顔をはたき、耳もとでわめきちらすようになっていた。話をするには大声を出さねばならなかった。

目の前には垂直の岩壁が高々とそそりたっている。ハンターは切りたった絶壁を見あげた。険悪で手ごわい印象は遠くから見たときと変わらない。しかも、思っていたより高そうだ。むきだしの岩壁は高さ四百フィートも上までつづいている。おまけに、強烈な風に打ちすえられて、こうして見あげているあいだにも、小石や岩のかけらが絶えず降ってくる。

〈ムーア人〉に合図した。巨漢はすぐさま、そばにやってきた。

「バッサ！」風の音にかき消されないよう、大男に顔を近づけて、ハンターは怒鳴った。「この風、夜になったら収まるか？」

バッサは肩をすくめ、親指と人差し指をほんのすこしだけせばめるしぐさをした。多少はましになる程度で、収まるというほどではない、といっているらしい。

「夜のうちに、この絶壁を登れるか？」

バッサはかぶりをふった。むりだ、という意味だ。つづいてバッサは、両手で小さな枕を作り、その上に頭を載せてみせた。

「登るのは朝がいいということか？」

バッサはうなずいた。

「もっともだ！」サンソンが叫んだ。「朝まで待ったほうがいい！　疲れもとれる！」

「のんびり待っている余裕はなさそうだぞ！」

ハンターはそう叫び返し、北を眺めやった。凪《な》いだ海の向こう、何マイルも彼方に、幅の広い灰色の海域があって、その上に毒々しい黒雲が湧いている。嵐雲だった。幅は七マイルちかい。それがゆっくりと、こちらへ向かってきている。

「だったら、なおのことじゃないか！」サンソンはハンターに怒鳴った。「嵐が通りすぎるまで待つべきだ！」

ハンターは逆の方向に向きなおった。絶壁のふもとの現在地は海抜五百フィートの高さにある。南に視線を向ければ、三十マイルほど先にラモナス島が見えた。カサンドラ号の姿は見えない。とうのむかしに、あの島の入江に避難したのだろう。

ふりかえり、嵐雲に目をもどす。一夜待てば嵐は通りすぎるかもしれない。だが、あれが大きな嵐で、進みが遅々としていれば、まる一日を棒にふる可能性もある。そうなったら、計画は失敗だ。三日後にはカサンドラ号がマタンセロスの東側の湾にはいってくる手はずになっており、ぐずぐずしていたら、五十人の乗組員は確実に船ごと全滅させられてしまう。

「いま登ろう」とハンターはいった。

そして、〈ムーア人〉に向きなおった。〈ムーア人〉はうなずき、太索《ふとづな》を取りにいった。


なんとも不思議な感覚だな、とハンターは思った。両手で軽く支えた太索は、〈ムーア人〉が絶壁を攀《よ》じ登るにつれて、ときおり突起に引っかかったりよじれたりしながら、上へ引きあげられていく。ハンターが支え持つ太索は太さ一インチ半もあったが、はるか上では、この太索が細い糸のようだ。〈ムーア人〉の巨体も、いまではちっぽけなしみでしかなく、薄れゆく陽光のもとではほとんど見えない。

サンソンがそばにやってきて、耳もとで怒鳴った。

「あんた、いかれてるぜ！　こんなむちゃをしてたら、みんな死んじまう！」

「怖いか！」ハンターは叫び返した。

「おれはちっとも怖くないさ！」サンソンは自分の胸をたたいた。「だが、ほかのやつらを見てみろ！」

ハンターは横に目をやった。レイジューは震えている。ドン・ディエゴは蒼白だ。「あのふたりには登れない！」サンソンは怒鳴った。「だがな、あのふたり抜きで、なにができる！」

「登れるさ！　登ってもらわねばこまる！」

ハンターは嵐に目を向けた。だいぶ近づいてきている。あと一マイルから二マイルというところだ。強風のなかに歴然と湿気も感じとれた。

そのとき——手にした太索が、急に上へ引っぱられた。そして、もういちど。

「登りつめたな」とハンターはいった。

上をふりあおいだが、〈ムーア人〉の姿は見えない。

一瞬ののち、もう一本の太索が崖下に降ろされてきた。

「急げ！」ハンターはうながした。「まず、装備からだ！」

装備一式は、すでに帆布の袋に詰めてある。その袋をぜんぶ、崖上から垂らされた太索に結わえつけ、ぐっと引っぱって合図した。袋は岩壁にぶつかって何度もバウンドしながら、絶壁を上へと引きあげられていった。たまに突風が吹いてくるたびに、袋が五フィートから十フィートも絶壁の横方向へ吹き流されるのが見える。

「ヤバイぞ、ありゃあ」サンソンがいった。

ハンターはレイジューに目を向けた。ひきつった顔になっていた。ハンターはそのそばに歩みより、帆布でできた細い吊り帯を、肩に一本、腰に一本、かけてやった。

「マリアさま《マザー・オブ・ゴッド》、マリアさま、マリアさま……」

レイジューは何度も何度も単調な声でくりかえしている。

「いいか、ようく聞け！」ふたたび太索が降りてくると、ハンターは怒鳴った。「吊り帯をあの太索に結わえる！　もう一本の太索は案内索《ガイドライン》だ！　バッサが吊りあげてくれるあいだ、しっかり持っていろ！　顔は絶壁に向けていろよ！　絶対に下を見るな！」

「マリアさま、マリアさま……」

「聞こえたのか！」ハンターは怒鳴った。「いいな！　下を見るんじゃないぞ！」

まだつぶやきながらも、レイジューはうなずいた。結索がすむと、レイジューは吊り帯に支えられ、上へ引きあげられだした。つかのま、レイジューは恐慌を起こしながら、案内索として垂らされたもう一本の太索をつかもうとあがいた。そして、どうにか索をつかむと、それで忍耐をとりもどしたのだろう、おとなしくなった。それ以後、絶壁ぞいの吊りあげはなにごともなくすんだ。

つぎは〈ユダヤ人〉の番だった。指示を与えているあいだ、〈ユダヤ人〉はうつろな目でハンターを見ていた。声がまともに聞こえていないらしい。吊り帯をかけられるあいだも、まるで夢遊病者のような状態だった。その状態のまま、〈ユダヤ人〉は上へ引きあげられていった。

そのとき、ぽつぽつと雨粒が落ちてきた。近づいてきた嵐が雨を降らせだしたのだ。

サンソンが叫んだ。

「つぎはおまえの番だ！」

「いや！　おれは最後にあがる！」

すでにもう、雨は途切れることなく降りだしている。風の勢いも増してきた。崖の上から降ろされてきた吊り帯の帆布は、雨でびしょ濡れになっていた。サンソンは吊り帯に収まり、あげてくれ、と吊揚用の太索を引っぱった。からだが上へと浮きあがりだすと、サンソンはハンターを見おろし、叫んだ。

「あんたが死んだら、取り分はおれがもらうからな！」

そういってサンソンは笑った。が、その笑い声はたちまち強風にかき消されてしまった。

嵐の接近にともなって、絶壁の上には鉛色の暗雲がたれこめていた。まもなくサンソンは、その暗雲に呑みこまれ、姿が見えなくなった。ハンターは待った。ずいぶん長い時間が経過したように思えたころ、ずぶ濡れの吊り帯がそばの地面に落ちる、ピシャッという音がした。ハンターはそのそばに歩みより、吊り帯を肩と腰にあてがった。横殴りの雨が顔とからだを打ちすえるなか、太い吊揚索をぐいと引っぱる。からだが上へあがりはじめた。

この崖登りのことを、ハンターは一生忘れないだろう。

自分の位置がまったくわからない。暗い鉛色の薄闇に閉ざされているからだ。見えているのは、目の前数インチほどのところにある岩壁のみ——。

横殴りの突風で、何度も絶壁から大きく引き離されては岩壁にたたきつけられた。案内索といい、岩壁といい、なにもかもが濡れていて、ひどくすべりやすい。ハンターは案内索をしっかりと両手で握りしめ、顔が絶壁側に向くようにと心がけた。ときどき、足がすべり、からだが回転して、背中と肩から岩壁に激突することもあった。

永遠とも思える時間が過ぎた。半分ほど登ったのか、まだ部分的にしか登っていないのか、まったくわからない。もしかすると、崖の頂上はすぐそこにまで迫っているのかもしれない。人声が聞こえないかと聞き耳を立てたが、聞こえるのは強風の放つ狂気じみた金切り声と、雨が岩やからだを打ちすえる音だけだ。

そのとき——自分を引っぱりあげている吊揚索が振動するのが感じられた。一定感覚の、リズミカルな振動だった。それから二、三フィート上へあがったのち、急に上昇がとまった。ついで、また二、三フィート上へ。ふたたび、停止。またすこしだけ上へ。

唐突に、そのパターンが途切れた。上昇が完全にとまったのだ。吊揚索の振動にも変化が現われた。帆布製の吊り帯を通じて、新たな振動が全身に伝わってくる。はじめは錯覚かと思ったが、じきにそうではないことがわかった。ごつごつした岩壁を何度も上下するうちに、吊揚用の太索が岩角で磨《す》れてほつれだしたのだ。ゆっくりとよじれながら、ずるっ、ずるっ、と太索が伸びていくのが感じられる。

心の目に、しだいに細っていく吊揚索が見えた。あわてて案内索を握りしめたとたん——突如として吊揚索がぶつっとちぎれ、はげしくのたうちながら、頭と肩の上に勢いよく落ちかかってきた。濡れそぼっているので、おそろしく重い。

衝撃で、案内索を握りしめていた手がすべり、大きくからだが落下した。二、三フィートだと思うが、はっきりとはわからない。

とにもかくにも、いまの状況を検討しようとした。

自分はいま、絶壁にへばりついた形で案内索にしがみついている。両脚には濡れそぼった吊り帯がからみつき、それが余分な重みとなってからだを引っぱっているため、ただでさえ痛い腕がますます痛む。両脚をばたつかせ、なんとか吊り帯を振り落とそうとした。しかし、いっこうに離れてはくれない。深刻な状況だった。事実上、吊り帯で脚を縛られているのも同然だ。これでは足を使って岩壁の足がかりをさぐることさえできない。といって、ここにつかまっているだけでは、いずれ疲労で案内索を握っていられなくなり、はるか下の崖下へ確実に落下してしまう。すでに両の手首と指は、燃えるような痛みにさいなまれている。

そのとき、案内索がかすかに上へ引っぱられるのが感じられた。だが、引きあげてくれる気配はない。

もういちど、必死になって脚をばたつかせた。折あしく突風が吹いてきて、絶壁から全身が浮きあがった。おまけに、いまいましい吊り帯が帆の役目をはたして風を孕《はら》み、いっそう大きく引き離される結果となった。岩壁が霧に呑みこまれていく。もうまったく見えない。絶壁からの距離は、はたして十フィートか、二十フィートか——。

もういちど脚をばたつかせたとき、だしぬけに、足にかかっていた重みが消えた。吊り帯が離れたのだ。からだが絶壁に揺りもどされていく。衝撃にそなえ、全身に力をこめた。

激突！

ショックで肺から息が絞りだされた。思わず苦痛の声をあげた。それからしばらく、案内索にしがみついたまま、ぜいぜいと荒い息をしていた。

ややあって、案内索をぐっと握りしめ、その手に渾身の力をこめて——この先、もう二度とこれほどの力を出すことはできないだろう——胸が手の高さにくるまで、思いきり全身を引きあげた。ついで、太腿《ふともも》と両足で案内索をはさみこみ、そちらに体重をかけ、つかのま、両手を休ませた。呼吸がふつうになってくると、岩壁の足がかりをさぐり、そこにつま先をかけつつ案内索を握りしめ、懸命にからだを引きあげる。そして、もういちど。足がすべり、ひざが手ひどく岩壁にぶつかった。それでも、多少は上にあがることができた。

もういちど足をかけ、からだを引きあげる。

そして、もういちど。

さらに、もういちど。

精神はいつしか働きを停止しており、自分自身の意志を持った肉体が自動的に動いているような状態だった。周囲の世界からは、いっさいの音が消えている。雨の音も聞こえない。風の絶叫も聞こえない。音という音は消え失せて、自分の息づかいさえも聞こえなかった。世界は灰色に閉ざされている。その灰色の薄闇に埋没したまま、ひたすら上へ登りつづける。

だしぬけに、力強い手を腋《わき》の下に差しこまれ、ぐいと引きあげられて、平らな表面の上へうつぶせに放りだされた。だが、ハンターはそのことにまったく気づきもしなかった。声も聞こえていなければ、目も見えていない。のちに聞かされたところでは、地面に寝かされたあとも、血まみれの顔を岩場に押しつけたまま、這い進んでは背中を丸め、腹這いになり、また這い進んでは背中を丸め、腹這いになり、という動作をくりかえしていたのだそうだ。やっとのことでぐったりしたのは、みんなに押さえこまれてからのことだという。もっとも、崖上に引きあげられた時点では、いっさいの感覚がなかった。助かったことにさえ気づいていなかった。

翌朝、鳥たちのかろやかなさえずりのなか、ハンターは意識をとりもどし、目をあけた。真っ先に見えたのは、陽光に照らされた緑の葉だった。

じっと横たわったまま、目だけを動かす。

岩壁が見えた。ここは洞窟の中、洞窟の入口付近らしい。調理のいいにおいがただよっている。形容に絶する旨《うま》そうなにおいに、ハンターは思わず上体を起こしかけた。

たちまち、からだじゅうくまなく、すさまじい激痛が走りぬけた。苦痛のあえぎを漏らし、ふたたび横たわる。

「ゆっくりとだ、友よ」声がいった。サンソンの声だった。サンソンは背後から前にまわりこんできて、語をついだ。「ゆっくり、ゆっくりとな」

サンソンは身をかがめ、ハンターが上体を起こすのに手を貸した。

最初にハンターの目が見たものは、自分の衣服のありさまだった。ズボンはもう、ズボンとわからないほどズタズタになっている。無数にあいた穴を通して、自分の肌も同じような状態になっているのが見えた。腕と胸も同様だった。まるで異国の、見たこともない物体を見ているような気分だった。

「顔もまあ、見るもあわれなありさまだぜ」サンソンが笑った。「メシは食えそうか?」

ハンターはしゃべりかけた。だが、顔がこわばっていて動かない。まるでマスクをつけているかのようだった。手を動かし、頬にふれてみた。乾いた血が部厚くこびりついている。

いらないという意味で、ハンターはかぶりをふった。

「食いものはいらないのか? じゃあ、水だ」

サンソンは樽を持ちあげ、ハンターが飲めるよう、口にあてがってくれた。水を飲むのはつらくなかったので、その点だけはほっとした。だが、口には感覚がなく、唇が樽に触れているのがわからない。

「飲みすぎるなよ」サンソンがいった。「すこしだけにしとけ」

そうこうするうちに、ほかの者たちもやってきた。

満面の笑みをたたえて、〈ユダヤ人〉がいった。

「起きたか。外はすばらしい景観だぞ」

ハンターは急に気分の高揚をおぼえ、その景観を見てみたくなった。痛む腕のかたほうをサンソンに差しだす。サンソンはその腕を引っぱって、立ちあがるのに手を貸してくれた。

自分の脚で立つのは、ひどくつらいことだった。ふらふらとするし、立ちあがっただけで、脚と背中に電撃のようなショックが走りぬけた。だが、じっと立っているうちに、だんだんましになってきた。サンソンの肩を借り、顔をしかめつつ、一歩を踏みだす。唐突に、痛風病みのオルモント総督のことを思いだした。その連想で、今回のマタンセロス襲撃について、オルモント総督と取引をした晩のことが思いだされた。あの晩は、恐れを知らない冒険家として、自信たっぷりの、余裕にあふれた態度をとっていたものだ。あのときのことを思うと慚愧《ざんき》の苦笑いがもれる。その苦笑いがまた、痛みをもたらした。

だが、そのとき目に飛びこんできた光景に、すべての鬱然たる思いは意識から吹っとんだ。オルモントのことも、全身の痛みのことも、疼《うず》く肉体のこともだ。

ハンターたちはレーレス山の東側の縁高く、小さな洞窟の入口に立っていた。すぐ足もとからは、緑におおわれた火山の山腹が下へと連なって、千フィートも下の、木々の密生する密林につづいている。密林の中には幅の広い川が流れており、その川は港に流れこんでいた。川口のそばにそそりたつのは、殺戮岬《プンタ・マタンセロス》の要塞だ。港の凪《な》いだ海面には陽光がきらきらと躍っている。

そして、そのきらめきのただなかに、要塞の内ぶところに保護される格好で、一隻の財宝ガレオン船が舫《もや》われていた。

眼下には、そのすべてが一望できる。

ハンターの目に、それは世界でもっとも美しい光景に見えた。

21

ハンターはサンソンの手を借り、もうひとくち樽の水を飲んだ。ドン・ディエゴがいった。

「ほかにも見ておいたほうがいいものがあるぞ、キャプテン」

ハンターたちは斜面をすこし登り、昨夜登ってきた絶壁の縁に向かった。一歩進むたびに、からだに激痛が走る。そんなハンターに気をつかって、みんなはゆっくりと歩いてくれた。

だが、雲ひとつない快晴の青空を見あげたとき、ハンターはまた別の痛みをおぼえた。心の痛みだ。嵐をついて絶壁を登るのは深刻なミスであり、じっさい、もうすこしで命を落としかけた。やはり朝まで待って、嵐が通りすぎてから登るべきだったのだ。こんなありさまになってしまったのは、愚かにも先を急ぎすぎたためといわざるをえない。

断崖のそばまできたとき、ドン・ディエゴが急にうずくまり、用心深く西を眺めやった。ほかの者たちもそれにならう。サンソンの手を借りて、ハンターも同じようにうずくまった。なぜこんなにも用心して崖に近づく必要があるのか、ハンターには不可解だったが——切りたった断崖の縁から下の密林を見おろし、その向こうの入江に目をやったとたん、ようやくみんなが用心する意味がわかった。

入江にはカサーリャの軍艦がいたのである。

「くそっ、早かったな」ハンターは小声でつぶやいた。

サンソンがとなりにしゃがみこみ、うなずいた。

「運はおれたちに味方してる。軍艦が入江にはいってきたのは、夜が明けるころだったんだ。以来、ずっとあそこにいすわっている」

見まもるうちに、一隻の長艇《ロングボート》が兵士たちを砂浜に運んでくるのが見えた。砂浜にはもう、赤い軍服のスペイン兵が何十人も展開し、浜辺の植物を捜索している。砂浜にはカサーリャの姿もはっきりと見えた。黄色い軍服を着た男——あれがそうだ。大きく身ぶり手ぶりを交えながら、カサーリャはつぎつぎに命令を下していた。

「やつら、砂浜の捜索をはじめやがった」サンソンがいった。「おれたちの計画を見ぬいたらしい」

「しかし、あの嵐で……」ハンターはいいかけた。

「ああ、あの嵐で、おれたちが上陸した形跡は洗い流されただろう」

脚から振り落とした帆布製の吊り帯のことを考えた。あれはいま、絶壁の下に落ちているはずだ。だが、あれが兵士たちに見つかる心配はまずない。絶壁のふもとにたどりつくまでには、まる一日を費してあの細流ぞいの緑のトンネルを通ってこなくてはならないし、浜辺でハンターたちが上陸した形跡を見つけないかぎり、連中もそこまでは踏みきらないだろう。

見ていると、兵士を満載した二隻めのロングボートが軍艦を離れ、浜辺に向かってきた。

「けさはずっと、ああやって兵員を送りこんできている」ドン・ディエゴがいった。「砂浜に上陸した兵士は、すでに百人ほどにもなるにちがいない」

「ということは、それだけの兵員を捜索に残していくわけか」

たぶんそうだろうといって、ドン・ディエゴはうなずいた。

「おれたちにとっては幸いだな」ハンターはいった。島の西側に残ってくれれば、その兵員がマタンセロス要塞をめぐる戦いに加わるすべはなくなる。「千人でも残していってほしいくらいだ」

洞窟の入口にもどると、ハンターののどを通るよう、ドン・ディエゴが薄いオートミールの粥《かゆ》をこさえはじめた。その間に、サンソンは小さな焚火《たきび》を踏み消し、レイジューは望遠鏡で東側のようすをさぐりだした。ハンターはレイジューのとなりに腰をおろし、その報告に耳をかたむけた。ハンターが望遠鏡を使ったところで、眼下の海岸に建つ要塞の距離だと、おおまかな輪郭程度しかわからない。ここから先はレイジューのなみはずれた視力がたよりとなる。

「まず最初に教えてほしいのは」とハンターはいった。「大砲だ。要塞の大砲のことだ」

望遠鏡を覗きながら、レイジューの唇が声を出さずに動き、数を数えた。

「十二門ある」ややあって、レイジューは答えた。「三門ずつの砲台がふたつ。これは東を向いてるな。外海のほうだ。それと、六門をそなえた砲台がひとつ。これは南、湾の入口を向いてる」

「カルヴァリン砲か？」

「砲身が長い。カルヴァリン砲だと思う」

「年代物かどうかわかるか？」

レイジューはしばし無言で眺めてから、

「わからない。ちょっと遠すぎる」と答えた。「もうちょっとあとなら——斜面を降りて、もうちょいと近づいたなら——もっとよく見えるかもしれない」

「砲座は？」

「車輪式の砲架だ。木製だと思う。車輪は四つ」

ハンターはうなずいた。それなら通常の艦載砲架だ。要塞の砲台用に転用したのだろう。

ドン・ディエゴが粥を持ってやってきて、ハンターにいった。

「木製と聞いてほっとしたよ。石造りの砲架ではないかと心配していたんだ。石だったら、対処がむずかしくなる」

ハンターはたずねた。

「おまえの狙いは砲架だったのか？」

「い、砲架も、さ」

カルヴァリン砲の重さは二トン以上ある。したがって、砲架を破壊してしまえば、もはや使いものにはならない。狙いをつけることも、発射することもできなくなるからだ。かりに、マタンセロス要塞内に予備の砲架が用意してあったとしても、大砲一門を新しい砲架に移し替えるには、十数人がかりで何時間もかかるだろう。

「だが、なによりもまず——」にやりと笑って、ドン・ディエゴがいった。「——砲尾破裂の工作が重要だ」

ハンターには思いもよらない考えだったが、やってみる価値があることはすぐにわかった。すべての大砲がそうであるように、カルヴァリン砲も前装砲だ。砲手はまず、火薬袋を砲口から押しこみ、つづけて丸い砲弾を押しこむ。つぎに、砲尾の火門、つまり細い点火孔から根元を尖《とが》らせた点火薬入りの羽柄《うへい》を突っこんで、火薬袋に穴をあけ、突きでた羽柄の上端に火縄で火をつける。燃えだした羽柄の点火薬は、火門を通じて火薬袋に点火し、砲弾が発射される仕組みだった。

この発射方法には充分な信頼性がある。ただしそれは、火門が細いままであればの話だ。何度も発射をくりかえすうちに、点火薬の燃焼と火薬の爆発で火門内壁は劣化し、しだいに孔が広がっていって、ついには膨張するガスがそこから大量に排出されるようになる。そうなったら大砲の射程は著しく短くなり、最後には砲弾がまるで飛ばない事態に陥ってしまう。また、火門の広がった大砲は、砲手にとってきわめて危険な存在でもあった。

こういう不可避的な劣化に直面した大砲製造者たちは、砲尾に交換可能な金属の栓を取りつけるという対策を考案した。この金属栓は、一端が反対側よりも太くなっていて、中央に火門があけてあるものだ。

この栓を、細いほうを奥にして砲口からつっこみ、内側から砲尾の栓受け穴に押しこむ。

そうすると、発射のたびに火薬の膨張ガスを受けて劣化するのは、この金属栓だけとなる。金属栓の火門が広がりすぎたら、栓を引き抜き、新しいものと交換するだけでいい。

ところが――ときどき、この栓が粉々《こなごな》に吹っとんで、砲尾にぽっかりと大きな穴をあけてしまうことがある。これが砲尾破裂だ。こうなったら、大砲は使いものにならない。かりに金属栓の交換ですむ程度の軽微な損傷であっても、栓を装着できる状態に復旧するまでには何時間もかかる。

「ま、見ているがいい」ドン・ディエゴがいった。「大砲の始末がすんだら、商船の船倉でバラストにするしか使い道がなくなるぞ」

ハンターはレイジューに顔をもどした。

「要塞の内部にはなにが見える？」

「天幕だ。天幕がたくさんある」

「守備隊が寝泊まりする天幕か」

一年の大半を通じて、新世界の気候はきわめて良好だから、恒久的施設の保護がなくても暮らしていける。レーレス島のように雨がすくないところでは、とくにそうだ。もっとも、昨夜は兵士たちも右往左往したにちがいない。あの嵐により、泥地化した地面で寝なければならなかったのだから、みんなかなり疲弊しただろう。

「火薬庫はわかるか？」

「塁壁《るいへき》の内側、北のほうに――木造の建物がある。あれがそうじゃないかな」

「よし」ハンターとしても、要塞内に侵入したあと、火薬庫をさがして時間を浪費したくはない。

「塁壁の外に防衛施設は？」

レイジューは下の地上を見まわした。

「なにも見えない」

「いいぞ。財宝船のようすはどうだ？」

「基幹乗組員だけのようだな。海岸には何隻かロングボートが舫《もや》ってある。乗っているのは五、六人。町のそばの岸辺だ」

町か。ハンターも町の存在に気づいてはいた。しかし、まさかあんなものができていようとは、まったくの予想外だった。要塞からやや離れた海岸にそってならぶ、何軒もの粗末な木造の建物──あれはおそらく、財宝船の乗組員を島に上陸させ、住まわせるために設けたものだろう。それはすなわち、乗組員が長期間にわたってマタンセロスに住むことを示している。たぶん、来年の財宝船団がくるまで、出帆を待つつもりなのだ。

「町に兵隊は？」

「赤い軍服姿がちらほら」

「ロングボートに見張りは？」

「いない」

「まるで、こちらの手間を省いて、いろいろお膳立てしてくれているみたいだな」

「いまのところはな」とサンソンがいった。

一行は装備をまとめ、洞窟内に自分たちがいた痕跡を消し去った。それから、はるか下のマタンセロス要塞めざし、長く連なった斜面を下りはじめた。

斜面を下るさいには、二日前に絶壁のふもとへ登ってきたときと正反対の問題に直面した。レーレス山の東側の斜面のうち、山頂付近には樹木がまばらにしか生えておらず、身を隠す場所がほとんどなかったのである。密生したトゲだらけの茂みに身を潜めては、またつぎの茂みへすばやく移動しなくてはならないため、下山はなかなかはかどらなかった。

正午になって、一行の驚くことが起こった。湾の入口に、突然、カサーリャの黒い軍艦が現われたのだ。

軍艦は帆をたたみ、要塞の付近で投錨すると、一隻のロングボートを降ろした。望遠鏡でそのようすを眺めていたレイジューは、艇尾にカサーリャが乗っていると報告した。

軍艦の位置を見ながら、ハンターは嘆息した。

「おわったな、なにもかも」

軍艦は海岸と並行に停泊している。いっぽうの舷側《げんそく》にならぶ艦砲の全門で、湾口を狙える態勢だ。

「あれがあそこにいすわりつづけたら、どうする？」サンソンがきいた。

ハンターもそれを考えていた。考えつく答えはひとつしかない。

「燃やすしかないだろう。あのまま錨泊する気なら、燃やすしかない」

「海岸のロングボートに火をつけて、軍艦に送りだすのか?」

ハンターはうなずいた。

「望み薄だぞ」とサンソン。

そのとき、望遠鏡を覗いていたレイジューが報告した。

「女がいる」

「なんだって?」ハンターは聞き返した。

「軍艦から要塞に向かうロングボートにいる。カサーリャのそばだ」

「見せてみろ」

ハンターはひったくるようにして望遠鏡を奪った。が、ハンターの視力では、カサーリャのとなりに、なんだか形のはっきりしない白いものがすわっているようにしか見えなかった。カサーリャは艇尾に立ち、要塞を見つめているようだ。それ以上の細部まではわからない。

結局、レイジューに望遠鏡を返した。

「白いドレスに、日傘——でなきゃ、大きな帽子か、頭をおおうなにかだな。黒髪みたいだ。顔の色も黒っぽく見える。黒人かもしれない」

「愛人か?」

レイジューはかぶりをふった。そこまではわからないという意味だった。ロングボートは要塞のそばに到着し、兵士のひとりが船着き場の杭に艇を舫《もや》おうとしている。

「女がロングボートを降ろされようとしてる。抵抗してるぞ——」

「バランスを崩しただけじゃないのか」

「ちがうな」レイジューはきっぱりと否定した。「抵抗してるんだ。三人の男に取り押さえられてる。要塞に連れこまれようとしてるみたいだ」

「黒人かもしれない、といったな？」ハンターは念を押した。これはどうにも腑に落ちない部分だった。「カサーリャがその気になれば、どんな女でもつかまえられるだろう。だが、身代金をとる価値のある女は、白人の女と相場が決まっている」

「すくなくとも、黒っぽく見えることはまちがいないぜ。帽子の影のせいかもしれないが」レイジューがいった。「それ以上こまかいところまでは見えない」

「しばらくようすを見るしかないか……」

当惑しつつ、一行は斜面下りを再開した。


三時間後、午後のいちばん暑い時間帯に、一行はトゲの多いアカラの茂みの陰で小休止し、携行している真水を飲んだ。ここでレイジューが、さっきのロングボートが要塞をあとにし、軍艦に向かいだしたことに気づいた。こんどは男をひとり乗せているという。レイジューの形容によると、〝いかめしい顔でうんと細身の、品位があって背筋をぴんと伸ばした男〟ということだった。

「ボスケにちがいない」ハンターはいった。ボスケはカサーリャの右腕だ。母国に反逆したフランス人で、冷静かつ容赦なき指揮官として名が通っている。「カサーリャもいるか？」

「いや」レイジューは否定した。

ロングボートが軍艦に舫われ、ボスケは艦に移乗した。ややあって、艦の乗組員はロングボートを収容しだした。それが意味するところはひとつしかない。

「やつら、出帆するつもりだぞ、ハンター」サンソンがいった。「あんたの強運、いまだについてまわってるようだ」

「そうとはいいきれんさ。軍艦がラモナス島に向かわないかどうか、見とどけよう」

南のラモナス島には、カサンドラ号と乗組員が潜んでいる。カサンドラ号が投錨している小さな入江は浅瀬だから、軍艦がはいっていくことはできないが、入江の入口に陣どって、船の出入りを封じることはできる。そして、カサンドラ号の迎えなしでは、マタンセロスを攻撃する意味がない。ここの港から財宝ガレオン船を出帆させるにはカサンドラ号の人員が必要だからだ。

軍艦は湾口の南側から外海へ出ていった。南のほうが深いので、吃水の深い大型艦が出ていくにはああするしかない。だが、湾の南側から出たあとも、軍艦はそのまま進みつづけた。南へいくように見える。

「くそっ」サンソンが毒づいた。

「いや、まだ速度をあげている段階だ」ハンターはいった。「もうすこしようすを見よう」

そういうそばから、軍艦の帆は風をつかみ、右舷からの南風に乗って、北へと針路を向けはじめた。

ハンターはほっとしてかぶりをふった。

「この手に黄金の感触が感じられるぜ」サンソンがいった。

一時間後、黒い軍艦は視界から完全に消えた。

日没までには、一行はスペイン人の町から四分の一マイル以内に近づいていた。このあたりまでくると、木々の密生の度合いは山の上よりもずっと上だ。一行はひときわ密生したマヤグアナの木立ちを選び、その茂みのなかで一夜を過ごした。焚火《たきび》はたかない。生の植物をすこしだけ口にして、湿った地面に横たわる。

みんな疲れはててはいたが、それでも興奮を抑えきれないようすだった。現在地からは、スペイン人の話し声がかすかに聞こえてくるし、料理を煮炊きするいいにおいもただよってきている。そんな音やにおいは、星空の下で横たわる一行に、戦いの時が目前に迫っていることを思いださせずにはおかなかった。

22

　ハンターははっと目覚めた。なにかがおかしい。スペイン人の声がするのはあいかわらずだが、その声がいまはすぐそばから聞こえている。それも近すぎるほど近くからだ。足音も聞こえる。そして、ガサガサと茂みをかきわける音も。さっと身を起こし――そのとたん、全身を走りぬけた激痛に顔をしかめた。からだの痛みは昨日よりもひどい。

　とにもかくにも、同行の仲間たちを見まわした。サンソンはすでに立ちあがり、ヤシの葉ごしに、スペイン人たちの声がするほうを覗いている。〈ムーア人〉も静かに立ちあがろうとしていた。全身を緊張させており、みごとなまでにむだのない筋肉の動きがよくわかる。ドン・ディエゴは片ひじをついて起きあがり、目を大きく剝《む》いていた。

　寝ているのはレイジューだけだが、寝ているにしては妙だった。あおむけになったまま、ぴくりとも動かない。ハンターは親指でレイジューをつつき、起きろとうながした。だが、レイジューは目をあけており、小さくかぶりをふって、声には出さず、口だけを動かした。

〝むりだ〟

　横たわったまま、すこしも動こうとはしない。顔は玉の汗でびっしりとおおわれている。

ハンターはそばに歩みよりかけた。

「気をつけろ！」

レイジューがささやいた。切迫した声だった。ハンターは立ちどまり、なにごとかと目をこらした。レイジューはすこし脚を開いた格好であおむけに横たわっている。そこでやっと、赤、黒、黄色の横縞がはいった尻尾《しっぽ》に気がついた。その尻尾がズボンの片脚の裾から内側へはいっていこうとしている。

猛毒のサンゴヘビだった。レイジューの体温に引かれて、服の中に潜りこもうとしているのだ。レイジューの顔に視線をもどす。ひきつった表情をしている。まるで、とてつもない痛みに耐えようとしているかのように。

背後に聞こえるスペイン語の話し声はますます大きくなってきていた。茂みをかきわけて、何人かが斜面を登ってきているらしい。ハンターは手ぶりでレイジューに〝待っていろ〟と指示を出し、サンソンのとなりに歩みよった。

「六人だ」サンソンがささやいた。

なるほど、六人からなるスペイン兵の一隊が見えた。寝袋と食糧を携行し、マスケット銃で武装して、斜面をこちらへ登ってくる。兵士たちはみな若い。気晴らしに斜面へあがってきたのだろうか、ジョークをいっては笑いあっている。

「見まわりじゃないな」サンソンがささやいた。

「やりすごそう」

険しい目を向けてきたサンソンに、ハンターは親指で背後のレイジューを指さしてみせた。レイジューはいまも、地面の上で硬直したように横たわっている。サンソンは即座に状況を理解した。ハンターはそのまま息を殺し、スペイン兵たちがそばを通りすぎて斜面の高みへあがってしまうと、急いでレイジューのそばへ取って返した。

「いま、どのへんだ？」ハンターはたずねた。

「ひざだ」押し殺した声で、レイジューが答えた。

「まだ上にあがっているのか？」

「うん」

ドン・ディエゴが、急になにかを思いついたようすで周囲を見まわした。

「高い木を――高い木を見つけねばならん。ああ、あそこだ！」いいながら〈ムーア人〉をつつく。「おまえもこい」

ふたりは茂みをかきわけ、数ヤード離れたマヤグアナの木立ちへ進みだした。ハンターはレイジューに視線をもどし、ついでスペイン兵たちを見あげた。この位置関係だとスペイン兵たちの姿がはっきり見える。いまは斜面の百ヤード上あたりだ。兵士のひとりがこちらをふりかえったら、ハンターたち五人は即座に見つかってしまうだろう。

「鳥の繁殖期には遅いがな……」眉をひそめ、レイジューを見つめて、サンソンがいった。

「……こんども運がよけりゃ、雛《ひな》が見つかるぜ、きっと」

ことばを切り、〈ムーア人〉に目を向けた。〈ムーア人〉は早くも、木立ちの一本に登りかけていた。ドン・ディエゴはその下で待機している。

「いま、どのあたりだ？」ハンターはレイジューにたずねた。

「ひざを通りすぎた」

「なるべく楽にしていろ」

レイジューは白目を剝《む》いてみせ、毒づいた。

「おまえも、おまえの遠征もクソくらえだ。クソくらえだ、おまえらみんな」

ハンターはレイジューのズボンのひざ上を見た。ヘビが上に這い進んでいくにつれ、布地の下で小さくもぞもぞと動いているのがわかる。

「マリアさま……」レイジューはつぶやき、目を閉じた。

サンソンがハンターにささやきかけてきた。

「雛が見つからなかったら、レイジューを立たせて揺さぶるしかないな」

「そんなことをしたら、絶対、咬まれるぞ」

ふたりとも、その結果はよく知っていた。

私掠人《しりやくにん》は豪胆でタフだ。サソリ、クロゴケグモ、ヌママムシなどの有毒生物に襲われても、ちょっといやな思いをした、という程度にしか感じない。じっさい、おもしろがって仲間の長靴《ちようか》にサソリを放りこんだりは平気でやる。だが、そんな私掠人が例外なく恐れ、しりごみする有毒生物が二種類だけいた。一種類めはハブの仲間のフェルドランスで、この毒は笑いごとではすまない。そしてもう一種、そのフェルドランスよりもうんと恐れられているのが、このちっぽけなサンゴヘビだった。このヘビの遠慮がちなひと咬みを受けて生き延びた者は、いまだかつてひとりもいない。

　レイジューの恐怖は痛いほどよくわかった。いまにも太腿に走るかもしれない、チクリと針で刺されるような痛みは、確実な死をもたらすひと咬みなのである。咬まれたらどういう症状が出るかは、ここにいる全員が知っている。まず大量の汗が噴きだし、ついでがたがた震えだしたのち、咬まれたところを中心に痺《しび》れが広がっていき、それがやがて全身におよぶ。いま咬まれたら、日没前には死んでしまうだろう。

「いまはどこだ？」

「上、かなり上」

　ひどくかすかな声だった。ほとんど聞きとれない。

　ハンターはレイジューの太腿を見た。布地の下で、鼠蹊部《そけいぶ》のあたりに小さな動きが見える。

「か、神さま」レイジューがうめいた。

　そのとき、低い鳴き声が聞こえてきた。小鳥の鳴き声のようだった。ハンターが鳴き声のほうに顔を向けると、ドン・ディエゴと〈ムーア人〉がこちらへもどってこようとしていた。ふたりとも満面の笑みをたたえており、〈ムーア人〉のほうはそろえた両手の上になにかを乗せている。よく見ると、それは縞柄のある小さな鳥の雛だった。雛はピーピー鳴きながら、羽毛におおわれた、やわらかいからだを動かしていた。

「早く、縛るものを」

〈ユダヤ人〉にうながされて、ハンターは短いひもを取りだし、それをしっかりと雛の脚に結わえつけた。ついで、雛をレイジューのズボンの裾口に置き、ひもの先を地面に固定した。雛は逃げることができず、ピーピーと鳴きながら裾口でもがきだした。

一行は待った。

「なにか感じるか？」ハンターはたずねた。

「いや」

縞柄の雛に目をもどす。雛はあわれを催す必死さでもがきつづけている。だんだん動きが鈍くなってきた。

ハンターはレイジューに視線をもどした。

「なにもだ」レイジューは答えた。そこで急に大きく目を見開いて、「円を描いてる……」

全員がレイジューのズボン《ホーズ》に目をやった。動きがある。布地の下で曲線がゆっくりと形成され——やがて消えた。

「下へ降りだした」レイジューがいった。

一行は待った。だしぬけに、雛がひどく興奮し、それまでよりも大きな声で鳴きはじめた。サンゴヘビのにおいを感じとったのだ。

〈ユダヤ人〉がピストルを取りだし、銃弾と点火薬をはずして銃身を握りしめ、銃把《じゅうは》を棍棒《こんぼう》のようにふりかぶった。

全員が待った。ズボンの布ごしに、ヘビがゆっくりとひざを通過して、ふくらはぎを這い降りていくのが見える。永遠につづくかと思えるほどのスローペースだった。舌がちろちろと口から出ている。やがて唐突に、ヘビの頭がひょっこりと陽光の下に突きだされた。その雛に向かって、サンゴヘビが近づいていく。雛は恐怖に駆られ、けたたましく鳴きだした。とうとう完全にズボンから出た。その瞬間、ドン・ディエゴが飛びかかり、ピストルの銃把でヘビの頭を殴りつけ、地面にたたきつけた。同時に、レイジューがさっと立ちあがり、悲鳴をあげて飛びすさった。

それから何度か、ドン・ディエゴはヘビの頭をくりかえし殴り、全体をやわらかい土の中にめりこませた。ややあって、レイジューがそばにもどってきた。顔面蒼白になっている。だが、ハンターの注意はもう、レイジューには向けられていない。いましがたレイジューが悲鳴をあげたとき、すばやく斜面の上に顔を向け、以後はずっと、スペイン兵たちの動向に目を光らせていたのである。

サンソンと〈ムーア人〉も同じようにしていた。

「声を聞かれたろうか？」ハンターが問いかけた。

「危険は冒せん」サンソンが答えた。長い沈黙がおりた。その沈黙をときどきさえぎるのは、レイジューがげえげえと吐く音だけだ。「あんたも気づいたろう？　やつら、食糧と寝袋を持ってたぜ」

ハンターはうなずいた。それが示す意味は明白だ。あのスペイン兵たちは、カサーリャの命を受けた哨戒班にちがいない。おそらくその目的は、島に海賊が上陸していないかどうかたしかめることと——山頂に登ってカサンドラ号が近づいてこないかどうかを見張ることにあるのだろう。異状があったとき、眼下の要塞に警告を出すのはたやすい。マスケット銃を一発撃つだけでことたりる。山頂の高みから見れば、まだ何マイルもの彼方にいるうちに、カサンドラ号の船影をとらえることもできるはずだ。

「おれが始末してくる」薄く笑って、サンソンがいった。

「〈ムーア人〉も連れていけ」ハンターは指示した。

ふたりの男は、スペイン兵たちのあとを追い、音もなく斜面を登っていった。ハンターはレイジューに向きなおった。レイジューはすっかり血の気の失せた顔になり、口をぬぐっている。

「もう出発できるぜ」レイジューがいった。

ハンター、ドン・ディエゴ、レイジューの三人は、荷物をかつぎ、斜面を下りはじめた。

五人はいま、港に流れこむ川にそって進んでいた。流れに遭遇したばかりのときは、まだかぼそい細流で、人間が軽くひとまたぎできるほどの幅でしかなかったが、まもなく川幅はみるみる広がっていき、それに合わせて川岸の密林もより密生し、鬱蒼《うっそう》としたものになっていった。

最初の組織だった警邏《けいら》隊を見たのは、その午後、遅めのことだった。武装したスペイン兵八名が、ロングボートに乗りこみ、川を遡上してきたのである。無駄口をたたく者はひとりもいなかった。八人とも、きびしい顔つきをしており、周囲に油断のない目を向けている。いずれも、戦いに臨む心がまえを固めた男の顔だった。

日が暮れるころ、川沿いの丈高い木々の葉は濃い青緑の色味を帯びて、川面《かわも》は凪《な》いだ黒い鏡面と化した。鏡面を乱すものは、ときおりワニがたてるさざなみくらいしかない。ただし、いまはもう、警邏隊はいたるところにおり、松明《たいまつ》を片手に、一定のペースでそこらじゅうを巡回している。兵士を満載したロングボートが、さらにもう三隻、川上へ遡航《そこう》していった。いくつもの松明の火が、きらめく火の粉を川面の上に長々と引いていくのが見えた。

「カサーリャも馬鹿じゃないってこったな」サンソンがいった。「おれたちにそなえて警戒を固めてやがる」

マタンセロス要塞まで、あと二、三百ヤード。要塞の石壁は行く手に高々とそそりたっている。要塞の外には活発な動きが見られた。要塞の外周にそって二十名の武装兵が巡回していく。

「警戒を固められていようといまいと――」と、ハンターはいった。「計画どおり決行するしかない。今夜、襲撃をかける」

23

床屋にして外科医、かつ名航海士《シー・アーティスト》のエンダーズは、カサンドラ号の舵輪の前に立ち、右舷百ヤードの距離にあるバートン島《キー》に顔を向け、その周囲のサンゴ礁を眺めていた。サンゴ礁に静かな波が砕け、銀色に変わっていく。まっすぐ前方では、水平線上に黒いシルエットとなったレーレス島——通称マタンセロス島が、しだいに高く盛りあがっていきつつある。

ひとりの船乗りが船尾にやってきた。

「砂時計、ひっくり返したぜ」

エンダーズはうなずいた。日没以来、三十分計をひっくり返したのは、これで十五回めだ。したがって、いまは午前二時にちかい。風は東風でそこそこ強く、風速が十ノットはある。船は右舷開きで北へ帆走中だから、一時間もすればマタンセロスに着けるだろう。

目をすがめ、レーレス山の形状に目をこらした。この位置からでは、マタンセロスの港は見えない。要塞と港とが見えるようになるのは、Cの字形をした島の、南東側の岬をまわりこんでからのことになる。財宝船がいまも港に投錨していてくれるようにと、エンダーズは心から願った。

だが、要塞が視界にはいるということは、要塞の火砲の射程にはいるということでもある。ハンターたちが砲台を無力化させていないかぎり、砲撃は避けられない。

エンダーズは乗組員に目をやった。全員、カサンドラ号のむきだしの甲板に立っており、だれひとり口をきかない。みんな無言のまま、前方で大きくなってゆく島影を見つめている。かかっているものの大きさを、だれもが承知しているのだ。そしてだれもが、危険の大きさを承知してもいた。あと一時間で、このひとりひとりがとんでもなく裕福になるか、確実に死ぬかが決まる。

この晩になって、もう何度めになるだろう――エンダーズはまたしても、ハンターたちはどうなっただろう、いまどこにいるのだろうと考えた。

マタンセロス要塞の石壁の陰に身を潜めたサンソンは、ダブルーン金貨を軽く嚙《か》んでから、レイジューに差しだした。レイジューもやはり軽く嚙み、つぎに〈ムーア人〉へ差しだした。ハンターはそんな無言の儀式を見まもった。すべての私掠人は、襲撃前にこの儀式を行なうことで幸運を呼びこめると信じているのだ。ダブルーン金貨は、最後にハンターのところへまわってきた。ハンターも軽く嚙むと、金属の柔らかさを味わった。ついで、ほかの四人が見まもる前で、右肩ごしにうしろへ金貨をはじいた。

それを合図に、五人はひとこともしゃべらないまま、打ち合わせどおり、すばやく二手に分かれた。

ハンターとドン・ディエゴは、特殊な引っかけ鉤《かぎ》をつけた縄の束を肩にかけ、要塞の塁壁ぞいに北へまわりこんでいった。途中、何度か警邏《けいら》隊に気づき、そのたびに身を隠してやりすごした。いちど、足をとめたとき、ハンターはマタンセロス要塞の高い石壁を見あげた。石壁の上部はなめらかな仕あげで、上端は丸みを帯びているため、本来ならば引っかけ鉤もかかりにくい。だが、スペイン人の石工に、そんな意図に応えるだけの技術はないはずだ。ハンターは引っかけ鉤がかかるものと確信していた。

要塞の北壁——つまり、湾からいちばん遠い側にたどりつくと、ふたりは立ちどまった。十分後、よどんだ夜気にガチャガチャと武器の音を響かせて、警邏の一隊が通りかかった。兵士たちの姿が見えなくなるまで、ふたりは待った。

それから、鉄の鉤を石壁の上へと放り投げた。鉤が石の床に落下する、かすかな金属音が聞こえた。縄を引っぱる。が、鉤は引っかかることなく、下へもどってきて、そばの地面に落ちた。小声で毒づき、耳をすましながら、しばらくようすをうかがった。

なんの音もしない。だれかが物音を聞きつけたようすもない。ハンターはあらためて鉄の引っかけ鉤を放りあげ、頭上高く、石壁を飛び越すところを見まもった。そして、ふたたび引っぱった。またもや鉤が降ってきて、あわてて飛びのかねばならなかった。

もういちど投げあげた。さいわいにして、三度めは引っかかってくれた——と思ったのもつかのま、つぎの警邏隊が近づいてくる音が聞こえた。ハンターはすばやく壁に飛びついた。近づいてくる武装兵の足音にせきたてられるようにして、あえぎあえぎ、必死に石壁を登る。

胸墻《きょうしょう》にたどりつき、急いで乗り越え、縄を引きあげた。ドン・ディエゴはすでに、茂みの陰に身を隠している。

ほどなく、警邏隊が下を通りすぎていった。

ハンターは縄を投げおろした。ドン・ディエゴが縄につかまって、スペイン語でしきりに毒づきながら、青息吐息で登ってきはじめた。体力がないため、胸墻へ登ってくるまでには永遠とも思える時間がかかった。ようやくのことで上まで這いあがってきた〈ユダヤ人〉に手を貸して、ハンターは安全な胸壁の内側へ引き入れ、ついで縄を回収した。それがすむと、ふたりの男は冷たい石壁に背中をあずけ、いったんしゃがみこみ、周囲を見まわした。

暗闇のなか、要塞はしんと静まり返っている。塁壁の内側に広がる中庭には、天幕の列がずらりとならんでいた。あのなかには何百人もの兵士が眠っているにちがいない。これほどおおぜいの敵の、これほど近くにいると思うと、奇妙にぞくぞくしてきた。

「見張りは？」〈ユダヤ人〉がささやいた。

「見当たらない」ハンターは答えた。「いるのはあそこだけだ」

要塞の向こう端に、ふたりの見張りが銃を携えて立っていた。ただし、ふたりが見張っているのは海の方向だ。近づいてくる船を警戒し、水平線に目をこらしているのだろう。

ドン・ディエゴはうなずいた。

「火薬庫にも、最低ひとりは見張りがいるぞ」

「たぶんな」

　ハンターたちの位置から見てほぼ真下に、木造の小屋がある。レイジューが火薬庫だろうと見当をつけた、あの建物だ。しかし、いまうずくまっている場所からは、建物の出入口が見えない。

「まずは、下へ降りねばなるまい」〈ユダヤ人〉がいった。

　ふたりとも爆発物は持っていない。持ってきたのは導火線の材料だけだ。導火線に詰める火薬には、要塞の火薬庫に収められている火薬を利用するつもりだった。

　闇に乗じて縄をたらし、ハンターは音もなく中庭へすべりおりた。ドン・ディエゴもあとにつづく、光がほとんどないので、しきりに目をしばたたいている。ふたりはそっと火薬庫の入口にまわりこんだ。

　見張りはいなかった。

「屋内か？」〈ユダヤ人〉がささやいた。

　ハンターは肩をすくめ、扉に近づき、しばし聞き耳を立ててから長靴《ちょうか》をぬぐと、そうっと扉を押しあけた。うしろをふりかえる。ドン・ディエゴも長靴をぬごうとしている。それを見とどけて、ハンターは火薬庫にはいった。

　火薬庫の内部には、すべての壁に銅の板金が張ってあった。そこここには、無神経なほど無造作に蠟燭《ろうそく》が立ててあり、それが庫内に、赤みを帯びたあたたかい光を投げかけている。大量の火薬の樽がならんでいるし、火砲の火薬袋がいくつも積みあげてあるというのに――爆発物にはすべて、赤い貼り紙が適切に貼りつけてあった――それは不思議に心なごむ眺めだった。

足音を忍ばせつつ、ハンターは銅板におおわれた火薬庫の奥へはいっていった。人の姿は見えない。だが、庫内のどこかからいびきの音が聞こえる。ひとりだけのようだ。

樽のあいだにすべりこみ、いびきをかいている男の位置の見当をつけ、眠っている兵士を見つけだした。火薬の樽に脚を放りだして、兵士は高いびきをかいている。ハンターは男の頭を思いきり殴りつけた。男はフガッという音を発し、ぐったりとなった。

〈ユダヤ人〉が扉からはいってきて、庫内を見まわし、つぶやいた。

「申しぶんないな」

ふたりして、さっそく作業にかかった。


要塞の内部がひっそりとしており、兵員たちがみな寝静まっているのに対して、財宝船の乗組員が住むために設けられた仮小屋の町は、騒々しいことおびただしかった。サンソン、〈ムーア人〉、レイジューは、急いで町を通りぬけた。途中、通りかかった家々の窓内に、黄色いランタンの光のもとで飲んだくれ、カードにふける兵士たちの姿が見えた。ある家の中から、ひとりの酔っぱらった兵士がふらふらと歩み出てきてサンソンにぶつかり、詫《わ》びをいうと、小屋の板壁にげえげえと吐いた。三人はかまわずに進みつづけた。めざすは川縁《かわべり》のロングボート乗り場だ。

日中は警備の厳重だった乗り場も、いまでは三人の兵士が見張りに立っているだけだった。

暗闇のなか、兵士たちは乗り場の縁に腰をかけ、足を水にひたし、静かに話をしながら酒を飲んでいた。低いぼそぼそという話し声に、川水が杭を洗う音が入りまじり、ひとつに融けあって聞こえている。三人とも向こうを向いてすわっているが、乗り場は小割り板でできているので、踏めばギシギシという音がして、かならず気づかれてしまうだろう。

「オレがやる」

レイジューがいうなり、さっと上着を脱いだ。上半身はだかになって、短剣を背中に隠し、気楽そうに口笛を吹きながら、桟橋《さんばし》に足をのせる。

兵士のひとりがふりむき、声をかけてきた。

「舟に乗るのか？《トマ・ウン・バルコ》」

が、ランタンをかかげ、こちらを照らしたとたん——ぎょっとして目を見開いた。きっと魔物が現われたとでも思ったにちがいない。なにしろ、胸をさらした女が平然と歩いてくるのだから。

「マリアさま《マードレ・デ・ディオス》」兵士がつぶやいた。

レイジューがほほえみかける。兵士は反射的にほほえみかえした。

その刹那《せつな》、レイジューは兵士の肋《あばら》に短剣を突きたて、心臓を刺し貫いた。

ほかの兵士ふたりは、血まみれの短剣を持つ女を呆然と見つめている。レイジューはもう二度、短剣をふるった。驚愕のあまり、ふたりは自分が殺されたことにも気づかなかったにちがいない。大量の返り血がレイジューのむきだしの乳房を濡らしていた。

サンソンと〈ムーア人〉はすぐさま乗り場に駆けより、三人の死体をまたぎ越え、川縁に立った。レイジューがふたたび上着に袖を通す。真っ先にロングボートの一隻に乗りこんだのはサンソンだった。乗りこむなり、サンソンはただちに財宝船の船尾に向かってオールをあやつりだした。〈ムーア人〉は、ほかのロングボートの舫《もや》い綱をすべて切り離し、一隻を除いて川口から湾へと押しやった。ボートは流れに乗り、湾へと出ていく。それがすむと、〈ムーア人〉は残しておいた一隻に乗りこみ、レイジューも乗るのを待って、財宝船の船首めざし、艇を漕ぎだした。ふたりともまったく口をきかない。

レイジューは上着の襟元をかきよせた。殺害した兵士たちの返り血で布地が濡れて、寒くなったのだ。それでも、ロングボートの艫《とも》に立って、近づいてくる財宝船をじっと見つめた。〈ムーア人〉は力強くオールをあやつり、ぐんぐん財宝船へ近づいていく。

財宝ガレオン船は巨大だった。全長はゆうに百四十フィートはあるだろう。ただし、船内に灯はついておらず、全体に真っ暗だ。灯されている松明《たいまつ》は数えるほどしかないため、船の形状はおぼろげにしかわからない。

レイジューは右に視線を向けた。もう一隻のロングボートが遠ざかっていく。サンソンは財宝船の船尾に取りつく手はずになっている。海岸べりの騒々しい仮小屋町に灯る明かりを背に、サンソンのシルエットがくっきりと浮かびあがって見えた。レイジューは向きを変え、左へ——要塞の石壁が形成する灰色の帯へと目を向けた。ハンターと〈ユダヤ人〉は、もう要塞の中へ潜入できただろうか。

ハンターは〈ユダヤ人〉の作業ぶりを見まもっていた。〈ユダヤ人〉は慎重な手つきで、オポッサムの腸に火薬を詰めていく。作業はいつはてるともなく、永遠につづくかに思えた。だが、〈ユダヤ人〉はけして急ごうとしない。火薬庫のまんなかにうずくまり、切り開いた火薬袋をかたわらに置いて、小さく鼻歌を歌いながら作業をつづけている。

「あとどのくらいかかる？」ハンターはたずねた。

「長くはかからんよ、長くはな」と〈ユダヤ人〉は答えた。すこしもあせっていないようだ。

「導火線は順調にできている。ま、見ているがいい。最高に美しい状態にしあがるから」

火薬を詰めおえた〈ユダヤ人〉は、腸をさまざまな長さに切り分けたのち、できあがった導火線をポケットにすべりこませ、

「ようし」といった。「いつでもはじめられるぞ」

ふたりとも、ただちに火薬庫をあとにした。火薬を詰めた導火線の重みで、〈ユダヤ人〉の背中は曲がっている。ふたりは足音を忍ばせ、要塞の中庭をそっと横切っていき、大砲が設置してある頑丈な石積み砲台の下で足をとめた。塁壁上の胸墻《きようしよう》の手前には、いまもあのふたりの見張りが立っていた。

導火線を持って待機する〈ユダヤ人〉を下に残して、ハンターはひと足先に胸墻へ登り、見張り二名を殺した。ひとりはなんの音もたてずに絶命し、もうひとりは小さくうめき声をあげただけでくずおれた。

「ディエゴ！」声を殺し、下に呼びかける。

〈ユダヤ人〉が胸墻にあがってきて、大砲を検分すると、砲身の口から突き棒をつっこんだ。

「じつに愉快だな」と〈ユダヤ人〉はささやいた。「連中、すでにもう火薬袋を押しこんで、点火薬入りの羽柄まで刺してある。なんという歓待ぶりだ。さて、では手伝ってくれるか」

〈ユダヤ人〉は大砲の一門の前にまわりこみ、砲口からふたつめの火薬袋を押しこんだ。

「つぎは砲弾だ」

ハンターは眉をひそめた。

「いいのか？　連中、発射の前に、装填《そうてん》ずみとは知らずに弾をこめるぞ」

「いいんだよ。火薬袋がふたつ、砲弾もふたつで。それだけ詰めたら、この大砲、砲手たちの目の前で砲尾を破裂させることとまちがいなしだ」

ふたりは手早く、カルヴァリン砲からカルヴァリン砲へ細工してまわった。ひとつひとつの大砲に、〈ユダヤ人〉がふたつめの火薬袋を突き入れて、ハンターが丸い砲弾をころがしこむ。砲口から入れるとき、砲弾は低くごろんごろんという音をたてた。だが、この装填音を聞きとがめる者はだれもいない。

すべての砲に細工しおえたところで、〈ユダヤ人〉がいった。

「わしはわしですることがある。あんたは砲身に砂を詰めてくれ」

ハンターは胸墻から下に縄をたらし、中庭にすべりおりると、中庭の砂を両手ですくって袋に詰め、また塁壁上にもどってきて、ひとすくいずつ、各砲口に砂を流しこんでいった。

さすがに〈ユダヤ人〉は賢い。運悪く砲尾が破裂せず、砲弾を発射できたとしても、砲身に砂が詰まっていては正確な狙いなどつけられるものではないし、砂で砲身内部に傷がつけば、二度と正確な砲撃ができなくなってしまう。

砂を詰めおえて、〈ユダヤ人〉のもとに合流した。

〈ユダヤ人〉は砲架の一台にかがみこみ、砲身になんらかの細工をしているところだった。ちょうど細工がすんだところと見えて、やおら〈ユダヤ人〉は立ちあがり、

「よし、これでおわった」といった。

「なにをしていたんだ？」

「各々の砲身に導火線を取りつけておいたのさ。大砲を射ったら、砲身の熱で導火線に火がついて、それが砲架の火薬に引火する」暗闇のなかで、〈ユダヤ人〉はにんまりと笑った。「たいへんな見ものになるぞ」

風向きが変わって、財宝船がサンソンのボートのほうへ大きく船尾を振った。サンソンは黄金の装飾を施した船尾楼の下に艇を舫《もや》い、船尾外壁を船長室めざして攀《よ》じ登りはじめた。船内から小さくスペイン語の歌が聞こえてきた。歌声の主はどこにいるのかと、卑猥《ひわい》な歌詞に耳をすましたが、居場所を特定できない。歌はどこからともなく空中にただよっていて、どの方向から聞こえてくるかも判然としなかった。

砲門を通り、船長室にはいる。室内は無人だった。船長室の扉から砲列甲板に出て、昇降

梯子をつたい、下の居住区へ降りた。やはりだれもいなかった。船の動きに合わせて、無人のハンモックが連なっているだけだ。ハンモックは何十とあるのに、乗組員の姿はまったくない。

気にいらない状況だった。こうも無防備であるからには、もはや船に財宝を載せていないのではないか。全員が恐れてはいたが、けっして口には出さなかったその不安が、本格的に頭をもたげてきた。じつはもう、財宝は船から運びだされて、どこか別の場所に——もしかすると要塞に——しまってあるのではないだろうか。そうだとしたら、計画はすべて水泡に帰す。サンソンはむしろ、船内に相当数の基幹乗組員と警備兵が詰めていることを期待していたのである。

が、船尾の厨房《ちゅうぼう》にはいったとき、気をとりなおす状況に出くわした。厨房も無人だったが、ごく最近、調理したあとがあったからだ。大鍋には牡牛肉のシチューが残っていた。木製のカウンターの上には野菜もあり、船の揺れにあわせて、カットしたレモンが揺れていた。

厨房をあとにして、ふたたび船首側へ向かう。そのとき、遠くで甲板の見張りが叫ぶ声が聞こえた。警戒している声ではない。歓迎の声だ。ロングボートで近づいてくるレイジューと〈ムーア人〉を、船の見張りが歓迎しているのだ。

レイジューと〈ムーア人〉は、財宝船の中央部にたれている縄梯子のそばにロングボートを舫《もや》った。甲板上の見張りが身を乗りだし、手をふりながら呼びかけてきた。

「なんの用だ《ケ・デゼア》？」

「ラム酒を持ってきた」レイジューが男のような低い声で答えた。「船長の好意だ」

「船長の？」

「きょうが誕生日なんだとさ」

「そいつはめでたい《ブラーボ、ブラーボ》」

男は笑顔であとずさり、船内に乗りこむレイジューに道をあけた。が、そこで笑顔が凍りついた。レイジューの上着と髪が血まみれなことに気づいたのだ。つぎの瞬間、レイジューが短剣を一閃させ、見張りの胸に深々と刃を突きたてた。見張りは啞然とした顔で短剣の柄をつかんだ。口を開こうとしているらしい。だが、ひとことも発せられぬまま、前のめりに倒れこみ、甲板にころがった。

〈ムーア人〉も乗船してきて、船首側へそろそろと進みだした。向かっていくのは、すわりこんでカードに興じている四人の兵士のところだ。〈ムーア人〉の仕事ぶりを見とどけたりせず、レイジューは即座に下の甲板へ降りた。船首付近の船室では十人の兵士が眠っていた。レイジューは音をたてないように扉を閉め、外から閂《かんぬき》をかけた。

となりの船室では、もう五人の兵士たちが酒を飲み、放吟していた。そうっと覗きこんでみると、全員、銃を持っている。レイジューもベルトにピストルをつっこんではいた。だが、必要にせまられないかぎり、それを使う気はない。部屋の外で、しばらくようすをうかがう。

ほどなく〈ムーア人〉が、足音を忍ばせて追いついてきた。

待機した。

レイジューは室内を指さした。〈ムーア人〉がかぶりをふる。ふたりはしばし、扉の外で待機した。

ややあって、兵士のひとりが、漏れそうだといいながら立ちあがり、部屋の外に出てきた。すかさず、〈ムーア人〉が索止め栓《ビレイイピン》で兵士の頭を強打した。部屋を数歩出たところで、兵士はどさっという音をたてて床に倒れた。

不可解な音を聞きつけて、室内の四人が戸口に顔を向けた。室内からは、倒れている男の足だけが見えている。

「ファン?」

倒れた男はぴくりとも動かない。

「飲みすぎだな、ありゃあ」だれかがいった。

四人はカードを再開した。が、やはりファンの身が心配になったのだろう、ひとりが立ちあがると、ようすを見に室外へ出てきた。レイジューはすかさず、そののどをかっ切った。同時に、〈ムーア人〉が部屋に飛びこみ、索止め栓《ビレイイピン》を大きくひと薙《な》ぎした。室内の三人は、ひと声も出さずに昏倒した。

そのころ、船尾厨房をあとにし、船首へ向かっていたサンソンは、ひとりのスペイン兵と鉢合わせしていた。兵士は酔っぱらっていた。片手にはラム酒の陶瓶《クラツク》をぶらぶらさせている。暗闇のなかで、兵士は笑みを浮かべ、スペイン語でサンソンに話しかけてきた。

「びっくりさせやがって。こんなところでなにやってやがんだ」

さらに近づいてきた兵士は、ようやくサンソンの険しい顔を目にし、見知った顔ではないことに気がついた。つかのま、その顔に驚愕の色が浮かんだ。そのときにはもう、サンソンの指が兵士ののどに食いこんでいた。

サンソンはつぎの昇降梯子をつたい、高級船員用の甲板に降りた。船尾船倉の扉はすべて固く閉じられていて、厳重に鍵がかけられており、どの鍵にも例外なく封蠟が施されていた。闇のなかで身をかがめ、封蠟に顔を近づける。まちがいない。黄色い封蠟には〈王冠と錨〉の刻印が押してあった。これはリマ造幣局の刻印だ。とすれば、この船内に南アメリカ製のスペイン銀貨があるのは確実と見ていい。

サンソンは主甲板にもどり、船尾楼に向かった。舵輪の付近まできたところで、ふたたびかすかな歌声が聞こえてきた。依然として、歌声の主の居場所は特定できない。足をとめ、耳をすます。

ほぼ同時に、歌声がとまり、どこかから心配そうな声がかかった。

「どうした？　ケ・パッサ《ケ・パッサ》なにかあったのか？　ケ・アー・パッサード《ケ・アー・パッサード》」

サンソンは頭上をふりあおいだ。そうか、うっかりしていた！　主檣《メインマスト》の帆桁《ほげた》の上だ！　見張り座にひとりの男が立ち、こちらを見おろしている！

「なにかあったのか？　ケ・アー・パッサード《ケ・アー・パッサード》」

あの高さからだと、こちらのようすはよく見えないだろう。が、念のため、影の中へ足を踏みいれた。

「どうしたってんだ？」見張りが当惑してくりかえした。

影の中で、サンソンはクロスボウの弦を引っぱり、鋼の弓をたわめて太矢をつがえると、上に向けて狙いをつけた。毒づきながら、スペイン兵が横静索《シュラウド》をつたって降りてくる。

太矢を放った。

太矢の強烈な衝撃を受けて、スペイン兵はシュラウドから吹っとび、暗い海上を十ヤード以上も向こうまで飛んだのち、海に落下して水音をたてた。ほかにはなんの音も聞こえない。

それからしばし、サンソンは船尾甲板を調べてまわった。やがて人の気配がないと得心がいくと、舵輪に両手をかけた。すこしして、レイジューと〈ムーア人〉が船首付近の昇降口から主甲板に出てくるのが見えた。ふたりはこちらに気づき、手をふってみせた。どちらも顔をほころばせている。

船は制圧されたのだ。

この時点で、ハンターとドン・ディエゴは火薬庫にもどり、長い導火線をいくつもの火薬の小樽に差しこんでいた。ふたりとも、追われるようにして作業をしている。というのは、砲台をあとにした段階で、頭上の空はすでに薄青く明るみかけていたからだ。

導火線を差しこみおえた火薬の小樽を、ドン・ディエゴは庫内各所に数個ずつ積みあげていった。

「こういうふうに、分散して積まんといかんのだ」ささやき声で、〈ユダヤ人〉は説明した。「さもないと、爆発は一回でおわってしまう。それではわしらの目的に合わん」

積みあげおえると、ドン・ディエゴは小樽をふたつ壊し、中身の黒い粉を火薬庫の床全体にばらまいた。これでようやく満足して、〈ユダヤ人〉は導火線に火をつけた。

まさにそのとき、火薬庫の外で——要塞の中庭で——叫び声があがった。呼応するように、別の叫び声も。

「なにごとだ？」ディエゴがつぶやいた。

ハンターは眉をひそめた。

「見張りの死体が見つかったのかもしれない」

一拍おいて、またもや中庭で叫び声があがった。何人かがどこかへ駆けだしていく足音がそれにつづく。叫び声は何度も何度もくりかえされて、やがてはっきりと聞きとれるようになった。その叫び声とは——。

「海賊《ピラータ》だ！　ピラータ！」

「カサンドラ号だな。湾の入口に現われたにちがいない」

ハンターは導火線をふりかえった。火薬庫の片隅で、導火線は火花を散らし、シューッという音をたてて燃えている。

「もみ消すか？」ディエゴがいった。

「いや、いい。ほうっておけ」

「だが、これでは外には出られんし、火をつけたままでは――」

「二、三分もすれば、中庭じゅうがパニックに陥る。その混乱にまぎれて脱出する」

「二、三分ですめばいいが……」

中庭の叫び声はどんどん大きくなっていく。いまはもう、文字どおり何百人も走りまわる足音が聞こえていた。守備隊が活動しだしたのだ。

「火薬庫も見にくるぞ」そわそわしたようすで、ディエゴがいった。

「いずれはな」

まさにそう口にした瞬間、火薬庫の扉が勢いよく開き――カサーリャが姿を現わした！手には抜き身の剣を引っさげている。庫内にはいってきたカサーリャは、ふたりの姿を目にとめた。

ハンターは即座に、壁の剣架にずらりとならぶ剣の中からひとふり取り、〈ユダヤ人〉にささやきかけた。

「いけっ、ディエゴ！」

ディエゴがカサーリャを迂回し、外へ飛びだしていく。カサーリャの剣がハンターの剣を打ったのは、その直後のことだった。剣戟《けんげき》がはじまった。ゆっくりと円を描きつつ、ふたりで庫内をまわりだす。

戦いながら、ハンターはわざと徐々に後退していった。相手に優勢だと思わせるためだ。

「イングランド人よ」笑いながら、カサーリャがいった。「きさまのからだを斬り刻んで、犬どものエサにしてやろう」

ハンターは返事をしなかった。慣れない剣の重みを手に感じつつ、バランスを見きわめ、剣のふるいぐあいをたしかめることに全力をそそぐ。

「そして、わが姫君には――」カサーリャはつづけた。「きさまのタマを食らわせてやる」

ふたりは一瞬も油断することなく火薬庫をまわりつづけた。ハンターの目的は、ひとまずカサーリャを火薬庫の外へ連れだし、火花を散らす導火線から遠ざけることだ。スペイン人はまだ導火線の存在に気づいていない。

「恐ろしいか、イングランド人？」

ハンターはあとずさった。外に出る戸口はすぐそこにある。カサーリャは笑った。なおもあとずさりながら、ハンターはカサーリャの突きを受け流した。カサーリャがまたもや突きかかってきた。その動きで、ハンターは完全に中庭へ押しだされる形となった。

「きさまはどうしようもない臆病者だな、イングランド人」

とうとうカサーリャも中庭に出てきた。ここにおいて、ハンターは本気で戦いはじめた。カサーリャは喜びの笑い声をあげた。それからしばらく、ふたりは無言で剣を交えつづけた。そのあいだも、ハンターは火薬庫から遠くへあとずさるのをやめようとはしない。

まわりではいたるところで、守備隊の兵士たちが叫び声をあげ、駆けまわっている。この状態では、いつ背後からスペイン兵に襲われ、殺されるか、わかったものではない。そんな危険きわまりない状態だというのに、それでもハンターが戦いながらあとずさっていくのを見るうちに、カサーリャははっとその理由に気づいた。そして剣を引き、一歩あとずさると、火薬庫にふりかえった。

「この……下種《げす》なイングランドのクズめが……」

カサーリャが向きなおり、火薬庫へ駆けこんでいく。

その瞬間、最初の爆発が起こり、もうもうたる白煙と猛炎が火薬庫を包みこんだ。


カサンドラ号はせまい湾口から湾内へと侵入しつつあった。その甲板上で、火薬庫が爆発する場面を目にした乗組員たちは、いっせいに歓声をあげた。だが、舵輪を握るエンダーズだけは浮かない顔をしていた。マタンセロスの火砲はいまだ健在だったからである。石壁にあいた砲門からは長い砲身が突きだしている。炎上する火薬庫が放つ赤い光で、砲台の砲手たちが砲撃準備をするようすがはっきりと見えた。

「神よ、われらにご加護を――」

カサンドラ号はすでに、南を向いた砲台の直撃を受ける位置にある。

「総員、衝撃にそなえろ!」エンダーズは怒鳴った。「今夜はスペイン人どもから、砲弾のご馳走を食らうかもしれんぞ!」

財宝船の前部甲板に立つレイジューと〈ムーア人〉も火薬庫の爆発を見た。それに加えて、カサンドラ号が湾のせまい入口を通過し、要塞に向かっていく姿も目のあたりにした。

そのままだ！」

「マリアさま――」レイジューがいった。「――大砲はまだそのまま残ってる。大砲はまだ

要塞の外に降りたディエゴは、海辺に向かって、一目散《いちもくさん》に駆けていた。すさまじい轟音を発して火薬庫が爆発したときも、一瞬たりとも足をとめようとはしなかったし、ハンターがまだ火薬庫にいるだろうかと考えもしなかった。というより、〈ユダヤ人〉はなにも考えていなかったのである。肺が痛くなるのもかまわずに、大声でわめきちらしながら、ひたすら海辺をめざした。

ハンターはまだ要塞の中にいた。カサーリャの姿はどこにも見えないが、警邏《けいら》に出ていたスペイン兵が西側の門からぞくぞくと駆けこんでくるため、そちら方面からは出られない。やむなく、火薬庫の東へ、低い石造りの建物へと走った。その屋根に登り、そこからさらに塁壁の上へ飛び移るつもりだった。

建物に近づいたとき、四人のスペイン兵が斬りかかってきた。ハンターは応戦したものの、屋根に登るひまもなく、たちまち建物の扉に追いつめられてしまった。さいわい、扉に鍵はかかっていなかったので、隙を見て屋内に飛びこみ、内側から鍵をかけた。扉は部厚い板でできていた。外から兵士たちがどんどんとたたきだしたが、そう簡単に破れる扉ではない。

ふりかえり、室内を見まわした。ここはカサーリャの居室のようだ。調度にずいぶん金が

かかっている。見ると、ベッドに黒髪の娘が横たわり、あごまで上掛けを引きあげ、恐怖の目でハンターを見つめていた。ハンターはすばやく部屋を横切っていき、奥の窓に向かった。が、窓までたどりつく前に、娘が口をきいた。英語だった。

「あなたは――だれ?」

ハンターは驚愕し、立ちどまった。アクセントが歯切れよく、貴族的な響きを持っている。

「そういうあなたこそ、いったいだれです?」

「わたしはレディ・サラ・オルモント。先日までロンドンにいました。ここへは捕虜として連れてこられたのです」

ハンターは驚いた。

「とにかく――服を着てください、マダム」

そのとたん、別の窓のガラスが内側へ飛散し、なんとカサーリャが室内に飛びこんできた。床に着地したカサーリャは、いまも手に抜き身の剣を持っている。火薬庫の爆発で、全身、灰色と黒のありさまだ。

娘が悲鳴をあげた。

「服を、マダム!」

ハンターはうながした。娘が大急ぎで上等な白のドレスを身につけだす。ハンターは目の隅でそれをとらえつつ、カサーリャを迎え撃った。

カサーリャは肩で息をしていた。息が詰まるほどの怒りに逆上しているせいもあろうが、どうやらそれだけではないらしい。おそらくは、自分の立場を危うくするこの事態に恐怖をいだいているのだろう。

「イングランド人よ――」

例によって、カサーリャは嘲弄《ちょうろう》のことばを口にしかけた。

その刹那《せつな》、ハンターはカサーリャに剣を投げつけた。

狙いあやまたず、剣はカサーリャののどを刺し貫いた。

カサーリャは咳きこみ、よろよろとあとずさると、重厚な装飾を施された机の横の椅子にぶつかり、すわりこんだ。机にもたれかかるようにして、カサーリャはのどに刺さった剣を引き抜こうとした。まるで机上の海図をにらんでいるような格好だった。のどの剣をつたい、海図にぽたぽたと血がしたたっていく。ゴボッという音がした。つぎの瞬間、カサーリャはがっくりと机につっぷした。

「準備ができました」娘がいった。

ハンターは娘の手をとり、窓から部屋の外に出た。カサーリャの死体をふりかえろうともしない。

窓から屋根の上へ娘を押しあげ、そこから石壁の上へと移動する。上にあがってからは、レディ・サラとともに、北に面する塁壁の上に立ち、下を見おろした。地面は三十フィート下だ。むきだしの乾いた地面にはところどころにしか茂みがない。レディ・サラがぎゅっとしがみついてきた。

「遠すぎます」

「飛びおりるしかないんです」

いうなり、ハンターは娘の背中を押しやった。レディ・サラが悲鳴をあげて落ちていく。うしろをふりかえると、カサンドラ号が湾口から進入してこようとしていた。要塞の主砲台からは格好の餌食となる位置だ。砲手たちは砲撃準備をととのえている。それを見とどけて、ハンターは地面に飛びおりた。

娘は地面に横たわり、足首を押さえていた。

「怪我は？」

「ひどくない——と思います」

娘を立ちあがらせ、肩を貸す。そうやって支えたまま海辺へ走った。砲台がカサンドラ号めがけて砲撃する音が轟いたのは、ちょうどそのときだった。

マタンセロスの大砲は、一秒間隔でつぎつぎに火を吹いた。が、砲弾を発射するかわりに、すべての大砲の砲尾が一秒間隔でつぎつぎに破裂し、熱い火薬と青銅の破片を撒《ま》き散らした。砲手たちがあわてて身を伏せる。一門、また一門と、各砲は砲撃の反動で後退し、それきり動かなくなった。

砲手たちはゆっくりと立ちあがり、呆然としつつ、大砲に歩みよった。そして、興奮した口調でしゃべりながら、広がった火門を点検しはじめた。

そのとき——こんどは砲架の下の火薬が炸裂した。一門、また一門と、砲架の木片が空中に飛び散り、大砲が地面に落下していく。最後の大砲にいたっては、塁壁の上をごろごろと横に転がっていき、恐慌を起こした兵士たちを逃げまどわせた。

そのころ、ドン・ディエゴは浅瀬に踏みこみ、近づいてくるカサンドラ号に向かって声をかぎりに叫んでいた。恐怖の一瞬、だれにも聞こえていないのではないかと思ったそのとき、スループ船の船首が左を向き、いくつもの力強い手が船上に引っぱりあげてくれた。

海水をしたたらせながら、ドン・ディエゴは甲板に這いあがった。すぐさま、ラム酒の瓶を握らされた。背中がずきずき痛んでいる。どこかで笑い声があがった。

ディエゴは船内を見まわした。

「ハンターはどこだ？」

夜明け前の薄明のなか、ハンターは娘の手を引き、マタンセロス東端の岸に急いでいた。いまは砲台の真下にいる。まっすぐ上には大砲の砲身がにょきにょきと突きだしているが、どれもこれも角度がおかしい。

岸辺で立ちどまり、呼吸をととのえた。

「泳げますか？」ハンターはたずねた。

娘はかぶりをふった。

「すこしも？」

「ほんのすこしも」

カサンドラ号の船尾が見える。財宝船に向かって入江を進んでいくところだ。

「こっちへ」

ハンターはうながし、娘の手を引いて港に走りだした。

操舵手のエンダーズは絶妙の舵さばきでカサンドラ号を動かし、財宝船にぴたりと横づけした。すぐさま乗組員の大半が財宝船に飛びつき、這いあがっていった。エンダーズ自身も財宝船に乗り移る。手すりのそばにはレイジューと〈ムーア人〉の姿が、舵輪のところにはサンソンの姿が見えた。

「慎んでお引きわたし申しあげます、閣下」

サンソンは丁重に一礼し、エンダーズに舵輪を明けわたした。

「すまんが、そうさせてもらおう」舵を引き継いですぐに、エンダーズは上へ目をやった。船乗りたちが索具を這い登っていく。「前檣楼《フォアトップ》にあがれ。もたもたするな、船首三角帆《ジブ》！」

帆がつぎつぎに張られた。大型船が重々しく動きだす。

大型船のうしろでは、カサンドラ号に残った小人数の船乗りたちが、スループ船の船首をガレオン船の船尾に結びつけ、帆をはためかせて向きを変えようとしていた。

だが、エンダーズはもう、小型のスループ船に注意を向けてはいない。

いま注意を向けるべきは、このガレオン船だ。数人が索巻き機《キャプスタン》を動かして錨を引きあげるのに合わせ、大型船がゆっくりと進みだした。その動きぶりを見て、エンダーズはかぶりをふった。

「どうしようもなく鈍重だな。まるで鈍牛だ」

「しかし、走りはするぜ」サンソンがいった。

「ああ、走りはする——ある意味でな」

財宝船は東へ、湾口へと進んでいく。ハンターの姿をもとめて、エンダーズは海岸に目をこらした。

「いた！　あそこだ！」レイジューが叫んだ。

そのとおりだった。ハンターがいる。海岸べりに、女の手を引いて立っている。

「停められるか？」レイジューがたずねた。

エンダーズはかぶりをふった。

「この風向きだ、停められん。それより、索《つな》を投げてやれ」

そのときにはもう、すでに〈ムーア人〉が索を投げていた。索は首尾よく海岸にとどいた。娘とともに、ハンターが索先をつかむ。ふたりはたちまち海に引きずりこまれた。

「さっさとたどってこないと、溺《おぼ》れちまうぞ」

エンダーズがひとりごちた。だが、その顔には笑みが刻まれている。

じっさい、娘はもうすこしで溺れるところで、船にあがったのちも、何時間も咳きこんでいた。だが、ハンターは意気揚々と船に乗りこんできて、ただちに財宝ガレオン船の指揮をとった。

大きく帆を張った財宝船は、船尾にカサンドラ号を結わえつけたまま、外海へすべりでていく。

朝の八時ごろになると、黒煙をあげるマタンセロス島は、はるか後方に遠ざかっていた。ハンターは浴びるように祝杯をあげた。むりもない。前世紀にドレイクがパナマ地峡を襲撃してから最大規模の私掠遠征を、彼はみごとに成功させてのけたのだから。

24

ぶんどった財宝ガレオン船は、いまだスペインの勢力圏内にある。一刻も早く圏外に出るため、動かせる帆は一インチ残らず駆使して、船はすみやかに南下をつづけた。ガレオン船は通常、一千人の人員を収容し、水夫だけでも二百人かそれ以上は乗り組ませるものだが、ハンターのもとには、捕虜を含めても、使える人数は七十人しかいない。

おまけに、スペイン人の捕虜のほとんどは守備隊の兵士で水兵ではなく、信用できないという以前に、そもそも帆走の技術がなかった。ゆえに、ハンターと乗組員たちは、帆と索具の操作でおおわらわとなった。

ハンターはたどたどしいスペイン語で捕虜を訊問した。そして、正午ごろまでには、いま自分が指揮している船について、かなりいろいろなことがわかっていた。この大型外洋船《ナオ》の名前は、〈ヌエストラ・セニョーラ・デ・ロス・レベス、サン・フェルナンド・イ・サン・フランシスコ・デ・パウラ〉という。船長の名はホセ・デル・ビジャル・デ・アンドレーデ。船主はマルケス・デ・カナダ。排水量は九百トンあり、建造場所はイタリアのジェノヴァだそうだ。正式名がこんなにも仰々しいので——スペインのガレオン船はすべてそうだが——

この船にも愛称があった。エル・トリニダード号である。愛称の由来は、きいてもはっきりしなかった。

エル・トリニダード号は、当初、五十門の大砲を搭載していた。が、過ぐる八月、本来の寄港地であるハバナを出発したあと、キューバの沿岸にも立ちより、そのさい、すこしでも多くの積荷を積載するため、二十門ちかくもの砲を降ろしてしまったそうで、いまでは十二ポンド砲三十二門を搭載するのみだ。エンダーズは船の状態を徹底的に検査し、〝耐航性はあるが汚い〟との評価をくだした。捕虜たちの一部は、目下、船倉のゴミを投棄する作業をやらされている。

「それに、漏水もしている」とエンダーズはいった。

「ひどくか？」

「ひどくはないが、老朽船だからな。気をつけておく必要はあるぞ。まっとうな手入れはなされていない」

エンダーズの渋面は、スペインの長い伝統である船舶運用術の低さを嘆いていた。

「走りっぷりはどうだ？」

「孕《はら》んだ牝豚なみだが、その点はなんとかなるだろうさ――晴天がつづいて、トラブルさえ起こらなければな。要は、人手が足りない。問題はそこにつきる」

ハンターはうなずいた。すでに主甲板をひととめぐりして、帆はひととおり検分してある。全装時のエル・トリニダード号が展張するのは独立した十四枚の帆だ。そして、ごく簡単な操作だけでも——たとえば中檣帆《トップスル》の一枚を縮帆するだけでも——屈強な水夫が十二人は必要となる。

「波が荒いときは、ぜんぶ縮帆して乗りきらねばならんだろうな」

エンダーズはそういって、かぶりをふった。

まったくそのとおりであることを、ハンターはよく知っている。嵐がきたら帆という帆をすべてたたみ、悪天候を乗りきるしかない。だが、これほど大きな船でそれをやるとなると、危険がともなう。

もっとも、悪天候よりもずっと心配なのは、攻撃された場合の対応だった。攻撃を受けた船は機動性を要求される。そしてハンターのもとには、このエル・トリニダード号を機敏に動かせるだけの人数がいない。

それにもうひとつ、火砲の問題もあった。

搭載している三十二門の十二ポンド砲はオランダ製で、まだ製造年代の新しい良品であり、手入れもいきとどいている。これをぜんぶ駆使できれば、圧倒的とはいわずとも、かなりの防御力を発揮するはずだった。三十二門の大砲をそなえたエル・トリニダード号は、三等級の戦列艦とでも互角に渡りあえるだろうし、最大級の軍艦が相手でないかぎり、たいていの艦とやりあっても持ちこたえられるだろう。ただしそれは、大砲を受け持つ人員がいればの話である。それだけの人員が、この船にはいない。

優秀な砲手チームは、戦闘にさいし、装塡《そうてん》、押出《おしだし》、照準、発射の過程を、一分間に一回のペースで行なえる。が、そのためには十五人の人員を必要とする。その砲の砲手長は員数にいれずにだ。負傷者が出た場合と、戦闘中の単純疲労にそなえての——重量二トン半の熱い青銅の塊を押したり引いたりしていれば、人はすぐに疲れてしまう——予備要員も考慮するならば、一門あたりの人員は、ふつう、十七人から二十人。したがって、三十二門のうち、いちどに射てるのが片舷ぶん、つまり半数だとしても、砲手だけで三百二十人が必要になる。しかしそんな人員は、ひねりだすという以前に、この船にはまったく存在しない。なにしろ、帆をあやつるだけでも人手不足のありさまなのだから。

要するに、ハンターが直面している厳然たる事実をまとめれば、手持ちの船乗りの数は、海戦に必要な人員の十分の一、そして大嵐を乗りきるのに必要な人員の三分の一しかいないということである。それが示唆するところは明白だ。戦いは極力避け、嵐がきたらどこかへ避難するしかない。

同じ懸念を、エンダーズも口にした。

「完全装備で帆走できればいいんだがなあ」

そういって、頭上を見あげた。いま現在、エル・トリニダード号は、後檣《ミズンマスト》の帆すべて、船首三角帆《ジブ》、それに前檣《フォアマスト》と主檣《メインマスト》の各上檣帆《トゲルンスル》を縮帆した状態で帆走している。

「速度はどのくらい出ている?」ハンターはたずねた。

「せいぜい八ノットというところか。この倍は出したいところだが……」

「現状では、敵に追撃されたら逃げきれんな」

「嵐からもだ」とエンダーズはいった。「いっそ、スループ船を放棄してはどうだ？」

それはハンターも検討ずみだった。カサンドラ号に乗っている十人を加えれば、多少ともガレオン船の操作は楽になるが、それでは焼け石に水でしかない。エル・トリニダード号は依然として、圧倒的に人員不足のままだ。それに、スループ船にはそれなりの価値がある。自分の持ち船さえ残しておけば、このガレオン船を競りにかけて、ポート・ロイヤルの商人や船長たちに売っぱらうこともできるだろうし、それは莫大な額になるだろう。あるいは、王の取り分である十分の一の一部として、このガレオン船を上納してもいい。そうすれば、チャールズ王に持っていかれる黄金その他を大幅にへらせる。

「それはだめだな」ややあって、ハンターは答えた。「おれの船は残しておく」

「そうなると、船を軽くするしかないな」エンダーズは提案した。「この船には無用の重荷がたっぷり積んである。青銅砲は使い道がないだろう。ロングボートもだ」

「それはそうだが……無防備なのは落ちつかん」

「使えなければ無防備なのと同じさ」

「それはわかっているが——しかし、当面はリスクを冒して、ぶじ帰りつけるのが神の御心であると信じよう。南の海を経由していけば、帰りつける公算は高い」

ハンターの心積もりでは、ひとまず小アンティル諸島にそって南下し、そこから西進して、ベネズエラとヒスパニオラ島のあいだの広大なカリブ海を横断するつもりだった。あれだけ広い海域なら、そうそうスペインの軍艦に遭遇することはないと見ていい。

「おれは神の御心なんてものは信じないが」エンダーズは浮かない顔でいった。「しかし、まあ、あんたのいうとおりにしよう」

レディ・サラ・オルモントは船尾の船室にいた。いっしょにいるのはレイジューだった。いかにも無邪気そうなようすを装い、レディが髪に櫛《くし》をいれるのを手伝っている。ハンターはレイジューに席をはずすよううながした。レイジューはおとなしく、言われたとおりにした。

「せっかく楽しいひとときを過ごしていましたのに！」

扉が閉まると、レディ・サラは文句をいった。

「マダム。わたしはね、レイジューがあなたに悪さをするのではないかと心配なんですよ」

「でも、彼はやさしくて品位のある方に見えます。とても繊細に櫛をいれてくださるの」

「なにごとも――」と、船室の椅子に腰をおろしながら、ハンターはいった。「――見かけどおりとはかぎらないものですよ」

「ええ、そうですわね、それは先《せん》に経験しましたわ。わたし、勇猛号《イントレピッド》という名の商船に乗っておりましたの。船長はティモシー・ウォーナーとおっしゃる、戦士としてチャールズ陛下の信任がとても厚い方でした。それなのに、スペインのあの軍艦に遭遇したとき、そのウォーナー船長のひざが自分のひざよりも大きく笑っているのを見たときのわたしの驚き、あなたに想像できて？　要するに、臆病者だったのですよ、あの方は」

「その商船、どうなりました？」

「沈められました」

「カサーリャに？」

「はい、わたしはあの男に、戦利品としてとらえられたのです。カサーリャの命令で、船は乗組員ごと火にかけられて、沈められてしまいました」

「では、皆殺しになったのですか？」

両の眉を吊りあげて、ハンターはたずねた。さほど意外だったわけではない。ただ、この挑発行為は、サー・ジェイムズがマタンセロス襲撃を正当化するうえで、格好の口実になる。

「その場面そのものは見ていないけれど――」レディ・サラは答えた。「そうだと思います。それからずっと、わたしは船室に閉じこめられていました。そのうちカサーリャは、つぎのイングランド商船を発見しました。その船がどうなったのか、わたしにはわかりません」

「おそらく」ハンターは答え、小さく頭をさげた。「うまく逃げおおせたのでしょう」

「ええ、きっとそうね」ハンターが言外にほのめかした意味に――その船が沈められたことはまちがいない――レディは気づかなかったらしい。「それで、これからは？　あなたがた無頼の人たちは、わたしをどうするおつもり？　わたしは海賊の手に落ちたと思っているのですけれど」

「わたしはチャールズ・ハンター。自由民の私掠人《しりやくにん》です、どうぞお見知りおきを。われわれはポート・ロイヤルへ向かっているところでしてね」

レディはためいきをついた。

「新世界というのは、ほんとうに怖いところ。だれを信じてよいのか、まったくわからない。あなたのことを疑っても、ゆるしてくださいね」

「もちろんですとも、マダム」生命を助けられておきながら、いっこうにトゲのある態度を崩さない娘に、ハンターはいらだちをおぼえた。「わたしはただ、足首のぐあいはどうかと、ようすを見に――」

「おかげで、だいぶよくなりました」

「――くるついでに、ほかに……その……怪我はなかったのかを、おたずねしようと思っただけです」

「ほんとうにそうかしら？」レディ・サラの目が光った。「ほんとうは、あのスペイン人がわたしに乱暴を働いてはいないかと、たしかめにきたのではなくて？　乱暴を働いていたとわかれば、自分も便乗して同じことをするつもりではないの？」

「マダム、そんなことは、絶対に――」

「なんにせよ、これは請けあいます。あのスペイン人は、わたしからなにも奪わなかったわ――すでに失われているもの以外にはね」辛辣な笑い声をあげた。「ただし、あの男なりのやりかたで、いろいろと贈り物をしてくれました」

唐突に、椅子にすわったまま、レディ・サラはくるりと背を向けた。いま彼女が着ているのは、スペイン風の仕立てのドレスだ。この船内で見つけたもので、背中の露出が大きい。

その肩と肩のあいだに、痛々しいみみず脹《ば》れがいくつもできているのが見えた。

レディ・サラは、ふたたびこちらに向きなおった。

「これでおわかりになったでしょうけど……まだおわかりになっていない可能性もあるわね。新世界におけるフェリペ《フィリップ》の法廷では、ほかにもこの身に受けたものがあるのです」

レディ・サラは、いきなりドレスの襟のラインをすこし下げ、かたほうの乳房についた、赤くて丸い痕《あと》を露出させた。あまりにも慎みのない行動を、あまりにも恥じらいなくされたものだから、ハンターはめんくらった。このところ、陽気な君主《メリー・モナーク》の宮廷からくる貴婦人は、庶民のするようなまねを平気でやらかす。これにはどうしても慣れることができない。昨今のイングランドは、いったいどうなってしまったんだろう?

レディ・サラは赤い腫《は》れに指でふれて、

「見て、この火傷《やけど》」といった。「ほかにもいくつかあるわ。このまま火傷の痕が残るのではないかと、気が気ではないの。わたしの夫になる者には、わたしがどんな過去を持つ女か、すぐに見ぬかれてしまうでしょう」

そういって、挑みかかるような目をハンターに向けた。

「マダム……あなたに代わってあの悪党を退治できたことを、わたしは光栄に思います」

「殿方はよろしいわね、そんなことばかりいっていればいいんだから!」

レディ・サラは泣きだした。それからしばらくは、延々とすすり泣いていた。そのあいだずっと、どうしていいかわからず、ハンターはその場に立ちつくしていた。

「この胸が格別の魅力だったのに」すすりあげながら、レディ・サラはいった。「ロンドンじゅうの貴婦人の、羨望の的だったのに。あなたになにがわかって？」

「マダム、どうか……」

ハンターはハンカチをさぐったが、持ちあわせがない。服はいまだに、襲撃時に着ていたボロボロの服のままなのだ。船室を見まわすと、テーブル・ナプキンがあったので、それを差しだした。

大きな音をたてて、レディ・サラは鼻をかんだ。

「そこらの犯罪者のように、わたしは烙印《らくいん》を押されてしまったんだわ」なおも泣きながら、レディ・サラはつづけた。「もう二度と、巷《ちまた》で流行の装いをすることはできない……わたしは破滅よ」

レディ・サラのいうことはハンターの理解を超えていた。なんといっても、命は助かったのだ。おまけに、いまは安全に、伯父のもとへ護送されていこうとしている。それなのに、なぜ泣く？　ここ何日もなかったほど境遇が好転したというのに、なぜ泣く？

こうも恩知らずでわけのわからん女は見たこともないな——そう思いながら、ハンターはデカンターのワインをグラスについでやった。

「レディ・サラ、そんなふうに自分を貶《おとし》めてはいけません」

サラはグラスを受けとり、長々と口にあてがって、一気に飲んだ。それから、もういちど
「マダム……」

すすりあげ、ためいきをついた。

「それに」とハンターはつけくわえた。「流行は移り変わるものですからね」

そのことばを聞いたとたん、レディ・サラはまたもや涙をあふれさせ、「男なんて、男なんて、男なんて」と、うめくようにいった。「それもこれも、伯父のもとを訪ねようなどと思ったばっかりに。ああ、かわいそうなわたし！」

扉にノックの音がして、水夫が顔を覗かせた。

「ワリい、キャプテン。ミスター・エンダーズがよ、望遠鏡に陸影とらえたんで、ここらで宝物箱《ほうもつ》を開いちゃどうかっていってんだけどよ」

「わかった。いまいく」

ハンターは返事をし、船室をあとにした。レディ・サラはふたたび、わっと泣きだした。

ハンターが扉を閉めたあとも、泣き声はずっと聞こえていた。

25

その晩は、低木におおわれた平坦な島の、岬に囲まれたコンスタンティナ湾というところに投錨した。ここで乗組員たちは、六人の代表を選びだした。ハンターとサンソンが財宝を数えるにあたり、立会人をさせるためだ。これはきわめて重要な役割であり、けっして気の抜けない仕事である。ほかの船乗りたちがスペイン人のラム酒で飲んだくれ、気勢をあげているあいだ、八人は一滴も酒を飲まず、真剣に財宝の勘定にあたった。

エル・トリニダード号には、財宝保管庫がふたつあった。その片方を開いてみたところ、中には五つの宝物箱《ほうもつ》が収めてあった。ひとつめの宝物箱に満載されていたのは真珠だった。形はふぞろいだが、売れば莫大な金額になるはずだ。ふたつめには、エスクード金貨が山と積みあげてあった。ランタンの光を浴びて、金貨の山は鈍い光を放っている。ハンターたちは中身をいったん宝物箱の外に出すと、苦労して枚数を数え、もういちど数えなおしてから、改めて箱の中にもどした。この時代、黄金はまだまだめずらしく——多少とも黄金を積んでいるスペイン船は百隻に一隻くらいだ——空前の大収穫を目のあたりにして、私掠人たちはおおいに興奮した。残る三つの箱には、いずれもメキシコ産の銀の延べ棒がぎっしりと詰めこんであった。ハンターの見積もりでは、以上の五箱をぜんぶ合わせた価値は、英貨にして一万ポンドはくだらないものだった。

ハンターたちは期待に胸をふるわせながら、第二の財宝保管庫の扉をあけた。こちらには十箱の宝物箱が見つかった。いそいそと最初の箱をあけてみる。が、せっかくの気分の高揚は水をさされた。箱にはいっていたのは輝く銀の延べ棒で、押されていた刻印はペルー産であることを示す〈王冠と錨〉だったが——延べ棒の表面はさまざまな色をしていて、しかもでこぼこだったのである。

「こんなの、見たこともないぞ」サンソンがいった。

ほかの箱も急いで開放された。中身はみな同じで、さまざまな色をした銀の延べ棒だった。

ハンターは命じた。

「〈ユダヤ人〉を呼んでこい」

スペイン人のラム酒で酔っぱらったドン・ディエゴは、下層の甲板の薄暗い光のもとで、しゃっくりをしながら銀の延べ棒に目をこらし、ゆっくりといった。

「これは……あまりかんばしい発見ではないな」

〈ユダヤ人〉は、天秤を一台と水をひと樽——それに、となりの保管室から、銀の延べ棒を一本持ってくるようにうながした。

道具一式がそろうと、一同が見まもる前で、〈ユダヤ人〉はまず、天秤のかたほうの皿にメキシコの銀の延べ棒を置き、反対の皿にペルーの銀の延べ棒をとっかえひっかえ載せて、メキシコの延べ棒と釣り合いがとれる重さのものを選びだした。

「ふむ、こんなところか」

〈ユダヤ人〉はつぎに、選んだペルーの延べ棒をメキシコの延べ棒といっしょに置き、目の前に水の樽を置いた。その樽の中に、メキシコの延べ棒をひたす。樽の中で水位が上昇した。

ついで、〈ユダヤ人〉は短剣の先を使って、樽の内側の、新しい水位のところに傷をつけた。

メキシコ銀を外に出し、代わりにペルー銀を水につけた。こんどはあまり水位があがらない。

「これが意味しているのはなんだ、ドン・ディエゴ？　こいつは銀なのか？」

「銀も混じってはいる」〈ユダヤ人〉は答えた。「だが、純銀ではない。不純物が混じっているんだよ。ほかの金属——銀よりも重くて、色は似た金属がな」

「鉛か？」

「可能性はある。しかし、鉛の表面は光沢がないが、これには光沢があるだろう？　まず、まちがいあるまい——この銀に混じっているのはプラチナだ」

全員が落胆の声をもらした。プラチナという金属にはなんの価値もないからだ。

「プラチナの含有率はどのくらいなんだ、ドン・ディエゴ？」

「なんともいえんな。正確に知るためには、もっときちんと計測せねばならん。だいたいの見当でいえば、おおよそ半分というところか」

「くそったれのスペイン人どもめ！」サンソンがののしった。「インディアンの財産を盗むだけでは飽きたらず、自分たち同士でも盗みあってやがる。こうも公然とたばかられるとは、フィリップもあわれな王さまだぜ」

「すべての王は、たばかられる運命にあるのさ」ハンターがいった。「それが王であることの属性なんだ。しかし、混じりもの入りであろうと、この延べ棒にはかなりの価値がある。すくなくとも一万ポンドにはなるだろう。莫大なお宝を手に入れたことはまちがいない」

「まあな」サンソンはうなずいた。「しかし、これが混じりものなしだった場合のことを考えるとなあ」

ほかにも価値を見積もるべきお宝はあった。船倉には、家財、布地、ログウッド、タバコ、チリやクローブといった香辛料も収蔵されていたのである。これをポート・ロイヤルの桟橋で競売にかければ、かなりの金額になるだろう。おそらく、総額で二千ポンドにはなる。

夜遅くまでかかって金勘定をおえた船乗りの代表たちは、放歌酔吟し、どんちゃん騒ぎをやらかしている仲間たちに合流した。だが、ハンターとサンソンは騒ぎに加わらず、ふたりでハンターの船室にこもり、別件の相談に移った。

単刀直入に、サンソンがたずねた。

「あの女、どんなようすだ？」

「つんけんしている」とハンターは答えた。「それに、泣いてばかりだ」

「だが、無傷なんだな？」

「生きてはいるな」

「あれも王に上納する十分の一に加えるべきだぜ。でなきゃ、総督の取り分に」

「そんなことをサー・ジェイムズがゆるすもんか」

「そこを説得しろといってるんじゃないか」

「まあ、むりだろう」

「ひとりしかいない姪《めい》っ子を助けてやったんだぞ」

「サー・ジェイムズは商魂たくましい。そう簡単に黄金をあきらめるタマじゃないさ」

「説得するだけしてみろよ、乗組員の代表として。やっこさんに人として正しいありかたを教えてやるんだ」

ハンターは肩をすくめた。じつをいうと、それは自分でも考えており、総督にかけあってみるつもりにはなっている。

しかしサンソンには、そこまではっきりと約束をするつもりはなかった。

フランス人はワインをついで、

「なにはともあれ」と、上機嫌の顔でいった。「大戦果ではあったよな、友よ。で、帰路の予定は？」

ハンターは計画のあらましを説明した。ひとまず南に下ったのち、広いカリブ海に出て、陸地には近づかないようにしながら、ポート・ロイヤルめざし、北西へななめに進んでいく——。

「このさい、お宝は二隻に分けておいたほうが安全と思わないか？　それも、いまのうちに分けて、それぞれ別のコースで帰るというのはどうだ？」

「いや、このまま二隻そろっていくほうが安全だろう。船が二隻いれば、遠目には手ごわく見える。単独でいるほうが襲われやすい」

「たしかに、そうだが。とはいえ、このあたりの海域を哨戒してるスペインの戦列艦は十隻くらいだ。分かれておけば、両方とも軍艦と鉢合わせする可能性はまずないぞ」

「スペイン艦は恐れなくてもいい。はたから見れば、この船は合法的なスペインの商船だ。襲ってくるとしたら、むしろフランスかイングランドだろうさ」

　サンソンはにやりと笑った。

「要するに、おれを信用してないということか」

「あたりまえだ、だれが信用するものか」ハンターはそういって笑い返した。「おまえには目を光らせておかないとな。お宝にしても、つねに自分の足の下に確保しておきたい」

「好きにしろ」とサンソンはいった。

だが、その目には不気味な光が宿っていた。

この光のことはけっして忘れまい、とハンターは心に刻みつけた。

26

三日め、怪物を見た。

ここまでは、小アンティル諸島にそって南下する、平穏無事な航海だった。風は順風で、波も荒くない。すでにもう、マタンセロス島から百マイルは離れている。おかげで、一時間経過するごとに気持ちが楽になっていった。

乗組員は総出でガレオン船の耐航性を高める作業に追われていた。以前に乗り組んでいたスペイン人たちが怠惰で、エル・トリニダード号はあきれるほど手入れが悪かったからだ。索具は擦《す》りきれていた。帆はところどころ薄くなっていたし、破れている箇所もあちこちにあった。甲板は汚く、船倉はゴミだらけで悪臭がただよっていた。そのため、南へ帆走するあいだ、手入れすべき部分はいくらでもあった。やがてガレオン船はグアドループ島を通りすぎ、ドミニカ島を通りすぎた。

三日めの昼、周囲の警戒怠りないエンダーズが海の変化に気づき、右舷を指してハンターにいった。

「あそこを見ろ」

ハンターは右を見た。海は凪《な》いでおり、ガラスのような海面にはごく小さな波しか立っていない。だが、ほんの百ヤードほどのところに、波の下で動く擾乱《じょうらん》が見えた。なにか大きなものが船へ向かってきているようだ。しかも、かなり速い。

「この船の速度は？」ハンターはたずねた。

「十ノットだ」エンダーズは答えた。「マリアさま《マザー・オブ・ゴッド》……」

「この船が十ノットで動いているとなると、あれは二十ノットは出していることになるぞ」

「最低でも二十ノットということだ。もっと出しているかもしれん」

エンダーズは乗組員たちを見まわした。接近してくるなにかに気づいている者はいない。

「陸地へ向かえ」ハンターは指示した。「浅瀬に移る」

「海魔《クラーケン》は浅瀬がおきらいか？」

「そうであることを祈ろう」

海中の影はさらに接近をつづけ、約五十ヤードの距離をとって、いったん船を追いぬいた。不気味な灰白色の巨体と、触手らしきものが見えた。ついで、影は遠ざかり――弧を描いて、またもどってきた。

エンダーズはぴしゃぴしゃと自分の頬をたたいた。

「おれは夢を見てるんだ……そうにちがいない。あれは現実じゃないといってくれ」

「現実だ」とハンターは答えた。

このとき、主檣《メインマスト》の檣楼《しょうろう》で見張りについていたレイジューが口笛を吹き、ハンターに合図を送ってよこした。彼女もあの影を見たにちがいない。ハンターはレイジューをふりあおぎ、黙っていろという意味で、かぶりをふってみせた。

「叫ばないでくれて助かったぜ」エンダーズがいった。「ひと声叫ばれていたら、みんなに気づかれていたところだ」

「浅瀬へ」ハンターは真剣な顔で命じた。「急げ」

そして、ふたたび近づいてくる擾乱に目を向けた。

メインマストの檣楼の高みで、色鮮やかな青海原を一望していたレイジューには、近づいてくるクラーケンの姿がはっきりと見えていた。心臓がのどから飛びだしそうになっている。なぜならそれは、海の歌に歌われ、船乗りの子供たちが物語に聞かされて育つ、伝説の怪物の姿そのものだったからだ。これまで現実にそんな怪物を目撃したという者に会ったことはないし、さいわい、自分でも見たことはない。そんな伝説の怪物の姿を目のあたりにするにつけ、心臓がとまったかのような恐怖をおぼえた。

怪物がふたたび近づいてくる。慄然とする速さで近づいてくる。海面を切り裂き、エル・トリニダード号に向かって、まっしぐらに向かってくる。

間近まで迫ったとき、怪物の全体像がはっきりと見えた。皮膚の色は不気味な灰白色だ。鼻づらはとがり、膨れた巨体の全長は、すくなくとも二十フィートはある。しかも背後に、何本もの長い触手を引いていた。それが海中にたなびいて、まるでメデューサの頭のようだ。

怪物が船の真下を通過した。船体に接触したりはしなかったが、怪物の動きが引き起こした波により、ガレオン船は左右に揺れた。一拍おいて、怪物は船の反対側に現われ——そこで青い深海に潜っていき、姿が見えなくなった。

レイジューは心から安堵《あんど》し、額の脂汗《あぶらあせ》をぬぐった。


レディ・サラ・オルモントが甲板にあがってきてみると、ハンター船長が舷縁《げんえん》から海面をにらんでいた。

「ごきげんよう、船長」レディ・サラは声をかけた。

ハンターはレディに向きなおり、小さく会釈した。

「どうも、マダム」

「船長、ひどく顔色がお悪いわ。だいじょうぶですの？」

それに答えることなく、ハンターはいきなり船尾甲板の反対側の舷縁に駆けよっていき、ふたたび海面をにらみだした。

「見えるか？」舵輪を握るエンダーズがハンターにたずねた。

「見えるって……なにが？」レディ・サラはたずねた。

「いいや」ハンターはエンダーズに答えた。「潜っていった」

「このあたりは三十尋《ひろ》ほどだ」エンダーズがいった。「深さ百八十フィートでは、あれには浅すぎるんだろう」

「あれってなんなの？」

ふたたび、レディ・サラはたずねた。口をとがらせている。その表情は、状況によっては可愛くも見えただろう。

ハンターが舵輪のそばにもどってきた。

「またもどってくるかもしれん」エンダーズがいった。

「かもしれんな」とハンター。

レディ・サラはハンターとエンダーズを交互に見やった。ふたりとも冷や汗で服が濡れている。どちらも顔面蒼白だ。

「船長、わたしは船乗りではありませんの。いったい、なにを見てらしたの？」

ここでついに、緊張の糸がぷつりと切れたのだろう、エンダーズが声を荒らげた。

「いいかげんにしろ、女！　おれたちはな、たったいま——」

「——予兆を見たんですよ」よどみない口調で、ハンターが割ってはいると、エンダーズに鋭い視線を向けた。「予兆です、マイ・レディ」

「予兆？　あなたは迷信深いほうなの、船長？」

「そうだよ。キャプテンはとっても迷信深いんだ、とってもな」

エンダーズがいって、水平線の彼方に目をそらした。

「どうあっても」甲板を荒々しく踏みつけて、レディ・サラはきつい口調でいった。「いまわたしが見そこねたもののことを教えてくださらない気ね」

「そのとおりです」

ほほえみを浮かべて、ハンターは答えた。蒼白になってはいても、魅力的な笑顔だ。そういうところがまた、人をいらいらさせる。

「自分が女であることは承知しています」レディ・サラはいいかけた。「でも、これだけはいっておきますよ――」

そのとき、レイジューが叫んだ。

「船影《セイル・ホー》あり！」

ハンターは望遠鏡を目にあてがい、レイジューが指さす方向を見た。まっすぐ船尾方向の水平線上に四角い帆が見えている。ハンターはエンダーズに顔を向けた。そのときにはもう、エンダーズはエル・トリニダード号が装備する帆をすべて張るよう、命令を怒鳴っていた。すべての上檣帆《トゲルンスル》が解帆された。船首三角帆《ジブ》もだ。ガレオン船は速度を増した。

四分の一マイル前方を先行するカサンドラ号に対しては、注意をうながす射撃を行なった。小型のスループ船は、ただちに総帆を開いて進みだした。

ハンターはふたたび望遠鏡を覗いた。水平線上の帆は、大きくなってはいない――だが、小さくなってもいない。

「ちきしょうめ、やっと化け物が消えてくれたかと思ったのに。一難去って、また一難か」

エンダーズがぼやいた。「どうする？」

「現状維持だ」ハンターは答えた。

「しかし、もうじき針路を変えざるをえなくなるぞ」

ハンターはうなずいた。エル・トリニダード号は、東風に乗って快調に南下しているが、現状では西に――船から見て右手に――連なる小アンティル諸島付近の浅瀬に近づきすぎている。もうじき、針路を東寄りに変えざるをえなくなるだろう。そして、どんな船であれ、針路を変更すれば、すくなくとも一時的には速度が落ちる。人手不足のガレオン船はぐっと鈍足になるはずだ。

ハンターはいった。

「問題は人員だな。船脚を落とさずに、南東へ向けられないか？」

エンダーズはかぶりをふった。

「むりだよ、キャプテン。人手が足りない」

「どうしてむりなの？」レディ・サラはたずねた。

「口を出さないでくれますか」ハンターは制した。「下へいっていなさい」

「わたし、下へなんて――」

「いいから！」ハンターは怒鳴った。

レディ・サラはあとずさったものの、それでも手すりのそばにはとどまり、頑として下へいこうとはせず、すこし離れたところに立って、自分には不可解な展開を見まもりつづけた。

そのとき、例のレイジューという男が、猫のような優美さで索具を降りてきた。あの動き、不思議に女性的なところもあるわねと思って見ているうちに、レディ・サラは愕然とした。

風がレイジューのシャツを押しつけたさい、その下の乳房がくっきりと浮かびあがったからである。では、このやさしい男は女だったの！

だが、そんなことを考えているひまはなかった。レイジューがハンターのもとへ駆けより、エンダーズともども、興奮した口調でやりとりしだしたのだ。ハンターが最初に、追跡してくる船を——ついで、右側に連なる諸島を指さした。それから、雲ひとつない青空と太陽を指さした。とうに正午をまわり、太陽はすでに下降の旅へ移っている。

眉根を寄せて、レイジューがいった。

「じゃあ、どの島に避難するっていうんだよ？」

「猫島《キャット・アイランド》だ」諸島のなかの大きな島を指さして、エンダーズが答えた。

「猿の入江《モンキー・ベイ》か？」

「アイ。モンキー・ベイだ」

「あそこのことは知っているか？」ハンターがレイジューにたずねた。

「ああ、だけど、立ちよったのは何年も前だしなあ、あそこは東風にさらされてるだろう。月は？」

「下弦の月だ」ハンターが答えた。

「半月か。明るいな。しかも、雲ひとつないときた」これはレイジューだ。「最悪だぜ」

これにはほかのふたりもうなずき、沈鬱な顔でかぶりをふった。レイジューがハンターにたずねた。

「あんた、博打は好きか？」

「好きなことは知っているだろう」ハンターが答えた。

「だったら、針路を変更して、追っかけてくる船を振りきれるかどうか、やってみないか？振りきれれば万々歳。振りきれなかったら、そんときはそんときだ」

「おまえの目、あてにしているぞ」ハンターがいった。

「まかしとけ」

レイジューは答え、すばやく横静索《シュラウド》を這い登り、檣楼にもどっていった。

レディ・サラには、いまのやりとりの意味がさっぱり理解できなかったが、三人の緊張と不安は手にとるように感じられた。そのあとも、サラはずっと手すりのそばにとどまって、水平線を眺めやった。すでに彼女の肉眼でも、追いかけてくる船の白帆がはっきりと見えるようになっている。ほどなく、ハンターがそばにやってきた。方針が決定されたからだろう、さっきよりもリラックスして見えた。

「いまの話、ひとことも理解できませんでしたわ」レディ・サラはいった。

「なに、ごく簡単な話ですよ。追いかけてくる船が見えますね？」

「見えます」

「行く手には——南西の方向には——島がある。名前はキャット・アイランド。見えますか、あれが？」

「見えます」

「あの島に小ぶりの入江があります。モンキー・ベイと呼ばれているところです。時間切れにならないうちに、あそこへ避難しようとしているんですよ」

レディ・サラは、追跡してくる船から島へと視線を移した。

「でも、あの島にはこんなに近いんだから、時間切れもなにもないでしょう？」

「太陽が見えますね？」

「ええ……」

「太陽は西に大きくかたむいています。あと一時間もすれば、海面は陽光を反射して、正視できないほどまばゆく光りだす。そうなったら、入江にはいるさい、行く手に暗礁があってもわからない。この海域では、太陽に向かって船を進めるのは、〝船底をサンゴ礁にこする危険〟と同義なんです」

「でもレイジューは、前にその入江へきたことがあるといっていたわね？」

「たしかに。しかし、モンキー・ベイは風上に——つまり東に面していましてね。しじゅう東風や嵐にさらされているし、外洋の強い海流も流れこんでくるので、砂州の形は数日から数週間で変わってしまう。いまのモンキー・ベイは、レイジューの記憶にあるとおりの状態じゃないかもしれないんです」

「まあ……」レディ・サラはしばし黙りこんだ。「それでは、なぜわざわざその入江に？　この三日間、いちども夜間には停泊しなかったでしょう？　夜どおしで帆走すれば、夜陰にまぎれて、追ってくる船を振りきれるのではなくて？」

われながら、これはもっともな答えに思えた。

「ところがね、月というものがあるんですよ」ハンターは険しい顔で答えた。「いまは新月から三週間め――真夜中になるまで、月は出ません。しかし、ひとたび出てしまえば、半月といえども、追跡船が追ってこられる程度には明るい。真っ暗になる時間は四時間ほどしかありません」

「だったら、どうなさるおつもり？」

ハンターは望遠鏡を目にあてがい、水平線の状況をさぐった。追跡船は徐々に追いついてきている。

「モンキー・ベイにはいります。太陽に向かって」

「準備よし！」エンダーズが叫んだ。

ガレオン船は、いったん浅瀬を離れるため、ゆっくりと、鈍重に向きを変えだした。南東に船首を向け、風上へななめに走りだすまでには、十五分もかかった。その間に、追跡してくる船の帆は、ぐっと大きくなっていた。

ハンターは望遠鏡を覗き――その帆の形に、いやになるほど馴じみ深い特徴を見てとった。

「まさか、こんなことになるとはな……」

「どうしましたの、船長？」

「レイジュー！」ハンターは上に向かって叫び、水平線を指さした。

マストの上で、レイジューが望遠鏡を覗く。

「どう見る？」ハンターが叫んだ。

レイジューは叫び返した。

「古馴じみだ！」

エンダーズがうめくようにいった。

「カサーリャの軍艦か？　あの黒い軍艦か？」

「ほかにいるか？」

「いまはだれが指揮してるんだろう？」

「ボスケだろうな。フランス人の」

マタンセロス島にいたさい、あの細身で冷静そうな男が、軍艦に乗りこんでいく姿を思いだした。

「あいつのうわさは聞いてるぞ――冷静沈着で有能な海の男――自分の仕事を知りつくしているやつだ」エンダーズはためいきをついた。「指揮官がスペイン人でないのは残念だな。スペイン人だったら、逃げきりようもあったろうに」

スペイン人は、ここらでは、海の男に向かないことで有名なのである。

「入江にはいるまで、あとどれくらいかかる？」ハンターはたずねた。

「まる一時間」エンダーズが答えた。「もっとかかるかもしれん。航路がせまいようだと、何枚か帆をたたまなくてはならなくなる」

その場合、船脚はいまよりもずっと落ちることになるが、これはやむをえない。自由度の低い海域で意のままに船をあつやるためには、ある程度縮帆するしかないのだ。

ハンターは追ってくる軍艦をふりかえった。軍艦はいま、帆の角度を変えて、風上側へと針路を変更しつつある。これで一時的に船脚が落ちるだろうが、すぐに全速力で追いかけてくるはずだ。

「ぎりぎり、逃げきれるかどうかだな」とハンターはいった。

「同感だ」エンダーズが答えた。

檣楼のレイジューが左腕を真横に伸ばした。エンダーズは舵を切りつづけ、レイジューがその手を降ろすと同時に、ふたたび直進にもどした。すこしして、レイジューが右腕を曲げ、さっとかかげる。

エンダーズはふたたび針路を変え、わずかに右へ舵を切った。

第四部　猿の入江《モンキー・ベイ》

27

エル・トリニダード号は、モンキー・ベイの小さな入江に向かっていく。

さっきまでは先行していたが、いまはガレオン船の後方にまわったカサンドラ号の甲板で、サンソンは大型船の動向を注視していた。

「なんてことだ、あいつら、島に向かっていくぞ——太陽に向かってだ！」

「正気の沙汰じゃねえ」操舵手がうめくようにいった。

「いいか、よく聞け」サンソンは操舵手に向きなおった。「あの鈍牛のあとにつけろ。航跡をそっくりたどっていくんだ。いいな、正確にやれよ。ガレオンの残す泡を掻き切って進め。でないと、おれがおまえののどを掻き切ってやるぞ」

操舵手はけげんな声を出した。

「どうやって進むんだよ、お陽さまに向かってよ」

「あっちにはレイジューの目がある」サンソンがいった。「それで充分なのさ」

レイジューは船の行く手に神経をこらした。両腕の動かしかたには細心の注意をはらう。ほんのちょっとしたしぐさでも、エンダーズがそれに反応し、船の針路を変えてしまうからである。

いまこのとき、レイジューは真西を見つめ、顔と直角になるように左の手のひらを鼻の下へあてがい、船首のすぐ前の海面に映りこむ太陽の照り返しを防いでいた。ひたすら視線をそそぐ先は、陸地のラインと——ゆるやかに傾斜するキャット・アイランドの緑色の輪郭だ。いまこのとき、島は奥行のない、ひとかたまりの平板なシルエットとして見えている。だが、もうすこし進めば、島は単一のシルエットではなくなり、細部が識別できるようになる。モンキー・ベイの湾口も見えてくるだろう。レイジューの役目は、その瞬間が到来し、湾口が見えると思われる地点まで、最短のコースで船を誘導することにあった。

誘導にあたっては、高みにいることがおおいに役立った。主檣《メインマスト》上の檣楼から見わたせば、何マイルも先の海の色までもが——多様な濃さのブルーとグリーンが混じりあう複雑微妙なパターンにいたるまで——識別できる。レイジューの心の中で、そのパターンは深みの変化としてとらえられていた。ちゃんと水深を測って描きこんだ海図を見るように、レイジューにはそれぞれがどのくらい深いかを読みとることができるのだ。

これはだれにでもできることではない。ふつうの船乗りも、カリブ海の色合いはいろいろ知っていて、ディープブルーのところは深く、グリーンのところはもっと深いと想定する。

だが、レイジューの見わけはもっとこまかい。たとえば、海底が砂地だと、海の色はライトブルーに見えても、深さは五十フィートに達する場合がある。また濃いディープグリーンであっても、海底に海藻《かいそう》が生えているからそう見えるだけで、深さは十フィートしかない場合もある。それに加えて、一日のうちに刻々と位置を変えていく太陽は、海の色合いに奇妙なトリックをもたらす。早朝や午後の遅くには、海の色がより豊かで、より暗くなりやすい。したがって、そのぶんも補整して判断する必要がある。

ただし、いまのレイジューは、深さの見当をつけるために色の変化を見ているのではない。注目しているのは海岸線付近の色調の変化だ。モンキー・ベイの湾口へ進入する手がかりはそこにあった。

モンキー・ベイは真水の小流が海に流れだして成立したもので、レイジューもそのことを知っている。使える入江は、そういった成りたちのものが大半を占める。カリブ海の小さな入江には、入江周辺のサンゴ礁に切れ目がないため、大型船の進入には向かないものが多い。サンゴ礁に切れ目ができるには、真水が海に流れこんでいることが条件となる。真水のもとではサンゴが生育しないからだ。

海岸付近の海域を目でさぐったレイジューは、切れ目が川口のそばにないかもしれないと見当をつけた。海に真水をそそぎこむ流れの向きにより、サンゴ礁の切れ目ができる位置は変わる。切れ目は川口から四分の一マイル北にあるかもしれないし、南にあるかもしれない。どこにあるにせよ、川の流れは海中に茶色の濁りをもたらし、その濁りは海面の色の変化となって表われる。

目をこらすうちに、とうとう見つけた。現在の針路よりも南に寄った位置だ。下の甲板のエンダーズにさっそく針路変更の合図を出した。島に近づくにつれて、レイジューはエル・トリニダード号が恐るべき試練に直面していることに気がついた。これが操舵手に見えないのは幸いというべきだ。サンゴ礁の切れ目がどれだけせまいか知ったら、エンダーズは卒倒するだろう。切れ目の両脇にはサンゴ礁が海上に頭を出しているが、その露出部と露出部のあいだの隙間は、わずか十二ヤードしかないのである。

現在の針路に満足し、レイジューは何分か目を閉じた。正面からの陽光を受けて、まぶたの裏はピンクに染まっている。船の動きも、帆の孕《はら》みぐあいも、潮の香りも、いっさい意識にはのぼらせない。全神経を集中するのは、目だ。そのために、いまは目を休ませておく。目以外のことはどうでもよかった。深く、ゆっくりと深呼吸をして、目前の大仕事にそなえ、気力を養い、集中力を高める。

これからはじまる難行《なんぎょう》のことは承知していた。そして、それが避けて通れない過程であることも。最初は平穏に進むだろうが、やがて目に痛みが宿り、それがどんどんひどくなっていって、一時間もたつころには、すっかり疲労困憊《ひろうこんぱい》し、へとへとになっているだろう。そのあとは一週間ぶっとおしで起きていたかのように、強烈な眠けに襲われ、甲板に這い降りると同時にぶっ倒れてしまうにちがいない。

それほど気力と体力を使いはたす大仕事を、これから自分はやりとげなくてはならない。

レイジューは目をつむったまま、長々と息を吸い、ゆっくりと吐く動作をくりかえした。

舵輪を握るエンダーズの場合、集中の性質はまったく異なる。目は大きく見開いているが、自分の目が見るものにはほとんど関心を向けない。エンダーズが集中するのは両手に握った舵輪であり、舵輪から手のひらに加わるささやかな圧力だ。そして、足が踏みしめる甲板の傾斜、船体をなでていく海水の音、頬にあたる風、索具の振動など、船の姿勢を決定づける、複雑にからみあったさまざまな力や圧力に神経をそそぐ。じっさい、極度の集中状態にあるとき、エンダーズは船の一部と化し、文字どおり船と一体化しているかのように機能する。エンダーズは船という肉体にとっての頭脳であり、こと船の状態にかけてはどんなこまかい変化でも把握できるのである。

船の速度にしても、何分の一ノットという精密さで感じとれた。どれかの帆の張りぐあいがおかしいときは、感触ですぐにわかる。船倉で荷物が移動すればそれとわかるし、どこへ移動したかもわかる。船底にどれだけの汚水がたまっているかもだ。無理なく帆走しているときも、最良の状態で帆走しているときも、肌でちがいを感じとれるし、最良の状態を通り越し、帆に負荷がかかっているときであれば、その負荷がどの程度なのか、どこまで無理をさせていいのかまでもが手にとるようにわかる。

このように、船の状態に関することは目をつむっていても把握できるし、どんな人間にも説明できるエンダーズが、どうしてわかるかとなると、うまく説明できない。理屈ぬきで、ただわかるのだ。だが、レイジューと共同作業をしているいま、エンダーズははらはらしていた。操船に関わる重要な部分を別の者に委《ゆだ》ねなくてはならないからである。レイジューの手が送ってくる合図は、自分が肌でじかに感じとった情報ではない。もちろん、レイジューを信用しなければならないことは百も承知で、出される合図には躊躇《ちゅうちょ》なくしたがう。そうはいっても、やはり不安を払拭するのはむずかしい。

舵輪を動かしながら、エンダーズは冷や汗をかいていた。汗で濡れた頬には風がいっそう強く感じられる。それでもエンダーズは、レイジューが伸ばした両手を見あげ、指示どおりに針路を変更した。

レイジューは船を南へ向かわせようとしている。サンゴ礁の切れ目を見つけて、そちらへ誘導しているのだろう。じきに船はその切れ目を通過する。そう思うと、ますます冷や汗が出た。

いっぽうハンターは、操船と無関係の問題に気をとられていた。レイジューやエンダーズには見向きもせず、船首から船尾にかけ、何度も何度も甲板をいったりきたりしつづける。スペイン艦は刻々と追いついてきつつあった。すでに向こうの主檣大横帆《メインコース》の上端が水平線上にはっきりと見える状態だ。軍艦は依然として総帆を広げているのに対し、島まで一マイルの距離にせまったいま、エル・トリニダード号はほとんどの帆をたたんでいる。

この間に、カサンドラ号はガレオン船の後方にまわりこみ、やや左舷側に位置をずらしてぴったりとついてきていた。エル・トリニダード号の航跡を正確にたどり、入江に進入するつもりなのだ。うしろにくっついて入江にはいるには、たしかにこうせざるをえないだろう。このままでは、動きの鈍いエル・トリニダード号の巨体に合わせてのろのろとしか進めず、吃水が浅いというスループ船の長所を生かせない。動きが鈍れば、スペイン艦の格好の標的となる。どのみち狙われるのなら、むしろガレオン船にぴったりへばりついているほうが、かえって安全といえた。

問題は、湾口に進入するときだ。二隻の船は相連なって入江にはいるわけだから、エル・トリニダード号が進入の途中でもたつけば、後続のカサンドラ号は船尾に激突し、両船とも損傷する危険がある。サンゴ礁の切れ目を通過中に衝突すれば、悲惨な結果は避けられない。どちらの船も、岩場やサンゴにぶつかって沈没してしまう。もちろん、サンソンがそういう危険を承知していることはわかっていた。そして、それでもなおエル・トリニダード号との距離をとらずについてくることもだ。

そうとう微妙な操船になりそうだった。ハンターは船首に駆けよると、モンキー・ベイにきらきらと光りさざめく太陽の照り返しを凝視した。このあたりまでくれば、島の本体から曲げた指のような形状の岬が伸びだして、その小高い丘とともども、湾を保護する防壁を形成しているのが見える。

サンゴ礁に口を開く切れ目の位置は、ハンターにはわからない。わかるのは、前方で輝くまばゆい海面のどこかに切れ目があるということだけだ。

メインマストをふりあおぎ、レイジューがエンダーズに指示を出すようすを見まもった。レイジューが手のひらを下に向け、それを下からこぶしで打つしぐさをした。

エンダーズは即座に、もっと帆をたためと命令を怒鳴った。この指示が意味するところはただひとつ――サンゴ礁の切れ目がすぐそこまで迫っているということだ。ハンターは目を細め、輝く海面を見つめた。あいかわらずなにも見えない。

「測鉛手！　右舷と左舷！」エンダーズが叫んだ。

すぐさま、船首の両側に一名ずつ陣どった測鉛手たちが、海底までの深さを叫びはじめた。最初の報告はハンターを不安にさせた。

「五、ちょうど！」

五尋《ひろ》――三十フィートか。すでにかなり浅い。エル・トリニダード号が通過できる深さは三尋、つまり十八フィートまでだから、余裕はほとんどない状態だ。サンゴ礁の浅瀬では、海中のサンゴが不規則なパターンを形成し、海底から十二フィートほど上まで突きでていることもめずらしくない。そして鋭いサンゴは、木でできた船体など、紙のように引き裂いてしまう。

つぎの叫び声はフランス語で、こういうものだった。

「五と半《サンク・エ・ドゥミ》」

すこしましになったな、とハンターは思った。

「六、強！」

　呼吸がいくぶん楽になってきた。この感じだと、外側のサンゴ礁はぶじ通りぬけたらしい。このあたりの島にはたいてい、島寄りの浅瀬にひとつ、やや深めの沖合にもひとつ、二重のサンゴ礁がある。船はそのサンゴ礁とサンゴ礁のあいだの、せまい安全水域に差しかかったのだ。だが、危険なのはむしろ、内側のサンゴ礁のほうだった。

「六、切った《モワン・シス》！」測鉛手の叫び声があがった。

　すでにまた浅くなってきている。ハンターはふたたび、メインマストの見張りの座につくレイジューを見あげた。前方に身を乗りだし、リラックスした姿勢をとっている。無造作といってもいいくらいの姿勢だった。その表情は見えない。

　事実、レイジューはリラックスしていた。あんまり力がぬけているので、いまにも檣楼の高みから落ちてしまいそうなほどだった。両手で上の手すりに軽くつかまり、上体を大きく前に乗りださせる。肩の力は抜けていた。というより、すべての筋肉から無用の力が抜けていた。

　だが、その顔はこわばり、口は固く引き結ばれている。はたからは、しかめつらのようにしか見えないだろう。そんな状態で歯を食いしばり、目をすがめ、まばゆい海面を凝視した。目をうっすらとあけて、その状態を長く維持している必要上、まぶたがひくひくと小刻みに動きだす。ふつうなら、これで気が散りそうなものだが、レイジューはそのひくつきに気がついてもいない。だいぶ前から、一種のトランス状態にはいっていたからである。

レイジューの世界は、いまやふたつの黒い影だけで構成されていた。行く手にある島と、すぐ下にある船の船首だ。両者を隔てるのは、まばゆい平坦な広がり——陽光に照らされて燦然《さんぜん》と輝く海面のみ。その海面は、催眠術的なパターンで波打ち、きらめきを放っている。そのきらめきに呑まれて、海面にはもう、ほとんど細部が見えない。

ときおり、海面に露出して波に洗われるサンゴが視界にはいってくる。だが、レイジューの目に見えるそれは、めくるめく白い光輝の中に一時的に出現する、ぽつんとした黒い点でしかない。

突風に船が揺れるときは、これも一時的に、一定のパターンをなしてきらめく、渦や流れのイメージが見える。

そういった例外的変化を除けば、海面は不透明で、目もくらむ一面の銀色だった。そんなきらめく表面のただなかを、純粋に記憶だけをたよりに、船を誘導していく。彼女の頭の中には、三十分以上も前、海岸からまだ遠く、行く手の海面のようすが鮮明だったときに見た、浅瀬、サンゴの露出部、砂州などの配置が克明に記録されていて、そのさいにとらえた海岸や海上の特徴とも組みあわせ、詳細なイメージ・マップができあがっているのだ。

真下の船体中央部を見おろせば、あたかも船体が透き通っているかのごとく、海面だけが見える状態で、そのイメージ・マップにおけるエル・トリニダード号の位置が明確にわかる。はるか下に広がる海面の、船の左舷側から、ばかでかいカリフラワーにそっくりの形をした、ノウサンゴの丸い露頭が近づいてきつつあった。これは船をすこし北へ向けたほうがいい。

右手をあげ、合図を出す。船首の黒いシルエットが、ぐっと向きを変えていく。やがて船首が海岸の枯れたヤシの木の方向を向くと、あげていた右手をさっとおろした。エンダーズが舵を固定し、新しい針路にそって船を進めはじめる。

　レイジューは目をすがめ、前を凝視した。せまい水路の両側にサンゴの露頭が見えている。船はその隙間に向かって直進していく。が、記憶のマップには、その隙間に進入するすこし手前の海中にサンゴの突出部があった。このへんで、わずかに右へ舵を切っておかなくてはならない。レイジューは右手を伸ばした。エンダーズはただちに針路を調整した。

　まっすぐ下を見おろす。第二のサンゴがすぐ横を通過していく。危険なほど船体すれすれだった。じっさい、海中のサンゴをかすって、船体が揺れた。しかし、船はどうにか障害をやりすごした。

　こんどは左手を伸ばす。エンダーズがふたたび針路を変える。やがて船首が枯れたヤシの木のほうへ向きをもどすと、レイジューは待機した。

　サンゴが船体をこする音に、エンダーズはぎょっとした。この恐ろしい異音にそなえて、神経を鋭く研ぎ澄まし、むきだしの状態にしてあったので、舵輪を握ったまま、文字どおり、その場で飛びあがった。だが、ガリガリという音とともに、振動が船首から船尾へ近づいてくるにつれて、船体はきわどいところでサンゴをかすめていることがわかった。深々と安堵の吐息をつく。

船尾で舵輪を握るエンダーズのもとへ、左舷をこする振動が徐々に近づいてきた。船尾がサンゴを通過するまぎわ、すばやく舵輪を放す。舵は海面下で船のいちばんもろい部分だ。船底のフジツボを掻き取る程度の接触であっても、サンゴにこすりつけられれば、固定した舵はあっさりとへし折れてしまう。ゆえに負荷はなるべく解放してやらなくてはならない。海中のサンゴをやりすごしたのち、エンダーズはふたたび舵輪を取り、レイジューの指示を待った。

「やれやれ、死ぬほど蛇行させてくれるじゃないか」

つぶやくエンダーズの操船にしたがって、エル・トリニダード号はきしみをあげ、改めてモンキー・ベイへと船首を向けた。

「四、切った！」測鉛手が叫んだ。

船首の左右には、測鉛索を海中にたらした測鉛手がひとりずつ立っている。そのふたりにはさまれる形で船首に立ったハンターは、前方のきらめく海面に目をすえていた。行く手はまぶしくてなにも見えない。左に目をやれば、海面のすぐ下を一群のサンゴがかすめていく。慄然とするほどの近さだ。だが、エル・トリニダード号はかろうじて衝突を回避できている。

「三と半《トロワ・エ・ドウミ》！」

ハンターは歯がみした。深さ二十一フィートか……そろそろぎりぎりの深さだな——そう思ったとたん、船はつぎのサンゴの群生にぶつかった。が、今回は鋭い衝撃がいちど走っただけですんだ。船底がサンゴの突出部をへし折ったのだ。船は進んでいく。

「三と一！」

また二フィート浅くなった。それでも、船はきらめく海面を切り、進みつづける。

「くそっ《メルド》！」

ふたりめの測鉛手が叫び、船尾へ駆けだしていった。ハンターには、なにがあったのかがすぐにわかった。測鉛索がサンゴにからみつき、それをとろうとしているのだ。

「三、ちょうど！」

ハンターは眉をひそめた。スペイン人の捕虜たちから聞いた話がほんとうなら、この船はもう、座礁していてもおかしくはない。エル・トリニダード号の吃水は三尋だと連中は請けあった。どうやらそれはまちがっていたようだ。船はなおも、すみやかに湾内へ進んでいく。ハンターは心の中で、スペインの船乗りのいいかげんさをののしった。

だが、吃水が三尋という話が、それほど的はずれであるはずがない。これほどの大きさの船ともなれば、それに近い深さは確実にある。

「三、ちょうど！」

船は進んでいく。そのとき——愕然とするほどの唐突さで、行く手にサンゴ礁の切れ目が見えた。前方で左右の海の上に突きでたサンゴとサンゴの間隔は、ぞっとするほどせまい。エル・トリニダード号は、そのせまい水路のちょうどまんなかを通りぬけしようとしている。船の両舷からサンゴまでの空間は、それぞれわずか一ヤードほどだ。

を祈った。

船尾のエンダーズを顧みた。エンダーズは左右のサンゴに目をやり、指を交差させて無事

「五、ちょうど！」

測鉛手がしわがれた声で叫んだ。固唾《かたず》を飲んでいた乗組員たちが、安堵の歓声をあげた。

船は環礁の内側へと――より深い海域へと抜けだしたのだ。島の北東部からは、曲げた指のように湾曲した丘がちの岬が南へ伸びだして、天然の防壁を形作っている。船は北へ向きを変え、その岬と島の東岸とのあいだに口をあける小さな入江へとはいっていった。

ここまでくると、モンキー・ベイの全体像が見わたせた。ひと目見ただけで、ハンターは気がついた。指揮下の二隻にとって、ここはあまり理想的な停泊地ではない。湾口こそ深いものの、岬に護られた奥へといくにしたがって、水深が急激に浅くなっていたからである。これだと、大型のガレオン船は、外海から直視できる位置に投錨せざるをえない。いろいろな理由から、この点はおおいに不安だった。

船尾にまわって後方を確認したところ、カサンドラ号はエル・トリニダード号のうしろにぴたりとくっつき、せまい水路をぶじに通過しおえようとしていた。カサンドラ号の船首に立つ測鉛手の不安そうな顔がはっきりと見える。その向こうにはスペイン艦の姿も見えた。距離は二マイルと離れていない。

だが、陽は沈みつつある。軍艦が日没前にモンキー・ベイへ進入してくることは不可能だ。そして、ボスケが夜明けに進入してくるのなら、その時点で、ハンターには迎え撃つ準備が

できている。

「錨をおろせ！」ハンターは怒鳴った。「早くしろ！」

黄昏《たそがれ》のなかで、エル・トリニダード号は身ぶるいして停船した。カサンドラ号がすぐ横を通りすぎ、入江の奥深くへと進んでいく。あちらは吃水が浅いので、もっと浅瀬まではいりこめるのだ。ややあって、サンソンの命令のもと、カサンドラ号の錨も海面に投げこまれ、二隻の船はともに錨泊した。

これで二隻の安全は確保されたことになる——すくなくとも、当面のあいだは。

28

サンゴ礁を通りぬけるさいの緊張から解放されて、二隻の乗組員はすっかり舞いあがり、黄昏《たそがれ》のあいだじゅう、大声を出してわめきあい、笑いあい、祝いのことばはもろちんのこと、ふざけて罵倒《ばとう》のことばを投げかけあった。だが、ハンターは一同の馬鹿騒ぎには加わらず、ガレオン船の船尾楼に立ち、深まりゆく宵闇をものともせずに急迫してくる軍艦を見つめていた。

スペインの軍艦は、やがて湾口から半マイルの位置まで近づいた。もう外側のサンゴ礁のすぐ外だ。ボスケというのはやけに豪胆な男だな、とハンターは思った。こうも暗くなったというのに、あんなに近くまでサンゴ礁へ近づいてくるのだから。これほどの、しかし無用の危険を、なぜ冒すのだろう。

やはり軍艦のようすを眺めていたエンダーズが、ハンターの心中の問いを口にした。

「なぜだろうな?」

ハンターは首をふった。軍艦が投錨するのが見える。錨が海面にぶつかるさい、水しぶきがあがった。

軍艦は入江のかなり近くにいる。わずかな海域を隔てて、スペイン語の命令を怒鳴る声も聞こえた。軍艦の艦尾では、水兵たちが盛んに動きまわっている。見ているうちに、第二の錨が投げこまれた。

「わけがわからん」エンダーズがいった。「深みの好きなところへ停泊できるのに、なんでわざわざ四尋《ひろ》のところへ停泊するんだ？」

ハンターは軍艦のようすを見まもった。さらにもうひとつ艦尾錨が投げこまれ、おおぜいが錨索を引っぱりだした。軍艦の艦尾が岸側に向かってぐーっと旋回しだす。

「なんてことだ」エンダーズがいった。「まさか、あいつら……」

「そのまさかだ」ハンターは答えた。「舷側《げんそく》をこちらへ向けようとしてる。錨をあげろ」

「錨をあげろ！」エンダーズは怒鳴った。乗組員たちはみな、きょとんとした顔をしている。

「帆を張れ！　大至急だ！」

エンダーズはハンターに向きなおり、進言した。

「岸に船を乗りあげさせよう」

「ほかに選択の余地はないいな」

ボスケの意図はもう明白だ。入江の入口、サンゴ礁の外ぎりぎりのところに錨泊したのは、標的を片舷の砲列の射程に収めるためだったのだ。あそこに陣どり、ガレオン船に夜どおし砲撃を加える腹にちがいない。座礁の危険を冒してでも軍艦の射程外へと逃げないかぎり、こちらは二隻とも、朝までには破壊されている。

そのとき、スペイン艦の砲門がつぎつぎに開くのが見えた。ついで、多数の砲がにゅっとせりだしてきたかと思うと、いっせいに火を吹いた。

何発もの砲弾がエル・トリニダード号の索具のあいだを通過し、船のまわりに水柱をあげはじめる。

「早く動かせ、ミスター・エンダーズ！」ハンターは怒鳴った。

それに応えるかのように、スペイン艦の砲列が二斉射めを放った。今回はいっそう狙いが絞りこまれており、何発かはエル・トリニダード号に命中して木片を飛散させ、索具を切断した。

「やりやがったな、ちくしょう！」

まるで自分自身が負傷したみたいに、エンダーズが痛そうな声を出した。

ガレオン船はどうにか動きだし、つぎの斉射までにはかろうじて射程外に逃げきることができたため、降ってきた砲弾の雨は、船がそれまでいた場所に、一直線の水柱の列をそそりたたせるだけにおわった。だが、すこしの乱れもない、みごとなまでの直線ぶりは、砲手の高い練度を物語っている。

「やるもんだな、連中」エンダーズがいった。

「おれたちのほうは――」とハンターは答えた。「操船術偏重のきらいがあるからな」

この時点において、すでに日はとっぷりと暮れており、四回めの斉射は、黒々とした軍艦のシルエットから発射される、熱くて赤い閃光の列として見えた。発射音は聞こえるものの、船尾方向の海面に立ち昇る水柱は、もはやほとんど見えない。

ここでようやく、岬の小高い丘がスペイン艦のシルエットをおおい隠した。

「錨をおろせ！」

エンダーズが叫んだ。が、指示を出すのが一瞬遅く、小さなガリガリという音とともに、エル・トリニダード号はモンキー・ベイの浅瀬の砂に乗りあげてしまっていた。


その晩、船室にひとりですわって、ハンターは現況を見なおした。座礁したという事実はあまり問題にならない。浅瀬に乗りあげたとはいえ、干潮時のことだから、何時間かすれば簡単に浮かせることができる。

当面、二隻は安全だ。ここは避難所として理想的な入江とはいいがたいが、とりあえずの役にはたつ。真水と食糧は、とくに切り詰めなくても、二週間以上持つだけの蓄えがあった。上陸して食糧と水さえ確保できれば——たぶん、できると思うが——何カ月でもモンキー・ベイにとどまっていられるだろう。

だが、それは嵐がくるまでの話でしかない。嵐がきたら破滅的なことになる。モンキー・ベイは海風の吹きこむ東に面しており、水深は浅い。この入江にいれば、二隻とも数時間でばらばらになってしまう。

しかも、いまはハリケーンの季節だ。そう何日もたたないうちに、かならずハリケーンがやってくる。それまでずっとモンキー・ベイにとどまっているわけにはいかない。

向こうもそれは読んでいるだろう。ボスケが忍耐づよい男なら、深みに沖がかりをして、このまま入江を封鎖し、悪天候を待つ。嵐がきたら、ガレオンはいやでも入江を脱出せざるをえなくなるから、そのときに攻撃してくるはずだ。

だが、ボスケが忍耐づよい男とはとても思えない。むしろ、その正反対だろう。これまでの行動や武勇伝から判断するかぎり、ボスケは有能かつ豪胆な男であり、隙あらば積極的に攻撃に出る男に思える。それに、悪天候になる前に向こうが攻撃したがる理由もいろいろとあった。

いかなる海上の交戦においても、悪天候は両者の力を伯仲させるものであり、弱い側には喜ばれ、強い側にはきらわれる。嵐はどちらの船も等しく翻弄《ほんろう》するが、強い側の船はとくに、優位性を著しく削がれてしまうのだ。ボスケはハンターの船が人員不足で、武装も弱いことを知っているにちがいない。

船室にひとりすわって、ハンターは会ったこともない男の心理をさぐり、その考えかたを推し量ろうとした。そして、明朝きっと、ボスケは攻撃してくるにちがいないと結論した。

その攻撃が行なわれるのは、陸からか、海からか、両方からか——。それはボスケが何人のスペイン海兵隊を乗せており、その兵たちをボスケがどれだけ評価しているかによる。

軍艦で捕虜になっていたとき、船底で見張りについていた兵士たちのことを思いだした。あの兵士たちはみんな、若くて経験も浅く、規律が乱れていた。あれではとうてい、あてにはできないだろう。

やはり、ボスケはまず、船で攻撃してくるはずだ。手はじめに、ガレオン船の姿が見えるところまでモンキー・ベイにはいってこようとする。おそらく、こちらが浅瀬にいて、操船がむずかしいことまで読んでいるにちがいない。

いまこの時点で、ガレオン船は船尾を——船でいちばんもろい部分を——入江の入口側に向けている。ボスケとしては、湾口のすぐ内側まではいってきて、片舷斉射を浴びせかけ、二隻とも沈めてしまえばいい。攻撃をためらう要素はなかった。ガレオン船の財宝は浅瀬にばらまかれるだけだから、あとで地元の者を雇って回収させればすむ。

ハンターはエンダーズを呼びにやり、スペイン人の捕虜たちを厳重に閉じこめておくよう指示した。ついで、屈強な私掠人《しりやくにん》全員にマスケット銃を持たせ、ただちに浜辺へ上陸させた。

モンキー・ベイにおだやかな夜明けが訪れた。風は微風で、空にはわずかな筋雲がかかり、それが払暁《ふつぎよう》の光を受けてピンク色に輝いている。スペイン艦では、乗組員たちがものうげに、だらだらと、朝の作業に取りかかった。そして、太陽が水平線からかなり高く昇ったころ、ようやく帆を張れ、錨をあげろとの命令が叫ばれた。

まさにその瞬間、湾口をはさんだ岬と岸辺の両岸から、それまで潜んでいた私掠人たちがいっせいに銃を撃った。完全に虚をつかれて、スペイン側の乗組員は驚愕したにちがいない。銃撃がはじまってすぐに、艦首錨を巻きあげていた水兵たちは全滅し、艦尾錨を巻きあげていた水兵たちも殺されるか負傷するかしていた。甲板上に姿の見える士官はみな狙い撃ちにされた。索具に取りついていた水兵たちも驚くほどの正確さで銃撃され、悲鳴を引いてつぎつぎに甲板へ落ちていく。

はじまったときと同じく、銃撃は唐突にやんだ。軍艦から見れば、岸辺には刺激臭の強い灰色の硝煙がただようばかりで、動きはなく、葉むらががさがさと揺れたりもせず、むしろ不気味なほどだったろう。

曲がった指の形をした小高い岬の、海側の突端に陣どったハンターは、望遠鏡で満足げに軍艦のようすを見まもった。軍艦からは混乱した叫び声があがっていた。張りかけた帆が、微風を受けてはたはたとはためいている。

それから数分たって、ようやく新たな水兵たちが横静索《シュラウド》に登っていき、あるいは甲板上で錨索の巻きとりを再開した。水兵たちは、最初はおそるおそるだったが、岸からこれ以上は銃撃されることがないとわかると、だんだん大胆になってきた。

ハンターは待った。

銃撃戦でなら、味方が圧倒的に有利なことはわかっている。マスケット銃も、マスケット銃兵も、射撃精度が低いのがあたりまえのこの時代にあって、私掠人は例外なしに、優秀な狙撃手なのである。ハンターの部下たちは、横揺れも縦揺れもはげしいスループ船の船上にあって、追跡してくる船の甲板にいる水兵たちを的確に撃ち倒すことができる。そんな手練《てだれ》たちが、すこしの揺れもない岸から撃つのだから、正確に当てるのは造作もない。簡単すぎて、娯楽にすらならないほどだ。

錨索がある程度まで巻きあげられるのを待って、ハンターはふたたび射撃の合図を出した。今回の斉射も、軍艦に甚大な被害をもたらした。ついで、ふたたび静寂。

ボスケもここにいたって、サンゴ礁の切れ目から入江に進入しようとすれば——これ以上、砂浜に近づこうとすれば——深刻な被害が出ると気づいたにちがいない。強引に切れ目を突破しようとすれば、最終的には湾内に進入できるかもしれない。だが、その時点ですでに、何十人もの——もしかすると何百人もの——部下が殺されている可能性がある。それよりもいっそう深刻なのは、索具の操作を指揮する掌帆長や、場合によっては操舵手までもが銃撃され、危険な水路のただなかで艦が制御を失い、ふらふらとただよいだすことだ。

ハンターは待った。命令を怒鳴る声が聞こえた。ついで、静寂。

ほどなく、艦首の錨索が海上に落下するのが見えた。錨を切り離したのだ。一瞬ののち、艦尾の錨索も二本とも切り落とされ、軍艦はゆっくりとサンゴ礁から離れだした。

マスケット銃の射程外に出てしまうと、すぐさま甲板に水兵たちが現われ、横静索《シュラウド》を登りだした。帆が展張されてゆく。

ハンターは待った。艦が回頭し、岸に向かってこないかどうかを見とどけるためだ。結局、もどってはこなかった。かわりに、北へ百ヤードほど移動して、そこで新たな錨をおろした。帆がたたまれていく。入江を護る小高い岬のやや沖で、錨をおろしたまま、艦は波に揺られはじめた。

「ひとまず——」エンダーズがいった。「——こんなところに落ちついたか。スペイン人は進入してこられない。おれたちも出てはいけない」

正午、モンキー・ベイは焼けつくような熱暑に包まれていた。風はそよりとも動かない。ハンターは灼熱のガレオン船の甲板を歩きまわり、熱で軟化して染み出たピッチが足の裏にねばつくのを感じながら、自分の置かれた状況の皮肉さを考えた。今世紀最大の私掠襲撃を計画し、大成功をあげたというのに――スペインの戦列艦一隻に行く手をはばまれ、こんな息の詰まる暑い入江に閉じこめられてしまうとは。

ハンターにとってはじつにはがゆい局面だったが、乗組員たちにしてみれば、それに輪をかけてはがゆいにちがいない。私掠人というものは、船長に導きと新たな計画をもとめる。いまのハンターには両方ともにない。それはだれの目にも明らかだった。船内にはすさんだ雰囲気がただよいはじめた。だれかがラム酒の蓄えに手をつけ、それで喧嘩騒ぎが起きた。別の場所では、言いあいが決闘騒ぎにまで発展した。エンダーズがあわてて止めにはいったときにはもう手遅れで、かたほうが絶命していた。ハンターは、今後、仲間を殺した者は、船長みずから処刑するとの通達を出した。これ以上、乗組員が減るのはこまる。個人的ないさかいは、ポート・ロイヤルに上陸するまで、待ってもらわなくてはならない。

「あいつら、がまんできるかな」

いつにもまして陰鬱な声で、エンダーズがいった。

「できるさ」とハンターは答えた。

ややあって、ハンターがレディ・サラとともに、メインマストが落とす日陰にいたときのこと――またしてもピストルの音が轟いた。下の甲板のどこかからだった。

「あれはなに？」レディ・サラが顔色を変えてたずねた。

「くそっ」ハンターは毒づいた。

すこしして、じたばたともがく船乗りを両手で真上に持ちあげ、大柄なバッサが主甲板にあがってきた。そのすぐうしろには、悄然とした顔のエンダーズもつづいている。

ハンターは船乗りを見た。まだ二十五なのに半白で、名前をロックウッドという、あまりよく知らない男だった。

「こいつでパーキンズの耳を撃ちやがった」

エンダーズがいって、ハンターにピストルを差しだした。

乗組員たちが、すこしずつ主甲板にあがってきた。強烈な太陽に照りつけられて、みんな顔をしかめている。

「なにをするつもり？」ハンターはベルトから自分のピストルを引き抜き、点火薬をたしかめた。

「あなたには関係ないことです」ハンターを見つめて、レディ・サラがたずねた。

「でも――」

「向こうを向いていなさい」ハンターはうながし、ピストルをかかげた。

〈ムーア人〉ことバッサがロックウッドを甲板に降ろす。ロックウッドはひどく酔っており、まもとに顔をあげることもできない状態でその場に立った。

「あの野郎がよぉ、おれをだましやがったもんで――」ロックウッドはいいかけた。

ハンターは撃った。問答無用で、頭をだ。脳漿《のうしょう》が甲板と舷縁《げんえん》に飛び散った。

「な、なんということを!」レディ・サラ・オルモントがうわずった声を出した。

「海に捨てろ」ハンターは命じた。

バッサは死体をつかみ、舷縁に引きずっていった。訪れた真昼の静寂のなか、足が甲板に引きずられる音が異様に大きく響く。ややあって、大きな水音がした。死体が海に投げ捨てられたのだ。

ハンターは乗組員たちを見まわし、大声で呼びかけた。

「新しいキャプテンを選びたいやつはいるか?」

船乗りたちはのどの奥でうなり、一様に背を向けた。だれも口をきかない。ほどなく、甲板は掃除された。照りつける太陽を避けるため、船乗りたちは下へと降りていった。

ハンターはレディ・サラに顔を向けた。総督の姪はなにもいわなかったが、なじるような視線をこちらに向けていた。

「連中は荒くれ者ぞろいです」ハンターはいった。「だからこそルールのもとに生きている。おれたちみんなが受けいれているルールのもとにね」

レディ・サラはなにもいわず、くるりと背を向け、歩み去っていった。

ハンターはエンダーズを見た。エンダーズは肩をすくめてみせただけだった。

その午後遅く、軍艦に新たな動きが出たとの報告が見張りからとどいた。艦載の長艇《ロングボート》がすべて、軍艦の外洋側に——つまり、島からは見えない側に降ろされたというのだ。一隻もこちら側にこないところを見ると、まだ艦に舫《もや》われているらしい。主甲板からは大量の煙が立ち昇っている。火を起こしてなにかをしているようだが、目的ははっきりしない。そんな状況が日没までつづいた。

夜の訪れはありがたい。ひんやりした宵の空気のもとで、ハンターはエル・トリニダード号の砲列甲板にならぶ大砲を検分した。個々の砲のそばで足をとめては、砲身に手をふれ、まだ昼間のぬくもりが残る青銅に指を走らせる。ついで、きちんと整理された附属品を検査した。突き棒、火薬袋、散弾、点火用の羽柄《うへい》、目盛つきのバケツにいれた遅燃性の火縄。

すべての砲はいつでも発射できる状態にあった。これだけの火力、これだけの制圧力が、いつでも行使できる状態に整備されている。必要なものはすべてそろっているのだ。なのに、これを使う砲手がいない。そして砲手がいなければ、大砲は存在しないに等しい。

「物思いにふけっていらっしゃるようね」

ぎょっとして、ハンターはふりかえった。そばにレディ・サラが立っていた。身につけているのは白い寝間着《シュミーズ》だ。暗闇のなかでは、それが下着のように見える。

「男がうようよしているところで、そんな服装をしてはいけません」

「暑くて眠れないんですもの。それに、心が波だったままだから。昼間見た光景で……」

そこから先は、尻すぼみに消えた。

「動揺しましたか？」

「あんな野蛮なふるまいは見たこともありません。陛下でさえ、あんな横暴はなさらないわ。チャールズ陛下は、あれほど無慈悲でも、あれほど専横でもないんです」

「チャールズはチャールズで、することがあるんでしょう——いろいろとお娯《たの》しみがね」

「そうやって、すぐそらとぼけて」

この暗闇のなかでも、レディ・サラの目に怒りらしきものが浮かんでいるのが見てとれた。

ハンターはいいかけた。

「いいですか、マダム……この社会では——」

「社会？　あなたはこれを——」大きく手をふり動かして、船全体を、そして甲板で眠っている男たち全体を指し示し、「——社会と呼ぶの？」

「当然です。人が集まるところ、行ないを規制するルールができる。ここの連中のルールは、チャールズの宮廷のものとも、ルイ《ルイス》の宮廷のものとも、わたしが生まれたマサチューセッツ植民地のものともちがう。それでも、尊重しなければならないルールはたしかにありますし、それを破った者は、罰を受けなくてはならないんです」

「哲学者でいらっしゃること」闇の中で聞こえる声が皮肉の響きを帯びた。

「わたしは自分が知っていることをしゃべっているだけにすぎません。チャールズの宮廷で、王に敬意を示さなかった者はどうなります？」

レディ・サラは鼻を鳴らした。ハンターのいわんとすることがわかったのだ。

「ここでも理屈はまったく同じですよ」ハンターはいった。「あの連中は、気性のはげしい荒くれ者ぞろいだ。それでも、わたしの差配下につく以上、命令にはしたがってもらわねばならない。そして、わたしにしたがうというのなら、敬意をはらってもらわねばならない。さらに、わたしに敬意をはらう以上、わたしを権威として——それも、絶対的な権威として認めてもらわなくてはなりません」

「まるで王さまのような口ぶりね」

「船長は王です。乗組員の王なんです」

レディ・サラは近づいてきた。

「だとしたら、お娯しみも勝手気まま？　王のように？」

答えを口にしようとしたとき、いきなりレディ・サラが抱きついてきた。そして、背中に両腕をまわし、キスをした——それも、熱烈なキスを。ハンターも反射的に抱擁《ほうよう》を返した。

ややあって、たがいにからだを離したとき、レディ・サラはいった。

「わたし、ほんとうに怖いの。ここはなにもかも、奇妙なことだらけ……」

「マダム——わたしにはあなたを、あなたの伯父上にしてわが友であるサー・ジェイムズ・オルモント総督のもとへ、安全に送りとどける義務があります」

「そんなに杓子定規にならなくてもよろしいのに。あなた、ピューリタン？」

「生まれたときはね」そういって、ハンターはふたたびキスをした。

「では、もしかすると——あとでまた」とレディ・サラはいった。

「ええ、もしかすると」

暗闇のなかで、最後にもういちど、レディ・サラはハンターを見つめてから、下の甲板にある部屋へ去っていった。ハンターは大砲の一門にもたれかかり、歩み去るレディ・サラを見送った。

「——なかなか情熱的じゃないか、ええ？」

背後からの声に、ハンターはふりかえった。エンダーズだった。にやにや笑っている。

「貴婦人、一線を越える、か。いまにも火がつきそうだな」

「そうらしい」

エンダーズは大砲の列を見やり、手近の一門をぴしゃりとたたいた。鈍い音がした。

「はがゆいよなあ、まったく。これだけ大砲がそろっていながら、射つ人員がいないってんだから」

「おまえも眠っておいたほうがいいぞ」

ハンターはひとこと忠告し、その場をあとにした。

だが、たしかにエンダーズのいうとおりだ。大砲にそって歩くにつれて、レディ・サラのことは意識から消え、思いは大砲のことにもどっていった。脳の一部は、つねにこの問題を考えている。答えをもとめて、何度も何度も堂々めぐりをつづけている。この大砲を有効に使う方法が、なにかしらある気がしてならない。いまは忘れてしまったが、むかしは知っていた方法がある気がしてならない。

レディ・サラはハンターのことを野蛮人だと思っているようだ。いや、もっと悪いことに、ピューリタンだと思いこんでいるらしい。そう思ったとたん、暗闇のなかで苦笑が浮かんだ。じっさいには、ハンターは教育のある人間だ。中世以降に定義されてきた主要な知識分野はひととおり修めている。古代の歴史――ローマやギリシアの歴史も知っている。自然哲学も、宗教学も、音楽理論もだ。もっとも、学生時代には、そういったものにはまるっきり関心が向かなかったが。

ハンターは若い時分でさえ、遠いむかしに死んでしまった思索家の見解よりも、実用的で経験主義的な知識のほうにずっと興味をかきたてられていた。いまどきは、ちゃんと教育を受けている子供なら、世界がアリストテレスのどんな夢想も遠くおよばないほど大きいことを知っている。ハンター自身、ギリシア人が存在を知らなかった大陸で生まれた。

しかし、いま、教養としてたたきこまれた学問のなんらかの要素が、自分の精神の注意を引こうとしている気がしてならない。頭にちらつくのはギリシアのことだ。ギリシアまたは、ギリシア人のなにかだ。だが、それがなんなのか、なぜ気になるのかがわからない。

そのとき、カサーリャの船室にかかっていた油絵のことが思いだされた。あれを見たのはスペイン艦で捕虜になったときのことで、当時はあの絵の存在などほとんど意識にのぼりもしなかった。いまでも、はっきりと憶えているわけではない。だが、軍艦で見たあの絵には、心のなにかを刺激するものがあった。なんらかの形で、あの絵には重要ななにかがあった。

そんな気がする。

いったいなにがこんなに引っかかるのだろう？　あの絵のことはなにも知らない。あれを見たときは、壁飾りにするのがせいぜいの、たいしてうまくもない絵描きによるものとしか思えず、こんなしろものに興味を引かれるのは、金を払って自分の肖像画を描かせるような――その手の肖像画は本人よりも立派に修整してあるものと相場が決まっているのだが――虚栄心が高くて裕福な貴族くらいしかいないだろうと思ったものだった。

絵描きという連中は、後援してくれるパトロンをもとめ、漂泊の民のように国から国へと渡り歩く、とるにたらない者たちだ。家を持たない根なし草、勝手気ままな連中で、自分の生まれた故国にも確固たる帰属意識を持たない。ハンター自身は、父母がイングランドからマサチューセッツへ逃げてきた事実があるにもかかわらず、自分が純粋なイングランド人であり、敬虔《けいけん》なプロテスタントだと考えていた。カトリックであるスペイン人は敵だ。そして、自分と同程度の愛国心を持たない者は、どうにも理解できない存在だった。そんな視点からすれば、絵を描くことしか考えられないやからというのは……忠誠心が欠如しているとしか思えない。

だが、画家は放浪する。ロンドンにはフランスの画家がいるし、スペインにはギリシアの画家がいる。イタリアの画家にいたっては、どこの国にもいるありさまだ。戦時にあっても、絵描きは自由に国々を出入りする。イタリア人はとくにその傾向が強い。イタリアの画家はいたるところにおおぜいいる。

それのどこが、こんなにも気になるのか？

暗い船内を、大砲から大砲へと歩いていった。一門に手をふれた。その砲尾には、こんな標語《モットー》が刻印されていた。

常に勝利す《センペル・ウインキト》

なんとも皮肉なことばだった。常勝などというのは、とうていむりな相談だ——装塡《そうてん》し、照準をつけ、発射する砲手がいなければ、戦うことすらもできない。ハンターは刻印された文字をなぞり、溝に指先を走らせ、精妙でなめらかなSの字のカーブや、Eの字の凜《りん》とした直線を味わった。

常に勝利す《センペル・ウインキト》

ラテン語の引き締まった簡潔さには独特の力強さがある。この二語に凝縮された勇猛さ、骨っぽさはどうだろう。イタリア人がこのすべてをなくしてひさしい。いまのイタリア人は軟弱で華美に流れる。その軟弱さを反映して言語も変質してしまった。カエサル《シーザー》が武骨にも口にした〝来たれり《ウェーニ》、見たり《ウィーディ》、勝てり《ウィーキ》〟からは、ずいぶん遠くまできたものだ。

勝利す《ウインキト》

標語《モットー》のうち、二番めの単語のほうは、なにかを暗示しているように思える。そのすっきりとした直線を見つめるうちに、心の中にはますます多数の直線が——直線や角度が浮かんできて、思いはギリシアのことや、ユークリッド幾何学のことに引きもどされた。学生時代、ユークリッド幾何学は大の苦手だった。〝すべての直角はたがいに等しい〟だの、〝ひとつの直線がふたつの直線と交わるときうんぬん〟だの、そこにいったいどんな意義があるのか、ハンターには理解できたためしがない。そうなるからといって、なんだというのだろう。

勝利す《ウインキト》

ここでふたたび、カサーリャの絵画を思いだした。あれは軍艦の艦長室には不釣り合いで、なんの役にもたたない芸術作品だった。芸術でこまるのはそこだ。芸術には実用性がない。愛はすべてに勝つ《オムニア・ウィンキト・アモル》が、芸術はなにものにも勝てないのである。

勝利す《ウインキト》

勝利、か。

ハンターはこのモットーの皮肉に苦笑した。こんな文字を刻まれているというのに、この大砲はなにものにも勝てない。ハンターにとって、この大砲はカサーリャの絵画と同じほど役にたたないものだ。ユークリッドの公準と同じくらい役にたたないものだ。

疲れた目をこすった。

こんなことをうだうだと考えていても、どこにもたどりつけはしない。ひらめきも目的も目標もないままに、閉じこめられた場所から脱出しようとして出口が見つからず、思考は鬱々《うつうつ》として、いつまでも同じところをぐるぐる堂々めぐりするばかりだ。

そのとき、叫び声が聞こえた。船乗りがなによりも恐れるその叫び声とは——。

「火だ！」

29

大急ぎで主甲板に駆けあがった。

ガレオン船に近づいてくる六隻の火船が見えた。いずれも軍艦に艦載の長艇《ロングボート》だ。艇体にピッチを部厚く塗られて盛大に燃えあがり、まわりの海面を煌々《こうこう》と照らしながら、こちらへ向かって押し流されてくる。

この攻撃を見ぬけなかった自分をハンターはののしった。昼間、軍艦の主甲板でもうもうと立ち昇っていた煙は明白な手がかりだったというのに、その意味に気づきそこねたのだ。

だが、自分を責めてむだにしている時間などはない。すでにエル・トリニダード号の船乗りたちは、ぞくぞくと舷縁《げんえん》を乗り越え、ガレオン船の舷側《げんそく》に舫《もや》ったみずからのロングボートに乗りこみつつある。

最初の一隻が発進した。近づいてくる火船をめざし、船乗りたちは懸命に漕ぎ進んでいく。

ハンターはくるりとふりむき、エンダーズにたずねた。

「見張りはなにをしていた？　どうしてこんな事態になったんだ？」

エンダーズはかぶりをふった。

「わからん。見張りはちゃんと、岬の砂浜とあっち側の砂浜に配しておいたんだが」

「くそっ！」

見張りたちが配置場所で眠りこんでしまったのか、でなければ闇にまぎれてスペイン人が浜辺に泳ぎつき、見張りを急襲して殺してしまったのか、どちらかだ。話しているうちにも、味方の船乗りを満載したロングボートの一隻めが炎上する火船の一隻めに接近し、オールで船の向きを変え、あるいは火を消そうとしだした。ひとりが悲鳴をあげて海中に飛びこんだ。からだに火が燃え移ったのだ。

ハンターもみずから舷縁を乗り越えて、ロングボートの一隻に飛びおりた。船乗りたちがオールをあやつりだす。燃える火船に馳せ向かう途中、全員が頭から海水をかぶった。入江の奥側をふりかえれば、サンソンもカサンドラ号搭載のロングボートに乗りこみ、火消しに出発しようとしている。

「いいか、火からなるべくからだを遠ざけて消火しろよ！」

焦熱地獄めざして進みながら、ハンターは怒鳴った。五十ヤードの距離を隔てているのに、火船の放つ熱はすさまじいばかりだ。炎は高々と燃えあがり、夜空を真っ赤に焦がしている。燃えるピッチの塊から、ときおり熱い粘性物質の小塊が四方八方へと爆《は》ぜ、そのたびに海水に飛びこんで、ジュッという音をたてた。

それからの一時間は、掛け値なしに悪夢の連続だった。一隻、また一隻と、炎上する火船は浜辺に乗りあげさせられ、あるいは艇体が燃えて沈むまでその場に押しとどめられた。

やっとのことでハンターがガレオン船にもどってきたときには、全身ススにまみれ、服もボロボロになっていた。帰りついたとたんに、ハンターはたちまち倒れこみ、そのまま深い眠りに落ちた。

エンダーズに揺り起こされたのは、夜が白々と明けてからのことだった。サンソンがエル・トリニダード号の船倉にきているという。

「おもしろいものを見つけた、とあいつはいうんだが」

エンダーズは疑わしげな声になっている。

ハンターは新しい服に着替え、四層の甲板を下り、エル・トリニダード号の船倉へ降りていった。

最下甲板で、すぐ上の甲板から落ちてきた牛糞がこうばしい香りを放つなか、サンソンはにやにや笑いを浮かべてハンターたちを出迎えた。

「たまたま見つけたのさ」とサンソンはいった。「おれの手柄じゃない。まあ、見てやってくれ」

サンソンは先に立ち、下のバラスト室に降りていった。バラスト室の天井は低くてせまく、室内は蒸し暑い。船底にたまった汚水《ビルジ》が、船体のゆっくりとした揺れに合わせて足を洗っている。バラストには大きな石が使われているようだった。そこで、ハンターは眉をひそめた。これは石ではない。石にしては形が規則的すぎる。こいつは——砲弾だ！

一個を手にとり、上下にふって、重さを測ってみた。鉄製らしい。水垢《みずあか》と汚水でぬるぬるする。サイズは小さめだ。

「五ポンド砲弾だな」サンソンがいった。「しかし、五ポンド程度の砲弾を射ちだす大砲は、砲列甲板にはない……」

なおもにやにやしつつ、サンソンはハンターを船尾へ連れていった。ちらつくランタンの灯火のもとに浮かびあがったのは、なかば水没した物体だった。ひと目見たとたん、正体はすぐにわかった。

これはセーカー砲――いまはもう艦載砲としては使われない小型の大砲だ。セーカー砲は三十年以上も前に時代遅れとなり、もっと小型の旋回砲か、逆にずっと大きな大砲に取って代わられている。

ハンターはセーカー砲にかがみこみ、水中に沈んだ部分を手でさぐった。

「使いものになるのか？」

「青銅だからな」サンソンは答えた。「〈ユダヤ人〉にいわせれば、充分使えるそうだ」

砲の表面をなでてみた。青銅なので、ほとんど腐食していない。サンソンに視線をもどす。

「どうやらスペイン人たちに、みずからが秘蔵していた珍味を味わわせてやれそうだぞ」

とハンターはいった。

セーカー砲は、小型とはいえ、全長七フィートの青銅のかたまりで、重量は千六百ポンドにも達する。発見されたセーカー砲を苦労してエル・トリニダード号の甲板まで運びあげるのに、午前中の大半がつぶれた。甲板に出したあとは舷縁から吊りあげ、下で待機しているロングボートに降ろした。

太陽の熱暑のもと、作業は苛酷をきわめた。しかも、あつかいにはこのうえない繊細さを要求される。エンダーズは声が嗄《か》れるまで指示と罵言《ばげん》を怒鳴りつづけた。そのかいあって、セーカー砲は羽毛のように、そうっとロングボートの上に降ろされた。砲の重みを受けて、ボートが危険なほど深く沈みこむ。海面から船縁《ふなべり》までの高さはせいぜい数インチしかない。それでも、ハンターたちはなんとか艇を安定させ、岬の突端めざして曳航を開始した。

ハンターはモンキー・ベイを囲いこんで湾曲する細い岬の、小高い丘の上にセーカー砲を据えつけるつもりだった。あそこからなら沖のスペイン艦を射程にとらえられる。あの位置であれば反撃される恐れもない。スペイン艦の砲は射角がたりなくて応戦できないのに対し、ハンターの部下は弾がつきるまで砲撃を加えられるはずだ。

ほんとうに問題となるのは、いつ砲撃を開始するかだった。セーカー砲の威力については、ハンターも幻想をいだいてはいない。五ポンド砲弾で与えられる損害などたかが知れている。よほど何発も射ちこまないかぎり、たいしたダメージは与えられないだろう。だが、夜間に砲撃をはじめれば、スペイン艦は動揺し、あわてて錨索を切り離して、射程外へのがれようとするかもしれない。そして、夜間の浅瀬で不用意に動けば、船は座礁しやすく、沈没する可能性さえある。

ハンターが期待していたのは、まさにそれだった。

いまにも沈みそうなロングボートに載せられて、セーカー砲はゆっくりと運ばれていく。やがて岬の岸に到着すると、船乗りたちがうんうんうなりながら三十人がかりで持ちあげ、浜辺に動かした。そこからはコロに載せて、一フィートずつ、丘のふもとの茂みまで押していった。

茂みから先は、密生したマングローヴとヤシの木々をぬい、人力で押して、丘の頂上まで運びあげねばならない。ウインチも滑車装置も使えないので、地獄のような作業だったが、それでも乗組員たちは腰を曲げ、かなりのペースで頂上まで運びあげた。

砲の運搬係以外も、重労働という点では変わりない。〈ユダヤ人〉の監督のもと、五人は鉄の砲弾から懸命に錆《さび》を落とし、火薬袋に火薬を詰める作業に追われた。熟練した船具職人である〈ムーア人〉は、セーカー砲の左右につきでた砲耳に合うサイズの砲架を造らされた。

ともあれ、日没までには、セーカー砲は砲架に載せられ、丘の頂の好位置に設置されて、軍艦を見おろしていた。ハンターはもう何分か待ってから、あたりに宵闇が忍びよるころ、満を持して砲撃命令を発した。

一発めはスペイン艦を大きく飛び越え、外洋側に水柱を立てただけだった。が、二発めはスペイン艦に命中した。三発めもだ。この時点で海上は暗くなり、もう照準を定められなくなった。

それでも、それから一時間ほどは、スペイン艦がいるはずの位置めがけて砲弾を射ちこみつづけた。そのうちに、とうとう闇の中で白帆が広がるのが見えた。

「逃げだすぞ！」エンダーズが嗄《か》れはてた声で叫んだ。

　丘の上で砲手たちが歓声をあげた。風の向きは潮の向きと反対だったので、軍艦が巧みに帆を動かし、錨地から前進しだすまで、もう何発か射ちこむことができた。砲手たちは一定の速度で延々と砲撃をつづけ、軍艦の帆が闇に呑まれて見えなくなってからも、ハンターの命令のもと、おおむね軍艦がいるであろう方向へ砲弾をたたきこみつづけた。セーカー砲の発射音は、ひと晩じゅうやむことがなかった。

　やがて暁光《ぎょうこう》が兆すころ、ハンターたちは固唾《かたず》を呑み、夜どおしの砲撃の成果が見えてくるのを待った。軍艦はふたたび投錨していた。岬から四分の一マイルのあたりだ。朝陽が軍艦の向こう側から昇ってくるため、黒いシルエットとなって状況がよくわからないが、大きな損害を受けたようすはない。多少の損害を与えたことはわかっていたが、どの程度までかは、この位置関係では量りようがなかった。

　だが、シルエットをしばし眺めるうちに、ハンターは失望した。投錨した軍艦の揺れかたからすると、深刻な損害は出ていない。よほど悪運が強いのだろう、暗くなったあとで入江付近の海域を移動したというのに、サンゴにぶつかることも座礁することもなかったようだ。中檣帆《トップスル》の帆桁《ほげた》が一本折れ、だらんとぶらさがっているのが見えた。索具も何本かちぎれているし、艦首の板が割れたり削げたりしているのも見える。だが、それらはいずれも軽微な損傷にすぎなかった。ボスケの軍艦は、ほぼ無傷にちかい状態で、朝陽に照らされる沖合に揺れていたのだ。ハンターは疲れがどっとのしかかってくるのをおぼえた。精神的落ちこみが大きい。それからもしばらくのあいだ、ハンターは軍艦を眺めていたが――そこで、ある独特の動きに気がついた。

「あれは、まさか……」小さくつぶやく。

となりで眺めていたエンダーズも、やはりそれに気づいたようだった。

「縦揺れの周期が長めだな」

「順風であの状態か」

「アイ。あと一日かそこらは順風がつづく」

ハンターは、投錨したスペイン艦を前後に揺らすゆるやかなうねりを見つめ、毒づいた。

「どっちからくる？」

「たぶん……真南だろう。いまごろの時期だとな」

夏の終わりを迎える時期は、いつハリケーンが発生してもおかしくない。これはだれもが知っていることだ。しかし、場数を踏んだ船乗りであるハンターたちなら、恐るべき大嵐の到来時期を二日前には察知することができた。最初期の兆しは、例外なく海面に表われる。時速百マイルもの暴風雨によって押しやられる波の変化は、はるか遠くにまで波及するのだ。

ハンターはいまだ雲ひとつない青空を見あげた。

「いつごろくると思う？」

エンダーズがかぶりをふる。

「遅くとも、明日の晩か」

「くそっ！」

ハンターはののしった。モンキー・ベイに向きなおり、ガレオン船を眺めやる。船は投錨したまま大きく上下に揺れていた。満ち潮とはいえ、たしかに潮位が異常に高い。

「くそっ！」

もういちど毒づいて、船への帰途についた。


ぎらぎらと照りつけてくる真昼の太陽のもと、ハンターはささくれだった気分で主甲板を歩きまわった。地下牢の独房に閉じこめられている男のような歩きまわりぶりだった。当然、丁重な会話ができる精神状態ではない。よりによってこんなときに話しかけてくるのだから、レディ・サラ・オルモントも間が悪いというほかはなかった。しかも、いうにことかいて、ロングボートと船乗りを手配し、岸辺まで送ってほしいという。

「なんのために？」

ハンターはぶっきらぼうにたずねた。そのいっぽうで、心の奥底では、昨夜、船室を訪ねなかったことについてはなにもいわないんだな、とけげんな思いをいだきもした。

「なんのために、ですって？　自分の食事用に、フルーツと野菜をとってくるためですわ。この船には、どちらも載せていないでしょう？」

「あなたの要請に応える余裕など、これっぱかりもありません」

それだけいって、背を向けた。

「船長」片脚で甲板を踏みつけて、レディ・サラはいった。「これは憶えておいて。わたしにとって、食事はけっして軽んじていい問題ではありません。わたしは菜食主義者なんです。肉は食さないの」

ハンターはふりかえった。

「マダム——あなたの常軌を逸した嗜好《しこう》なんかどうでもいいし、そんなことにかまけているひまはない。そんな気まぐれを許容する辛抱もありません」

「常軌を逸した嗜好、とおっしゃったわね？」レディ・サラの顔色が変わった。「なんにも知らないようだから、教えてあげる。史上最高の精神の持ち主たちは、みんなベジタリアンなのよ。プトレマイオスからレオナルド・ダ・ヴィンチにいたるまで、みんなそう。それに、もうひとつ教えてあげるわ。あなたはそこらにいるありふれたならず者で、無礼な田舎者だということよ！」

ここにいたって、ハンターもついに怒りを爆発させ、レディ・サラに劣らず激した口調で切り返した。

「マダム」そういって、海を指さす。「あなたこそ、なにもごぞんじないようだ。あの海の変化がわからないんですか？」

レディ・サラは当惑して黙りこんだ。沖にわずかな三角波が立っていることには気づいているかもしれない。だが、ハンターがここまで大仰《おおぎょう》に心配する理由はわかっていないだろう。

「これほど大きな船だもの、あんな波くらい、どうということはないでしょう？」

「たしかに。当面はそうです」

「空だって晴れてるし」

「当面はね」

「わたしは船乗りじゃないのよ、船長」

「マダム――あのうねりはだんだんと長く、大きくなりつつある。それが意味するところはただひとつしかない。まる二日のうちに、ハリケーンが襲ってくるということです。これでわかりましたか？」

「ハリケーンというのは、すさまじい嵐のことよね？」

前に学習したことを思いだそうとするかのような口調で、レディ・サラはいった。

「すさまじい嵐？　そんな生やさしいものじゃありません。ハリケーンが襲ってきたとき、まだこのせまい入江に閉じこめられていれば、この船は跡形もなくばらばらになってしまう。これでわかりましたか？」

憤懣《ふんまん》やるかたない思いで、ハンターはレディ・サラを見つめ、真実を見てとった。だめだ、やはりわかっていない。きょとんとした顔をしている。ハリケーンを自分の目で見たことがないため、海上で遭遇するどんな嵐よりもはるかに激烈な暴風雨というものを想像できないのだ。

しかしハンターは知っている――〝すさまじい嵐〟とハリケーンとのあいだには、小型の愛玩犬と野生の狼ほども大きなちがいがあることを。

激昂した口調で懸念を吐きだしたあと、ハンターはレディ・サラに答えるひまを与えず、くるりと背を向け、索止め栓《ビレイイピン》にもたれかかった。すこしきつくあたりすぎたことは自分でもわかっている。それに、向こうにはこちらの心配ごとを分かちあうべき理由がないのに対し、こちらにはレディ・サラの希望を聞きいれるべき理由があった。なにしろ、ゆうべはひと晩じゅう、火傷《やけど》をした船乗りたちの手当てをしてくれたのだから。貴婦人にしては、ずいぶん奇矯《ききよう》なふるまいではあったが、これには感謝している。

ふたたびレディ・サラに向きなおり、ハンターは静かな口調でいった。

「失礼、いいすぎました。たのみごとはエンダーズになさい、岸へ送る手配をしてくれます。その気高い伝統とやらを好きなだけ堪能されるがいいでしょう。プトレマイオスだの、ダ・ヴィンチだの――」

ことばの途中で、ハンターは黙りこんだ。

「船長？」

ハンターはじっと宙を見つめるばかりだ。

「船長、だいじょうぶですの？」

だしぬけに、ハンターはレディ・サラを置き去りにし、足早に歩きだした。

「ドン・ディエゴ！」歩きながら〈ユダヤ人〉の名を大声で呼ぶ。「だれかドン・ディエゴを見つけてこい！」

ドン・ディエゴがハンターの船室に駆けつけてみると、ハンターはすごい勢いで何枚もの紙になにかを書きつけているところだった。デスク上には多数のスケッチが散らばっている。

「うまくいくかどうかはわからない」ハンターはいった。「前に聞きかじっただけだから。フィレンツェ派《フロレンティーン》のダ・ヴィンチが提案したが、ついに顧《かえり》みられることはなかった方式だ」

「兵士というものは、芸術家のいうことには耳を貸さんものだよ」

ハンターは〈ユダヤ人〉をじろりとにらみ、

「内容を問わずにな」といった。

ドン・ディエゴは何枚もの図に目をやった。どれも船の船殻で、真上から見た図だ。その船殻を貫いて、多数の線が描いてある。ハンターはつぎの図を描いた。

「発想は単純だ」ハンターはいった。「ふつうの船の場合、一門一門の大砲に砲手長がつく。砲手長は受け持ちの一門の発射についてのみ責任を持つ」

「ふむ……」

「装塡《そうてん》と押出《おしだし》がおわったら、砲手長は砲尾のうしろにしゃがみこみ、方位を合わせる。左右の梃子《てこ》係と引縄《ひきなわ》係に指示しながら、自分が最良と思う方位へ砲を向けさせるんだ。つぎに、別の部下に命じて、しかるべき仰角になるよう、楔《くさび》を打ちこませる——これもまた、自分が最良と思う仰角になるようにな。そして砲撃。個々の大砲は、こんな手順で発射を行なう」

「ふむ……」〈ユダヤ人〉はうなずいた。

ドン・ディエゴも、大型砲が発射される場面そのものは見たことがないが、一般的な発射手順は知っている。各大砲は個別に照準を合わせるものであり、優秀な砲手長は——方位と仰角を的確に定められる砲手長は——高く評価される。だが、そんなに優秀な者はめったにいない。

「さて、ここで……一般に行なわれる、各砲同士を列にならべて砲撃する場合だが——」

ハンターは、紙に描いた船の側面と直角に交わる、何本もの平行線を描いた。

「——砲弾を発射するたびに、個々の砲手長は目標に当たれと祈る。だが、じっさいには、たいていの砲弾ははずれてしまう。方位も仰角も適当に射って、それでも当たるほど彼我の距離が近くないかぎり、命中することはまずない。その距離は、だいたい五百ヤードというところか。そうだろう？」

ドン・ディエゴはゆっくりとうなずいた。

「こんどはダ・ヴィンチの提案した方式だ」

ハンターは新たに船をスケッチした。

「ダ・ヴィンチいわく、〝斉射のたびに個々の砲手長を信用するな——砲撃戦に先立って、すべての砲の照準をつけておけ〟。すると、その効果はこんなふうになる」

ハンターは、船の側面にならぶ各砲の位置から、平行線ではなく、ひとつの標的に対してまっすぐに線を引いた。多数の線分の先が、標的で一点に集中する形だった。

「わかるな？　火線をひとつの焦点に集中させるんだ。斉射した全砲弾がすべて同じ箇所に当たれば、甚大な被害を与えられる」

「そうなる場合もあるだろうし――」とドン・ディエゴは指摘した。「――全砲弾が標的をはずれて、海の一ヵ所に落下してしまう場合もあるだろう。そうでなければ、艦首その他、敵艦のあまり重要ではない部分に集中してしまうかだ。正直いって、あんたの計画にどんな利点があるのか、わしにはよくわからんのだが」

「この計画の利点はな」いいながら、ハンターは図を軽くつついた。「砲手が小人数ですむことにあるのさ。考えてもみろ。うまくすれば、二門にひとりでもすむかもしれない。そして、あらかじめ照準さえ定めておけば、一門にひとりずつ配置するだけで斉射を行なえる。

標的が充分に近ければ、各砲の放つ砲弾はかならず当たる」

ハンターの人員不足を痛感している〈ユダヤ人〉は、軽く拍手のしぐさをしてみせた。

「なるほど、考えたな」そこで眉をひそめて、「しかし、最初の斉射のあとはどうする？」

「各砲は発射の反動で後退する。そうしたら、砲手全員をいくつかのグループに編成して、一門ずつ順ぐりに清掃と装塡を行なわせ、あらかじめ決めておいた位置に砲を押しださせる。このやりかたなら、比較的迅速に発射準備がととのうだろう。砲手たちが熟練してくれば、十分以内には第二斉射を行なえると思う」

「そのころには敵艦が位置を変えているぞ」

「そのとおり。ただし、おれが思うに、いっそう近くへだ。したがって、敵は焦点の手前にくるから、着弾範囲はやや左右に広がるが、それでも充分緊密に集中する。そうだろう？」

「で、第二斉射のあとは？」

ハンターはためいきをついた。

「斉射の機会が二度以上あるとは思えない。最初の二斉射で軍艦を沈めるか大破させるかしないかぎり、こっちの負けだ」

「ふうむ」しばらくして、〈ユダヤ人〉はいった。「ま、なにもせんよりはましだろう」

あまり楽観視している声ではなかった。艦船同士の砲撃戦では、決着がつくまで、五十回以上も片舷斉射の応酬を行なうのがふつうだ。ほぼ一日じゅう砲撃戦をくりひろげて、百回以上も片舷斉射をやりあう場合すらある。二回程度の斉射では、たいした損害を与えられるものではない。

「たしかにそうだが――」とハンターはいった。「――艦尾楼を破壊できれば話はちがってくるだろう。火薬庫や弾薬庫を破壊できた場合もな」

これらは軍艦の数少ない急所だ。艦尾楼には何人もの士官が集中し、舵があって操舵手がいる。ここに大打撃を与えられれば、敵艦は指揮と操艦の能力をともに失う。また、艦首の弾薬庫と火薬庫を爆発させられれば、軍艦は一瞬で吹きとんでしまう。

ただし、どちらも狙うのは容易ではない。照準が前後にそれれば、せっかく斉射しても、一発もあたらない可能性が増す。

「問題は照準精度だな」と〈ユダヤ人〉はいった。「ひとまず、入江内で砲撃の演習をして、各砲の基本的な照準を定めておくか」

ハンターはうなずいた。

「しかし、入江の外に出たあとはどうする？」〈ユダヤ人〉はたずねた。

「だからこそ、おまえにきてもらったんだ。正確な照準のための道具がいる。火線の焦点を敵艦にぴったり合わせるための道具がな。そいつは幾何学の問題だが、おれはもう、学校で学んだ幾何学を忘れてしまった」

指が二本だけ残った左手で、〈ユダヤ人〉は自分の鼻を掻《か》き、

「すこし考えさせてくれんか」

といって、船室をあとにした。

いつも冷静沈着な名航海士《シー・アーティスト》のエンダーズが、このときばかりは動揺を見せた。

「なにをするって？」

ハンターはくりかえした。

「三十二門の大砲をすべて左舷側にならべるといったんだ」

「そんなことをしたら、左舷側にかたむいて、孕《はら》み豚みたいに動きが鈍くなるぞ」

そんなぶざまなまねはしたくない。それはまともな船乗りのやることではない。

「ぶざまなのは承知の上さ」とハンターは答えた。「その状態でも帆走させられるか？」

「まあ、なんとかやれることはやれるだろうが。淑女の晩餐用ナプキン一枚あれば、教皇の棺桶だって帆走させてみせる」エンダーズは嘆息した。「しかし、もちろん——右舷の砲を

左舷に移すのは、入江の外に出てからだろう？」

「いや。ここでだ。入江にいるうちに移してしまう」

エンダーズはふたたび嘆息した。

「ということは、孕み豚の状態でサンゴ礁を通りぬけろということだな？」

「そうだ」

「だったら、主甲板に積荷をならべておかないとまずかろう」虚空を見つめてエンダーズはいった。「船倉の積荷を右舷にならべて手すりに結わえつけるか。多少はバランスがとれるはずだ。しかし、そうなると、頭でっかちになって、船体の釣り合い《トリム》が悪くなる。波に翻弄《ほんろう》されるコルクの浮きみたいに倒れやすくなるぞ。そんな状態で砲撃するのは至難の業《わざ》だ」

「おれがおまえにきいているのは、帆走させられるのかどうか――それだけだ」

長い沈黙がおりた。

「やれるだろう」ややあってエンダーズは答えた。「あんたの希望どおり、華麗に操船してみせる。ただし、釣り合いはハリケーンがくる前にもどしたほうがいい。そんなバランスでハリケーンがきたら、十分ともたずに転覆だ」

「わかっている」とハンターは答えた。

ふたりはすわったまま、たがいを見つめあった。ややあって、上の甲板でゴロゴロという音が響きだした。右舷の大砲の一門めが左舷へ運ばれていく音だ。

「ずいぶんと大博打を打つんだな」とエンダーズはいった。

「ほかに手の打ちようがないからな」とハンターは答えた。

砲撃演習は午後の早めに行なわれた。五百ヤード離れた岸に白い帆布の切れはしを立て、各砲が必中するまで発射させたのだ。命中時の方位は砲列甲板にナイフで刻み、仰角も固定した。それは長い長い時間を要する、遅々として進まない、困難な作業だった。演習は夜になってもつづけられ、標的には白い帆布のかわりに小さな焚火《たきび》が用意された。そんな苦労を経て、真夜中までには三十二門すべてが一点に砲口を向け、装弾もすみ、所定の砲撃位置に固定されていた。主甲板には船倉の積荷が運びあげられ、右舷の手すりに結わえつけられて、左舷へのかたむきを部分的に補った。エンダーズは、この釣り合いならなんとかなるだろうとロではいったものの、その表情は心中の不安を雄弁に物語っていた。

ハンターは全員に二、三時間の睡眠をとれと命じ、朝の引き潮とともに船出する旨を宣言した。

みずからも眠りに落ちる前、ハンターは考えた。

終日、この入江の中で響いていた砲声を、ボスケはどう見ただろう？　あの砲撃の意味を推し量れただろうか？　そうだとしたら、どんな対策をとってくる？

この疑問については考えまい——どうせすぐにわかることだから。

そう思いながら、ハンターは目を閉じた。

30

　夜明けどき、ハンターは主甲板をいったりきたりしながら、乗組員が戦闘準備に従事するさまを見まわっていた。

　揚げ索《ハリヤード》や転桁索《ブレース》は倍に増やしてある。敵の砲撃で何本かちぎれても帆走できるようにするのが目的だ。ハンモックや毛布は海水で濡らし、手すりや隔壁に縛りつけてあるが、これは飛散する破片から護るためだった。甲板全体には何度となく水を撒《ま》いた。乾いた板を水浸しにしておけば、炎上する危険を減らすことができる。

　全員がそんな作業で大わらわのさなか、エンダーズがそばにやってきた。

「キャプテン、たったいま、見張りから報告があった。軍艦がいなくなったそうだ」

　ハンターは愕然とした。

「いなくなった？」

「アイ、キャプテン。夜のうちに立ち去ったらしい」

「まるっきり姿が見えないのか？」

「アイ、キャプテン」

「ボスケがあきらめるはずがない」

ハンターはしばし、ボスケがとりそうな作戦を考えた。軍艦は島の北か南に移動し、待ち伏せているのかもしれない。あるいは、別の作戦を立てているのか。セーカー砲の砲撃が、こちらが思った以上の損害を与えていた可能性もある。

「わかった。とにかく、準備をおわらせろ」ハンターは指示した。

軍艦が消えたことは、当面は喜ばしい。この鈍重な船でも、安全にモンキー・ベイの外へ出られるからだ。

なによりも心配なのは、サンゴ礁の切れ目を抜けるときのことだったので、これはかなり助かった。

ベイの奥のほうでは、サンソンがカサンドラ号の船上にいて出帆準備の指揮をとっている。きょうのスループ船はいつもよりずっと大きく沈みこんでいた。夜のうちに、ガレオン船の財宝室からお宝の半分を運びださせ、カサンドラ号に積みこませたからだ。これはハンターの指示だった。二隻のうち、どちらかが沈没させられる可能性はかなり大きい。ハンターとしては、せめて財宝の半分を安全に持ち帰りたかったのである。

サンソンが手をふった。ハンターは手をふりかえした。きょうのサンソンがとる手はずの行動は、けっしてうらやましいものではない。脱出計画によれば、ハンターがスペイン艦と交戦しているうちに、スループ船は最寄りの安全な港をめざし、逃げだすことになっている。が、サンソンにとって、これはけっして危険をともなわない行動ではない。なにごともなく見のがしてもらえると思ったら大まちがいだ。スペイン艦がまずサンソンの船から攻撃することにした場合、ハンターの船に掩護《えんご》してはもらえない。エル・トリニダード号には二斉射ぶんの砲撃準備しかなく、これは攻撃のためというよりも、むしろ自衛のためなのだから。

スループ船が攻撃される事態を恐れているにせよ、サンソンは微塵《みじん》も不安を表に出してはいなかった。あの手のふりかたは、意気揚々としているといってもいいほどだ。二、三分後、二隻の船は錨をあげ、軟風のもと、外海に向かって進みだした。

海は荒れぎみだった。サンゴ礁と浅瀬を通過してしまうと、風速は四十二ノット、波高は十二フィートにも達した。こんな荒浪のただなかとあって、カサンドラ号は大きく上下しているが、ハンターの乗ったガレオン船はそれほど大きく揺られることもなく、病気の動物のようにのたのたと進みつづけた。

ややあって、エンダーズがぶつぶつとののしり、すこしのあいだ舵輪をとっていてくれ、とハンターにたのんだ。舵を預かったハンターが見ていると、エンダーズは船首へ移動していき、風をさえぎる帆の下をつぎつぎに通りぬけ、やがて船首に立った。

そこで風に背を向け、両腕を左右いっぱいに伸ばす。その格好でしばらく立っていたが、ほどなく、わずかに向きを変えた。両腕はあいかわらず広げたままだ。

ハンターには、老練の船乗りがしようとしていることがよくわかっていた。エンダーズはハリケーンの目の方向を特定しようとしているのだ。風をまうしろから受けて立ち、大きく両腕を伸ばしていれば、ハリケーンの目はつねに、左手が指す方位の二十度すこし前の方向にある。

小声で毒づきながら、エンダーズは舵輪にもどってきた。

「目は南南西だ。十中八九、日没までには強風が吹き荒れているだろう」

じっさい、頭上の空はすでに暗く翳《かげ》り、強風は毎分ごとに強さを増していくようだった。

あわれなほどかたむきながら、エル・トリニダード号はキャット・アイランドをあとにした。

外海に出たとたん、さしもの大船といえども、たちまち荒浪に翻弄《ほんろう》されはじめた。

「うまくないな」エンダーズがいった。「大砲をぜんぶ左舷にならべた状態では、やっぱり安定が悪すぎる。キャプテン、二、三門でいいから、右舷に移せないか？」

「だめだ」

「ずっと安定して走れるようになるぞ。あんたもきっと喜ぶはずだ、キャプテン」

「ボスケもな」

「そのボスケはどこにいるんだ、居場所を教えてみろ。そしたらもう大砲の重みには文句をいわないから」

「やつなら、あそこだ」そういって、ハンターは船尾方向を指さした。

エンダーズはうしろに顔を向けた。スペイン艦は、キャット・アイランドの北側を離れ、ガレオン船を猛然と追尾してきつつある。

「ケツの穴に食らいついてきやがったか。ちきしょう、侮《あなど》れんな」

軍艦はガレオン船のもっとも脆弱《ぜいじゃく》な部分——船尾側から急迫してきていた。いかなる船も船尾は弱い。だからこそ、財宝を格納する場所はつねに前部にあるし、だからこそ、広々とした船室は船尾に設けられるのだ。船長は船尾に余裕たっぷりの部屋を持つが、戦闘時には船長室にいることを禁じられている。

いま現在、船尾には大砲がない。手持ちの青銅砲は、すべて左舷側に移してしまっている。後方からの攻撃に対しては、照準をつけにくいよう、不規則に蛇行するのが伝統的対策だが、こうも船体のかたむきがひどくては、それもできない。エンダーズとしては、ガレオン船の甲板が波をかぶらない針路をとるだけでせいいっぱいで、そのことに不満たらたらだった。

「できるだけ安定を維持しろ」ハンターは指示した。「右舷はつねに陸側へ向けておけよ」

ハンターは船の中央部分へと移動した。そこではドン・ディエゴが、手製の奇妙な道具をいじっていた。これは照準合わせに用いるため、ハンターが作成を依頼しておいたものだ。木製の仕掛けで、長さはおおむね三フィート。大檣《メインマスト》の前側、五フィート半ほどの高さに、真左を向く形で、甲板と水平になるように取りつけてある。使用時には、望遠鏡と同じく、目を手前側の端にあて、対象に先端を向けて覗きこむ。前後の端には、これも木製の小さな四角い枠が取りつけてあり、その枠内に二本ずつ、X字形に交差するようにして、髪の毛がぴんと張ってあった。

〈ユダヤ人〉は説明をはじめた。

「使いかたは簡単だ。覗くときは、ここから覗く」〈ユダヤ人〉はそういって一端の手前に立った。「交差させた髪の毛の交点と交点が重なれば、標的に照準があったということだ。交点が目標のどこに重なるにせよ、砲弾はそこに当たる」

「距離はどうやって測る？」

「それはレイジューだのみだな」

ハンターはうなずいた。レイジューの特別に鋭い目をもってすれば、遠い標的までの距離もかなり正確に目測できるだろう。

「問題は、距離ではない」〈ユダヤ人〉がいった。「うねりに合わせた砲撃のタイミングだ。とにかくまあ、覗いてみるがいい」

ハンターは器具の手前に立ち、交差する髪の毛に目を近づけた。

片目を閉じ、開いているほうの目を細め、両端にあるXの交点同士が重なって見える位置に目の高さを合わせる。そうやって覗いてみてはじめて、船の縦揺れの大きさが実感できた。

交点が大空を向いている——と思ったのもつかのま、こんどはうねる海を向いている。

心の中で斉射のタイミングを思い描いてみた。船長が発射命令を出し、砲手たちが火縄で点火するまで、半秒程度の遅れが出ることは避けられない。それも考慮しておく必要がある。砲撃そのものも、一瞬ですむわけではない。砲弾が射ちだされるまで、さらに半秒。ぜんぶ合わせれば、発射命令から発射まで、一秒以上はかかるだろう。

その一秒のあいだに、船は大きく上下する。ハンターは恐慌の大波がこみあげてくるのをおぼえた。いちかばちかの計画は、この荒浪で実現不可能になってしまいそうだ。これでは狙いすました二回の片舷斉射を行ないようがない。「決闘時の呼吸を参考にしてはどうだろう」

「タイミングが重要なのであれば」〈ユダヤ人〉がいった。「砲手たちに通達してくれ。砲撃の合図は、〝砲撃準備──一──二──三──射《て》っ〟だ。いいな？」

「そうだな」ハンターはうなずいた。たしかにそれは有効かもしれない。「それは伝えるが──交戦時の騒音のなかでは……」

なるほど、それもまた道理──きょうの〈ユダヤ人〉は冴えている。ハンターより思考が明晰《めいせき》だ。ひとたび砲撃がはじまれば、音声による命令は聞きとりにくいし、誤解されやすい。

「よし、命令を怒鳴るとき、手信号も併用する。主甲板はそれでいいとして、おまえは昇降梯子に待機、おれの手信号も確認のうえ、砲列甲板に砲撃命令を伝達してくれ」

〈ユダヤ人〉はうなずき、砲手たちに指示を伝えに去っていった。

ハンターはレイジューを呼び、距離を正確に測ることの重要性を説いた。搭載砲の照準は五百ヤード先の一点に集中するよう合わせてあるから、距離は正確に目測してもらわなくてはならない。

まかしておいてくれ、とレイジューは請けあった。

舵輪のところへもどると、エンダーズがだれにともなく連綿と罵倒《ばとう》を吐きちらしていた。「いまにもカマを掘られそうだ」ハンターに向かって、エンダーズはこぼした。「なんだかケツの穴がヒリヒリしてきたぞ」

まさにその瞬間——スペイン艦の艦首砲が火を吹いた。小口径の砲弾がヒューンと空気を切り裂いて飛んでくる。

「まったく、サカリのついたガキみたいに!」エンダーズがわめき、こぶしをふりたてた。

艦首砲の二度めの斉射は船尾楼に命中し、木片を撒《ま》き散らしたが、それほど深刻な被害は出なかった。

「この調子で進め」ハンターは命じた。「追いついてこさせろ」

「追いついてこさせろ、ときなすったか。どのみち、どうあがいたって追いついてくるぜ」

「悠然とかまえていろ。理性をたもて」

「危険に瀕してるのは、おれの理性じゃない。だいじなだいじなケツの穴だ」

第三斉射は命中せず、船の中央部を飛び越えていった。小口径弾がかんだかい音を引いて空中を通過していく。ハンターが待っていたのはこんな機会だった。

「発煙樽《だる》!」

ハンターの叫びに応え、乗組員たちはすぐさま、甲板各所に置いてあったピッチと硫黄の樽に火をつけてまわった。黒煙がもくもくと立ち昇り、船尾の方向へたなびきだす。これで敵艦からはこの船が損傷したように見えるだろう。ボスケがエル・トリニダード号の現状をどう判断するかは、容易に想像がつく。なにしろ、なにかのトラブルでかたむき、よたよたと進んでいるように見えた船が、急に黒煙を吐きだしたのだから。

「スペイン艦が東にまわりこみだした」エンダーズがいった。「いよいよ止《とど》めを刺す気だ」

「いいぞ」

「いいぞ、とおいでなすったかい」かぶりをふりふり、エンダーズはくりかえした。「わが愛しきユダの亡霊よ、われらがキャプテンは〝いいぞ〟とのたまいやがる」

ハンターは敵艦の動きを注視した。スペイン艦はガレオン船の左舷方向へ進み出てくる。ボスケはあのまま進みつづけ、古典的な砲撃戦を仕掛けてくる腹らしい。ああやって距離をとりつつ、左舷にまわりこんでいき、射程外ぎりぎりの距離を並走するコースに乗るつもりなのだろう。

ひとたびガレオン船の真横にならんだなら、軍艦は並行を維持したままで近づいてくるにちがいない。そして、射程にはいりしだい――二千ヤードというところだろうか――砲撃を開始する。そのあとは砲撃をつづけながら、急速に接近してくるはずだ。ハンターと乗組員の辛抱のしどころはそこだった。スペイン艦がこちらの設定した射程に近づくまで、じっと砲撃に耐えていなければならない。

まもなく、敵艦がエル・トリニダード号の真横にならび、並走しだした。距離はまだ左舷方向に一マイル以上は離れている。

「このまま進め」

そういって、ハンターはエンダーズの肩をぽんとたたいた。

「好き勝手ぬかしやがる」エンダーズはうなるように答えた。「クソくらえだ！　スペインのカマ掘り野郎もな！」

ハンターはレイジューのもとへ歩みよった。

遠い艦影に目をこらしながら、レイジューが報告した。

「いまは二千ヤード足らずってとこだ」

「どのくらいの速さで近づいてきている？」

「速い。やる気まんまんだぜ」

「こちらにとってはさいわいか」

「いま、千八百ヤード」

「着弾にそなえろ」

まもなく、軍艦が最初の片舷斉射を行なった。左舷側の海面に多数の水柱が立ち昇る。

〈ユダヤ人〉が秒数を数えた。

「一マドンナ、二マドンナ、三マドンナ、四マドンナ……」

「千七百、切った」レイジューがいった。

〈ユダヤ人〉が七十五秒まで数えたところで、スペイン艦が第二斉射を放った。鉄の砲弾が金切り声をあげて飛来し、周囲に落下したが、ガレオン船には一発も当たらない。

すぐさま、〈ユダヤ人〉がふたたび秒数を数えだした。

「一マドンナ、二マドンナ……」

「予想より手間どっているな」ハンターはいった。「六十秒間隔で発砲してもおかしくないのに」

「千五百ヤード」つぶやくように、レイジューがいう。

一分後、第三斉射が行なわれ――今回は一発が直撃した。効果は劇的だった。ハンターの周囲が突如として混乱の淵にたたき落とされたのだ。わめく水夫たち、空中に飛び散る破片、ちぎれて甲板に落下する帆桁に索具――。

「損害を！」ハンターは叫んだ。「損害を報告！」

煙をすかし、敵艦に目をこらす。なおも接近してきている。軍艦に注意を奪われて気づきそこねたが、ハンターの足もとにはひとりの船乗りが転がり、苦痛にわめきながらのたうちまわっていた。顔を押さえた両手の隙間からは大量の血が噴きだしている。

〈ユダヤ人〉がそれに気づき、ぎょっとした表情になった。船乗りの片頬を貫いて、大きな木片が口蓋《こうがい》に深々と突き刺さっている！ これは脳にまで達しているにちがいない。

男の苦しみぶりに気づいたレイジューが、冷静な顔でしゃがみこみ、その頭をピストルで撃ち抜いた。ピンク色のチーズのようなものが、あたりの甲板じゅうに飛び散った。奇妙に超然とした感覚で、〈ユダヤ人〉はそれが男の脳であることに気がついた。ハンターに目をやる。ハンターは食いいるように敵艦を見つめている。

軍艦が放ったつぎの斉射により、さらに何発も被弾すると、ハンターはふたたび叫んだ。

「損害を報告しろ！」

「第一斜檣《バウスプリット》損壊」

「前檣大横帆《フォアコース》が破れた！」

「二番砲、破損」

「六番砲、使用不能！」

「後檣《ミズンマスト》がへし折れた！」

「落ちるぞ！　下、気をつけろ！」

叫び声とともに、後檣《ミズンマスト》の帆桁が降ってきて、甲板に激突した。それといっしょに、大量の木片と索具の雨もだ。

ハンターは周囲に落ちてくる帆桁の破片をかろうじてかわしたものの、降ってきた帆布にからみつかれ、あおむけに倒れこんだ。が、立ちあがろうともがくうちに、鼻先数インチのところへナイフの切先が現われ、帆布を切り裂いた。ついで、手を引っぱられ、陽光のもとに引きずりだされた。帆布から解放してくれたのはレイジューだった。

「もうすこしで鼻をなくすところだったぞ」ハンターは文句をいった。

「鼻をなくしたって、死ぬよりゃマシだろ」とレイジューは答えた。

スペイン艦のつぎの斉射は、音高く頭上を通り越していった。

「高い！」エンダーズがヒステリックな声で安堵《あんど》の叫びをあげた。「助かった、こんどのは高い！」

ほっとしつつ、ハンターが前部に目をやったちょうどそのとき、砲弾が五番砲を直撃した。青銅の大砲が宙に吹っとび、木でできた砲架の重たい破片が四方へ飛散する。剃刀《かみそり》のように鋭い破片がひとりの首を刺し貫いた。男がのどを押さえて倒れこみ、激痛にもがきだした。

ハンターの付近では別の男が砲弾の直撃を受けた。男の肉体は上下でまっぷたつにちぎれ、太腿《ふともも》から下が倒れるいっぽう、腰から下を失った上体は甲板に落下し、壮絶な悲鳴をあげて転げまわったのち——ショック状態に陥って死んだ。

「損傷報告！」ハンターは叫んだ。

つぎの瞬間、そばに立っていた男の頭に滑車が激突した。頭をザクロのようにはじけさせ、男が甲板に倒れこむ。ねばつく血潮の真っ赤な海が広がった。

こんどは前檣《フォアマスト》の帆桁が落ちてきて、ふたりの男を押し倒し、足を押しつぶした。ふたりは絶叫を発し、聞くもあわれな悲鳴をあげた。

そこへさらに、スペイン艦の片舷斉射が襲いかかってきた。

負傷者が続出し、船がどんどん破壊されていくなか、頭を冷静にたもっていることはほぼ不可能だったが、それでもハンターは冷静であろうと努めた。敵の斉射のたびにガレオン船の被害は広がっていく。スペイン艦が砲撃を開始してから二十分後、ガレオン船の甲板では、索具、帆桁、木片が散乱し、負傷者の悲鳴や苦悶の声と、砲弾が空気を切る音とがひとつに融けあっていた。周囲の破壊と混沌はとうのむかしに一体不可分の背景となり、空気も同然となって、もはやだれの注意も向けられることはない。それでもハンターは、じっと敵艦を見すえた。破壊されつつあった。それはわかっている。ガレオン船はゆっくりと、容赦なく破壊されつつあった。

その間にも、刻一刻と軍艦は近づいてくる。

被害は甚大だった。死者七名、負傷者十二名。砲のうち、二門は砲座ごと破壊された。

第一斜檣《バウスプリット》は折れて帆ごと消滅した。後檣《ミズンマスト》と主檣大横帆《メインコース》も損傷し、風下側の索具はちぎれて姿が見えない。吃水線下にも被弾しており、エル・トリニダード号は急速に浸水しつつある。すでに吃水が深くなり、動きもいっそう鈍くなってきていた。まるで酔っぱらっているかのような、鈍重で心もとない前進ぶりだった。

だが、損傷を修理しているひまはない。数少ない乗組員は船を航行可能な状態に維持するだけでせいいっぱいで、操船不可能になるか沈没してしまうかは、もはや時間の問題だ。

黒煙と砲撃の硝煙をすかし、ハンターはスペイン艦に目をこらした。敵影を視認するのがむずかしくなってきている。この強風にもかかわらず、二隻はそれぞれ、刺激臭の強い煙で包まれているからだ。

それでも、敵が急速に接近してきていることはわかった。

「七百ヤード」レイジューが感情のない声でいった。

レイジューもまた負傷している。第五斉射のさい、先端がぎざぎざになった木片が前腕に刺さったのだ。それでもレイジューは手早く止血帯をあて、足元の甲板に血がしたたるのもかまわず測距を再開していた。

つぎの片舷斉射が行なわれた。砲弾は絶叫をあげて襲いかかってきて、何発かが着弾し、ガレオン船を揺り動かした。

「六百ヤード」

「砲撃準備！」

ハンターは叫び、身をかがめ、照準器を覗いた。ふたつのX字の交点は、ちょうど敵艦の船体中央部にあっている。だが、見ているうちに、スペイン艦がわずかに前進した。いまは艦尾楼にふたつの交点が重なった状態だ。

ままよ――。照準線の上下動から、ハンターはエル・トリニダード号の揺れぐあいを測り、タイミングの見当をつけようとした。上へ、下へ、上へ、下へ――晴れた青空が見えたかと思えばたちまち海面に切り替わり、ふたたび軍艦にもどる。それからしばしのあいだ、エル・トリニダード号は波に大きく突きあげられ、晴れた青空だけが見える状態がつづいた。

発射のタイミングを合わせるため、何度も何度も数を数える練習をした。声には出さず、口だけを動かして、何度となく数を数える。

「五百ヤード」レイジューがいった。

もう一拍だけ、ハンターは待った。そして、声に出し、数を数えはじめた。

照準線が空を向いた瞬間、大声で怒鳴る。

「一！」

その直後、照準線は急激に沈みこみ、一瞬で軍艦を通り越した。

照準線が荒れる海を向く。その瞬間、ふたたび怒鳴った。

「二！」

照準線は海に向いたまま、なかなか上を向こうとしない。ハンターは待った。

「三！」

そう怒鳴ったのは、照準線がふたたび上を向きはじめたときのことだった。

「射《て》っ！」

ガレオン船が狂ったようにのけぞり、大きく横揺れした。残った三十門の十二ポンド砲がいっせいに火を吹いたのだ。ハンターはすさまじい衝撃で主檣《メインマスト》にたたきつけられ、一瞬、息ができなくなった。が、そんなことには気づきもしない。食いいるように敵艦を見つめる。はたして当たるかどうか――。

「命中！」レイジューが叫んだ。

そのとおりだった。着弾の衝撃で、スペイン艦は大きく横揺れし、艦尾が外側に振れた。艦尾楼はぼろぼろになっている。見ているうちにも、奇妙にゆっくりとした動きで後檣《ミズンマスト》が倒れていき――帆や索具もろともに海面へなだれ落ちた。ただし、完全に折れてはいない。大本《おおもと》はわずかにつながっている。

そのいっぽうで、照準が甘かったこともわかった。舵を破壊するには前すぎたし、舵輪を握る操舵手を倒すにはうしろすぎたらしい。軍艦はいまだに操艦能力を残している。

ハンターは叫んだ。

「再装填、再押出《おしだし》！」

スペイン艦の甲板は混乱著しい。あれで多少とも時間が稼げるだろう。第二斉射の準備がととのうまで、必要な時間は十分間。その十分を稼げたかどうかはまだわからない。

軍艦の艦尾には、いたるところに水兵が群がり、折れた後檣《ミズンマスト》を切り離そうとしていた。

一瞬、落下した大量の破片が海中に沈み、舵を破損してくれるかに見えたが、残念なことに、そううまくはいかなかった。

ガレオン船の甲板では、ゴロゴロという音が響きだしている。大砲が順次再装塡されて、砲門へ押しだされる音だ。

スペイン艦はいっそう近づいていた。もはや四百ヤードとは離れていない。だが、艦尾が大きく向こうにずれ、こちらと並行ではないため、先方もまだ片舷斉射はできない。

一分間が経過した。さらに、もう一分。

スペイン艦は完全に操艦能力を取りもどしつつある。折れた後檣《ミズンマスト》はすっかり切り離され、帆ごと軍艦の航跡にただよっている。

軍艦の艦首が風上に向きを変えだした。上手まわしで針路をもどし、ふたたび右舷砲列をガレオン船に向けるつもりなのだ。

「まずい！」エンダーズが深刻な声を出した。「また射ってくる気だ！」

スペイン艦の右舷砲列が完全にこちらと平行になった。一瞬ののち、全火砲が火を吹いた。これほどの近距離だけに、破壊力は絶大だった。ハンターのまわりに音高く、無数の帆桁と索具が降ってくる。

「もう一、二斉射くらったら、おわりだな」レイジューが静かにいった。

ハンターも思いは同じだった。

「砲撃準備がすんだのは何門だ？」下の砲列甲板に怒鳴る。

下にいたドン・ディエゴが主甲板に顔を覗かせ、叫んだ。

「十六門！」

「その十六門を斉射しろ！」

スペイン艦がまたしても斉射を行なった。多数の砲弾が降りそそぎ、ガレオン船に深刻な被害をもたらした。ハンターのまわりでエル・トリニダード号は分解していきつつある。

「ミスター・エンダーズ！」ハンターは怒鳴った。「上手まわし、用意！」

エンダーズは信じられないという顔でハンターを見た。この状況で上手まわしを行なえば、ガレオン船はスペイン艦の進行方向に進むことになり——彼我の距離がうんと縮まる。

「上手まわし、用意！」ハンターはもういちど怒鳴った。

「上手まわしだ！」エンダーズは叫んだ。

驚きながらも、船乗りたちは索具に飛びつき、索のもつれを解きはじめた。

軍艦はもう目と鼻の先だ。

「三百五十ヤード」レイジューがいった。

だが、その声はハンターの耳にとどいていない。もはや射程などどうでもよかった。煙でかすむ軍艦に照準線を合わせなおす。煙が目を刺し、涙がにじんだ。まばたきをしてそれをふりはらい、スペイン艦の一点に狙いを合わせる。艦首のすぐうしろ、吃水線の上あたりだ。

「上手まわし、開始！　下手舵だ！」エンダーズが叫ぶ。

「砲撃準備！」ハンターも叫んだ。

エンダーズは愕然としたはずだ。ハンターの目は照準線を覗いたままだが、エンダーズの顔を見なくても反応はわかる。なにしろハンターは、上手まわしの最中に斉射を行なおうとしているのだから。これは前代未聞の無謀な行為にほかならない。

「一！」ハンターは叫んだ。

照準線からは目を離さない。その向こうで、風景が急速に横へずれていく。ガレオン船は風上に向かって針路を変えているのだ——スペイン艦に肉迫するために。

「二！」

ガレオン船がゆっくりと前進しだした。煙にかすむ軍艦の艦首方向に向かって、照準線がすこしずつ進んでいく。やがて前部の砲門を通り越し、脆弱《ぜいじゃく》な艦首部へ……。

「三！」

目標点に向けて照準線はじりじりと前進をつづけた。が、まだ照準が高い。ガレオン船が波くぼに落ちるのを待たなくては。しかも、その瞬間、向こうの軍艦が波で突きあげられ、わずかに浮きあがり、海面下に隠れていた艦腹をもうすこしさらけだしてくれる必要がある。

ハンターは待った。息をするのも忘れて待った。希望をいだく余裕もない。

そのとき、軍艦がほんのすこしだけ浮きあがった。そして——。

「射《て》ーっ！」

ふたたび、船体が斉射の反動で大きくのけぞった。ばらつきのある斉射だった。発射音は聞こえたし、振動も感じられたが、硝煙でなにも見えない。ハンターは硝煙が吹き流され、軍艦の姿があらわになるまで待った。そして――ハンターは見た。

「マリアさま……」レイジューがつぶやいた。

スペイン艦にはなんの変化もない。照準をあやまったのだ。

「この間抜けめ――地獄に堕ちろ！」

ハンターは自分をののしった。もっとも、文字どおり、そうなることは確実だ。もうじきこの船の全員が地獄に堕ちる。スペイン艦のつぎの斉射で、ガレオン船は粉砕されてしまうだろう。

ドン・ディエゴがいった。

「価値ある試みだったよ。価値ある試みだった。それに、勇敢に戦った」

レイジューがかぶりをふり、ハンターの頬にキスをした。

「聖人たちよ、われらを護りたまえ」

レイジューの頬をひとすじの涙が流れ落ちていく。

ハンターは圧倒的な絶望にさいなまれていた。最後のチャンスは失われた。いや、自分のミスで失った。このままでは、全員が道連れになってしまう。これ以上、できることはなにもない。できることといえば、白旗をかかげて降伏することだけだ。

「ミスター・エンダーズ。白旗の準備を――」

いいかけて、ハンターは凍りついた。舵輪の向こうで、エンダーズが小躍りしているではないか。ぴしゃぴしゃと太腿をたたき、涙を流して大笑いしている。

ついで、下の砲列甲板から歓声があがった。これは砲手たちだ。

みんな、気でもふれたのか？

となりを見ると、レイジューまでもが快哉《かいさい》の叫びをあげ、エンダーズといっしょに大声で笑っている。

ハンターはくるりとふりむいた。スペイン艦に視線をそそぐ。おりしも、荒波に突きあげられて、軍艦の艦首が高々とそそりたち――それまで海面下に隠れていた艦腹の大きな穴があらわになった。差しわたし七、八フィートはあるだろう。一瞬ののち、穴は海面下に沈み、損傷はおおい隠された。

いま目のあたりにした損傷の意味をろくに理解するひまもないうちに、軍艦の艦首楼からもくもくと白煙が噴きあがりだした。ぎょっとするほどの唐突さだった。

つぎの瞬間、すさまじい爆発音が海上に鳴り響いた。

巨大な火球が膨れあがり、軍艦を呑みこんでいく。火薬庫が爆発したのだ。天をどよもす大爆音が轟きわたり、エル・トリニダード号は衝撃ではげしく翻弄《ほんろう》された。ついで、つぎの大爆音が――さらに、三つめの大爆音が。

ハンターたちが凝視する前で、軍艦はものの数秒のうちに崩壊を迎えた。破壊の過程は、ハンターにはごく一部しか見えなかったが――倒壊していくマスト、見えない手で宙に放り投げられる何門もの大砲――やがて艦全体がみずからの上に崩れ落ちたと思うと――外側に向かって吹き飛んだ。

なにかが主檣《メインマスト》にぶつかり、ハンターの頭の上に降ってきて、肩へとすべり落ち、甲板に落下した。鳥かと思ったが、見おろしてみるとそうではなく——人間の手だった。手首から切断された人間の手だ。一本の指には指輪がはめられている。

「なんということだ……」

呆然とつぶやき、軍艦に視線をもどした。そこに——爆発と同じくらい驚愕すべき光景が待ちかまえていた。

軍艦が消えてなくなっていたのである。

文字どおり、影も形もない。一分前まで、猛炎に包まれ、爆発の火球に包まれながらも、軍艦はたしかにそこにあった。それがいまでは、影も形もない。海面には、無数の破片、帆、帆桁などが、なおも燃えながらぷかぷかと浮かんでいる。それに混じって多数の水兵たちの死体も浮かんでいた。生存者たちの悲鳴と叫び声が聞こえる。だが、軍艦の姿だけはどこにもない。

周囲では乗組員たちが笑いあい、飛びはね、狂ったように祝いのことばをかけあっている。ハンターには、かつて軍艦が存在していた海上を見つめることしかできなかった。

ふと、燃える破片のただなかに、うつぶせで浮かぶ死体が目にはいった。スペイン士官の死体だった。青い制服を着ているので、すぐにそれと識別できる。ただし——爆発で士官のズボンはズタズタになっており、尻が露出していた。ハンターは魅いられたように剝《む》きだしの肉を見つめた。腰から上は無傷なのに、下半身は衣服だけ破れてしまうとは——。負傷というものの性質の無作為さ、無頓着《むとんちやく》さには、胸の悪くなるなにかがあった。

そのとき、波にあおられて、その死体が海面上に突きあげられた。死体には首がなかった。

そこでハンターは、ぼんやりと気がついた——ガレオン船の狂騒的な騒ぎがいつのまにか収まっている。ふりかえると、全員が黙りこみ、ハンターをじっと見つめていた。その顔の群れを、ハンターは見まわした。

どの顔も疲れはて、煤《すす》で汚れ、血を流している。どの目も疲労で生気がなく、うつろだ。だが——奇妙になにかを期待しているようでもあった。

船乗りたちはハンターを見つめている。そして、ハンターがなにかするのを待っている。

ハンターにはしばらくのあいだ、なにを期待されているのかわからなかった。

そのとき、なにかがぽつんと頰を打った。

雨粒だった。

31

ハリケーンはすさまじいばかりの激烈さで襲ってきた。

金切り声をあげて索具を震わす強風が風速四十ノットを越え、肌が痛くなるほどの強さで雨粒をたたきつけだしたのは、軍艦が沈んでからほんの数分後のことだった。海はますます荒れだし、波高は十五フィートにも達して、無数の波の山がガレオン船を荒々しく揺さぶりはじめた。あるときは、大きなうねりの波頭に乗り、高々と空中へ持ちあげられた。つぎの瞬間には、見ただけで胃のよじれるような波くぼの底に突き落とされ、周囲に高々と海水の絶壁がそそりたった。

だが、船内の全員が、こんなものは序の口にすぎないことを知っていた。風も雨も波も、これからまだまだひどくなる。そしてハリケーンは、以後、何時間も、何日もつづく。

みんな疲れはてていたが、疲れを棚上げにして懸命に働いた。甲板を掃除し、ズタズタになった帆をたたむ。いっぽうの船腹に一枚の帆を張りつけ、吃水線下の穴は詰め物で塞ごうとした。つるつるすべり、しじゅうぐらつく濡れた甲板の上で、いまにも舷縁《げんえん》を乗り越え、だれにも見られることなく海へ投げだされるかもしれない恐怖に怯《おび》えつつ、それを承知で、みんな黙々と働きつづける。

最初に行なうべき、そして最悪の仕事は、左舷に移した大砲を右舷にもどし、船の安定を取りもどすことだった。

波が静かで甲板が乾いているときでさえ、これはけっして簡単な作業ではない。ましてや、ハリケーンのなか、左右から大量の海水が降りかかり、甲板が四十五度の角度で縦揺れし、甲板という甲板、索具という索具が濡れてすべる状況では、ほとんど不可能事であり、悪夢そのものだ。それでも、そこをなんとかやりとげなくてはならない。でないと、だれひとり生き延びられないのだから。

ハンターは作業を指揮し、いちどに一門ずつ、砲座を動かさせた。重要なのは、縦揺れのリズムと角度を予想し、船乗りたちが五千ポンドの重量と格闘できるようにしてやることだ。

一門めは失われた。引き索が切れてしまい、傾斜した甲板をすごい勢いですべっていって、反対側の船体を突き破り、海に落ちてしまったのだ。その勢いのすさまじさに船乗りたちはおののいた。二門めには引き索を二重にかけてみたが、これもまたちぎれてしまい、行く手にいた船乗りを押しつぶす結果となった。

それから五時間をかけ、ハンターたちは風とも雨とも戦いながら、大砲をひととおり元の位置にもどし、しっかりと結わえおえた。ついに作業がおわって、疲労がその極みに達したエル・トリニダード号の者たちは、みんな溺《おぼ》れる動物のように、支索や手すりにしがみつき、わずかに残った体力をふりしぼって、舷縁から海へふり落とされないことにひたすら全力をあげた。

だが、ハンターは知っている。ハリケーンがまだ、はじまったばかりであることを。

ハリケーン。この世でもっとも恐るべき自然現象。旧世界の人間で、はじめてこれに遭遇したのは、新世界への航海者たちだった。その名は——ハリケーンは——アラワク語で嵐を表わすものだ。だが、これほどの規模の大嵐を指すことばは、ヨーロッパには存在しない。ハンターの乗組員たちは、この巨大暴風雨の威力を骨身に染みて思い知っており、荒れ狂う嵐のすさまじいまでの物理的現実に、はるかむかしからの迷信と儀式で応えるしかなかった。

操舵手のエンダーズは、船の周囲に巨大な連山がいくつもそそりたつのを目のあたりにし、子供のころから知っているありとあらゆる祈りのことばをつぶやきつつ、首にかけたサメの歯の護符を握りしめて、もっと帆をかけられますようにと祈った。エル・トリニダード号はいま、三枚の帆しかない状況で荒海を越えている。三枚だけでこの大嵐を渡りきるのは無謀以外のなにものでもない。

下の甲板で、〈ムーア人〉が短剣で指先を切り、したたる血で甲板に三角形を描きあげた。つづいて、その三角形のまんなかに一枚の羽根を置き、その状態でみずからに呪《まじな》いのことばをつぶやきつづけた。

船首側では、レイジューが塩漬け豚肉の小樽を横倒しにし、三本の指を空中に突きたてた。これはとびきり古い迷信に基づく呪いのひとつだ。もっとも、レイジューが知っているのは、食べものを横に寝かせて指を三本立てれば、浸水している船が助かるかもしれないという、古くからの船乗りの伝承としてでしかない。本来、この三本の指は海神《ネプチューン》を表わし、倒した食べものには、海神に捧げる供物の意味がこめられているのである。

ハンター自身は、人前では迷信などばからしいと一蹴してみせたものの、自室にはいると鍵をかけ、床にひざまずき、黙々と神に祈りを捧げた。船が高波に荒々しく翻弄《ほんろう》されるのに合わせて、室内のあちこちで壁から壁へと家具がすべっていき、はでな音をたてている。

船の外では大暴風雨が悪魔の怒哮《どこう》もかくやの絶叫を張りあげていた。足の下で船がきしみ、いかにも苦しそうに、長く尾を引く苦悶のうめきをあげている。はじめのうち、ハンターの耳には、それ以外の音はいっさい聞こえなかった。が、やがてそれに、女の悲鳴が重なった。ややあって、もういちど。

船室の外に出てみると、五人の船乗りがレディ・サラ・オルモントを引きずり、船首へ、昇降梯子へ連れていこうとしていた。悲鳴をあげているのはレディ・サラだ。船乗りたちの手から身をふりほどこうともがいている。

「待て、おまえたち！」

ハンターは叫び、五人の船乗りに駆けよった。おりしも昇降口から波がなだれこんできて、船乗りたちを濡らし、甲板を打ちすえた。

船乗りたちはハンターと目を合わせようとしない。

「なにごとだ、これは？」ハンターは強い口調でたずねた。

だれも返事をしなかった。ようやく金切り声でこういったのは、レディ・サラだった。

「このひとたち、わたしを海に放りだすというの！」

五人の頭株《あたまかぶ》は、どうやらエドワーズのようだった。何十回もの私掠遠征に参加してきた、海千山千の船乗りだ。

「こいつは魔女なんだ」ハンターに挑みかかるような目を向けて、エドワーズはいった。

「ちがうとはいわせねえぜ、キャプテン。この女を乗せてるかぎり、嵐は収まらねえ」

「ばかなことをいうな」

「なにがばかなことだ！　憶えとけ、おれたちゃな、おしまいなんだよ、この女を乗せてるかぎりはな。ようく憶えとけ。こいつは魔女だ。おれの目にまちがいはねえ」

「なぜ魔女だとわかる？」

「はじめて見たときピンときたんだ」

「だから、証拠は？」

「この男、狂ってる」レディ・サラが口をはさんだ。「正真正銘の狂人よ」

「証拠を見せろ」強風の音にかき消されないようにと、ハンターは大声で命じた。

エドワーズはためらった。が、ややあって、レディ・サラを放し、荒々しく背を向けて、「いったところでしょうがねえさ」と、肩ごしに吐き捨てた。「ただし憶えとけよ、いいな。ちゃんと憶えとくんだぞ」

エドワーズは歩み去った。ほかの四人もあとずさっていく。あとにはハンターとレディ・

サラだけが残った。

「自分の船室にいきなさい」ハンターはうながした。「しっかりと鍵をかけて閉じこもっているように。なにがあっても外に出ないこと。理由なく扉をあけないように」

恐怖に目を見開いたまま、レディ・サラはこくんとうなずき、自室へともどっていった。

ハンターは扉が閉められるのを見とどけてから、しばらくためらったのち、強風吹きすさぶ主甲板にあがった。

船内にいても暴風雨のはげしさはしっかりと感じられる。だが、覚悟していたつもりでも、主甲板で全身に浴びる烈風は予想を超えてはるかに強烈だった。目に見えない暴漢が、徒党を組んで襲いかかってきたかのようだ。一千もの手が腕と足を引っぱり、手すりや支えから引っぺがそうとする。横殴りの雨は石つぶてをぶつけられているかのような痛みをもたらし、最初のうちは苦痛の声をあげたほどだった。甲板に出て数秒ほどはなにも見えなかった。が、やがて舵輪を握るエンダーズの姿が見えるようになってきた。舵の座にからだをしっかりと索《つな》で結わえつけ、吹き飛ばされないようにしている。

甲板に張りめぐらされた案内索につかまりながら、ハンターはエンダーズのもとをめざし、しばらく苦闘したのち、やっとのことで多少は風雨をしのげる船尾楼の陰にたどりついた。予備の索を一本手にとり、それをからだに巻きつけ、ぐっと身を乗りだして、エンダーズに顔を近づけてから、大声で叫ぶ。

「どんなぐあいだ!」

「よくもならず、悪くもならず！」エンダーズも叫び返した。「船はもつ！　もうすこしはもつ！　しかし、時間の問題だ！　分解しかけているのがわかる！」

「あと何時間くらいだ？」

エンダーズは答えたが、そのことばは波に呑みこまれた。すぐそばに小山のような大波が盛りあがり、なだれかかってきて、ふたりを呑みこんだのだ。波は音高く甲板に崩れ落ち、船を打ちすえた。

どんな答えよりも雄弁に、この波が実態を物語っているな、とハンターは思った。こんないかなる船であれ、これほどひどく打擲《ちょうちゃく》されては、そう長くもつものではない。満身創痍《まんしんそうい》の船なら、なおさらだ。

船室の中に閉じこもったレディ・サラ・オルモントは、室内の惨状を見まわした。ただでさえハリケーンに揺られ、家具が転倒していたところへもってきて、鍵をかけていなかった扉から押しいってきた五人の船乗りに抵抗したさい、いろいろなものが倒れた結果だった。押しいられたのは、サラがちょうど例の準備をしようとしていたときのことだった。

船の揺れがひどいので、レディ・サラは用心深く、床に蠟燭《ろうそく》つきの燭台をならべていった。ついで、それぞれの蠟燭に火をつけた。火が点《とも》っている蠟燭はぜんぶで五本ある。つぎに、床に傷をつけ、蠟燭同士を結ぶ形で五芒星形《ごぼうせい》を描き、そのなかに足を踏みいれた。

サラはこの大嵐が怖かった。心底、ほんとうに怖かった。これに手を出す気になったのは、ハリケーンの恐怖からのがれるためにほかならない。マダム・ド・ロシャンボーから、ルイ十四世の宮廷で流行《はや》っているというこれを見せられたときは、正直いって面白半分だったし、腹の中ですこし馬鹿にしてもいた。しかし、フランスの女たちは、永遠の若さを手にいれるために新生児を殺してしまうという。もしもそうなら、イングランドの女が生き延びるためであれば、多少のことは……。

そもそも、これくらいのこと、とくに害があるとも思えない。周囲で荒れ狂うハリケーンの音を聞きながら、レディ・サラは目をつむった。そして、唇に独特の響きを味わいつつ、こんなことばをつぶやいた。

「貪欲なはらわたよ《グリーディーガット》」

床に傷で描いた五芒星形の中にひざまずき、レディ・サラは自分の腹をなでさすった。

「グリーディーガット、グリーディーガット、わがもとにきたれ」

甲板は狂ったように揺れている。それに合わせて、ときおり燭台《しょくだい》がずるっとすべり、また反対側へすべっていく。そのつど、燭台のすべりを押さえねばならず、そのつど、レディ・サラは儀式の中断を余儀なくされ、ひどくいらだたしい思いをした。

魔女になるというのは、なんと憔悴《しょうすい》するものなんだろう！　マダム・ド・ロシャンボーは、船に乗ったときに効く呪文を教えてくれなかった。おそらく、この呪文もうまく働かないにちがいない。おそらく、あれはみんな、フランス人ならではのたわごとだったのだろう。

「グリーディーガット、わがもとにきたれ、われをいだき、わが身内に宿れ……」

想像のなかで鉤爪《かぎづめ》が自分をつかみ、風がナイトドレスをはためかせた。なんらかの存在がそばにいる。そんな気がする。

つぎの瞬間、風はやんでいた。

第五部　竜の顎《あぎと》

32

安らぎのない眠りから、ハンターはふと目を覚ました。なにかがおかしい。ベッドの上で上体を起こし——周囲が異様なほど静まっていることに気がついた。あんなにひどかった船の揺れがずいぶん落ちついているし、風は微風程度に収まっている。

急いで主甲板に出てみると、雨は小雨になっていた。波はぐっとおだやかになり、周囲も遠くまで見わたせる。なおも舵輪を握っているエンダーズは、半死半生のありさまながら、それでもにやにや笑っていた。

「乗りきったのさ、キャプテン。船は見るも無惨な状態だが、なんとか乗りきった」

エンダーズはそういって、右舷を指し示した。陸地が見えている。小島のようだ。灰色にかすんでいた。

「あれはどこだ？」

「さあな。ま、じきにわかるだろう」

二日二晩、ハリケーンに翻弄《ほんろう》されてきたので、現在地は見当もつかない。とにもかくにも、小島に近づいてみることにした。小島は全体に標高が低く、丈の低い植物におおわれていて、あまり魅力的な場所ではなさそうだった。この距離からでも、岸辺にびっしりとサボテンが生えているのが見える。

エンダーズは考えこんだ顔になり、目をすがめた。

「ウィンドワード諸島の南であるとは思うんだが――もしかすると、この海域はボカ・デル・ドラゴンかもしれんな。だとしたら、この付近には、あの島のほかに船を修理できそうなところなんてないぞ」ためいきをついた。「太陽さえ出ていれば、だいたいの位置は見当がつくんだが」

ボカ・デル・ドラゴン――すなわち、竜の顎《あぎと》。この海はカリブ海のウィンドワード諸島と南アメリカ大陸北岸とのあいだに広がる一帯で、いまはしごくのどかなところに見えるが、なにかと不気味なうわさが絶えず、船乗りに恐れられている。

波はおだやかなのに、エル・トリニダード号は酔っぱらいのようにふらふらと揺れていた。それでもなんとか、ボロボロの帆をあつやり、島の南側にまわりこんでいく。進むうちに、西岸に小ぶりの手ごろな入江を見つけた。岬で囲まれているし、浅瀬は砂底で、船の修理に適していたので、ハンターは船を入江に錨泊させ、疲労困憊《ひろうこんぱい》した乗組員たちを休ませるため上陸させた。

ハリケーン以来、サンソンとカサンドラ号の姿を見た者はいない。だが、カサンドラ号がハリケーンを乗りきったかどうかを心配している余裕は、ハンターの部下たちにはなかった。そんなことを考える気力も失せるほど、くたくたに疲れきっていたのである。船乗りたちは濡れた服のまま浜辺に寝ころがり、砂につっぷして眠りこんだ。あたかも死体がころがっているようなありさまだった。薄くなってゆく雲のあいだから、つかのま、太陽が顔を出した。ハンターは疲労が全身をおおうのをおぼえ、自分もまた眠りに落ちた。

それからの三日間は好天がつづいた。乗組員たちは懸命に船の修理を行ない、吃水線下の穴を塞《ふさ》ぎ、痛めつけられた上部構造の補修を行なった。船内をさがしてみたところ、木材は積んでいないことがわかった。通常、エル・トリニダード号規模のガレオン船ともなると、ふつうは予備の帆桁やマストを船倉に用意しておくものだが、より多くの積荷を収めるため、スペイン人が運びだしてしまったのだろう。ハンターの部下たちは、手持ちの資材を使ってできるだけの修理を行なった。

エンダーズは天体観測儀で太陽の位置を調べ、現在の緯度が北緯十三度あたりであることをつきとめた。そうとう南まで流されたことになる。南アメリカ北岸にあるスペインの拠点、カルタヘナやマラカイボからもそう遠くはない。だが、わかったのはだいたいの位置だけで、この島についてはだれも知らなかったため、名なし島《ノー・ネーム・キー》と呼ぶことになった。

いっぽうに大きくかしぎ、事実上、耐航力をなくしたエル・トリニダード号を見あげて、ハンターは船長としての無力感をひしひしと感じていた。こんな状態で何者かに襲われたら、ひとたまりもない。もっとも、恐れる理由はなにもなかった。この島は明らかに無人島だ。

南に見えるふたつの小島もそうだろう。

それでも、この名なし島には、どこか敵対的で排他的な印象があった。土地は乾いていて、島じゅうにサボテンが自生しており、ところどころ、それが森のように密生している場所がある。そのサボテンが作る森の高みでは極彩色の鳥たちがさえずっており、そのさえずりが風に乗ってしじゅう聞こえてきていた。風はめったにやむことがない。人をいらいらさせる熱風は、十ノットほどの速さで昼も夜も絶えず吹きつづけている。多少とも風が弱まるのは、夜明けのひとときだけだ。じきに船乗りたちは、耳に風のうなりを聞きながら仕事し、眠ることに慣れた。

だが、いわくいいがたい不穏な雰囲気が気になったハンターは、念のために見張りを立て、船のまわりや浜辺に点在する乗組員たちの焚火《たきび》を巡回させることにした。これは乗組員たちの規律を取りもどすためだ――と、自分には言い聞かせたが、本音をいえば、不吉な予感がしていたからである。

四日めの夕べ、夕食どきを迎えて、今夜の見張りの当直を決めた。一番手はエンダーズにまかせ、ハンター自身は真夜中の当直を担当し、そのあとはベロウズに引き継ぐ――これでいくつもりだった。ところが、その旨《むね》を告げるため、エンダーズとベロウズに使いを出したところ、一時間後に使いの男がもどってきて、こう報告した。

「すまねえ、キャプテン。ベロウズが見つからねえ」

「どういう意味だ、見つからないというのは？」

「どこにもいねえんだよ、キャプテン」

ハンターは浜辺の縁に生えたサボテンを見まわした。

「おおかた、そこらで眠りこけてるんだろう。見つけてしょっぴいてこい。ほうっておくとまずい」

「アイ、キャプテン」

ところが、いくら入江の近辺を捜索しても、ベロウズはどこにも見つからなかった。闇がいっそう濃くなってくると、ハンターは捜索を中止し、一同を焚火の周囲に集めた。人数は三十四名。これはスペイン人の捕虜とレディ・サラも含めての数で、ベロウズを除く全員がそろっている。ハンターは火のそばを離れるなとみんなに指示し、ベロウズの代わりの男に見張りを割りふった。

その晩はなにごともなく過ぎた。


翌朝、ハンターは一隊を率い、修理に使えそうな木をもとめて島の中を捜索した。結局、名なし島には一本の木も見つからなかったので、銃を持った男十人を引き連れて、こんどは南にあるいちばん近い島へようすを見にいった。こんどの島には小高い丘があったものの、すくなくとも、遠くから見るかぎり、植生はガレオン船を錨泊させた島とそっくりで、木の存在は望み薄だった。

とはいえ、いくだけいってみるしかない。

ハンターはボートを東側の砂浜に乗りあげさせ、一行の先に立って島の奥へと向かった。行く手にはサボテンが密生していて、服の上からちくちくと肌を刺した。それでも、午前のなかばまでには高所の頂にたどりつき、島の全周を見まわすことができた。それでわかったのは、ふたつのことだった。

ひとつめは、ここが南に点々とつづく列島の一部であり、すぐ南の島がはっきりと見えること。その島では六カ所から灰色の煙が細く立ち昇っており、風に乗ってたなびいていた。人が住んでいることはまちがいない。

ふたつめは、こちらのほうがより注意を引いたのは、いまいる島に村があることだった。西の浜辺ぞいに家々の屋根が見えていたのである。現在地から見おろすかぎりでは、建物はスペインの前哨的入植地に特有の、粗雑な造りをしているようだ。

ハンターは部下たちを率い、用心深く村に降りていった。全員がマスケット銃をかまえ、サボテンの群生から群生へと身を隠しながら、そうっと近づいていく。村のすぐそばにまで近づいたとき、部下のひとりがマスケット銃を暴発させた。銃声は大きく響きわたり、風に乗って運ばれていった。ハンターは毒づき、村人たちが慌《あわ》てふためいて飛びだしてくるのを待った。

だが、なんの反応もない。村にはだれも住んでいないらしい。

すこしようすを見てから、ハンターは部下を連れて村に乗りこんだ。この村が無人であることは、はいってみてすぐにわかった。どの家もがらんとしていたためだ。最初の家に足を踏みいれたところ、スペイン語で印刷された聖書が一冊と、粗雑で壊れたベッド二台に投げかけられた虫食いだらけの毛布が二枚あるだけで、あとはなにもなかった。毛布をめくったとたん、何匹ものタランチュラが、暗がりをもとめていっせいに逃げ散っていった。

ハンターは家の外にもどった。部下たちは一軒ずつ、忍び足で各家を覗いてまわったが、結局、かぶりをふりふり、から手で外へ出てくるばかりだった。

「おれたちがくるのに気づいたんじゃねえか?」ひとりがいった。

ハンターはかぶりをふった。

「入江を見てみろ」

入江の浅瀬には四艘の小舟《ディンギー》が舫《もや》われ、浜辺を洗う静かな波にゆっくりと揺れていた。逃げたとしても、小舟を置いていくのは筋が通らない。

「おーい、ここを見てくれ」

浜辺に立っている男が大声で呼んだ。ハンターは男のそばに歩みよった。砂浜には五筋の深い溝ができていた。横幅のせまい小舟――カヌーかなにかが乗りあげたあとらしい。砂浜には裸足の足跡がたくさん残っていた。いくつかの赤いしみもだ。

「血かな?」

「わからん」

村の北のはずれには教会もあった。ほかの建物と同じく、これも粗雑な造りをしていた。ハンターたちは屋内にはいった。中はひどい荒されようで、壁という壁は血まみれだった。

どうやら教会で虐殺が行なわれたらしい。といっても、ここ二、三日のことではなさそうだ。すくなくとも一週間ちかくはたっている。乾いた血のすさまじい悪臭に、ハンターは気分が悪くなった。

「これ、なんだろうな?」ひとりが問いかけた。

ハンターはその船乗りのもとに歩みよった。船乗りが見つめているのは、床に広げられた大きな革の敷物だった。全体に革質で、うろこもある。

「ワニ革のようだが……」

「けど、ワニなんてどこで獲るんだ?」

「この島でないことはたしかだな」とハンターはいった。「ここはとうていワニの棲《す》める島じゃない」

革を手にとってみた。わりと大きな個体だったようだ。すくなくとも、全長五フィートはあっただろう。カリブ海にはこれほど大きくなるワニはいない。ジャマイカ内陸部の湿原にいるワニは、せいぜい三フィートから四フィートどまりだ。

「しばらく前に剝《は》がれた革のようだが」

ハンターは丹念に革を調べた。首のまわりにはいくつかの孔があいており、そのぜんぶを貫いて一本の革ひもが通してあった。まるでマントのひものようだ。このワニ革をマントのようにまとったのだろうか。

「ヤベぇ——あれを見てくれ、キャプテン」

ハンターは部下のひとりが指さしている方向に目をやった。指さす先にあるのは、ひとつ南の島だった。さっき山頂から見えていた灰色の煙が、いまはひとつも見えなくなっている。

かすかな太鼓の音がしだしたのはそのときだった。

「ロングボートにもどったほうがいい」ハンターは部下たちにうながした。

午後の陽光のもと、一行は帰路を急いだ。東の浜辺に舫《もや》っておいたロングボートのもとへたどりつくまでには、小一時間かかった。たどりついてみると、ここの砂浜にもひとすじ、カヌーの底がつけたような謎の跡が新たについていた。

そして、異様なものが、もうひとつ。

ロングボートのそばの砂浜が部分的にまるくならされ、周囲を小石で縁どられており――その円のまんなかの砂から、五本の指がにょっきりと上へ突きだしていたのである。

人間の指だった。

「手を埋めやがったんだ……」

船乗りのひとりがつぶやき、円にかがみこむと、手を引き抜こうとして指の一本を持った。指は一本だけ、するっと抜けた。船乗りは仰天し、指を放りだしてあとずさった。

「ひ、ひえっ！」

ハンターもこれにはさすがに肝を冷やした。指を抜いた船乗りを見ると、すっかりおじけづいている。

「落ちつけ」

ハンターは円に歩みより、指を一本ずつ引き抜いた。どの指もあっさりと抜けた。抜いた指を手のひらに載せ、しげしげと見つめる。船乗りたちはみな恐怖の眼差しでそのようすを見まもっている。

「どういう意味だ、キャプテン？」

わからない。その指をポケットにしまって、ハンターはいった。

「ガレオンにもどって検討しよう」


夕べの焚火の光のもとで、ハンターは砂浜にすわり、指を見つめていた。みんながさがしもとめていた答えを見つけたのは、レイジューだった。

「切り口を見てみな」手から乱雑に切りとられた指の根元を差して、レイジューはいった。

「こいつは島に住むカリブ族のしわざだ。まちがいない」

「カリブ族だと？」

ハンターは思わず、おうむがえしにいった。それほど意外なことばだったのだ。

島嶼《とうしょ》系のカリブ・インディオ《インディアン》とは、かつてはカリブ海のあちこちの島に住んでいたという、好戦的なことで知られた先住民族だが、だいぶ前に滅び去り、いまでは神話になっている。カリブ海の島々に住むインディアンの各部族は、スペインの支配がはじまって百年のうちに、ことごとくが滅ぼされてしまっていた。辺鄙《へんぴ》な島々の内陸部には、平和を好むアラワク族がいまも少数ながら住んでおり、貧しくてあまり衛生的とはいえない暮らしを送っているが、血に飢えたカリブ族は滅んでひさしい。

すくなくとも、そういわれている。

「なぜわかる?」ハンターはたずねた。

「切り口を見てみな」レイジューはくりかえした。「こいつは金属の刃物で切断した切り口じゃない。石のナイフで切ったあとだ」

ハンターの脳はこの新しい情報を受けいれたがらず、別の答えを口にした。

「むしろ、おれたちを脅かして追いだそうともくろむ、スペイン入植者のトリックじゃないのか?」

だが、そういうそばから、自分のことばが説得力を欠くことはわかっていた。カリブ族のしわざだとすれば、すべてが符合する。カヌーの跡も、革ひもをつけたワニの革も——。

「大陸系はともかく、島のカリブ族は人食いだぜ」レイジューが淡々とした口調でいった。

「警告として、ただ指だけを残していく。それがやつらのやりかただそうな」

エンダーズが近づいてきた。

「ちょっといいか。じつはな——ミス・オルモントがもどってきていないんだ」

「なんだと?」

「ミス・オルモントがもどってきていない」

「どこにいった?」

「この島を見てまわりたいというんで、いかせてやったんだ……」決まりの悪そうな顔で、エンダーズはサボテンのシルエットを指さした。ガレオン船のまわりでは、いくつか焚火が焚かれているが、サボテンの生えているあたりは、その光があまりとどかない距離にある。

「果実やベリー類を集めたいというもんでな。ベジタリアンだそうで——」

「内陸部にか？　出かけたのはいつだ？」

「午後になってからだよ、キャプテン」

「それなのに、まだもどってきていないのか？」

「船乗りをふたり、護衛につけてやった。まさか、こんな危険があるとは——」

いいかけて、エンダーズのことばは途絶えた。

暗闇の中、遠くでインディアンの太鼓が轟《とどろ》きだしたからである。

33

三隻のロングボートのうち、先頭の艇に乗ったハンターは、左右の舷側を洗うおだやかな波の音を聞きながら、近づいてくる島に目をこらした。太鼓の音が徐々に大きくなってくる。内陸部にはかすかな炎のちらつきも見える。

となりにすわっているレイジューがいった。

「連中、女は食わないぜ」

「おまえには幸いだったな」とハンターはいった。「レディ・サラにもだ」

「うわさによると」闇の中でくっくっと笑いながら、レイジューはつづけた。「カリブ族はスペイン人も食わないというぜ。固くて食えたもんじゃないんだとさ。オランダ人は肉づきがいいが味がない。イングランド人は可もなく不可もなく、フランス人は旨《うま》い。いいえて妙じゃないか？」

「とにかく、レディ・サラを取りもどさないとな」ハンターは陰鬱な声を出した。「なんとしてもだ。こんなざまで、どの面さげて総督に報告できる。せっかく姪御《めいご》さんを救いだしたのに、カリブ族にさらわれてブーカン《バーベキュー》にされてしまいましたとは――」

「あんたにゃユーモアが通じないんだな」

「今夜はな」

ほかのロングボートをふりかえった。二隻とも闇の中をぴったりとついてくる。救出隊の総勢は二十七名。残りの者は、エンダーズとともに、エル・トリニダード号に残してきた。焚火の明かりで応急修理をさせるためだ。いくらエンダーズが船の魔法使いであれ、今回の要求が酷にすぎることはハンターも承知していた。かりにレディ・サラを救出してもどってこられたとしても、すぐには名なし島から脱出できないだろう。まる一日——もしかすると、もっとだ。そして、その間に、カリブ族はかならず襲ってくる。

そのとき、ロングボートの船底が砂浜をこするのを感じた。船乗りたちがつぎつぎに艇を飛びおり、ひざまでの海水に降り立つ。ハンターは小声で命じた。

「全員、降りろ。ただし、〈ユダヤ人〉だけは乗せたままにしておくんだ。〈ユダヤ人〉のあつかいには重々気をつけてくれよ」

ほどなく、ロングボートが砂浜に乗りあげると、〈ユダヤ人〉は用心深く艇を降りてきて、乾いた砂地に立った。腫《は》れ物にさわるようなあつかいになるのもむりはない。その両腕には貴重な荷物をかかえていたからである。

「濡れたりしなかったろうな？」ハンターは小声でたずねた。

「濡れなかったと思う——充分に気をつけていたんでな」ドン・ディエゴは、涙っぽい目をしばたたいた。「しかし、こう暗くては、よく見えん」

「おれのすぐうしろについてこい」

ハンターはそういうと、一行を率い、島の内陸部へ向かいはじめた。背後ではもう二隻のロングボートが浜辺に着き、武装した船乗りたちが砂浜に降りはじめている。一行は足音を忍ばせて浜を横切り、サボテンの群生にたどりついた。今夜は月が出ておらず、真っ暗闇だ。そのまま、ちらつく炎と太鼓の音をたよりに、内陸部へ進みつづけた。

カリブ族の村は、予想していたよりずっと大きかった。草葺《ぶ》き屋根の泥小屋が十二軒も、半円を描いてならんでいたのである。半円の中心にはいくつかの篝火《かがりび》が焚《た》かれており、篝火のそばには戦士たちの姿が見えた。戦士たちは全身を猛々《たけだけ》しい赤に塗りたくり、奇声をあげながら踊り狂っている。篝火の光を受けて地面に投げかけられ、荒々しく踊る、黒々とした影――。戦士のなかには、頭からワニ革をかぶっている者たちが何人かいた。また、人間の髑髏《どくろ》を高々とかかげている者たちもいた。全員、服らしい服は着ていない。そして、全員が不気味で単調な歌を詠誦《えいしょう》している。

戦士たちが踊っている理由は、篝火の上に高くかかげられたものを見てすぐにわかった。枝葉つきの細い生木を組んだ格子の上に、船乗りのひとりが縛りつけられていたのである。船乗りは手足を切りとられ、はらわたを抉《えぐ》りだされており、とうに息絶えていた。そばには女たちの一団がいて、男の腸を洗っていた。

レディ・サラの姿はどこにも見あたらない。そのとき、〈ムーア人〉が一カ所を指さした。レディ・サラが地面の上に横たわっている。髪は血まみれだ。ぴくりとも動かない。

たぶんもう死んでいるのだろう。

ハンターは部下たちをふりかえった。どの顔を見ても、ショックと怒りがにじんでいた。

ハンターはレイジューにふたことみこと耳打ちし、自分はバッサとドン・ディエゴのふたりだけを連れて、集落の縁に忍び寄っていった。

ほどなく、ナイフをかまえ、裏手から小屋の一軒に忍びこんだ。小屋は無人だった。天井にはいくつもの髑髏がぶらさがり、それが広場側の入口から吹きこんでくる風に揺れ、髑髏同士でぶつかりあって、コツコツと音をたてている。片隅には、骨をうずたかく積みあげた籠があった。

「急げ」

骨を無視して、ふたりにうながす。

ドン・ディエゴは、小屋のまんなかにグルナードをひとつだけ置き、導火線に火をつけた。それがすむと、三人ともすばやく小屋をあとにし、こんどは集落の反対側にまわりこんだ。そこで、二発めのグルナードの導火線に火をつけ、しばらくようすを見た。

じきに、一発めのグルナードが炸裂した。すさまじい威力だった。小屋は一瞬で砕け散り、一千もの破片になって飛び散った。茹《ゆ》でたロブスターの色に塗りたくった戦士たちは、呆然として立ちつくしている。恐怖と驚愕の声をあげている者もいる。

間髪を容れず、篝火の燃える広場のただなかに、ドン・ディエゴが二発めのグルナードを投げこんだ。いくつか数えたところで、二発めは爆発した。無数の金属とガラスの破片を全身に浴びて、戦士たちが悲鳴をあげはじめる。

同時に、ハンターの部下たちが茂みから射撃を開始した。

その隙をついて、ハンターと〈ムーア人〉は広場に忍びこみ、レディ・サラ・オルモントのからだをかかえあげ、急いで茂みに駆けもどった。まわりじゅうでカリブ族の戦士たちが悲鳴をあげ、怒声を発しては死んでいく。やがて小屋の草葺き屋根に火がついた。ハンターが最後にちらりとふりかえったとき、集落は燃え盛る地獄絵図の様相を呈していた。

一行はすばやく、臨機応変に帰りのルートを選び、砂浜へ向けて撤退した。大力のバッサは軽々とレディ・サラをかかえている。途中でレディがうめいた。

「おお、生きているぞ」ハンターは安堵の声を出した。

レディ・サラがふたたびうめいた。

全員、浜辺に向かって小走りに急ぐ。やがてロングボートにたどりつき、とくにトラブルもなく島を脱出できた。

そして夜明けまでには、全員がガレオン船に帰りついていた。


操舵手のエンダーズは、船の修理をほかの者に監督させ、レディ・サラの負傷を調べた。そして、午前中のなかばまでには見立てをおえ、ハンターにこう報告した。

「だいじょうぶだ、助かる。頭を強打されているが、それほど深刻じゃない」エンダーズはそういって、ガレオン船を見あげた。「あとは早々に出帆するだけだな」

ここに錨泊して以来、なるべく早く出航できるよう、ハンターたちは全力をあげてきた。だが、主檣《メインマスト》はまだ補修が充分ではなく、主檣楼《メイントップ》も失われたままだ。前檣《フォアマスト》は完全に消えており、吃水線下にはいまも大きな穴があいた状態にある。修理に必要な木材を確保するには、主甲板の一部をはがさざるをえず、じきに砲列甲板の一部まではがすことを余儀なくされた。それでも、修理は遅々としてはかどらなかった。

「どんなに急いでも、出航できるのは明朝というところか」ハンターはいった。

「ここで夜を明かしたくないな」島を見まわして、エンダーズはいった。「いまのところは平穏だが——ここで夜を明かしたくはない」

「同感だ」とハンターはいった。

その晩は、夜を徹して働きつづけた。みんな疲れきっているのに、一刻も早く船の修理をおわらせるため、一心不乱で働いている。見張りにかなりの人数を割《さ》いているので、それでいっそう作業に遅れが出たが、見張りの増員は、ハンターには必要不可欠の措置に思えた。

真夜中、またも太鼓の音が鳴りだし、それが小一時間つづいた。ついで、不気味な静寂が訪れた。

船乗りたちは不安に陥り、修理の手がとどこおりがちになった。ハンターはみんなを叱咤《しった》して作業をつづけさせねばならなかった。

夜明けちかく、ひとりの船乗りのそばに立って、板の打ちつけを手伝っていたときのこと

――ふいに、その男がぴしゃっと自分の首筋をたたいた。

「ちっ、うっとうしい蚊め」

だが、そう毒づいたとたん、男は奇妙な表情を浮かべ、いきなりばたりと倒れこみ、咳きこんで――息絶えた。

ハンターは男にかがみこんだ。首筋に小さな孔があいていて、そこから一滴の血がにじみでていた。ただそれだけなのに、男は死んだ――。

こんどは船首付近のどこかで悲鳴があがり、別の男が砂に倒れ、これも即死した。船乗りたちが動揺しだす。見張りの者たちも船のそばに逃げ帰ってきた。修理をしていた男たちは、全員、船体のもとにうずくまった。

ハンターはもういちど、足もとにころがった死体をあらためた。見ると、男の手になにかが握られている。それはちっぽけな吹矢だった。羽根がついていて、先端は針のように鋭い。

毒針にちがいない。

「やつらがくるぞ！」見張りたちが叫んだ。

船乗りたちは、木切れや破片の陰など、すこしでも身を隠せそうなものの陰に飛びこんだ。そして、固唾《かたず》を呑みつつ、敵が現われるのを待った。しかし、だれも砂浜には出てこない。砂浜のはずれに生える茂みやサボテンの群生は、ひっそりと静かなままだ。

エンダーズがハンターのそばににじりよってきた。

「作業を再開するか？」

「何人やられた？」

「あっちでピーターズがやられた。それと、そこのマクスウェルだ」

ハンターはかぶりをふった。

「これ以上は失えない」人員はもう、レディ・サラを勘定に入れても、三十人にまで減ったことになる。「夜明けを待とう」

「わかった、みんなに伝えてくる」

エンダーズは答え、砂浜をにじりはじめた。

そのとたん、フシュッという音がしたかと思うと、なにかがハンターの耳もとをかすめ、トスッ！という音をたてて、付近の船板に突き刺さった。羽根つきの小さな吹矢だった。

ハンターは砂地につっぷし、つぎの攻撃にそなえた。

それから夜が明けるまでは、なにごとも起こらなかった。が、夜明けとともに、この世のものとは思えない雄叫《おたけ》びをあげて、全身を真っ赤に塗りたくった戦士たちが茂みから出現し、砂浜をこちらに突進してきた。ハンターの部下たちは、ただちにマスケット銃の斉射で応戦した。十名の戦士が一瞬で撃ち倒され、砂浜にころがった。ほかの戦士たちはあわてて茂みに飛びこんだ。

それから長いあいだ、ハンターたちは身を伏せ、つらい姿勢を維持し、戦士たちの出方を待った。そうやって待つうちに、とうとう真昼になったが、なにも起こらない。ハンターは用心深く作業の再開を命じるいっぽうで、自分は一隊を引き連れて、内陸部へようすを見にいった。赤い戦士の姿は影も形もなくなっていた。

当面の安全を確認したハンターは、船のところへもどった。船乗りたちはみなげっそりとやつれ、疲れきり、動きが鈍くなっていたが、エンダーズだけは妙に元気で、一同の士気を鼓舞してまわっていた。

「指を交差させろ、神をたたえろ——そうすれば早々に出帆できる」

修理の鎚音《つちおと》が響くなか、ハンターはレディ・サラのようすを見にいった。

レディ・サラはベッドに横たわり、戸口からはいっていくハンターをじっと見つめていた。

「マダム」ハンターは声をかけた。「気分はどうです？」

レディ・サラはハンターを見つめるばかりで、なにも答えない。まぶたはしっかり開いている。それなのに、その目はハンターを見ていない。

「マダム？」

返事はなかった。

「マダム？」

レディ・サラの顔の前で手を動かしてみた。まばたきひとつしない。ハンターの存在には気がついていないようだ。

かぶりをふりふり、ハンターは部屋をあとにした。

夕べの満ち潮に乗って、エル・トリニダード号は入江に浮かんだ。しかし、まだ最低限の修理はおわっていない。出帆できるのは夜明けになるだろう。ハンターは甲板を歩きまわり、砂浜に目を光らせた。真夜中ごろ、ふたたび太鼓の音が轟きだした。もうくたくただったが、これではとても眠れない。ときおり、空気を切り裂いて死の吹矢が飛んできた。さいわい、だれにも当たりはしなかった。そうこうするうちに、エンダーズが夜目のきくサルのように甲板を這ってきて、もうだいじょうぶだ、万全とはいえないが、なんとか出航できる状態になったと告げた。

暁光《ぎょうこう》が兆すとともに、船乗りたちは船尾錨を巻きあげて、たくみに帆をあやつりだした。夜明けの引き潮に乗り、ガレオン船は外海へすべり出ていく。

赤い戦士たちを乗せたカヌーの群れが襲ってはこないかと、ハンターは周囲に目を配った。こうして船が動けるようになった以上、いつでも砲弾を見舞ってやれる。じっさい、襲ってきてくれることを心待ちにしていたといっていい。

だが、カリブ族はもはや襲ってはこず、船は新たに張った帆に風を孕《はら》み、速度をあげた。やがて名なし島は後方へ消えた。島影が見えなくなると、ここでの体験全体が悪夢のように思えてきた。もうくたくただった。ハンターは舵輪のエンダーズと基幹要員を残し、乗組員の大半に睡眠をとるよう命じた。

この指示に対しては、エンダーズが不安を表明した。

「まったく、おまえというやつは」とハンターはいった。「いつもいつも、心配してばかりだな。すでにもう、やつらの手がとどかないところまで脱出したじゃないか。足もとの船は安定していて、行く手の海はおだやかだ。なにを心配することがある？」

「ああ、たしかに海はおだやかだが……」エンダーズは認めた。「……ここがボカ・デル・ドラゴンであることはまちがいない。基幹要員だけで乗りきれる海域じゃないんだ」

「しかし、すこしは眠らせてやらないと、みんな、もたないぞ」

ハンターはそう言い残して、下の甲板へと降りていった。自分の船室にはいったあとは、倒れこむようにして眠りに落ちた。船室は暑くて空気がよどみ、ひどく寝苦しく、とうてい安眠できる状態ではなかった。ボカ・デル・ドラゴンで船が転覆する夢を見た。カリブ海の南部では、このあたりはどこよりも深い。ハンターは青い海に沈んでいき、やがて海の色は黒くなって……。

はっと飛び起きた。これは……女の叫び声か？

急いで主甲板に駆けあがった。すでに陽は沈みかけていて、風はかなり弱くなっている。エル・トリニダード号の帆は風を受けてうねっており、沈みゆく落日の光を浴びて真っ赤に燃えていた。舵をとっているのはレイジューだ。エンダーズと交替したらしい。ハンターの姿を見るなり、レイジューは海を指さし、叫んだ。

「あそこ！」

ハンターは見た——左舷方向の海面下すれすれで、なにかが海水をかき乱しているのを。ブルーグリーンの蛍光を放ち、そのなにかはぼうっと発光していた。そいつが船をめがけ、まっしぐらに近づいてくる。

「ドラゴンだ」レイジューがいった。「一時間ほど前から、ドラゴンが追いかけてきてる。それがとうとう、追いついて――」

ハンターは海を凝視した。光る怪物はぐんぐん追いついてきて、船の真横にぴたりとつけ、急に減速し、エル・トリニダード号と速度を合わせて並走しだした。そうとうの大きさだ。本体は発光する大きな袋状のもので、うしろには長大な触手を引いている。

「ヤバい！」レイジューが叫んだ。舵輪が勢いよく動き、握っていた手がはじきとばされた。船が荒々しく揺れはじめる。「襲ってきた！」

ハンターは舵輪に飛びつき、安定させようとしたが、なんらかの強力な力が舵を押さえており、びくともしない。またもや舵輪が勢いよくまわり、ハンターは舷縁《げんえん》にはね飛ばされ、甲板にころがった。背中を強打して息が詰まり、はげしくあえぐ。この時点で、レイジューの叫び声を聞きつけて、甲板には船乗りたちが飛びだしてきていた。まわりじゅうで恐怖の叫び声があがっている。

「クラーケンだ！　クラーケンだ！」

よろよろと立ちあがったとき、なにか長くて太いものが手すりごしに這いあがってきて、ハンターの腰に巻きついた。粘液におおわれた触手だった。触手には吸盤がずらりとならび、それぞれが多数の鋭利な棘《とげ》で縁どられている。その棘で服を切り裂いて、触手はハンターを手すりへ引きずりだした。触手の冷たさがはっきりと伝わってきた。ハンターはすさまじい嫌悪感をこらえつつ、胴体にからみついた触手に短剣を突きたてた。そのとたん、人間など遠くおよばない力で、触手はハンターを高々と持ちあげた。ハンターは怯《ひる》まず、触手の肉に何度も何度も短剣を突き刺した。緑色の血が噴き出し、ハンターの脚をつたって流れ落ちていく。

だしぬけに、触手の締めつけがゆるみ、ハンターは甲板に投げだされた。ふらふらと立ちあがり、周囲を見まわすと、いたるところで触手がうごめいている。船尾から這いあがってくるものもあれば、船尾の上へ高くそそりたっているものもある。一本がひとりの船乗りにからみつき、もがくからだを空中に持ちあげ、まるで蔑《さげす》むように、ぽいと海中に放り投げた。

エンダーズが叫んだ。

「はいられた！　船内にはいられたぞ！」

船の中央のどこかで、散発的にマスケット銃を発射する音がした。何人かが舷縁から身を乗りだし、海中の怪物に銃弾を浴びせかけているのだ。

ハンターは船尾に駆けより、後方の海面を見おろした。そこに見えたのは慄然とする光景だった。船のまうしろに、球形に膨れた巨大な怪物がいる。その怪物が、多数の触手を船の十数カ所にからみつかせ、船体を打ちすえ、大きく揺さぶっていたのだ。深まりゆく宵闇のなかで、怪物の巨体は蛍光グリーンの淡い光を放っていた。緑に発光する触手の何本かは、すでに船尾楼の船室の窓から内部へと侵入している。

レディ・サラが危ない！

ハンターは下の甲板へ急いだ。レディ・サラは自分の船室におり、あいかわらず無表情な顔で戸口を見つめていた。

「マダム、早く——」

その瞬間、大きな窓の鉛ガラスを突き破り、太さが木の幹ほどもある巨大な触手が船室に侵入してきた。触手はまず、大砲にからみつき、ぐいと引っぱった。車輪止めのブロックがあっさりとはずれ、大砲が勢いよく室内にころがった。怪物の吸盤を縁どる鋭い棘《とげ》が触れたところには、黄色く光る深い溝が抉《えぐ》れて残った。

レディ・サラが悲鳴をあげた。

ハンターは斧を手にとるなり、くねる触手にたたきつけた。不気味な緑色の血がしぶき、顔を濡らした。いくつもの吸盤が頬をかすめ、皮膚を切り裂いていく。触手はいったん後退したのち、ぐんと伸びてきて、光る緑のホースのように片脚に巻きつき、ぐっと引っぱった。ハンターは床に倒れこみ、窓際へ引きずられはじめた。触手の力に抵抗しようと、床に斧を突きたてる。だが、斧はむなしく床をはずれ、ふたたびレディ・サラの悲鳴が響くなかで、ハンターはすでに割れている窓から外へ、船尾の外へと引きずりだされた。

片脚をつかむ触手に、しばし空中でふりまわされた。子供にふりまわされる人形も同然の状態だった。ついで、こんどはエル・トリニダード号の船尾にたたきつけられた。それでもハンターはあきらめず、痛む片手で船尾船室の手すりをひっつかみ、反対の手で持った斧を触手にたたきつけた。触手はようやくハンターを放した。

つかのま、解放されはしたものの、怪物はすぐ間近にいる。すぐ下の海中にいて、巨体をくねらせている。圧倒されるばかりの巨大さだった。怪物は多数の触手で船尾をしっかりと押さえこみ、船体を食らおうとしているらしい。怪物が放射する蛍光を受けて、一帯の空気そのものが緑色に染まって見えた。

すぐ真下には巨大な目があった。直径五フィートはあるだろう。テーブルよりも大きい。巨眼はまったくまたたくことがなく、そこにはなんの表情も見られなかった。緑に輝く肉に取りかこまれた黒い瞳孔《どうこう》は、無感情にハンターを品定めしているかのようだ。巨体の後方に目をやれば、怪物はスペード形をしており、左右に二枚の平たいヒレが突きだしているのが見える。だが、なによりも警戒すべきは、多数の触手だった。

極太の触手が船の上へ伸びてきた。ずらりとならぶ吸盤は、一枚一枚がディナープレートほどもあり、鋭い棘で縁どられている。あれに触れられたら、肉をずたずたにされてしまうのはまちがいない。船尾船室の手すりにぶらさがった格好で、ハンターは触手を避けようと身をくねらせた。

そのとき、頭上の船乗りたちが怪物に銃を撃ちかけはじめた。

エンダーズが大声で制止した。

「撃つな！　キャプテンに当たる！」

つぎの瞬間、極太の触手の一本にからだをはたかれた。手が手すりから離れ、ハンターは海面へ、怪物の真上へと落下した。

緑色に発光する海水の中で、しばらくもがき、あがくうちに、なにかの上に足がついた。怪物だ！　自分は怪物の上に立っているんだ！　粘液をまとう怪物のからだは、つるつるとすべった。踏んだ感触はやわらかく、まるで水の袋の上に乗っているようだ。怪物の皮膚は――手やひざがあたる部分は――どこもひどく冷たい。粘液の下の表皮はぶつぶつしている。足の下で怪物の肉が脈動し、大きくうねった。

怪物の本体が浮かんでいるのは、海面すれすれのあたりだった。怪物の上で海上に立ち、バチャバチャと海水をはねながら、ハンターは巨眼のそばに近づいていった。間近から見る怪物の目は、恐ろしいほどにでかい。漆黒の瞳孔は、発光する緑の肉にぽっかりとあいた、巨大な穴のようでもある。

だが、一瞬もためらうことなく、ハンターは大きく斧を振りかぶり、湾曲した目の球面に刃《やいば》をたたきつけた。斧ははじき返された。もういちど振りかぶり、ふたたびたたきつけた。そして、もういちど。

やがてついに、斧は深々と目玉に突き刺さった。透明な液体が、あたかも間欠泉のように勢いよく噴出してきた。目のまわりの筋肉が収縮するのがわかる。

あっと思ったときには、海は細かい泡で白濁し、肉の足場が消えていた。怪物が深みへと逃げたのだ。泡の海に浮かんだまま、ハンターは助けをもとめて船上に呼びかけた。一本の索《つな》が投げおろされた。が、それにつかまろうとしたとたん、またもや怪物が浮上してきた。真下からの衝撃に荒々しく突きあげられて、ハンターのからだは空中に飛びだし、白濁する海の上にしばし滞空したのち——海上に出現した怪物の、ぶよぶよした肉体の上に落ちた。それも足からだ。結果的にハンターは、怪物の上に立つ格好となった。

ここにおいて、エンダーズと〈ムーア人〉が舷縁を躍り越え、怪物の上に飛び降りてきた。どちらも両手で槍をかまえている。ハンターのそばに降り立ったふたりは、その槍を怪物のからだに深々と突きたてた。

緑色をした極太の血柱が二本、空中に高々とそそりたった。

つぎの瞬間、荒々しく海水がかきみだされたかと思うと、怪物は姿を消していた。苦痛に耐えかねてこの場を逃げだし、海の深みに潜っていったのだ。

ハンター、エンダーズ、〈ムーア人〉は、白泡の立つ海上に浮かび、翻弄《ほんろう》されまいと水をかきつづけた。

「助かった」あえぎあえぎ、ハンターはいった。

「おれに礼をいってくれるな」エンダーズは答え、横の〈ムーア人〉にあごをしゃくった。「この黒い大将がな、おれを突き落としたんだ」

舌のないバッサが、にんまりと笑ってみせた。

すぐそばにそそりたつエル・トリニダード号は、ゆっくりと向きを変え、三人を回収しにもどってこようとしている。

「たぶん——」と、三人で水を蹴っているあいだ、エンダーズがいった。「——ロイヤルに帰ってこの話をしたところで、だれも信じちゃくれないだろうな」

索が投げおろされてきた。三人は甲板の上に引きあげられた。そして、海水をしたたらせ、咳きこみながら、疲れきったからだを甲板に横たえた。

第六部　ポート・ロイヤル

34

一六六五年十月十七日午後三時、スペインのガレオン船エル・トリニダード号は、ポート・ロイヤルにいたる東の海峡を通過しつつあった。低木におおわれた南の島《サウス・キー》のすぐ外側で、キャプテン・ハンターは錨を降ろせと命じた。

ポート・ロイヤルまで、あと二マイル。ハンターと乗組員たちは、手すりのそばに立ち、海峡ごしに町を眺めやった。

港町はひっそりとしていた。ガレオン船の到着に気づいた者はまだいないようだ。だが、もうしばらくしたら、私掠船が敵のお宝をぶんどってきたさいにはつきものの、祝砲射ちとお祭り騒ぎがはじまるにちがいない。町をあげての祝宴は、どうかすると二日かそれ以上もつづくことがある。

ところが、いつまでたっても、祝いがはじまる気配はまったくなかった。それどころか、夕闇が忍びよるにつれて、港町はいっそう静まり返っていくかのようだった。凪《な》いだ海峡の向こうでは、祝砲も射たれなければ篝火《かがりび》も焚《た》かれず、歓迎の叫び声があがることもない。

エンダーズが眉をひそめた。

「まさか、スペイン人に襲われたのか？」

ハンターはかぶりをふった。

「それはないな」

ポート・ロイヤルは新世界におけるイングランド屈指の植民地だ。スペイン人も、セント・キッツ島なら攻撃するかもしれない。その他の小規模な前哨地なら攻撃するかもしれない。だが、ポート・ロイヤルを襲うことだけはありえない。

「しかし、なにかよくないことが起こったにちがいないぞ。それはたしかだ」

「もうじきわかるさ」とハンターは答えた。

というのは、見ているうちに、一隻のロングボートがフォート・チャールズをあとにし、ガレオン船に向かってきたからである。エル・トリニダード号が投錨しているこの位置は、要塞《フォート》の火砲の射程内にある。

やがてロングボートはエル・トリニダード号の横につき、索《つな》で舫《もや》われた。すぐさま、王の義勇軍の士官が乗りこんできた。ハンターのよく知っている人物だった。名前をエマースンといって、将来有望な若い男だ。

エマースンは明らかに緊張していた。そして、必要以上に大きな声でこう切りだした。

「この船の公認船長はだれか？」

「おれだ」ハンターは一同の前に進み出ていき、エマースンにほほえみかけた。「元気そうじゃないか、ピーター」

エマースンはしゃちこばり、気をつけの姿勢で立っている。ハンターを知り合いと認めたようすはない。

「身元を報告されたい」

「ピーター、おれのことはよく知ってるだろう。いったいなんの——」

「身元を報告されたい。さもなくば、罪に問われることになる」

ハンターは眉をひそめた。

「これはいったい、なんの茶番だ？」

気をつけの姿勢のまま、エマースンは質問した。

「貴君はチャールズ・ハンター——マサチューセッツ・ベイ植民地市民であり、先ごろまで国王陛下のジャマイカ植民地に在住していた者か？」

「そのとおりだが……」

夕べのひんやりした風の中だというのに、エマースンが汗をかいているのがわかった。

「貴船の船籍を報告されたい」

「スペインのガレオン船だよ。名前はエル・トリニダード号だ」

「スペイン船籍か？」

ハンターはだんだんじれてきた。

「そうだ。見ればわかるだろう」

「それでは——」ひとつ深呼吸をしてから、エマースンはいった。「——わが誓約せる職務にしたがい、チャールズ・ハンター、貴君を海賊行為の咎《とが》で逮捕する——」

「海賊だと！」

「——貴君の乗組員全員も同罪である。貴君にはわがロングボートでご同行ねがいたい」

ハンターは驚愕した。

「だれの命令だ？」

「ジャマイカ総督代理、ミスター・ロバート・ハクレットの命令だ」

「だが、サー・ジェイムズは——」

「こうして話しているあいだにも、サー・ジェイムズは息をひきとりかねない状況にある」

エマースンはいった。「さ、ご同行を」

わけがわからず、茫然自失のていで、ハンターは舷縁を乗り越え、ロングボートに降りた。海岸を眺めやると、多数の兵士がずらりとならんでいる。ハンターはうしろをふりかえり、遠ざかっていくエル・トリニダード号を眺めた。乗組員たちも自分に劣らず呆然としているようだ。

ハンターはエマースンに向きなおった。

「いったいなにが起こってるんだ？」

ロングボートに移ったことで、エマースンはすこしリラックスしたようだった。

「いろいろと変化があったんだ」エマースンは打ち明けた。「二週間前、サー・ジェイムズが熱病で倒れてな――」

「なんの熱病だ？」

「知っていたらいうさ。以来、ずっと、総督官邸のベッドに寝たきりだ。この間《かん》、ミスター・ハクレットが植民地の運営を代行している――スコット司令の補佐を受けて」

「スコット司令の？」

ハンターは自分の反応が鈍いことに気づいていた。五週間におよぶ数々の冒険のはてに、一介の海賊として監獄にぶちこまれ、確実に吊るされてしまうという結末が、どうにも信じられなかったのだ。

「そうなんだ」エマースンはいった。「ミスター・ハクレットは、厳格に町を取りしきっている。すでに監獄に収容された者、絞首刑に処された者は多い。先週はピッツが吊るされて――」

「ピッツが！」

「――ついきのう、モーリーも吊るされた。きみの逮捕にも正当な理由がつけられている」

一千もの異論が心の中に噴きだし、一千もの疑問が渦巻いた。しかし、ハンターはなにもいわなかった。エマースンは軍人であり、上官の命令にはしたがう義務がある。いくらその上官が、気どりくさった伊達男《だておとこ》のスコットであろうともだ。エマースンは命じられたとおり、自分の職務をはたすだろう。

「おれがぶちこまれるのはどの監獄だ？」

「マーシャルシー監獄だよ」

あまりのばかばかしさに、ハンターは笑い声をもらした。

「マーシャルシーの所長ならよく知ってるぞ」

「いや、もう知らないだろう。新任に替わったからな。ハクレットの息のかかった男だ」

「そうか……」

ハンターはしばらく黙りこみ、水をかくオールのきしみを漫然と聞いていた。フォート・チャールズがだんだん近づいてきて、それとともに高くそそりたってゆく。

要塞にはいってみて、ハンターは驚いた。以前とは打って変わり、兵員たちが規律正しくなっていたからだ。かつてのフォート・チャールズでは、胸壁の上に酔っぱらった見張りが十人ほどたむろして、野卑な歌を歌っていたものだ。今宵《こよい》のここには、そんなだらけた姿はない。兵員はみな、軍服一式をきちんと着用しており、着こなしにもだらしのないところはまったくなかった。

武装し、気を張りつめている兵士の一隊につきそわれて、ハンターは町へ出た。不気味なほど静かなライム・ストリートを通り、ヨーク・ストリートを北上して、酒場街の前を通りすぎていく。この時間なら、酒場はどこも煌々《こうこう》と明かりがつき、にぎわっているはずなのに、すべての灯が消えていた。町の静けさと泥道の人気《ひとけ》のなさは衝撃的なほどだった。

男の四人専用のマーシャルシー監獄は、ヨーク・ストリートの北のはずれに位置している。

これは巨大な石造りの建物で、二階建ての獄舎にはぜんぶで五十の独房があった。獄舎内は糞尿のにおいが充満しており、床にちらばるゴミのあいだを何匹ものネズミが駆けまわっていた。看守がかかげる松明《たいまつ》の光をたよりに、ハンターはエマースンにつきそわれて、廊下を進んでいった。そのようすを、独房の囚人たちがうつろな眼差しで眺めていた。やがて押しこまれたのは、奥の独房だった。

ハンターは独房を見まわした。房内にはなにもない。ベッドもなければ簡易寝台もない。ただ床に寝藁《ねわら》が敷いてあるだけだ。高い位置にひとつだけある窓には鉄格子がはまっている。その窓を通して、満月の手前を雲がよぎっていくのが見えた。

ガチャンという音とともに鉄格子の扉が閉じられ、外から鍵をかけられると、ハンターは廊下側に向きなおり、エマースンに目を向けた。

「おれが海賊として裁かれるのはいつだ？」

「あすだ」

とエマースンは答え、向きを変えて歩み去った。

チャールズ・ハンターの裁判は、明けて一六六五年十月十八日、土曜日に行なわれた。

通常であれば、裁判所が土曜日に開廷されることなどない。にもかかわらず、ハンターは土曜日に裁かれた。乗組員たちとは別個に、ハンターがひとりだけで法廷に招きいれられたとき、地震で被害を受けた建物は閑散として人気《ひとけ》がなく、わずかな関係者がいるだけだった。

一段高くなった木製テーブルの裁判官席には、ぜんぶで七人の人間がついていた。裁判長を務めるのは、ジャマイカ植民地の総督代理、ロバート・ハクレットそのひとだ。

罪状が読みあげられるあいだ、ハンターは裁判官席の前に立たされた。

「右手をあげて」

いわれたとおりにした。

「汝《なんじ》、チャールズ・ハンター——および同行の航海者全員は、われらが君主、イングランド国王チャールズ陛下の権威のもとに、以下に述べる廉《かど》で告発されるものである」

間があった。ハンターは裁判官席にならぶ顔を見まわした。

高みからハンターをねめつけているハクレットは、口元に独善的な薄笑いを浮かべていた。海事裁判所の判事ルイシャムは、なんだか落ちつかなげに見える。守備隊司令のスコットは、黄金の爪楊子《つまようじ》で歯をせせっている。商人のフォスターとプアマンは、ハンターと目を合わせようとはしない。義勇軍の裕福な士官、ドッドスン副司令は、制服の袖を引っぱっていた。残るひとりは、商船の船長ジェイムズ・フィップスだ。ハンターはこの全員を見知っており、全員が不安な思いでいることをひと目で見てとった。

「汝の属する国家の法と、汝の戴く王が尊重すべき同盟国の法——この両法に対し、露骨な侮辱行為を働くべく、汝は悪辣にも仲間と語らい、徒党を組み、陸上と海上の双方において、信仰至純なるキリスト者スペイン王フェリッペ《フィリップ》陛下の臣民および財産を蠹害《とがい》した。また、極悪非道なる意図のもとにレーレス島のスペイン植民地を襲撃し、凶悪無比の手段を用いてその

告発されている。

加うるに、レーレス島南方の海上において、スペインの軍艦に対し非合法の攻撃を行ない、これを沈没せしめ、同艦の全乗員および資産をことごとく喪失せしめた。この点にても汝は告発されている。

以上をすべて総合するなら、汝および汝の一味は、全員が自発的に結託し、凶悪な計画をたくらみ、そのたくらみを実行に移すべく、複数の地点においてスペイン艦船および領土を攻撃し、スペイン臣民を虐殺したことになる。以上についてなにか申し立てることはあるか、チャールズ・ハンター？」

短い間ののち、ハンターは答えた。

「無罪」

ハンターにしてみれば、この裁判自体が茶番だった。一六一二年の国会制定法が規定するところによれば、法廷の裁判官を務めるのは、直接的と間接的とを問わず、審理される訴訟とはいっさい利害関係のない者でなくてはならない。しかし、いま裁判官席にならぶのは、ひとり残らず、ハンターの有罪判決によって没収される船とその財宝を獲得できる立場の者たちなのだ。

ハンターを困惑させたのは、この裁判官らが、ハンター一行のとった行動をやけに詳細に把握していることだった。ハンターと乗組員以外に、マタンセロス襲撃の顚末《てんまつ》を知っている者がいるはずはない。それなのに告発内容には、スペインの軍艦と交戦し、競り勝ったことまでもが含まれている。法廷はどこからその情報を入手したのか？

おそらくは、昨夜のうちに、乗組員のだれかが——たぶん、拷問でも受けて——口を割らされたのだろう。

ハンターの主張に対し、法廷はまったく無反応だった。

ハクレットがこちらに身を乗りだし、冷静な声でいった。

「ミスター・ハンター——本法廷はきみがジャマイカ植民地における重要人物であると認識している。本手続きにおいては、空疎な儀式には則《のっと》りたくない。そんなことをしていては、守られる正義も守られないかもしれないからな。そこでだ。いまここで、告発内容について、自己弁護を行なう気はないかね？」

これには驚いた。答える前に、ハンターはこの誘いの意味を吟味した。ハクレットは法的手続きのルールを破ろうとしている。ハクレット自身にとって、そのほうが有利なのだろう。とはいえ、無視するには、与えられたこの機会はあまりにも魅力的すぎた。

「この公明正大な法廷における高名な方々が喜ばれるのでしたら——」皮肉な響きはあえて交えずに、ハンターは答えた。「——自己弁護に努めましょう」

裁判官席にならぶ者たちが、全員、うなずいた——いかにも思慮深そうな、注意深そうな、ものわかりのよさそうな顔で。

ハンターは、ひとりずつ順番に、裁判官たちの顔をじっと凝視してから、おもむろに自己弁護をはじめた。

「紳士諸兄。最近になり、チャールズ陛下とスペイン宮廷のあいだで結ばれた協定のことを、わたしはみなさんのだれよりもよく知っています。両国間で新たに結ばれた絆を進んで断つつもりは毛頭ありません。ただし——挑発されたとなれば話は別です。そして、じっさいにわれわれは、とうてい見過ごしにはできない悪質な挑発行為を受けました。わがスループ船カサンドラ号はスペインの戦列艦に拿捕《だほ》され、わが乗組員もまた、なんの警告もなしに虜《とりこ》にされたのです。しかもそのうち二名は、カサーリャなる人物により、艦内で殺害されました。あまつさえこのカサーリャは、イングランド商船を襲撃し、わたしの把握していない積荷を奪取したうえ、レディ・サラ・オルモントをも攫《さら》っていたのです。この植民地の総督の姪御《めいご》さんをです。

カサーリャはスペイン人であり、フェリペ《フィリップ》王の司令官です。いまお話しした商船の名前は勇猛《イントレピッド》号。カサーリャはこの商船を破壊し、その乗員を残虐きわまりない手段で皆殺しにしました。そのさい惨殺された犠牲者のなかには、チャールズ陛下の覚えがめでたい人物もいます。ワーナー船長です。陛下がこの紳士の訃報をお聞きになれば、おおいに悲しまれるにちがいありません」

ハンターはことばを切った。裁判官たちがこの情報を知らなかったのは明らかで、みな、まずいことを聞いたという顔になっている。

チャールズ王は友人関係をきわめて重視する。ふだんはおだやかな王が、友人のひとりが傷つけられた場合はもちろんのこと、侮辱されただけでも、激烈に怒りだすのだ。ましてや、殺されたとなれば──。

「かくのごとき、一連の挑発行為に対する報復として」ハンターはつづけた。「われわれはマタンセロスのスペイン要塞を攻撃し、レディ・サラ・オルモントをぶじ救出するとともに、妥当かつ適切と思える賠償金として、ささやかな金品を掠奪してきました。これはおよそ、海賊行為と呼べる性質の行動ではありません。紳士諸兄、これは公海で行なわれた憎むべき犯罪に対する、名誉ある復讐なのです。わたしの行なったことは、それ以外のなにものでもありません」

ハンターはことばを切り、裁判官たちの顔を見まわした。全員が、無表情な顔でこちらを見返している。ハンターは気がついた。この者たちはみな、真相を知っているのだ。

「以上の証言についてはレディ・サラ・オルモントが証人になってくれます。今回の告発には、わたしの船に乗り組んでいたどの船乗りにきいてくださってもけっこう。必要とあらば、ひとかけらの真実もありません。なぜなら、挑発さえされなければ、報復としての掠奪行為がなされるはずもなく、じっさいに行なわれたその挑発行為は、きわめて悪質なものだったからです」

ハンターは自己弁護をおえ、裁判官たちの表情をさぐった。どの男もみな無表情なままだ。なにを考えているのか読めない。ぞっとした。

ハクレットがテーブルに身を乗りだしてきた。

「今回の告発に関し、ほかにいうべきことはあるか、ミスター・チャールズ・ハンター?」

「これ以上はありません。いうべきことはすべていいました」

「こういってはなんだが、じつに立派な弁論だった」ハクレットのことばに、ほかの六人はうなずき、あるいは肯定のつぶやきを漏らした。「しかしながら、その弁論の内容が真実かどうかとなると、また別の問題だ。われわれはこれより、その点を検討しなければならない。よかったら本法廷に、そもそもきみのスループ船がどういった目的で出航したのか、話してもらえるかな」

「ログウッドの刈り入れのためです」ハンターは答えた。

「免許状は発行してもらったのだね？」

「もらいました、サー・ジェイムズ・オルモントからじきじきに」

「その免許状はどこにある？」

「カサンドラ号とともに行方不明になりました。しかし、免許状を作成したという事実は、サー・ジェイムズが裏づけてくれます」

「サー・ジェイムズは――たいへん重篤な状態にあり、いかなる案件であれ、本法廷で肯定することも否定することもできない。とはいえ、免許状が発行された件については、きみのことばを信用してよさそうだ」

ハンターは軽く頭を下げた。

「それでは、つぎに」ハクレットはつづけた。「きみたちがスペイン艦に拿捕《だほ》されたのは、どこでだね？　どの海域でだ？」

ハンターはジレンマに陥り、返答に窮して、しばしためらった。だが、ここでためらいを見せれば、返事の信憑性《しんぴょうせい》を欠くことになる。やむなく、真実を語ることにした。といっても、真実のすべてをではないが。

「ヒスパニオラ島の西の、ウィンドワード海峡です」

「ヒスパニオラ島の西？」ハクレットは、いかにも驚いたという表情をつくろってみせた。

「あんなところにログウッドがあるのか？」

「ありません」ハンターは答えた。「しかし、まる二日、はげしい嵐に見まわれて、予定のコースを大きくはずれてしまったのです」

「そうだろうとも、そうでなくてはおかしい——なにしろ、ヒスパニオラ島はジャマイカの東にあるが、ログウッドというものは、もっと西が主要な刈り入れ地なのだからな」

「嵐の責任までは持てませんよ」

「嵐がきたのはいつだった？」

「九月の十二日と十三日でした」

「妙だな——そのころのジャマイカは快晴だったが」

「海上の天気が陸の天気と同じとはかぎらない——これはよく知られた事実です」

「法廷として礼をいう、ミスター・ハンター、きみの船乗り心得の講釈に対してな。しかし、ここに集まった面々に、そういう講釈を垂れてもらう必要があるとは、まったく思えない」

ハクレットはくっくっと笑った。「では、ミスター・ハンター——キャプテン・ハンターと呼ばないことは許してくれたまえよ――きみはここに断言するのだな、いついかなる時点においても、きみにもきみの乗組員にも、いかなるスペインの植民地や領土を襲撃する意図はなかったと？」

「断言します」

「そのような非合法の襲撃計画を練るにあたって、だれにも相談してはいないのだね？」

「していません」

ハンターはなるべく自信たっぷりに聞こえる口調で、きっぱりといいきった。この証言をあえて否定する乗組員がいないことはわかっている。牡牛湾《ブル・ベイ》で行なわれた意志確認の儀式を認めることは、掠奪行為に加担するつもりでいたと認めることに等しいからだ。

「仲間のどの一員とも、掠奪の意図を語らったことはない――人としての魂にかけて、そう誓うのだね？」

「誓います」

ハクレットは間を置いた。

「では、きみの主旨が理解できているか確認させてくれたまえ。きみはたんなるログウッドの刈り入れのために出航し、運悪く、嵐に――当地ではまったく感じられなかった嵐に――遭遇して、北東へと流された。その結果、きみの船はスペインの軍艦により、こちらからはいっさい挑発をしていないにもかかわらず、拿捕された。これであっているかな？」

「あっています」

「きみはさらに、この軍艦が、あるイングランド商船を襲い、レディ・サラ・オルモントを虜《とりこ》としたことを知って、報復を行なった。どうかね？」

「あっています」

ハクレットはふたたび間を置いた。

「しかし、その軍艦にレディ・サラ・オルモントが虜になっていると、どうしてわかったのかな？」

「われわれが捕虜になったとき、彼女も軍艦に乗せられていたからです。それを聞かされたのは――スペインの兵士からでした。その男がつい口をすべらせたんです」

「なんとも都合のいい話に聞こえるが」

「しかし、事実そのとおりでした。みなで脱出したのち――脱出という行為を、この法廷が犯罪と見なさないことを願うばかりですが――われわれは軍艦のあとをつけてマタンセロスまでいき、そこでレディ・サラが軍艦から要塞へ移される場面も目撃しました」

「するときみは、このイングランド人女性の貞操を守るだけのために、スペイン領を襲ったというわけか」

ハクレットの声は皮肉たっぷりだった。

ハンターは裁判官席にならぶ顔を順番に見ていった。

「紳士諸兄――わたしの理解しているところによれば、この裁判の目的は、わたしが聖人であるか否かを判断することにあるのではなく――」裁判官席のあいだで、心から愉快そうな笑い声があがった。「――わたしが海賊かどうかを判断することにあるはずです。もちろん、マタンセロスの港に碇泊していたガレオン船のことは承知していました。この船を回収して得られたのは莫大な財宝です。しかし裁判官各位には、どうかこの点をご理解いただきたい。スペイン人が行なった挑発は、われわれが仕掛けたような襲撃を何十回やられてもしかたがないほどの、悪質きわまりないものでした。そして、挑発とは概して、法律上の言い逃れや抜け道を許容するものではないのです」

ハンターは法廷記録者に目をやった。その仕事は法廷でのやりとりを逐一書き記すことにある。ところが驚いたことに、記録者は漫然とすわっているだけで、いっさい記録をとっていない。

「これも聞かせてほしいのだがね」ハクレットがたずねた。「いったん軍艦の捕虜となったのち、きみたちはどうやって脱出したのかな？」

「フランス人サンソンの奮闘のおかげです。サンソンの見せたきわめて勇敢な働きによって、われわれは脱出することができたのです」

「そのサンソンなる人物を、きみは高く評価しているようだね？」

「じっさい、そのとおりです。彼には命を救ってもらった恩があります」

「なるほどな」ハクレットはいって、すわったまま横に顔を向けた。「では、最初の証人をここへ。ミスター・アンドレ・サンソン！」

「アンドレ・サンソン！」

ハンターは扉に顔をふりむけ、またしても愕然とした。法廷内にサンソンがはいってきたからである。フランス人は液体が動くような、例のなめらかな足運びで奥まで進んでくると、証言席に立ち、右手をかかげた。

「汝《なんじ》アンドレ・サンソンは、聖なる福音伝道者の名にかけて、神の御心のもと、王の法廷に対し、囚人ハンターが告発されるにいたった原因である海賊行為および窃盗行為についての、単一の事実または複数の事実に関し、真実に基づく正確な証言をすることを厳粛に誓うか」

「誓います」

サンソンは右手をおろし、まっすぐにハンターを見すえた。冷徹であわれむような眼差しだった。そんな眼差しのまま、ひたすらハンターを見つめるサンソンに向かって、数秒後、ハクレットが声をかけた。

「ミスター・サンソン」

「はい」

「ミスター・サンソン——いましがたミスター・ハンターから、今回の航海の経過について、彼なりの見解を聞いたところなのだがね。被告人もきみの勇敢さを非常に高く評価している。その勇敢さをもって、きみ自身から見た航海の経過を語ってもらいたい。まずカサンドラ号の航海の目的がなんであったのか、それを話してもらえるだろうか。そもそもきみは、当初、その目的がなんであると理解していたのかね？」

「ログウッドの刈り入れです」

「しかし、なんらかの時点で、じつはそうではなかったことに気がついた？」

「はい」

「それを法廷に説明してほしい」

「九月十二日に出帆したのち——」サンソンは語りはじめた。「——ミスター・ハンターはいったん、このジャマイカの牡牛湾《ブル・ベイ》に立ちよりました。そこで乗組員全員に対し、目的地がマタンセロスであること、目的はスペインの財宝船奪取であることを打ち明けたんです」

「それに対して、きみの反応は？」

「愕然としました。わたしはミスター・ハンターに対し、そのような襲撃は海賊行為であり、死をもって処罰されると警告しました」

「すると、彼は？」

「ひとしきりわたしを口汚く罵倒《ばとう》したあと——いっしょにこないというなら、イヌのようにぶち殺してバラバラに切り刻み、サメの餌にしてやると脅しました」

「では、きみが掠奪その他の行為に加わったのは、脅迫されたからであって、自発的に志願したわけではないのだね？」

「そのとおりです」

ハンターは食いいるようにサンソンを見つめた。フランス人は冷静そのもので、落ちつきはらっている。しゃあしゃあとうそをついている人間のようにはとても見えない。ときどき、ハンターのほうに挑むような目を向ける。自信たっぷりに語る作り話を否定できるものならしてみろといわんばかりの顔つきだった。

「そのあと、どうなったのかね？」

「マタンセロスへ向けて出帆しました。奇襲をかけるために」

「失礼――つまり、向こうの挑発もなく、当初から襲撃するつもりであったと？」

「そうです」

「つづけて」

「マタンセロスへ向かう途中、スループ船はスペインの軍艦と遭遇しました。かなわないと見て、われわれは投降し、スペイン人に海賊としてつかまえられました」

「そのとき、きみ自身はどんな行動を？」

「ハバナで海賊として処刑されるのはまっぴらでしたからね。とりわけわたしは、ミスター・ハンターにむりやりつきあわされていた身です。そこで、船底に隠れました。そのあと、うまくみんなを脱出させたわけですが、これはそうすることで、みんなが考えをあらためて、ポート・ロイヤルへ引き返してくれると信じていたからです」

「みなは考えをあらためてくれただろうか？」

「じっさいにはその正反対でした。ミスター・ハンターは、ふたたびカサンドラ号の指揮を掌握すると、当初の目的を達成するため、われわれをむりやりマタンセロスへ向かわせたんです」

ハンターはもう、それ以上がまんできなくなった。

「むりやりだと？　どうやったら六十人もの船乗りに、むりやりいうことをきかせられるというんだ！」

「静粛に！」ハクレットが一喝した。「囚人は沈黙をまもるように。さもないと、ただちに退廷させることになるぞ」

ハクレットはサンソンに向きなおった。

「そのさい、きみは、この囚人からどのような仕打ちを受けたのかね？」

「それはもう、ひどい目に遭わされましたよ」サンソンは答えた。「航海のあいだじゅう、鉄棒でぶん殴られっぱなしでした」

「そして、結局、ミスター・ハンターの指揮のもと、マタンセロスは襲撃され、ガレオン船は奪われた。そうだね？」

「そうです。そのあとわたしは、カサンドラ号に乗っていけと命令されました。ミスター・ハンターは、マタンセロス襲撃のあとでカサンドラ号を調べて、もう長くは航海できないと気がついたんでしょう、自分はガレオン船に移乗していたんです。もちろん、財宝はすべてガレオン船に載せたままでしたよ。わたしはカサンドラ号に乗せられて、追放も同然に出帆させられました。カサンドラ号で大海原を渡るのはむりと見て、ていよくわたしを始末するつもりだったんでしょうね。そのさい、わたしと考えが同じ少数の乗組員もカサンドラ号に乗せられました。わたしたちは懸命にポート・ロイヤルをめざしました。ところが、途中でハリケーンが襲ってきて、カサンドラ号はばらばらに分解し、いっしょに乗っていた船乗りたちはみんな海に呑まれてしまいました。わたし自身はロングボートに乗りこんで、必死にトルトゥーガ島までたどりつき、そこからこのポート・ロイヤルに帰りついたというしだいです」

「レディ・サラ・オルモントについて、なにか知っていることは？」

「なにも」

「なにひとつ？」

「はじめて聞く名前ですね。そんな人間がいるんですか？」

「いるんだ」ハクレットはちらとハンターを見た。「ミスター・ハンターは、マタンセロスからその女性を救出し、安全な場所へ連れだしたと主張しているんだが」

「マタンセロスを発《た》ったとき、そんな女の人はいっしょじゃありませんでした」サンソンは答えた。「推測をゆるしていただけるとしたら、カサンドラ号と別れたあとで、ミスター・ハンターはイングランドの商船を襲って、助けたことにしたんじゃないでしょうかね。その女性、脅されているのでは？」

「なんとも身勝手なふるまいもあったものだ」ハクレットはいった。「しかし、その商船の存在はだれも知らない。なぜだろう？」

「おおかたミスター・ハンターは、その商船に乗っていた人間を皆殺しにして、商船自体も沈めてしまったんでしょう――マタンセロスからの帰途の航海で」

「なるほど。それでは、最後の質問だが――」ハクレットはいった。「九月十二日と十三日、海上で嵐に遭遇したことを憶えているかね？」

「嵐？　いいえ。嵐なんてありませんでしたよ」

ハクレットはうなずいた。

「ありがとう、ミスター・サンソン。もう退出してけっこうだ」

「では、おことばにあまえて」サンソンはそういって、法廷を出ていった。

扉が閉まり、うつろな音が室内に反響した。長い沈黙がおりた。裁判官たちはハンターをじっと見つめている。ハンターは怒りでわなわなと震え、顔面からすっかり血の気が引いていたが、それでも冷静さをたもとうと努めた。

「ミスター・ハンター」ハクレットがいった。「さきほどのきみの供述と、きみが高く評価しているというミスター・サンソンの供述とのあいだには、著しい食いちがいが見られた。その食いちがいを埋めるうえで、なにか思いだしたことはあるかな？」

「あれはうそつきです。鉄面皮で恥知らずのうそつきだ」

「本法廷としても、そのような非難の正当性を検討する用意はあるが、そのためには証拠として採用するに足る裏づけが必要だぞ、ミスター・ハンター」

「物的証拠はありません」ハンターは答えた。「しかし、レディ・サラ・オルモントに話を聞いてください。あのフランス人の証言とは、ことごとく食いちがうはずです」

「もちろん、彼女にも証言はしてもらうとも」ハクレットはうなずいた。「しかし、彼女を呼ぶ前に、まだ困惑させられる疑問が残っている。マタンセロスへの襲撃が行なわれたのは

——正当な理由があろうとなかろうと——九月十八日だろう？　しかるに、きみがポート・ロイヤルにもどってきたのは、十月十七日。これほどの遅れが出たのは、海賊のやりくちを考えるなら、どこか辺鄙《へんぴ》な島に立ちよって、掠奪した財宝を隠匿《いんとく》し、王をあざむかんとするためではなかったのかという推測も成りたつ。これについて、どう釈明するね？」

「われわれは海戦を余儀なくされていたんです」ハンターは答えた。「その後、まる三日のあいだ、ハリケーンと戦うことも余儀なくされていたし、その結果、ボカ・デル・ドラゴンまで流されて、とある島に四日間、足どめされていました。修理がおわって出帆してからも、こんどはクラーケンに襲われて——」

「失礼、なんといったのかな？　まさかそれは、深海の怪物のことかね？」

「そうです」

「じつに興味深い」ハクレットは笑った。ほかの裁判官たちもいっしょになって笑った。「一カ月にもおよぶ遅延を釈明するうえで、きみの想像力は賞賛に値する。たとえ信用には値しないとしてもね」

ハクレットはすわったまま、横に呼びかけた。

「レディ・サラ・オルモントを証言席へ」

「レディ・サラ・オルモント！」

一拍おいて、顔色が悪く、すっかりやつれたレディ・サラが法廷にはいってきた。そして、宣誓を行ない、質問がはじまるのを待った。竜の顎《あぎと》で赤い戦士たちに攫《さら》われたあと、しばし心神喪失の状態にあったサラだが、クラーケンに襲われたショックでもとにもどり、以来、二十日ほどになる。

心から気づかっているようすで、ハクレットはレディを見おろした。

「レディ・サラ、まずはじめに歓迎の辞を申しあげましょう。ジャマイカ植民地へようこそ。そして、当地域社会との最初の遭遇が、きわめて不愉快なものになったことをお詫《わ》びいたします」

「ありがとうございます、ミスター・ハクレット」

レディ・サラは小さく会釈した。ハンターには目を向けようとしない。ただのいちどもだ。それがハンターには引っかかった。

「レディ・サラ」ハクレットはいった。「本法廷にとっては、以下の点が重要になっておりましてね。すなわち、あなたがスペイン人に攫われてハンター船長によって救出されたのか、それともあなたが最初からハンター船長によって攫われたのか、どちらなのかという点です。この疑問を解いていただくことはできますか？」

「できます」

「では、話してください」

「わたしは商船イントレピッド号に乗っておりました。ブリストルからポート・ロイヤルへ向かうためでした。そこへ……」

レディ・サラはいいよどんだ。長い沈黙がおりた。ややあって、彼女はハンターのほうに目を向けた。ハンターはその目を覗きこみ――かつてそこに見たことのない、独特の恐怖が宿っていることに気がついた。

「つづけてください、よろしければ」

「……水平線にスペイン船を見つけました。その船は大砲を射ってきて、わたしたちの船を拿捕しました。驚いたことに、そのスペイン船の船長は……イングランド人でした」

「それはチャールズ・ハンターでしたか？ 囚人として、いまわれわれの眼前に立っている人物でしたか？」

「そうです」

「つづけてください」

そこから先の供述は、ほとんどハンターの耳にはいってこなかった。ハンターがガレオン船にレディ・サラを連れこんだこと。そのあとで、イングランド人の乗組員を皆殺しにし、商船に火をかけたこと。マタンセロスへの襲撃を正当化するため、自分がいったんスペイン人にとらわれ、そのあとで救出されたことにしろと強要したこと。以上のすべてを、緊張し、うわずった声で、レディ・サラは口早に語った――まるで、この供述をできるだけ早く切りあげてしまいたいかのように。

「ありがとう、レディ・サラ。もう退出なさってけっこうです」

レディ・サラは法廷を出ていった。

裁判官たちはハンターに目を向けた。七人とも、なんの表情も浮かべず、淡々とハンターを見おろしている。まるで、すでに死んでしまった生きものを見ているかのようだ。

ハクレットはおだやかにたずねた。

「きみがボカ・デル・ドラゴンで乗りきったという波瀾万丈の大冒険や、海の怪物に関する証言は、いっさい聞かれなかった。きみの証言を裏づける、なにか具体的な証拠はあるのかね？」

「証拠は――これだけだ」

ハンターはさっと胸をはだけた。その胸は皿のように大きな吸盤がつけた傷跡だらけで、この世のものとは思えない、無惨な様相を呈していた。裁判官たちは息を呑み、ざわざわと話しはじめた。

ハクレットが小槌をたたき、静粛をうながした。

「興味深い見せ物だな、ミスター・ハンター。だが、ここに居ならぶ教養豊かな紳士たちを納得させるに足る証拠ではない。おおかた、作り話を疑われた場合にそなえて適当な道具をでっちあげ、いかにも怪物が残したように見える傷跡をつけておいたのだろう。当法廷は、そんなものではごまかされないぞ」

ハンターは七人の顔を順番に見つめ、じつは全員、この傷跡が本物だと思っていることを見てとった。だが、ハクレットはふたたび小槌を鳴らした。

「チャールズ・ハンター」ハクレットはいった。「本法廷は、きみが公海において海賊行為および窃盗行為という犯罪を働いたとの告発に関し、有罪であるとの決定を下す。刑の執行について、異議申立てはあるか？」

ハンターは相手にたたきつけてやるべきことばをさがした。一千もの罵詈雑言《ばりぞうごん》が頭の中をよぎったが、いまのこの思いを言いつくせるものはひとつもなかった。かわりにハンターは、静かな口調でいった。

「ない」

「よく聞こえなかったのだがね、ミスター・ハンター？」

「ない、といったんだ」

「そうか、そうか。それでは――。チャールズ・ハンターおよびその差配下の乗組員全員は、いったん収監場所にもどしたのち、来週月曜日、ポート・ロイヤルの町、ハイ・ストリート広場に常設された処刑場に引きだして、絞首刑に処すものとする。さんざんもがき苦しんで、むごたらしい死にざまをさらすがいい。死後、諸君の死体は、諸君が乗ってきた船の桁端《ヤーダム》に吊るしておいてやる。きみの魂に神のお慈悲があらんことを――。連れていけ、守衛」

ハンターは法廷の外に連れだされた。扉を通って廊下に出るとき、ハクレットの笑い声が聞こえた。独特の、かんだかい、耳ざわりな笑い声だった。ついで、扉は閉じ、ハンターは監獄へ連れもどされた。

35

ハンターは、前とはまた別の独房に連れこまれた。どうやらマーシャルシーの看守たちは、閉じこめてさえおけるのなら、どの独房であっても気にしないようだ。

ハンターは床の寝藁《ねわら》にすわりこみ、自分の置かれた窮状をじっくりと考えた。自分の身の上に起こったことが信じられなかった。自分でも理解しがたいほどの強烈な怒りに、全身がわなわなと震えている。

夜が訪れ、収監者のいびきとためいきを除いて、監獄は静かになった。やがてハンターもうとうとしかけたころ——聞き覚えのあるかすれ声に名前を呼ばれた。

ハンターは上体を起こした。

「ハンター！」

この声の主は知っている。

「〈かすれ声《ウィスパー》〉か。どこにいる？」

「となりの独房だ」

各独房は、廊下側の全面が鉄格子になっている。したがって、となりの独房を覗くことはできないが、石壁に耳を押しあてさえすれば、声は充分に聞きとれる。

「〈ウィスパー〉——いつからここにいる？」

「一週間前からだ、ハンター。裁判を受けたか？」

「アイ」

「有罪判決を下されたか？」

「アイ」

「おれもだ。窃盗罪でな。冤罪《えんざい》だが」

　窃盗に対する刑罰は、海賊行為と同じく、死刑と決まっている。

「〈ウィスパー〉——サー・ジェイムズはどうなった？」

「やつら、重病だと広言しちゃあいるが」〈ウィスパー〉はかすれ声で答えた。「そいつはうそだ。熱を出したのは最初だけで、総督は健康体だよ。ただし、見張りつきで総督官邸に幽閉されている。逃げようとすれば命が危ない。ハクレットとスコットが共謀して牛耳ってやがるんだ。やつら、街じゅうに、総督は死にかけているとふれまわってやがる」

　ハクレットめ、レディ・サラを脅迫したな、とハンターは思った。そして、虚偽の証言を強要したんだ。

「もうひとつ、悪いうわさがあるぞ」〈ウィスパー〉はささやいた。「マダム・エミリー・ハクレットが妊娠したそうだ」

「だから？」

「夫の総督代理野郎は、夜のお務めをはたしていなかったらしい。どう見ても絶倫じゃないからな、あいつ。で、女房の妊娠は、やつの悩みのタネになっているそうな」

「なるほど」

「暴君の女房を寝とっちまうとは、おまえさんもつくづく運のないやつだぜ」

「サンソンは？」

「やつは単独で帰ってきた。ロングボートでだ。ほかの乗組員はいなかった。ハリケーンでみんな死んで、自分だけが助かったと吹聴《ふいちょう》してやがった」

ハンターは石壁にいっそう強く耳を押しつけ、石の冷たさを味わった。その硬い冷たさは、独特の安らぎを与えてくれた。

「きょうは土曜日だな？」

「土曜日——だったと思う」

処刑される予定の月曜日までは、あと二日しかない。ハンターはためいきをつき、石壁にもたれかかった。鉄格子のはまった高窓ごしに、外の夜空を見あげる。満月からやや欠けた青白い月の手前を、雲が流れていった。


ポート・ロイヤルの北のはずれにそびえる総督官邸は総煉瓦《れんが》造りで、ちょっとした要塞といえる。いま、その地下室内には、厳重な見張りつきで、サー・ジェイムズ・オルモントがベッドに横たわっていた。当初の発熱はじきに収まったものの、軟禁生活がつづくうちに、ふたたび熱を出してしまったのだ。レディ・サラ・オルモントは濡らした布を熱い額にあて、もっと楽に呼吸をなさっては、とうながした。

ミスター・ハクレットとその妻がはいってきたのは、ちょうどそのときだった。

「サー・ジェイムズ！」

熱でぎらぎらと目を光らせたサー・ジェイムズは、自分の代理に目を向けた。

「なにごとだ？」

「いましがた、ハンター船長を裁判にかけました。来週の月曜日、海賊として処刑します」

それを聞いて、レディ・サラは顔をそむけた。目からぽろぽろと涙があふれだす。

「認めていただけますな、サー・ジェイムズ？」

「なんとでも……好きに……するがいい……」

サー・ジェイムズは荒い息をしながら、苦労して声を絞りだした。

「感謝します、サー・ジェイムズ」

ハクレットは高笑いし、くるりと背を向けると、さっさと部屋を出ていった。その背後で扉が音高く閉められた。

すぐさま、サー・ジェイムズの顔に生気が宿った。サラに向かって顔をしかめてみせる。

「このじゃまくさい布きれをとれ、サラ。わしにはせねばならんことがある」

「でも、おじさま――」

「しのごのいうな、おまえにはわからんのか？　わしは長年、この神に見捨てられた植民地に雌伏して私掠遠征に資金を出してきた。それもこれも、息のかかった私掠人《しりゃくにん》のひとりが、財宝を満載したスペインのガレオン船を持ち帰ってくる瞬間を夢見てのことだ。長年の夢がいよいよ実現したというのに、どうなろうとしていると思う？　おまえにわかるか？」

「いいえ、おじさま」

「戦利品の十分の一はチャールズ王のもとへいく」サー・ジェイムズはいった。「そして、残りの十分の九はハクレットとスコットで山分けされてしまう。わしのいうことを信じろ」

「でも、ハクレットたちは、わたしに警告として――」

「やつらの警告には耳を貸すな。わしには真相が見えているんだ。四年ものあいだ、わしはこの瞬間を待ちわびてきたのだぞ。ここへきて、あんなやつらに横取りされてたまるものか。それに、この――節度ある町の善良なる市民どもにもだ。あのにきび面のモラリストぶった小悪党めと、軍人のくせにめかしこんだ伊達男《だておとこ》になど、断じて好き勝手をさせてはならん。なんとかして、ハンターを逃がしてやらねば」

「でも、どうやって？」レディ・サラはたずねた。「二日後に、ハンター船長は処刑されてしまうんですよ？」

「あれだけしたたかなやつだ。そう簡単にお宝をあきらめたりするものか。わしが請けあう。それに、この町はやつの味方だ」

「どうして？」

「この町に対しては、やつが支払うべき借金がいろいろとあるのさ。それも、たっぷりとな。

利子もだ。わしにもある、ほかの者たちにもある。だから、やつを逃がしてやりさえすれば……」

「でも、どうやって？」レディ・サラはくりかえした。

「リチャーズにたのめ」

総督の指示に対して、部屋の奥の暗がりから、女性の声が答えた。

「わかりました。わたしからリチャーズにたのみます」

レディ・サラは驚いてふりむいた。そこにはいまも、エミリー・ハクレットが立っていたのだ。

「わたしもね、やらなくてはならないことがたくさんあるのよ」

エミリー・ハクレットはそう言い残し、部屋を出ていった。

ふたりだけになると、レディ・サラは伯父にたずねた。

「リチャーズにたのむだけでよろしいの……？」

サー・ジェイムズはうなずき、くっくっと笑った。

「正直にいおう、姪《めい》っ子よ。正直にいおう」

げらげら笑いだした。

「夜明け前には、ポート・ロイヤルは流血の巷《ちまた》と化しているぞ。まあ見ているがいい」

「喜んでお力になりましょう、マイ・レディ」リチャーズは答えた。

この忠実な召使いは、主人である総督が不当に監禁され、武装した見張りたちの監視下に置かれてから数週間というもの、ずっと心を痛めていたのである。

「マーシャルシー監獄にはいりこめるのは、だれ？」

ハクレット夫人はたずねた。監獄のようすは外からさぐってみたものの、もちろん、中にはいってはいない。たとえはいる許可がおりたとしても、足を踏みいれるのは精神的にむりだったろう。高貴な生まれの女性なだけに、犯罪のにおいをかいだだけで、どうしても足が拒否してしまうのだ。

「あなたは監獄にはいっていけて？」

「むりです、マダム」とリチャーズは答えた。「ご主人は監獄に、看守のほか、特例として警備兵を配置なさいました。わたしがのこのこ出向いていっても、通してはくれません」

「では、だれなら通してくれるの？」

「女性なら」とリチャーズはいった。

囚人のもとへ食料や必要な日用品を差しいれする友人や親戚はめずらしくない。この時代、これはありきたりの風習だ。

「どんな女性がいいかしら。よほど賢くて、身体検査もされずにすむ女性というと――」

「ひとりだけ、心当たりがあります。ミストレス・シャープです」

ハクレット夫人はなるほどという顔でうなずいた。ミストレス・シャープのことならよく憶えている。一カ月以上前、ゴッドスピード号でともに海を渡ってきた、三十七人の女囚のひとりだ。ハクレットに総督官邸を追いだされて以来、いまではミストレス・シャープは、ポート・ロイヤルでもっとも人気のある娼婦になっていた。

「では、あの娘にたのんでくださいな」とハクレット夫人はいった。「いますぐに」

「どんな条件を約束いたしましょう？」

「ハンター船長が尽力に見合うだけの報酬をたっぷりくださるとおいいなさい。じっさい、そうなさるはずだから」

リチャーズはうなずいたが、そこでためらって、

「マダム」といった。「ハンター船長を解放したらどのような事態になるのか……ちゃんとおわかりでいらっしゃいますね？」

リチャーズの背筋をぞっとさせる冷たさで、ハクレット夫人は答えた。

「わかっているだけではないわ。むしろ、熱望しているのよ」

「かしこまりました、マダム」

リチャーズはそういって、夜の闇にすべり出た。


暗闇の中、ウミガメたちが鋭い嘴《くちばし》を嚙《か》み鳴らしながら、続々とショコラータ・ホールに上陸してくる。そのそばに立ったアン・シャープは、あるときは声を出して笑い、あるときはくすくす笑いながら、乳房をまさぐる門衛の兵士の手をすりぬけた。ついで、その門衛にキスをし、砂浜を歩きつづけ、マーシャルシー監獄の高い壁の影にたどりついた。両手には

ウミガメのシチューを入れた壺をかかえている。別の兵士がアンを監獄に通し、ハンターの独房までつきそってきた。

こんどの兵士は、最初はむっつりとしていた。なかば酔っているような感じだった。だが、鍵穴に鍵を差しこんだところで、兵士は急に動きをとめた。

「どうして手をとめちゃうの？」

「鍵ってのは、鍵穴のすべりがよくないと、ちゃんと突っこめないんだ」

兵士はそういって、好色そうな流し目を送ってきた。

「ちゃあんとオイルを差して、濡らしてやればいいでしょ」アンも流し目を返す。

「アイ、レディ。それと、ぴったし合う鍵もないとな」

「ぴったり合う鍵なら、腰に持ってるんじゃないの？　でも、鍵穴の準備は、もうちょっと待ってもらわないとね。そこの飢えたイヌにエサをやるから、ちょっと待ってて。そしたら、二度と忘れられない鍵穴を堪能させたげる」

兵士はくっくっと笑いながら、扉の鍵をあけた。アンは独房内にはいった。扉はうしろで閉められ、鍵をかけられた。兵士は外に立ったままだ。

「この男の世話するあいだ、二、三分、ふたりだけにしてくれないかな」

「そいつは許されちゃいない」

「いいじゃないさ、それくらい」

アンはそういって、あとでたっぷりご奉仕するからといわんばかりに、唇を舐《な》めてみせた。

兵士はにんまりと笑い、歩み去っていった。

兵士が姿を消すと、娘はすぐさまシチューの壺を床に置き、ハンターに顔を向けた。ハンターにはどこの娘かわからなかったが——どこかで見たような気もする——なにしろ、ひどく腹がへっていたし、ウミガメのシチューの香りには強烈に食欲をそそるものがあった。

「すまんな、恩に着る」

「いいもの見せたげよっか」

娘はそう答え、さっとスカートを腰までたくしあげた。驚くほどみだらなしぐさだったが、もっと驚いたのは、スカートの下に現われたもののほうだった。ふくらはぎと太腿《ふともも》は、ちょっとした武器庫になっており——ナイフ二本とピストル二挺が縛りつけてあったのである。

「わたしのだいじなあそこ、危険だっていわれてるんだけどさ——ほらね、ほんとに危険でしょ」

ハンターはすばやく武器を抜きとり、自分のベルトに挿《さ》しこんだ。

「あ、だめよ、そんなに早く挿《い》れちゃ」

「あてに《カウント》してろ、おれはがまんがきくほうだ」

「いくつ数え《カウント》ればいい？」

「百。信用しろ」

兵士が去った方向を見て、娘はそっとささやいた。

「信用はするけど、またの機会にね。いまは犯される形のほうがいいんじゃない？」

「それがいちばんだな」

ハンターはうなずき、娘を床に押し倒した。

それを受けて、娘がかんだかい悲鳴をあげる。たちまちさっきの兵士が駆けつけてきて、状況を見てとるや、あわてて鍵をあけ、房内に飛びこんできた。

「この外道の海賊が！」

怒鳴った瞬間、兵士ののどをハンターのナイフが刺し貫いた。あごの下に突きたてられた刃をつかみ、兵士がよろよろとあとずさる。やっとのことでナイフを抜いた。プシューッという音をたてですさまじい量の血がしぶき、兵士はくずおれ、ことされた。

「急げ、レディ」

ハンターは声をかけ、娘が立ちあがるのに手を貸し、通路に出た。周囲の独房では、投獄された囚人たちが沈黙をまもっている。いまの騒ぎは聞いていたはずなのに、いっさい声を出そうとしていない。ハンターは付近の独房をまわり、それぞれの鍵をあけてやってから、出てきた囚人たちに鍵束をわたし、ほかの者たちを解放する仕事をまかせ、そっと獄舎の外に出た。

「門の警備には何人いた？」ハンターは娘にたずねた。

「四人見たわ。外壁の上に、もう十人ほど」

ここは頭が痛い部分だった。兵士はいずれもイングランド人なのだ。すでにひとり殺してしまったが、同胞はなるべく殺さずにおきたい。

「ひとつ策を講じるか」ハンターはいった。「警備兵の隊長をおびきだしてくれ」

娘はうなずき、中庭に歩み出ていった。ハンターは獄舎のそばにとどまり、暗がりに身を潜めた。

さっき兵士が惨殺される場面を目撃したところだというのに、娘は微塵《みじん》も動揺していないようだ。もっともハンターは、そのことをとくに意外とも思っていなかった。女というのは、フランスやスペインの宮廷でなら、臆病なもの、かよわいもの、と相場が決まっているが、ハンターはそういう考えかたに慣れていない。イングランドの女はたくましい。ある意味で、どんな男よりもたくましい。その点だけは、生まれが卑しい女にも高貴の生まれの女にも、共通していえることだった。

娘の誘いに乗って、マーシャルシー監獄の警備を仕切る男がのこのこやってきた。そして、娘のすぐそばまできたとき、ハンターの持つピストルが暗がりから自分を狙っていることに気がついた。

ハンターは男に手招きをし、そばに呼びよせた。

「いいか、よく聞け」ハンターはいった。「いまから部下を下に呼び集めてマスケット銃を捨てさせろ。そうすれば、だれの命も奪わないでやる。断わるというなら、大立ちまわりになって、おまえたちは皆殺しだ」

警備隊長は答えた。

「じつをいうと、あんたが逃げだしてくれるのを心待ちにしてたんだ。先々、おれのことを憶えていてくれるとありがたいんだがな」

「先のことなど知ったことか」こんなことで言質《げんち》は与えない。

こわばった声で、警備隊長はいった。

「夜が明けたら、スコット司令が捜索をはじめるぞ」

「スコット司令なら——」とハンターはいった。「——夜が明けるまで生きちゃいないさ。さあ、早くいわれたとおりにしろ」

「おれのことを憶えていてくれるんだったら——」

「憶えているかもしれん——そののどを斬り裂かないでいてやる程度にはな」

警備隊長は部下を下に呼び集めた。ハンターは囚人たちの手で兵士たちが武装解除され、マーシャルシーの独房に閉じこめられるところまで見とどけて、監獄の外に出た。


リチャーズに指示を伝えたハクレット夫人は、夫のもとにもどった。夫は図書室におり、スコット司令とともに晩餐《ばんさん》後の食後酒を楽しんでいた。このごろでは、ふたりとも、総督のワイン・セラーに夢中で、総督が職務に復帰しないうちにと、せっせとワインの消費にこれ努めている。

いまもふたりは、一杯機嫌でワインをやっていた。

「おお、エミリー」図書室にはいってきた夫人を見て、夫がいった。「いいところへきた」

「ほんとうかしら」

「ほんとうだとも」ロバート・ハクレットはうなずいた。「ちょうどいま、スコット司令に、おまえが海賊ハンターに孕《はら》まされた経緯を説明していたところなんだ。もちろん、おまえも知っているだろうが、あの男はもうじき吊るされて、風にぶらぶら揺られることになる――肉が腐れて骸骨《がいこつ》になるまでな。ここの強烈な気候だから、骨になるのはまたたく間だろう。しかし、〝いいところへ〟の意味を早く知りたいか？　おまえがあの男をたらしこんだ顛末《てんまつ》のことだよ。スコット司令はあの件をくわしく知らない。で、説明していたというわけさ」

ハクレット夫人は耳まで真っ赤になった。

「じつに慎ましく見える」あからさまに険のある声で、ハクレットは語をついだ。「これが娼婦とは、とても思えん。だが、現実にはそうなんだ、スコット司令。この女、いくらなら客がつくと思う？」

スコット司令は香りをつけたハンカチのにおいをかいだ。

「正直に申しあげても？」

「かまわんとも、本音をいってくれ、本音を」

「一般的な好みからすると、細君は細すぎるように思えるのですがね」

「陛下はこんな細身がお好みで――」

「そうかもしれません、そうかもしれませんが、一般的な好みではない。そうでしょう？

われらが国王陛下は、情熱的な異国の女性がお好みで——」

「陛下のお好みはいい」ハクレットはいらだたしげにさえぎった。「それより、いくらなら客がつくと思うんだ。いってくれ」

「思うに、あまり高値ではむりでしょうな。陛下のお手がついたことを考えれば、そこそこいくかもしれませんが——それにしても、百小銀貨《レアール》がせいぜいのところでは」

ハクレット夫人はますます赤くなり、ふたりに背を向けた。部屋を出ていくためだ。

「わたしはこの場にいないほうがよさそうね」

「そんなことはないさ」ハクレットは椅子から飛びだし、夫人の行く手に立ちはだかった。「これからまだまだ、たっぷりとつきあってもらおうじゃないか。スコット司令——きみは世俗の経験豊富な紳士だ。きみなら百レアールでこの女を買うか？」

スコットはワインをあおり、咳きこんだ。

「いや、遠慮します」

ハクレットは妻の腕をつかんだ。

「では、いくらなら買う？」

「五十レアールなら」

「売った！」とハクレットは叫んだ。

「ロバート！」夫人は抗議した。「おねがいだから、こんなまねはやめて、ロバート——」

ロバート・ハクレットは、いきなり妻の顔を引っぱたいた。夫人はよろよろと部屋の中をあとずさっていき、椅子に倒れこんだ。

「さて、スコット司令」ハクレットはいった。「きみは約束をたがえぬ男だ。買うといったからには、そのとおりにしてもらうぞ」

スコットはグラスの縁ごしにハクレットを見やった。

「はい？」

「いっただろう、売った、と。きみの言い値で売ってやろうじゃないか。五十レアールぶん、堪能してくれ」

「はい？　いや、しかし、まさか、その……」

スコットはハクレット夫人を指し示した。夫人の目は恐怖で大きく見開かれている。

「いまいったとおりだ。さっさとやるがいい」

「ここでですか？　いま？」

「そのとおりだよ、司令」ハクレットはうなずいた。そして、そうとう酔いがまわっているのだろう、おぼつかない足どりでふらふらと部屋を横切っていくと、司令の肩に手をかけた。

「わたしの見ている前でな、やれ。わたしを楽しませてくれ」

「いやよ！」ハクレット夫人は悲鳴をあげた。

まさに衣《きぬ》を裂くような悲鳴だったが、どちらの男の耳にも、まったくとどいていないようだった。ふたりとも、酔眼をたがいに向けあっている。

「しかし、信仰の手前……」スコットがいった。「……あまり賢明なこととは思えませんが……」

「ばからしい。きみは紳士の定評がある男だろうが。紳士たる者、やるといったことはやれ。なにせこれは、王が手をつけるほどの女だ。すくなくとも、前はそれだけの価値があった。いいから、やれ」

「しかたない……」スコット司令は不安顔で立ちあがった。「しかたない、やりましょう。王にとっていいものは、わたしにとってもいいものだ。やろうじゃないですか」

いいながら、ベルトのバックルをはずしはじめる。

だが、ひどく酔っぱらっているため、なかなかバックルをはずせない。ハクレット夫人はふたたび悲鳴をあげた。夫は凶悪な顔になり、部屋を横切ってきて、手ひどく妻の顔を殴りつけた。唇が切れ、ひとすじの血があごを流れ落ちた。

「わめくな！　海賊の色女めが——いや、王の色女でもいい——きさまごときには空気すらもったいない。スコット司令、好きなだけなぐさみものにしてやれ」

スコットはすぐさま、ハクレット夫人にのしかかった。

「わしを外に出してくれ」オルモント総督は姪《めい》にささやきかけた。

「でも、おじさま、どうやって？」

「見張りを殺すんだ」総督はそういってピストルを差しだした。

レディ・サラ・オルモントは、ピストルを両手で受けとり、持ち慣れない鉄の武器を手でまさぐった。

「撃鉄はこう起こす」総督は撃鉄の起こしかたを実演してみせた。「気をつけてやれよ！　さあ、扉のところへいって、外に出たいといえ。そして、撃つ――」

「どうやって？」

「銃口を見張りの顔につきつけて引き金を引くんだ。まちがえるなよ」

「でも、おじさま……」

総督は姪をにらみつけた。

「わしは病人だ。わしの代わりに撃ってくれ」
二、三歩歩いて、レディ・サラは扉の前に立った。
「見張りのな、のどを狙え」総督の声には満足そうな響きが忍びこんでいた。「それだけの報いを受けて当然なのだ。裏切り者のイヌめはな」

レディ・サラは扉をノックした。

「どうしました、ミス？」扉の外から見張りの声がたずねた。

「ここをあけて。外に出たいの」

金属がこすれる音、鍵がつっこまれる音、ガチャリと鍵が開く音。扉が細くあけられて、見張りの顔がわずかに見えた。十九歳の若い男だ。顔はつるつるであどけない。とまどいの表情を浮かべて、見張りはいいかけた。

「お気の毒ですが、お出しするわけには……」

撃った。唇の付近を狙い、引き金を引いた。発砲の反動で腕が跳ねあがる。顔面をこぶしで強打されでもしたかのように、見張りはうしろへ吹っとんでいった。そして、身をひねりながら床をすべっていき、もう一回転して、あおむけに横たわった。恐怖とともに、サラは見張りの顔面が消えてなくなっていることに気がついた。首の上にあるのは、血にまみれたぐちゃぐちゃの塊でしかない。しばらくのあいだ、床に横たわったからだはひくひくと痙攣《けいれん》しつづけていた。股間に小便のしみが広がっていく。脱糞のにおいがただよった。やがて、痙攣はついにとまった。

「手を貸してくれ」

必死になってベッドに身を起こしながら、サラの伯父であるジャマイカ総督はかすれ声でいった。

ハンターはポート・ロイヤルの北の端に部下を呼び集めた。ここは大きな入江を隔てて、ジャマイカ島本土にいちばんちかい部分だ。当面の問題は、自分に下された判決をひっくりかえさせるという、純粋に政治的なものにかぎられる。現実問題として、こうして脱出した以上、町の者たちは支援にまわると見ていい。もはや二度と監獄にぶちこまれることはないはずだ。

しかし、同じくらい現実的な問題は、こんなにも舐《な》めたまねをされた手前、どんな報復をするかという問題だった。

このままなにもせずにいれば、町におけるハンターの評判は地に墜ちる。

心の中で、八人の名前を列挙した。

ハクレット。

スコット。

ルイシャム——海事裁判所の判事。

フォスターとプアマン——商人。

ドッドスン副司令。

ジェイムズ・フィップス——商船の船長。

そして最後に、ほかならぬサンソン。


全員、みずからの不正を承知のうえで、それでもなお裁判に臨んだ者たちだ。このひとりひとりが、私腹を肥やすために財宝の横取りをもくろんだことはまちがいない。

私掠人の掟に照らせば、この場合にとるべき行動はただひとつ。こんなペテンを働いた者たちに死をもって償《つぐな》わせ、横取りされた分を取りもどす一手だ。だが、同時に、この八人に復讐するということは、町の大物を何人か殺すということでもある。

抹殺自体は簡単だろう。しかし、それをやってしまえば、あとあとめんどうな事態になる——サー・ジェイムズがぶじでいてくれないかぎり。

もっとも、サー・ジェイムズが有能であれば、そろそろ軟禁状態を脱して安全なところへ逃げのびているはずだった。ハンターとしては、そこに賭けるしかない。自分がやるべきは、総督が姿を隠しているあいだに、自分を罠にかけたやつらを始末してしまうことだ。

夜明けすこし前、ハンターは部下の全員に、ジャマイカの北方にあるブルー山脈《マウンテンズ》へ身を潜め、二日間、そこにとどまっているようにと命じた。

そして、ひとりきりで町へもどった。

36

フォスターは裕福な商人で、造船所北東にあるペンブローク・ストリートに大きな屋敷をかまえている。裏口から敷地に忍びこんだハンターは、母屋《おもや》から独立した厨房《ちゅうぼう》の前をそっと通りすぎ、母屋にはいると、階段をあがって二階の主寝室に赴いた。

フォスターは妻といっしょにベッドで寝ていた。ハンターはフォスターの鼻の孔に銃口をあてがった。フォスターは鼻を鳴らし、寝返りを打った。こんどは銃口を、片方の鼻の孔にぐっと押しつけた。

フォスターはまぶたをひくつかせ、目をあけて——ぎょっとした顔になった。ハンターにうながされ、ひとことも口をきかぬまま、ベッドの上で上体を起こす。

「押さないでよ」妻が眠たそうにつぶやいた。「あんまりこっちにこないで」

しかし、妻は結局、眠りから覚めなかった。ハンターとフォスターの視線がからみあう。

フォスターがピストルからハンターに視線を移し、またピストルにもどした。

ややあって、フォスターは指を一本立て、そうっとベッドから立ちあがった。妻はなおも眠ったままだ。フォスターはナイトガウン姿で部屋を横切っていき、チェストの前に立った。

そして、小声でささやいた。

「金なら払う——たっぷり払う。見てくれ、これを」

フォスターはチェストの隠し扉を開き、中から黄金の袋を取りだした。見るからに重そうだった。

「もっとあるんだ、ハンター。好きなだけ進呈しよう」

ハンターはなにもいわなかった。ナイトガウン姿のフォスターは、黄金の袋を持った手を差しだした。その手がわなわなと震えている。

「たのむ」フォスターはささやいた。「たのむ。な、たのむ……」

がっくりと両ひざをつく。

「たのむ、ハンター。おねがいだ、どうか……」

懇願するフォスターの顔めがけ、ハンターは銃弾をたたきこんだ。フォスターはうしろへ吹っとび、両脚が空中へ投げだされ、むきだしの足が宙を蹴った。ベッドで眠っている妻はついに目を覚ますことなく、眠たそうに寝返りを打ち、低くうめいただけだった。

ハンターは黄金の袋を拾いあげ、はいってきたときと同様、音もなく部屋をあとにした。


プアマンは、貧しい男《プアマン》という名前とは裏腹に、裕福な貿易商だ。銀と白鑞《しろめ》を商っていて、ハイ・ストリートに屋敷を持つ。

ハンターが屋内に忍びこんでみると、プアマンはダイニングのテーブルにつっぷして眠りこんでいた。そのそばには、半分あけたワインの瓶が置いてあった。

ハンターはキッチン・ナイフを手にとり、プアマンの両の手首をざっくりと深く切った。プアマンは億劫《おっくう》そうに目を覚まし、ハンターを目にとめ、テーブルに広がってゆく血の海を凝視した。おもむろに、だらだらと血が流れる両手を顔に持っていく。指を動かそうとした。まったく動かない。腱をすべて切られているからだ。すっかり生気を失った手首から先は、ゆらゆらと揺れている。指はまるでぼろ人形の指のようで、すでにすっかり血の気を失い、土気色《つちけ》になっていた。

プアマンはテーブルに両手をおろした。そして、木のテーブルに広がる血の海を見つめた。テーブルの縁からは、真紅のしずくが床にしたたりはじめている。ふたたびハンターに目をもどした。きょとんとしたような、混乱したような、独特の表情を浮かべていた。

「カネで贖《あがな》うこともできたのに」プアマンはかすれた声でいった。「あんたがやれといえば……なんだって……なんだって……」

テーブルの前から立ちあがった。ゆらゆらと揺れている。手首を切られた両の腕をひじのところで曲げていた。室内の静けさの中で、手首からしたたり落ちる血の音が異様に大きく響く。

「……したのに……」

プアマンはいいかけ、ぐらりとうしろにかしぎ、あおむけにどうと倒れた。

「あんたの、あんたの、あんたの、あんたの……」

プアマンの声がかすかになっていく。ハンターは背を向けた。プアマンの息が絶えるのを待ったりはしない。そのまま夜気のもとに出て、ポート・ロイヤルの灯の消えた暗い通りを音もなく歩み去った。

ドッドスン副司令の姿は、偶然、町なかで見つけた。ふたりの娼婦の肩を抱き、千鳥足でふらふらと歩きながら、気持ちよさそうに高歌放吟《ほうぎん》していたのだ。姿を見かけたのは、ハイ・ストリートのはずれだった。ハンターは急いで取って返し、クイーン・ストリートを通りぬけ、左に曲がってハウエル・アレイにはいり、じっと影の中に立って、角をまわってくるドッドスンを待ち伏せした。待つ間もなく、ドッドスンたちがやってきた。

「だれだ、そこにいるのは！」ドッドスンが大声を出した。「夜間外出禁止令が出てるのは知ってるだろうが。とっとと失せろ。さもないと、マーシャルシーにぶちこむぞ」

影の中から、ハンターはいった。

「そのマーシャルシーから、ついさっき出てきたところなんだがな」

「はぁ？」ドッドスンは声のほうへ頭をかたむけた。「なにをわけのわからないことといってやがる？　いっておくがな——」

「ハンター！」

ふたりの娼婦が異口同音に叫び、ドッドスンを放りだして、そそくさと逃げだした。両脇の支えを失ったドッドスンは、酔っぱらっているため、まともに立っていることができず、泥道にへたりこんだ。「見ろ、「けっ、ろくでなしの娼婦どもが」ドッドスンはののしり、立ちあがろうとした。「見ろ、この制服を。ろくでなしどもめ」

じっさい、制服は泥と馬糞にまみれ、どろどろのありさまだった。

のろのろと立ちあがろうとして地面にひざをついたとき、アルコールで霧のかかった頭に、ようやく娼婦たちの叫び声の意味が浸透したらしい。

「ハンター……？」ドッドスンは静かな声で問いかけた。「おまえ、ハンターか？」

影の中で、ハンターはうなずいた。

「だったら、おれが逮捕してやる。このならず者の海賊め」

ドッドスンに立ちあがるひまを与えず、ハンターは強烈に腹を蹴りつけた。ドッドスンはふたつに身を折り、前のめりに倒れこんだ。

「ぐふ！　お、おれを蹴りやがったな、この野郎」

それがドッドスンの口にした最後のことばになった。ハンターはドッドスンの首を押さえ、ぬかるんだ道の泥と馬糞に顔面を押しつけた。ドッドスンがもがきだす。手をはねのけようとする力がどんどん強くなってくるが、それを渾身の力で押さえつづけた。最後のほうでは、ドッドスンは狂ったように身をねじり、のたうったが――やがて急に力が抜け、ぴくりとも動かなくなった。

肩で息をしながら、ハンターはあとずさった。

がらんとした暗い町を見まわした。十人の義勇兵からなる警邏《けいら》隊が表通りをやってくる。ハンターは影に潜み、警邏隊をやりすごした。

そこへ、さっきのふたりの娼婦がもどってきた。

「ね、あんた、ハンターでしょ?」恐れるふうもなく、ひとりがたずねた。

ハンターはうなずいた。

「おめでとう」と娼婦はいった。「こんどさ、うちにたずねといでよ。一銭《ファーシング》もとらずにやらせたげるから」

そういって、娼婦は笑った。

そして、もうひとりの娼婦とともに、くすくす笑いながら、夜の闇の中へ去っていった。

居酒屋〈黒猪亭《ブラック・ボア》〉の入口に立ち、ハンターは店内を見まわした。店には五十人ほどの客がいたが、ハンターの目がとらえているのは、ジェイムズ・フィップスただひとりだった。こざっぱりとした装いのハンサムなフィップスは、数人の商船乗りとともに酒を飲んでいた。ハンターに気づいたとたん、フィップスの連れは恐怖の表情を浮かべ、すぐさま離れ去っていった。が、フィップス自身は、最初こそショックを見せたものの、すぐに気さくな態度をとり、

「ハンター!」と、満面の笑みを浮かべてみせた。「一瞬、自分の目を疑ったぞ。しかし、やっぱり脱獄してのけたんだな。みんな、やると思ってたんだ。全員に一杯ずつ奢《おご》ろう——

あんたの解放を祝して」

〈黒《ブラック・》猪亭《ボア》〉の店内は静まり返っている。だれも口をきかない。だれも動かない。

「さあ、みんな！」フィップスが大声でいった。「キャプテン・ハンターの名誉をたたえて奢るぞ！　全員に一杯ずつだ」

フィップスがつくテーブルに向かって、ハンターはゆっくりと歩みよっていった。居酒屋の乾いた床板を踏む静かな足音――それだけが店内で聞こえる唯一の音だ。

不安のあらわな目をハンターに向けて、フィップスはいった。

「チャールズ、おい、チャールズ……そんな怖い顔、らしくないぜ。ここは陽気にやる場面だろう」

「そうかな」

「なあ、チャールズ、わが友よ」フィップスはいった。「あんただってわかってるだろう、おれがあんたに含むところなんかないってことは。おれは強制的に裁判官席にすわらされただけで――あれはみんな、ハクレットとスコットのしわざだったんだ。誓ってほんとうだ。なにせ、いやとはいえない状況に追いこまれてな。おれの船は一週間後に出航の予定なのに、やつらときたら、チャールズ、船積許可証を発行しないと脅しやがるんだ。もっとも、有罪判決が出たところで、あんたがかならず脱けだしてくることはわかってた。つい一時間前も、ティモシー・フリントにいってやったところなんだ、ハンターは絶対に出てくるぞってな。ティモシー？　あのときの話をしてやってくれ。ハンターはきっと出てくる、とおれは請けあったろう？　ティモシー？」

ハンターはピストルを抜き、フィップスに突きつけた。

「な、チャールズ、な？」フィップスは嘆願する口調になっていた。「たのむから理性的になってくれ。人間ってやつは現実的でないといけない。だいたい、あんたがほんとうに処刑されると思っていたら、おれが有罪判決なんて出すわけないだろ？　そうは思わないか？　思うよな？　な？」

ハンターはなにもいわなかった。黙って撃鉄を起こした。

カチリ、という金属的な音が、しんと静かな店内に響いた。

「チャールズ」フィップスはいった。「またあんたに会えて、心からうれしいと思ってる。さあ、いっしょに一杯、やろうじゃないか。そしてな、過去のいきさつはさっぱりと忘れて――」

撃った。至近距離から、フィップスの胸を。全員がさっと身をかがめるなか、プシャーッという恐るべき奔出音とともに、無数の骨のかけらと血煙の間欠泉《かんけつせん》がフィップスの胸部から噴きあがっていく。

フィップスの手にしていたカップがぽろりと落ちた。カップはテーブルの上に落下して、ころころところがっていき、さらに床へ落ちた。

フィップスが目でカップの動きを追った。そして、下に落ちたカップに手を伸ばしながら、かすれた声でこういった。

「一杯、チャールズ……」

そこで力つき、フィップスはがっくりとテーブルにつっぷした。おびただしい量の血潮が、仕上げの粗い床板にぼたぼたと垂れ落ちていく。

ハンターはくるりと背を向け、店をあとにした。

教会で聖アンの鐘が鳴りだしたのは、ふたたび路上に出たときのことだった。この執拗《しつよう》な鳴らしかたは、何者かがポート・ロイヤルを攻撃してきたか、その他の緊急事態が起こったことを示す合図だ。

それが意味するところはただひとつ。ハンターがマーシャルシー監獄から脱獄したことがばれたのである。

だが、ハンターはこれっぱかりも気にしていなかった。


海事裁判所の判事ルイシャムは、裁判所の奥に居室を持っている。急を告げる教会の鐘の音で目覚めたルイシャムは、召使いを呼び、なにがあったのかを調べにいかせた。召使いがもどってきたのは、二、三分してからのことだった。

「いったいなにがあった?」ルイシャムはたずねた。「どうした、答えろ」

召使いは顔をあげた。それは召使いではなく、ハンターだった。

「ど——どうやって抜けだした?」

ハンターはピストルの撃鉄を起こした。

「簡単なことさ」

「望みをいえ」

「では、そうさせてもらおう」

ハンターは望みを口にした。


スコット司令は、総督官邸内にある図書室の長椅子にだらしなく寝そべり、酔っぱらって眠りこんでいた。ミスター・ハクレットとその情婦が引きとってから、もうだいぶたつ。

ふいに、教会の鐘が鳴りだして、スコットははっと目を覚ました。目覚めてすぐに、鐘の意味に気づいた。かつて経験したことのない危機に、からだを呪縛するほどの恐怖が宿る。まもなく、衛兵のひとりが図書室に飛びこんできて、恐るべき事態を報告した。ハンターが脱走したこと、海賊の一味がひとり残らず行方をくらましたこと、プアマン、フォスター、フィップス、ドッドスンが殺されたこと——。

「馬の用意!」

スコットは衛兵に命じ、寝乱れた服を急いでととのえた。ややあって、総督官邸の表玄関から外に出る。用心深く周囲を見まわし、用意された牡馬に飛び乗った。

が、走りだしていくらもいかないうちに行く手をふさがれ、馬から引きずりおろされて、玉石の上に荒々しく投げだされるはめになった。総督官邸から百ヤードと離れていない場所でのできごとだった。行く手に立ちはだかったのは、ならず者どもの一団で——スコットは知らないが、手配したのは、総督の召使い、リチャーズだ――率いているのは、あの悪党、ハンターだった。スコットは鉄の棒でさんざんにこづきまわされ、マーシャルシーへ連れていかれた。

このあとは当然、裁判を受けさせられることになる。なんという屈辱だろう！

ハクレットは教会の鐘の音で目を覚まし、やはりその意味を悟った。妻には目もくれず、ベッドから飛びおりる。夫人はといえば、ベッドにはいったときからまんじりともできず、目をあけてずっと天井を見つめ、酔っぱらって寝ている夫のいびきを聞いていた。手ひどい陵辱《りょうじょく》を受けて、あちこちがずきずきと痛んでいたからだ。

ハクレットは寝室の戸口に立ち、扉をあけてリチャーズを呼んだ。

「リチャーズ、なにごとだ？」

「ハンターが脱走したんです」やってきたリチャーズは、冷たい声で答えた。「ドッドスン、プアマン、フィップスは殺されたそうで。たぶん、ほかの連中もでしょう」

「ハンターはまだ野放しになっているのか？」

「さあて、どうでしょうかね」

リチャーズの口調はひどくぞんざいになっていた。最後に〝閣下〟をつけなかったのは、意図的なものだ。

「なんということだ――いいか、扉という扉をしっかりと施錠しろ。衛兵を呼べ。スコット司令にも教えてこい」

「スコット司令なら、二、三分前に出ていきましたよ」

「出ていった？　なんということだ」

ハクレットは、たたきつけるようにして寝室の扉を閉め、鍵をかけてから、ベッドに向きなおった。

「なんということだ――なんということだ！　われわれはみんな、あの海賊野郎に殺されてしまう」

「みんなではないわ」妻がいった。

ふりかえると、ピストルが自分につきつけられていた。ハクレットはふだん、弾をこめたピストルを二挺、ベッドのそばにしまっている。妻はそれを二挺とも取りだして、一挺ずつを手に持ち、銃口を夫に向けていたのである。

「エミリー」ハクレットはいった。「ばかなまねはよせ。いまはこんな愚行をしている場合じゃない。あの男は凶悪な人殺しなんだぞ」

「それ以上、近づかないで」

ハクレットはためらった。

「冗談だろう」

「冗談ではないわ」

ハクレットは妻を――妻がかまえている二挺のピストルを見つめた。ハクレット自身は、武器のあつかいが得意ではない。だが、限られた経験から、ピストルの狙いを正確につけるのがきわめてむずかしいことを知っている。そのため、恐怖よりもむしろ、いらだちを強くおぼえた。

「エミリー、おまえはどうしようもない愚か者だ」

「動かないで！」妻はぴしりといった。

「エミリー、おまえは淫乱な売春婦だがな、わたしにはわかっているぞ。人を殺せるような女じゃない。そんなものは、さっさと——」

一挺が火を吹いた。室内に硝煙が充満し、ハクレットは恐怖の叫び声をあげた。それからすこしして、夫も妻も、銃弾は当たらなかったことに気がついた。

ハクレットは笑った。ほとんどは安堵《あんど》からだった。

「そら見たことか。銃で人を撃つというのは、けして簡単なことではないんだ。さあ、そのピストルをよこせ、エミリー」

妻まであと二、三歩の距離まで近づいたとき、もう一挺が火を吹いた。こんどは命中した。当たったのは鼠蹊部《そけいぶ》だった。着弾の衝撃はそれほど強烈なものではなく、ハクレットはまだ立っていることができた。そして、さらに一歩を踏みだした。手を伸ばせば、あとすこしでからだにとどく距離だ。

「おれはな、おまえが憎くて憎くてしかたなかった」ハクレットは妻にいった。「はじめて会ったあの日からずっとだ。憶えているか？　おれはおまえにあいさつしたな、〝おはようございます、マダム〟と。するとおまえは、おれにこういった――」

ハクレットはことばを切り、ひとしきり咽《む》せ、苦痛で身をふたつに折り、がっくりと床にひざをついた。

下腹部からは血がだらだらと流れはじめている。

「おまえはおれにいったんだ……この黒い目のクソ女め……あれには傷ついた……おまえはおれに向かって……」

床に倒れこみ、のたうちまわりだした。両手を股間にあて、顔を激痛に歪ませて、両目をぎゅっと閉じている。身悶《みもだ》えしながら、苦悶の声を洩らしだした。

「うああ……あああ……あああ……」

ベッドに腰かけた妻の手から、ピストルがぽろりと落ちた。銃はベッドの上に落ち、熱い銃身が敷布に焼け焦げを残した。妻はすばやくピストルを拾いあげ、床に放り投げてから、夫に視線をもどした。夫は依然として、苦しそうにうめきながら、のたうっている。やがて夫は動きをとめ、目をあけて妻を見やり、食いしばった歯のあいだから絞りだすような声で嘆願した。

「終わりにしてくれ」

妻はかぶりをふった。銃は二挺とも撃ってしまった。銃弾はどうやって装填《そうてん》していいのかわからない。予備の弾と火薬があるかどうかもわからない。

「終わりにしてくれ」

妻の心の中で、十もの相反する感情がぶつかりあった。やがて、夫がすぐには死なないと知った妻は、サイドテーブルに歩みよると、グラスに赤ワイン《クラレット》をつぎ、夫の頭を持ちあげ、グラスを口にあてがった。夫はすこしだけワインを飲んだ。だが、急に怒りがぶりかえしてきたのだろう、血まみれの手で妻を押しのけた。驚くほどの力だった。妻は尻もちをついた。そのナイトドレスには、真っ赤な手のあとがぺっとりとついていた。

「この……王の情婦めが」

夫はつぶやき、また左右にのたうちだした。やがてハクレットはすっかり苦痛に呑まれ、妻がそこにいることも忘れてしまったようだった。妻は立ちあがり、自分のグラスにワインをつぐと、ひとくちすすり、その場に立ったまま、夫の苦悶を見つめつづけた。

三十分後、ハンターが部屋にはいってきたのは、そうやって妻が立ちつくしていたときのことだった。ハクレットはまだ生きていた。だが、すっかり血の気が失せており、ときおりひくひくと痙攣《けいれん》するのを除けば、弱々しくうごめくばかりだった。周囲には大きな血の海が広がっている。

ハンターはピストルを抜き、ハクレットに歩みよった。

「だめ」妻がいった。

ハンターはためらい、結局、なにもせずに立ち去った。

「お心づかいに感謝します」とハクレット夫人はつぶやいた。

37

一六六五年十月二十一日、海賊行為および窃盗行為の廉《かど》で絞首刑を宣告されたチャールズ・ハンターとその乗組員は、海事裁判所のルイシャム判事により、略式で罪を取り消された。ジャマイカ植民地の総督職に復帰したサー・ジェイムズ・オルモントとの、非公式の協議に基づく措置だった。

その協議において、フォート・チャールズ守備隊司令官エドウィン・スコットは反逆罪で有罪と決まり、翌日、絞首刑に処されることが宣告された。そのさいに自筆でことの顚末《てんまつ》を記した自白書さえ書けば罪一等を減じるとの条件が出された。が、フォート・チャールズの独房で自白書を書きあげると同時に、スコットは謎の将校によって射殺された。その将校はついに逮捕されることはなかった。

いまや町の英雄となったキャプテン・ハンターには、しかし最後の問題が残されていた。アンドレ・サンソンである。フランス人の姿はどこにも見当たらなかった。一説によると、ジャマイカ内陸部の丘陵地帯に逃げこんだらしい。〝サンソンの手がかりを通報した者には賞金をたっぷり出す〟旨《むね》、ハンターは町に広めさせた。そのかいあって、驚くべき知らせがとどけられたのは、正午ごろのことだった。

周知したとおり、ハンターはそのときも〈黒猪亭《ブラック・ボア》〉に陣どっていた。訪ねてきたのはいかにも下品な老婆だった。ハンターはこの老婆を知っていた。娼館を経営している女で、名前はシモンズという。おどおどとした態度で、老婆はハンターに近づいてきた。

「話を聞かせてくれ」

ハンターはうながし、老婆の恐怖をやわらげるため、ラム酒を注文してやった。

「それなんだけどさ」ラム酒を飲みながら、老婆は語りはじめた。「一週間前、カーターという男がポート・ロイヤルに帰りついたんだよ、半死半生のありさまでさ」

「ジョン・カーターか？　船乗りの？」

「そうそう、それそれ」

「つづけてくれ」

「カーターがいうには、セント・キッツからきたイングランドの郵便船に拾われたそうでね。その郵便船、小さな無人島に焚火《たきび》の火を見つけて、不審に思った乗組員が調べにいったら、島に打ち上げられたカーターを見つけて、連れ帰ってくれたんだと」

「いま、どこにいる？」

「とっとと逃げだしちまったよ、尻に帆かけてさ。サンソンに——あのフランス人の悪党に出くわすんじゃないかって、しじゅうびくびくしどおしだったたね。いまは山奥に隠れてる。ただ、逃げだす前に、いろいろ話をしてってね」

「その話というのは？」

下品な老婆は手短にカーターの話を要約した。その要約によると、カーターはスループ船カサンドラ号に乗っていて、サンソンの指揮のもとに、ガレオン船で見つけたお宝の半分を運んでいたという。そこへすさまじいハリケーンが襲ってきて、船はとある島の環礁のうち、内側のサンゴ礁に引っかかり、難破してしまった。その結果、乗組員のほとんどが死んだ。サンソンは生き残った乗組員を使って、お宝を浅瀬から回収させ、その島に埋めるようにと指示した。そして、難破したスループ船の破片を使って、ロングボートをこさえさせた。

ボートが完成したのち――カーターの話によれば――サンソンは乗組員を皆殺しにした。生き残った数人全員をだ。ただしカーターだけは、手ひどい重傷を負わされはしたものの、かろうじて生き延びて、なんとかジャマイカにたどりつき、この顚末《てんまつ》を伝えた。カーターは島の名前を知らないし、お宝を埋めた正確な場所も知らない。が、サンソンは一枚の金貨に宝の地図を刻みつけ、首からそれをぶらさげていたという――。

ハンターは無言で物語を聞きおえ、老婆に礼をいい、貨幣を一枚握らせて労をねぎらった。この情報によって、これまで以上にサンソンを見つける必要性が出てきたわけだ。

ハンターはその後も〈黒猪亭《ブラック・ボア》〉にいすわり、フランス人の居場所に関していろいろな者が携えてくるうわさ話に辛抱づよく耳をかたむけた。うわさ話は、すくなくとも十以上はあった。いわく、サンソンはジャマイカ島南東部の港町ポート・モラントに逃げた。いわく、イナグア島に逃げた。いわく、ジャマイカ島内陸部の山間部に隠れ住んでいる……。

やっとのことで判明した真実は衝撃的なものだった。ある時点で、エンダーズが居酒屋に勢いよく駆けこんできて、こう報告したのだ。

「キャプテン、やつはガレオン船にいるぞ！」

「なんだと？」

「ほんとうだ、キャプテン。見張り番として六人を乗せておいたんだが、ふたり殺されて、残り四人はボートで陸に送り返された。あんたに伝言を伝えさせるためだ」

「どんな伝言だ？」

「やつの謝罪を受けいれて、恨みを捨てる意志を公《おおやけ》に表明しろ――さもないと船を沈めてしまうとぬかしてやがる。いま錨泊しているあの位置で沈没させるというんだ、キャプテン。返答は日没までによこせといっている」

ハンターは毒づいた。居酒屋の窓の前にいき、港湾を眺めやる。エル・トリニダード号はおだやかな波に揺られているが、投錨している位置は岸壁から遠く、水深はそうとう深い。あそこで船を沈められたら、財宝をサルベージすることは不可能だ。

「いまいましいほど頭がまわるやつだな」エンダーズがいった。

「まったくだ」

「返事をするか？」

「すぐにはしない」ハンターは窓から向きなおった。「やつはひとりか？」

「アイ。まあ、ひとりだからといって、あまりちがいはないが」

たしかに、いざ戦いとなれば、サンソンはひとりで十人以上の働きをする。湾内には、財宝ガレオン船付近に投錨している船が一隻もない。船の周囲四分の一マイルの範囲には、なにもない海だけが広がっている。ガレオン船は威風堂々として、難攻不落の孤立状態をたもっていた。

「ここは一考せねばならんな」

ハンターはつぶやき、いつもの椅子に歩みよって、ふたたび腰をおろした。

波のおだやかな、開けた水域のただなかに投錨した船は、濠《ほり》に囲まれた要塞と同じくらい安全だ。サンソンがつぎに打った手は、その安全性をいっそう高めることを目的としていた。船の周囲に汚水やゴミを撒《ま》き散らしたのである。サメを呼び集めるためだった。この湾にはもともと、サメがうようよしている。岸辺からエル・トリニダード号まで泳いでいくのは、自殺するにも等しい。

といって、なんらかのボートで船に近づけば、あっさり見つかってしまう。

したがって、近づくさいには、おおっぴらに、危害を加える意図などないように見せかけなければならない。だが、無甲板のロングボートには隠れる場所などない――。

ハンターは頭を掻いた。〈黒猪亭《ブラック・ボア》〉の店の中を何度もいったりきたりしながら知恵を絞ったが、いっこうに妙案が浮かばない。気分を変えようと、通りに出てみた。

表では、水吹き男が口からさまざまな色の水を吐く芸を披露していた。ここではよく見る大道芸だ。マサチューセッツ植民地では、悪魔の所業を助長するものとして禁じられている芸だが、ハンターにとっては、たんにおもしろい見せ物でしかない。

水吹き男は、口に透明の水を含んでは、そのつどいろいろな色のついた水を吐いてみせていた。それからすこしのあいだ、ハンターはその芸を眺めていたが、やがて男のそばに歩みよった。

「その芸の秘密を教えてくれないか」

「チャールズ陛下の宮廷じゃあ、たくさんの貴婦人が同じせりふをおっしゃいましたがね、そりゃあもう、たいへんな伝授料を保証してくださったもんですよ」

「おれが保証するのは——おまえの命だ」

いうなり、ハンターは芸人の顔に、銃弾を装塡ずみのピストルを突きつけた。

「脅しっこなしでさ」

「脅しですめばいいがな」

ほどなく、ハンターは水吹き男の天幕に案内され、芸の秘密を教わっていた。

「見かけとはちがうことをしてるんです、じっさいにはね」と水吹き男はいった。

「やってみせろ」

実演する前に、水吹き男は理屈を説明した。まず最初に、牝牛の胆汁と焦がした小麦粉を練りあわせた丸薬を服《の》んでおく。

「これで胃の中をきれいにするんですよ。わかるでしょう？」

「わかる。つづけろ」

「つぎに、砕いたブラジルナッツと水を混ぜあわせて、暗赤色になるまで煮立てたもの——これを実演の前に飲んでおきます」

「つづけろ」

「それから、グラスをホワイトビネガーで洗います」

「つづけろ」

「ビネガーで洗っていないグラスも別に用意します」

「つづけろ」

実演のさいにはまず——と水吹き男は説明した——ビネガーで洗っていないグラスの水を口に含む。そうしたら、飲んでおいた暗赤色の液体を胃から逆流させ、口の中でいま含んだ水と混ぜて、からのグラスに吐きだしてみせる。出てくる水の色は鮮やかな赤色で、これは〝赤ワイン《クラレット》〟。

　こんどはビネガーで洗ったほうのグラスの水を口に含み、同じことをする。出てきた水は茶褐色の〝ビール〟だ。

　ビネガーで洗っていないグラスの水をたっぷり口に含み、胃の逆流液と混ぜあわせれば、こんどはほんのりと赤い水になって出てくる。これが〝シェリー酒〟。

「仕掛けはこれだけ。ただ水を飲むんじゃなくて、仕掛けがある——それだけのことです」

芸人はためいきをついた。「要するに、客の目をあらぬ方向にそらせるというわけですよ」

ハンターは礼をいい、エンダーズを探しにその場を去った。

「マーシャルシーからおれたちを逃がす手引きをした女だがな。何者か知っているか？」

ハンターはエンダーズにたずねた。

「アン・シャープという娘だが？」

「見つけてきてくれ。それから、ロングボートの漕ぎ手が六人ほしい。見つけられるかぎり、とびきり気のきく連中をたのむ」

「なんのためにだ、キャプテン？」

「サンソンを訪ねていくのさ」

38

暗殺をなりわいとし、正面きっての戦いにもすぐれるフランス人、アンドレ・サンソンは、恐怖という感情を知らない。だから、ロングボートが岸を離れ、ガレオン船に向かってくるのを見たときも、けっして恐ろしいとは感じなかった。もちろん、ボートのようすは入念に観察した。この距離だと、漕ぎ手は六人で、船首にもうふたり立っていることはわかるが、顔までは識別できない。

しかし、なんらかの策は確実にもくろんでいるだろう。ハンターというイングランド人は老獪《ろうかい》だ。隙あらば策略を仕掛けてくる。サンソン自身、自分がハンターほど頭がまわらないことは承知していた。自分の才能はもっと動物的で、もっと肉体的な強さにある。

もっとも、今回ばかりは、さすがのハンターにも策を弄《ろう》する余地があるとは考えにくい。単純に不可能なのだ。この船には自分ひとりしか乗っておらず、日没までずっとその状態がつづくのだから。おそらく、日が暮れるまでには自由が保証されるだろう。さもなければ、通告どおり、この船を沈めざるをえなくなるが……。

ハンターがみすみすこの船を沈没させるはずがない。さんざんに苦労を重ねて、あれだけきつい思いをして、ようやく手に入れたお宝だ。そのお宝を確保するためなら、ハンターはなんでもするにちがいない。こちらの自由を保証する屈辱すらいとわないだろう。そうなることに、サンソンは自信があった。

近づいてくるロングボートに目をこらす。距離が縮まるにつれて、舳先《へさき》に立っているのはハンター本人であることがわかった。そのとなりに立っているのは……女だ。

これはいったい、どういうことか？　ハンターはなにかをたくらんでいるにちがいない。

そう思うと、頭が痛くなってきた。

だが、最終的に、やはり策略は不可能と見て、肩の力をぬいた。ハンターは頭がまわるが、とびきりの切れ者というほどでもない。サンソンのクロスボウの腕前なら、これだけ距離が離れていても、袖にとまった蠅《ハエ》をはらうようにして、あっさりと、迅速に、ハンターの命を奪うことができる。ハンターもそれは承知しているにちがいない。その気になりさえすれば、こちらはいつでもハンターを殺せるのだ。ただし、いまは殺す理由がなかった。サンソンがほしいのは自由の保証と赦免《しゃめん》だ。そのためには、ハンターを生かしておかなくてはならない。

ロングボートがそばまで近づいてきた。ハンターが愛想よく手をふり、叫んだ。

「サンソン、このフランスの豚野郎！」

サンソンもにこやかに笑みを浮かべ、手をふり返した。

「ハンター、このイングランドの羊痘《ヒツジとう》野郎！」

一見、表面上は陽気さを装っているものの、サンソンの内面はその正反対の状態にあった。

緊張はかなり大きい。ハンターの異様なほど気さくな態度を見せられるにつけ、その緊張はますます高まっていく。

ロングボートはエル・トリニダード号に横づけした。サンソンは舷縁《げんえん》からわずかに上体を覗かせた。さりげなくクロスボウを見せつけるためだ。ただし、それほど大きくは身を乗りださない。ボートの状況を覗きこみたいのはやまやまだが、下から撃たれてはかなわない。

「なにしにきた、ハンター?」

「贈り物を持ってきたんだ。乗船してもいいか?」

「おまえたちふたりだけならな」

サンソンは答え、手すりからあとずさった。すばやく船の反対側の手すりまで駆けより、別の方向からほかのロングボートが近づいてきていないかをたしかめる。見えるのは凪《な》いだ海と、波を切って付近を泳ぎまわるサメの背びれだけだ。

ふりかえり、ふたりの人間が船腹をあがってくる音に耳をすます。先に姿を現わしたのは女だった。クロスボウを突きつけつつ、油断のない目で女を観察する。まだほんの小娘だが、恐ろしいほどの美人だ。娘はサンソンに向かってはにかみがちにほほえんでみせ、一歩脇にどいて、上にあがってきたハンターに場所をあけた。甲板にあがったハンターは、その場でいったん動きをとめると、サンソンを見た。サンソンは二十歩離れたところでクロスボウをかまえている。

「あまりあたたかい歓迎とはいえないな」ハンターがいった。

「そいつはお目こぼしねがおうか」サンソンは娘に目をやり、ハンターに視線をもどした。「おれの要求に応える手配はしてもらってるのかい？」

「すでに手続き中だ。こうして話しているあいだにも、サー・ジェイムズが文書を作成している。二、三時間うちには赦免状《しゃめんじょう》がとどくと思っていい」

「じゃあ、今回はなにしにきた？」

ハンターは短く笑った。

「サンソン――おれが現実的な人間であることは知っているだろう。切札はみんなおまえが持っていることも承知しているはずだ。おれとしては、どんな要求をつきつけられようが、うんといわざるをえん。こんどばかりは、舌を巻くほど巧妙に立ちまわってくれたな。してやられたよ」

「おれもそう思う」

「いつの日か――」すっと目をすがめて、ハンターはいった。「――かならずおまえを探しだして殺す。絶対に殺してやる。だが、いまのところは、おまえの勝ちだ」

「……これはなんのトリックだ？」

サンソンは急に不安をおぼえた。なにかが決定的におかしい。

「トリックなんかじゃないさ」ハンターは答えた。「拷問だ」

「拷問？」

「そのとおり。なにごとでも、ものごとは見かけどおりとはかぎらない。この女も、これでなかなか見かけによらない女でな。おまえが享楽的な午後を過ごせるようにと、連れてきてやったのさ。おまえも同感だろうが、見てのとおり、この女、ものすごく魅力的だろう――イングランド女にしてはな。この女をここに残していく」ハンターは笑った。「おまえさえかまわなければ、だが」

　こんどはサンソンが笑う番だった。

「ハンター、おまえも悪知恵の働くやつだぜ。おれがこの女を受けいれれば、こいつに目を光らせておかざるをえなくなる。それが狙いだな？」

「このイングランド女に、せいぜいいじらされるがいい」

　ハンターは答えた。そして、小さく一礼をすると、舷縁を乗り越え、姿を消した。船腹の板をコツコツとつま先で打ちながら、縄梯子《なわばしご》を降りていく音がする。ややあって、ハンターがロングボートに飛びおりる音がした。ボートを出せ、とハンターが命じる声につづいて、オールがきしむ音が響きだす。

　これはトリックだ、とサンソンは思った。なにかのトリックだ。女をじろじろと見まわす。なにか武器を持っているにちがいない。

「横になれ」うなるような声で、サンソンは命じた。

　娘は混乱しているようだった。

「横になれ！」サンソンはくりかえし、甲板を荒々しく踏みつけた。

　娘は甲板に横たわった。サンソンは用心深く娘のそばに歩みより、ドレスをめくって身体検査をした。武器はいっさい帯びていなかった。それでも、これがトリックだという確信は依然として強く残っている。

手すりの前にいき、ロングボートを眺めやった。オールで力強く水をかきつつ、ボートは岸へ去っていく。ハンターは船首にすわり、陸のほうを見ている。こちらには顔を向けようともしない。漕ぎ手の数は六人。娘を除いて、きたときの全員がそろっている。

くすくす笑いながら、娘がたずねた。

「もう起きてもいい？」

サンソンは娘に向きなおった。

「ああ、起きてもいいぞ」

娘は立ちあがり、ドレスをととのえた。

「どう、わたし、いい線いってる？」

「イングランドの牝豚にしてはな」サンソンは吐き捨てるようにいった。

それにはひとことも答えず、娘はドレスを脱ぎはじめた。

「なにをするつもりだ？」

「キャプテン・ハンターの指示なの、船に乗ったらドレスを脱げって」

「今後はおれが指示を出す。ドレスは着たままでいろ」サンソンはふたたび、うなるようにいった。「これから先は、おれのいうとおりにしろ」

周囲の海に目を配る。岸へ去っていくロングボートのほかにはなにも見えない。

　これはトリックだ。そうに決まってる。娘がぺろりと唇を舐《な》めた。誘っているのだ。たしかに、妙にそそられる娘ではある。どこでなら抱けるだろう？　どこでなら安全だろう？　そうだ、船尾楼の上がいい。あそこにあがれば、周囲に目を光らせながら、イングランド人の娼婦を愉しむことができる。

「これはおれに対する挑戦だな。見ていろ、キャプテン・ハンターの上手《うわて》をいってやるぜ」

サンソンはいった。「それに、おまえの上手もな」

　娘を連れて船尾楼にあがった。二、三分して、こんどはまた別の驚きをおぼえた。小柄で一見慎み深そうなこの娘が、意外なほど情熱的な嬌声《きようせい》をあげだしたからだ。せつなげに声を張りあげ、あえぎ声を洩らし、背中に爪を立てて——サンソンはひどく興奮してきた。

「すごくおっきい！」あえぎつつ、娘はいった。「知らなかった、フランス人のがこんなにおっきいなんて！」

　娘の両手の爪が、痛いほどにサンソンの背中をかきむしる。サンソンは感きわまった。

だが、娘の絶頂の叫びが——じつはこの叫びのために、娘はたっぷりと報酬をはずまれていたのだが——ハンターに送る合図だと知っていたなら、サンソンも感きわまるどころではなかっただろう。

　それまでハンターは、縄梯子の下の端につかまり、吃水線まぎわの船腹にへばりついて、周囲をうようよ泳ぎまわるサメたちの白っぽい姿を眺めていた。ロングボートが去って以来、ずっとここに潜んでいたのだ。ロングボートの舳先《へさき》にすわっているのは、藁人形《わらにんぎょう》のダミーにほかならない。くるときは防水布の下に隠しておいて、ハンターが乗船している隙に漕ぎ手たちがすばやく舳先にすわらせた、ただの目くらましだ。

　ここまではすべて、ハンターの筋書きどおりに進んでいた。サンソンは用心するあまり、必要以上に舷縁から顔を出さず、ロングボートの中を覗きこみもしなかった。そしてボートが離れていくと、こんどは娘の身体検査に時間を割《さ》くことを余儀なくされた。ようやく身体検査をおえ、去ってゆくボートに目をやったときには、すでにボートは、船首のハンターがダミーとはわからない距離にまで離れ去っていた。その時点で、サンソンが舷縁から真下の海を見ていれば、縄梯子にぶらさがっているハンターの姿が見えただろう。しかし、真下を見るべき理由はない。それに、あの娘には、できるだけ早くサンソンの注意を引くようにと指示してあった。

　縄梯子につかまったまま、ハンターは待った。それから何分かして、なまめかしい嬌声が聞こえてきた。位置は船尾楼の上あたりのようだ。ハンターはそっと縄梯子を昇っていき、砲門にたどりつくと、エル・トリニダード号の砲列甲板にすべりこんだ。

　ハンターは武器を持っていない。したがって、忍びこんで最初にやるべきなのは、武器を見つけることだ。その足で前部の武器庫に赴き、短剣をひとふりとピストル二挺を確保した。ピストルには銃弾をこめ、その上から弾押さえ《ワディング》をしっかりと押しこむ。つぎに、クロスボウひと張りを手に取り、背中を曲げて弦を引っぱってから、太矢をつがえた。そこでようやく、昇降梯子を通って上にあがり、主甲板のようすをうかがった。

船尾を見ると、サンソンが娘といっしょに立っているのが見えた。娘はドレスをなおしている。サンソンは水平線に目をこらしていた。みだらな行為におよんでいたのはほんの数分だけだったらしい。しかし、それは致命的な数分だった。サンソンはガレオン船の主甲板に降りてきて、あたりを歩きまわりだした。いっぽうの舷縁から真下の海を見おろし、反対の舷縁からも真下を見おろす。

そこで、急に凍りついた。

そして、食いいるように下を見つめた。

ハンターには、サンソンがなにを凝視しているのかが手にとるようにわかった。吃水線のまぎわにいたとき、服が波飛沫《なみしぶき》をかぶってしまい、それで濡れた布地が、船腹を登って砲門から船内に潜りこむさい、なにかが這ったようなあとを残したのだ。

サンソンはくるりと娘にふりむいた。

「このスベタ！」

叫ぶなり、まだ船尾楼の上にいた娘に太矢を放った。よほど頭に血が昇っていたのだろう、太矢は的をはずした。娘は悲鳴をあげて、下の甲板に駆け降りていった。サンソンはあとを追おうとしかけたが、途中で思いなおし、いったん立ちどまると、クロスボウに太矢を装塡しなおした。そして、周囲のようすをうかがいつつ、聞き耳を立てた。

娘が下の甲板を駆けていく音が聞こえる。やがて扉が閉まる音がした。船尾船室のどれかに飛びこんで、中から鍵をかけたにちがいない。これで当面、娘の安全は確保されたことになる。

サンソンは甲板の中央部分に駆けだしてきて、主檣《メインマスト》のそばに立ち、呼ばわった。

「ハンター！　おまえが船にいるのはわかってるぞ、ハンター！」

そして、高笑いをあげた。

じっさい、いまはサンソンのほうが有利な位置にいる。サンソンがメインマストのそばにいるかぎり、ハンターがどこに隠れているにしても、その隠れ場所からは充分に遠いから、たとえピストルで撃たれてもあまりダメージは受けない。サンソンはゆっくりと左右に顔をふりむけながら、用心深くマストの周囲をまわりはじめた。神経を張りつめさせているのが、はたからもわかる。ほんのすこしも油断がない。どこからどんな攻撃をされても、即応する態勢をととのえている。

それに対し、ハンターは一見、血迷ったように見える行動をとった。唐突に、ピストルを両方とも発射したのだ。

一発はメインマストに当たり、木片を飛び散らせた。もう一発はサンソンの肩に当たった。フランス人はうめいたものの、怪我に気づいてさえいないようすで、勢いよくふりむきざま、ハンターのいる方角へ太矢を放った。太矢はハンターのすぐそばをかすめ、昇降梯子の板に音高く突き刺さった。

ハンターはすばやく昇降口の下に頭をひっこめた。サンソンが追ってくる足音が聞こえる。すこしだけ昇降口から頭を覗かせると、サンソンが左右の手に一挺ずつピストルをかまえ、こちらに駆けてくるのが見えた。

ハンターは昇降梯子を駆け降り、その裏にまわりこんで、呼吸をととのえた。すぐ真上の昇降梯子を、サンソンがどすどすと駆け降りる音が響く。

サンソンが砲列甲板に降り立った。背中はこちらに向けた状態だ。その背中に向かって、ハンターは冷たい声でいった。

「そこを動くな」

もちろん、サンソンが動かないはずがない。こちらに向きなおるや、ピストルを二挺とも発射した。

床にだっと身を投げたハンターの頭上を、銃弾が音高くかすめていった。銃弾をかわしたのち、ハンターは立ちあがった。両手には太矢をつがえたクロスボウをかまえている。

「ものごとは、見かけどおりとはかぎらないものさ」とハンターはいった。

サンソンはにやりと笑い、両手を前につきだした。

「ハンター、おれの親友よ。おれはもう丸腰だぜ」

「上にいけ」平板な声で、ハンターは命じた。

両手を突きだしたまま、サンソンはうしろむきに昇降梯子を昇りだした。腰のベルトには短剣が吊ってある。その短剣に向かって、左手がそろそろと這い降りていった。

「やめておけ」

左手がぴたりと止まった。

「上だ」

サンソンは昇降梯子をあがっていく。ハンターもそのあとにつづく。

「おれにはまだ価値があるぜ」サンソンがいった。

ハンターははねつけた。

「ケツの穴に太矢をぶっ刺してもらう価値がか」

ふたりとも主甲板にあがった。サンソンがメインマストへあとずさっていく。

「話しあおう。な。おたがい、理性的にならなきゃ」

「なんのために」

「おれがお宝の半分を隠しているからさ。見ろよ、こいつを」サンソンは首に吊った金貨をまさぐった。「こいつに宝の隠し場所が記してある。カサンドラ号に積んでいったあれだ。興味はないか？」

「ある」

「だったら、決まりだ。交渉の余地があるだろう」

クロスボウの狙いをつけたまま、ハンターはいった。

「おれを殺そうとしたやつと交渉しろというのか」

「立場が逆だったら、あんただって同じようにしただろう？」

「しなかった」

「いいや、そんなはずはない。すると認めないのは、よほどの恥知らずだけだ」

「しなかったといってるだろうが」

「おれたちの友情は失われていないよな」

「おれは友人を裏切ったりはしない」

「したさ、隙さえあれば」

「しない」ハンターはくりかえした。「おれは名誉というものを重んじて——」

そのとき、背後で女性の声がいった。

「ああ、チャールズ、その男を追いつめたのね——」

一瞬、ほんの一瞬、ハンターはうしろをふりかえり、アン・シャープを見た。その一瞬の隙に、サンソンが腰の短剣を引き抜き、投げようとした。

反射的に、ハンターは引き金を引いていた。

ブンッ！　という音とともに、クロスボウの弦がはじかれる。

太矢はまっしぐらに甲板上を飛んでいき、深々とサンソンの胸に突き立った。サンソンのからだはうしろに吹っとび、足が宙に浮いたまま、マストに張りつけの形となった。両手がだらんとたれさがり、ひくひくと痙攣《けいれん》しだす。

「この仕打ちはないぜ……」

口から血を流しながら、サンソンはいった。

ハンターは答えた。

「当然の報いだ」

その直後、サンソンは息絶え、頭をがっくりとうなだれさせた。ハンターはサンソンから太矢を引き抜いた。死体がずるずると甲板にすべり落ちていく。倒れたサンソンの首から、ハンターは鎖ごと金貨を引きちぎった。表面に宝の地図を刻んだ例の金貨だ。それがすむと、ハンターはアン・シャープが見ている前で――娘は片手で口をおおい、目をむいてこちらを見ている――死体を舷縁まで引きずっていき、手すりごしに突き落とした。ドボン、という水音が響いた。

見おろすと、死体はぷかぷかと海面に浮かんでいた。

サメの群れが、用心深く死体の周囲をまわりだしている。やがて、一匹がぐっと近づき、肉をちぎりとった。そして、つぎの一匹が――さらに別の一匹が。

海面がはげしく波だち、血混じりの白泡におおわれていく。だが、サメの饗宴《きょうえん》がつづいたのは、せいぜい二、三分のことだった。やがて血の色も薄くなり、海面は静かになった。

それを見とどけて、ハンターは海面から視線を離した。

エピローグ

自身の回顧録『カリブ海の私掠人《しりやくにん》とともに暮らして』によれば、チャールズ・ハンターは一六六六年を通じてサンソンが隠した財宝を探しつづけたが、ついに見つけられなかった。金貨の表面に刻まれていたのは、具体的な宝の地図ではなく、一連の奇妙な三角形や数字で、ハンターにはそれを解読できなかったのである。

サー・ジェイムズ・オルモントは、事件ののち、姪《めい》のレディ・サラ・オルモントとともにイングランドへもどった。が、ふたりとも、一六六六年のロンドンの大火で命を落とした。

ロバート・ハクレットの夫人エミリーは、その後もポート・ロイヤルに滞在しつづけたが、一六八六年、梅毒で死亡している。エミリーの息子のエドガーは、カリフォルニア植民地で裕福な商人となった。エドガーの息子のジェイムズ・チャールズ・ハクレット・ハンターは、一七七七年、カリフォルニア植民地の総督となり、北部反乱軍がウィリアム・ハウ将軍麾下《きか》の大英帝国軍とボストンで戦ったさいには、植民地をあげて反乱軍に味方することになる。

ミストレス・アン・シャープは、一六七一年に、女優となってイングランドに帰国した。

前世紀と異なり、この時代、もはや少年が女性の役を演じることはなくなっていたのである。やがてミストレス・シャープは、西インド諸島の関係者のなかで、ヨーロッパ全体を通じて二番めに有名な女性となる（一番有名なのは、もちろん、ルイ十四世の愛人で二度めの妻に収まった、マダム・ド・マントノンだ。彼女はグアドループ島の生まれだったのである）。アン・シャープは一七〇四年に他界した。その人生は、本人の述懐によれば、〝すばらしき悪評の日々〟であったという。

天性の航海士《シー・アーティスト》にして、床屋兼外科医のエンダーズは、一六六八年、マンデヴィルが率いるカンペチェ襲撃に参加したさい、嵐に遭遇して死亡している。

いっぽう、〈ムーア人〉ことバッサは、一六六九年、ヘンリー・モーガンのパナマ襲撃に加わり、現地で死亡した。スペイン人が港町を護ろうとして大量の家畜を解き放った結果、一頭の牡牛に踏みつぶされてしまったのだ。

〈ユダヤ人〉ことドン・ディエゴは、その後もポート・ロイヤルに健在だったが、かなりの高齢であった一六九二年、突如としてポート・ロイヤルを見舞った大地震により、〝邪悪な町〟が壊滅したさいに、町と運命をともにしている。

レイジューは、一七〇四年、サウス・カロライナ植民地のチャールストンで、海賊として捕縛され、絞首刑に処された。一説には、かの有名な海賊〈黒髭《くろひげ》〉の情婦であったともいう。

チャールズ・ハンターは、サンソンの隠し財宝を捜索中、マラリアにかかり、一六六九年、イングランドに渡った。が、その時点で、マタンセロス襲撃が政治問題と化していたため、チャールズ二世にうとんぜられ、結局、名誉を与えられずじまいとなった。ターンブリッジ・ウェルズの自宅にて、肺炎で死去したのは、翌一六七〇年のことである。遺したものは、ささやかな土地と一冊のノートだけだった。このノートはケンブリッジ大学トリニティ学寮《カレッジ》に収蔵され、いまもなお現存している。現存しているのは彼の墓も同様だ。墓があるのは、ターンブリッジ・ウェルズにある聖アンソニー教会の墓地で、墓石自体はそうとうに磨《ま》耗《もう》が進んでいるが、それでもそこには、つぎのような墓碑銘をはっきりと読みとることができる。

チャールズ・ハンター、船長
ここに眠る
1627～1670
誠実な冒険家にして船乗り
新世界において
同胞に愛されし者
勝利す《ウインキト》

訳者あとがき

二〇〇八年十一月四日、マイクル・クライトンはこの世を去った。喉頭癌《こうとうがん》だったという。発症当初は癌とわからず、よもや半年で不帰の人になるとは家族も予想だにしていなかったようだ。享年六十六。あまりにも早すぎる死がほんとうに惜しまれる。

が、その悲しみもまだ癒《い》えぬ翌年の春、意外な発表があった。故人のＭａｃからほぼ完成状態の未発表長篇が出てきたというのだ。そういえばクライトンは、遺伝子テクノロジーの暴走を危惧《きぐ》するあまり、書きかけの長篇を一時棚上げし、前作『ＮＥＸＴ―ネクスト―』に取りかかったそうだが、同書刊行後、中断したその長篇をまた書き進めていたらしい。

その長篇が、アメリカでは二〇〇九年十一月に刊行された本書、*Pirate Latitudes* である。直訳すれば〝海賊の緯度〟となる原題は、新大陸の東、北緯十度から三十度前後、つまりカリブ海を指す。この原題にして、カリブ海が舞台の海洋冒険小説とくれば、てっきり海賊ものと思うところだが、そこはクライトンだけに、切り口が尋常ではない。テーマに持ってきたのは海賊ならぬ私掠人《しりゃくにん》である。

海賊と似て非なる私掠人の実態は本書をお読みいただくとして、今回は「著者あとがき」がないぶん、私掠の背景に関し、多少とも補足をしておこうと思う。ただ、そのためには、内容に触れざるをえない。物語を純粋に楽しみたい方は、ここから先、本文をご一読のあとにどうぞ。

物語は、一六六五年、ジャマイカ島の港町ポート・ロイヤルで開幕する。ラム酒やブルーマウンテン・コーヒーでも知られるこの島は、コロンブスが発見して以来、長くスペイン領だったが、一六五五年、イングランドの手に落ちた。清教徒《ピューリタン》革命の英雄クロムウェルの派遣した艦隊が、本来の目的地であったヒスパニオラ島の攻略に失敗し、その埋め合わせとして占領したのである。同島が正式にイングランド領となるのは一六七〇年だが、占領軍は即刻、要塞の建設に着手し、これをフォート・クロムウェル、隣接する港町を突端《ザ・ポイント》と名づけた。ところが、一六五八年にクロムウェルが病死し、護国卿政権も崩壊にいたり、一六六〇年、王政復古でチャールズ二世が王位につくと、この要塞と港町は王に敬意を表して改名される。それがフォート・チャールズであり、王の港《ポート・ロイヤル》だ。

一六六五年は、ロンドンで最後のペストの大流行が起こった年でもあり、こういった世界の情勢を、クライトンは巧みに物語の世界へ織りこんでいく（同年のロンドンの悲惨さは、ダニエル・デフォーの『ペスト』、平井正穂訳、中公文庫に生々しく描かれている）。当時の世界を見まわせば、日本は徳川家綱の治世で、水戸の黄門さまもまだ三十代。フランスでは、のちにチャールズ二世と密盟を結ぶことになる太陽王ルイ十四世の親政がはじまったばかり。

スペインではまさに王の交替期で、物語の開幕時に王だったフェリペ四世は物語中に死亡し——同王は政治に無関心な反面、芸術の保護に熱心で、本書に出てくるキリスト画を描いたベラスケスをはじめ、画家たちのパトロンを務めた——物語がおわる時点では、四歳の息子カルロス二世が王位についている。

このカルロス二世は、病弱で子供に恵まれず、彼の代でスペイン・ハプスブルグ家は断絶。前世紀に無敵艦隊《アルマダ》が敗北してからというもの、徐々に顕在化していたスペイン帝国の衰退は、ここに大きな節目を迎えることになる。衰退の主因には莫大な戦費、疫病、政治の混乱等があげられるが、国力の疲弊に拍車をかけた要因として、他国による海商破壊と掠奪があったことはまちがいない。そして、その破壊と掠奪をもたらした当事者こそが、本書のテーマである私掠人《しりゃくにん》たちだったのである。

私掠人とは、私掠免状を得て他国の船や土地の掠奪を行なう〝国家公認の掠奪者〟のことをいう。やっていることは海賊行為そのもので、やっている連中も海賊と重なる。ただし、私掠免状さえあれば、他国の財産の掠奪は権利として認められ、戦利品の上納さえきちんとしていれば、自国から犯罪者あつかいされることはなかった。この点で、純然たる犯罪者である海賊とは一線を画する。国のほうも、みずからの手を汚さず、敵国の財力と戦力を削《そ》ぎ、戦利品の上納で国庫を潤せるうえに、傭兵としても使えるのだから、なにかと重宝する存在だったといえる。

十六世紀から十七世紀にかけて盛んに私掠免状を発行したのは、イングランド、フランス、ネーデルラントなどの海軍後進国。餌食となったのは、もっぱら海軍大国のスペインである。十六世紀に最盛期を迎えたスペインは、新大陸の広大な領域を植民地化して、大帝国を築きあげていた。本書にも出てくるスパニッシュ・メインとは、新大陸におけるカリブ海周辺のスペイン領を指す（カリブ海を指す場合もある）。この植民地や財宝回収のための大型船は、ときに軍隊なみの規模と武力を持つ私掠船や海賊に襲われ、ためにスペイン経済はかなりの痛手をこうむった。

ポート・ロイヤルは、そうやって掠奪した物資をさばく一大市場として栄えた町である。最終的には、一六九二年の地震と津波で壊滅してしまうのだが——死者は五千人を数えたという——そのときまでは、私掠人と海賊の一大拠点として、また新世界一の奴隷市場として、悪徳に満ちた繁栄を謳歌《おうか》していた。〈海賊たちのバビロン〉、〈新世界のソドム〉、〈黄金の都市〉、〈罪の都〉、〈世界一邪悪な都市〉等、数々の呼び名だけでも、その状況はうかがい知れよう。

もちろん、凋落《ちょうらく》傾向にあったとはいえ、当時なお強大だったスペインが、こんな私掠人と海賊の巣窟《そうくつ》を見過ごしておくはずはない。事実、あるとき、制圧を試みた。ところが、事前にその動きを察知したジャマイカ総督は、牽制《けんせい》のため、ある人物にスパニッシュ・メインの大規模掠奪を依頼する。それがポート・ロイヤル史上もっとも有名な私掠人、あのヘンリー・モーガンである。

十六世紀において、海軍を率いて無敵艦隊《アルマダ》を大敗させたジョン・ホーキンズとその又従弟《またいとこ》フランシス・ドレイクも、もとはといえばカリブ海の私掠で鳴らした人物たちで、どちらもその業績を評価され、サーの称号を得ているが、彼らと比べれば、残酷さでも破天荒さでも、モーガンはずっと海賊っぽい。彼の時代になると、カリブ海の私掠人は、各国総督の私兵的な側面も持ち（私掠免状は総督の独断で乱発されていた）、戦利品市場の闇商人の顔も併《あわ》せ持っていたからかもしれない。

総督の依頼のもと、スペイン領を掠奪してまわったモーガンは、一六七一年には二千人を率いて密林を横断し、不意をついてパナマ市を占領する。本書のエピローグにある牛の話は、作戦としては効果がなかったようだが、このときの実話だそうだ。そのさい、非道の限りをつくしたことが（おまけに千人の部下を見捨てていっている）本国で問題化し、モーガンは逮捕され、表向きは謹慎処分を受ける。ところが、のちに彼もサーに叙爵《じょしゃく》され、ジャマイカ副総督に任命されて、カリブ海の海賊退治にその手腕を発揮することになる。有名なラム酒〈キャプテン・モーガン〉は彼にちなんだものである。

本書の主人公チャールズ・ハンターもまた、モーガンのクラスに列せられる大物私掠人のひとりだ。もちろん架空の人物だが、当時の私掠人たちの特徴が集約されていて、私掠人の見本のような人物に仕あがっている。ジャマイカ総督との関係など、右のモーガンと重なる部分も多い。

ただし、モーガンとは大きく異なる点がある。私掠人としての筋を通す一種高潔な人物であることと、大学を出たインテリだという点である。ハーヴァード大学（の前身）の創立は一六三六年で、ハンターはおおむね創立期の卒業生であり、クライトンの大先輩にあたる。ハンターがあの急場を切りぬけられたのも、並の私掠人とはひと味ちがうインテリ性ゆえだ。クライトン名義のデビュー作『アンドロメダ病原体』では、〝アウトサイダーの視点が真実を見ぬく〟とするオッドマン仮説が提唱されたが、クライトンの作品の主要登場人物たちがたいていそうであるように、そして、作者自身もそうであったように、このハンターもまたオッドマンであるといえるだろう。

ハンター以外のひと癖もふた癖もある面々にも、当時の雰囲気はうまく反映されている。〈ムーア人〉のように民族名を使う通称は、ロックこと〈ブラジル人〉、バルトロメオこと〈ポルトガル人〉などの実在の大物海賊を髣髴《ほうふつ》とさせるし、ドン・ディエゴも有名な海賊の名だ。男装の女海賊コンビ、アン・ボニーとメアリー・リードを連想させるレイジューは、生い立ちや男装して軍隊にいた経歴などからすると、直接のモデルはメアリーと思われる。サンソンは、フランスに実在した死刑執行家系の名をとったもの。本書では端役でしかないルクレールやロロネの名も、実在の大物海賊から拝借したものである。

こんなタフな連中ばかり出てくる本書だが、しかし、彼らをも食ってしまうほどの異彩を放つのは、例の軍艦だろう。乗組員が出てくるとそうでもないが、ひとたび遠く離れるや、かの黒い軍艦は、それ自体が知能を持った一個の怪物と化し、格段に凄味《すごみ》と不気味さを増す。かつてユル・ブリナーのロボット・ガンマンやヴェロキラプトルが見せた恐るべき追跡者の役割を、ここでは軍艦がはたしているわけだ。なんといっても、登場シーンがいい。最初は白い帯と見えていたものが、向きが変わるにつれて、複数の帆が重なったり一枚に見えたりしながら水平線の上へ上へとせりあがってきて、ついには帆船の姿をとる！　視覚に訴える、いかにもクライトンらしい演出である。本書では、ギリシアやルネッサンスの学識が重要な意味を持つが、ここの描写では、〝ギリシアの哲学者らが地球は丸いと気づくきっかけ〟を視覚的に見せてくれており、理科の実験的な楽しさもある。やはり科学指向の人なのだ。

　科学といえば、深海生物が放つ緑の光は、緑色蛍光タンパク質《GFP》（ノーベル賞の下村脩博士が発見したあの物質）によることが知られる。あれが蛍光グリーンに発光するのは、そこを踏まえてのことだろう。形状の部分では、二十一世紀になって発見された大型の深海イカ、マグナピンナの特大版のようにも思える。ネットで写真や動画が見られるこの奇怪なイカの姿には、暗視装置でも使っているのか、不気味な緑色に見えるものがあり、あるいは作者は、そのイメージから着想を得たのかもしれない。こうして古い存在に新しい光をあて、新鮮に見せてくれるところは、まさにクライトンの真骨頂だ。

　物語についてはこのくらいにして、こんどは翻訳に関する補足に移ろう。

　帆船関係は、編集担当の松木孝氏がくわしく、いろいろと助言してくれた。が、本書は〝帆船もの〟というわけでもないので、斯界《しかい》の常識にそぐわない部分があっても、基本的に原文のままとしている。大砲一門あたりの砲手数など、疑問に思う箇所は帆船関係以外にもあったが、もはや作者に訊けない以上、このあたりも原文のままである。

ちなみに、本書に名前の出てくるナオ船とは、カラベル船（三本マストの小型帆船）より大きなスペインの外洋船を指す。ナオというのは、もともとはスペイン語の〝船〟のことで、それがカラック船の別称としても使われるようになったという。カラック船の発展形であるガレオン船もナオ船と呼ばれる。本書でナオ船として出てくる船は、すべて財宝を運搬するガレオン船のことである。ガレオン船はカラック船と比べて細長く、速度も速く、積載量と攻撃力にすぐれ、物語の時代においては外洋航海の主役だった。

物語中のハクレットは、作者のイメージでは副総督あたりかもしれない。しかし、原文がSecretary なので、書記官としておいた。要するに総督府のナンバー2である。スコットはCommander で、一ヵ所、階級らしき用例があったが、the commander of the garrison という表現もあるため、守備隊の司令官という印象が強い。ジャマイカ史を見ると、初代の総督はthe commander が兼ねていたようだから、これはやはり、階級よりも司令官の意味だろう。なお、若き日のネルソン提督が指揮艦を待つあいだ、臨時にフォート・チャールズの指揮官を務めたという逸話から、この守備隊は陸軍系ではなく、海軍系と想定して訳した。

度量衡《どりょうこう》はヤード・ポンド法を採っている。距離を把握しにくい方のために、いちおう換算の目安を書いておくと、一フィートは三分の一メートル。正確には三十・四八センチだが、本書の内容では、厳密さはそれほど要求されない。船の全長が七十フィートとあった場合、三をかけて一桁《けた》切りさげ、二十一メートルとするどんぶり勘定《かんじょう》で充分だと思う。同じように、一ヤード＝三フィート＝九十センチだが、これもまた一メートルと読み換えてほぼ問題ない。

一尋《ひろ》は六フィート＝約二メートル。一マイルは一・六キロだが、一マイル＝一キロ換算でもほぼオーケーだと思う。重量のほうは、一ポンド＝約四百五十グラム。五百ミリリットルのペットボトル一本といったところだ。砲弾の重さは、五ポンド砲弾＝約二・二五キロ、十二ポンド砲弾＝約五・五キロ、二十四ポンド砲弾＝約十一キロと憶えていただいたほうが早い。

余談だが、物語の時代、砲弾は鉄でも、大砲は青銅製だった。くりかえしの使用に耐える鋳鉄砲《ちゅうてつほう》を造る技術がまだなかったからである。青銅もいろいろだが、大砲に使われたのは、銅九割、錫《すず》一割程度の、いわゆる砲金で、真鍮《しんちゅう》をやや赤くしたような色。水につかっていた場合、どれほどの期間で緑青《ろくしょう》を吹くかは不勉強にしてわからないが、青銅はとくに耐食性が高いので、すっかり水没していた五ポンド砲でも充分使用に耐えたのではないだろうか。

困ったのは人名地名の表記である。イングランド人がスペイン王フェリペをフィリップと呼ぶのは、英語としてはごくふつうで、スペイン人視点ではフェリペとしないと、これまた感じが出ない。いっぽう、スペイン人視点では小説や映画の刷りこみもあってか、こう呼ばないと感じが出ない。地名も同様だ。そのため、苦肉の策でお見苦しいこととは思うが、ところどころ、たとえばフェリペ《フィリップ》のようにした。スペインの地名のカナ表記は切れ目がないとどうも読みにくいため、一般的な表記に反して、今回はあえてナカグロ（・）を入れてある。英語の地名も、ポート・ロイヤルのように、それに合わせた。アメリカの先住民は、北米先住民はインディアン、中南米先住民はインディオと、地域で呼び分けるのが日本の通例だが、イングランド人視点ではインディアン、スペイン人視点ではインディオと、話者の言語で呼び分けてある。

さて、だんだん紙幅が逼迫《ひっぱく》してきた。いうべきことは多いが、そろそろまとめにはいろう。

本書の物語は、それはもう楽しく読むことができた。連発花火を打ち上げるような派手な展開は息もつがせないし、登場人物も十全に活《い》かされている。歯みがきや養毛剤から大砲の発射手順にいたるまで、例によって蘊蓄《うんちく》も豊富だ。往年のハリウッドの海賊映画にも通ずる正統的な冒険物の体裁をととのえながらも、あちこちに新機軸が盛りこんであり、なにより活劇として無条件におもしろい。

一九八〇年以降のクライトン作品は、同じ歴史小説でも『タイムライン』のように、中世フランス＋並行世界＋量子テレポーテーション等、複数のテーマを組みあわせ、文明批評に結びつけるのが定番スタイルになっていた。『ジュラシック・パーク』を書きはじめてから完成まで八年もかける作家だから、本書についても、歴史小説になにか意外なテーマを組みあわせようと構想を練っていた可能性もなくはない。しかし、本書の構成からすると、話を膨らませる余地はあっても、別のテーマを組みあわせる余地はなさそうだ。作者としては、七〇年代に書いた『大列車強盗』や『北人伝説』などのように、ちょっと切り口の変わった、それでいて純然たる歴史小説を書いてみたかったのではないだろうか。実際はどうであれ、この痛快作が発掘されてよかった、と読者としてしみじみ思う。

翻訳者としても、本書の発掘は格別うれしい驚きだった。前作が遺作になるものとばかり思っていたら、あと一冊、クライトンを訳せるのだ！　たとえるなら、派手なコンサートのアンコールが渋いバラードで締めくくられて、場内も明るくなり、やや不完全燃焼の思いをいだきつつ帰りじたくをしていると、いきなり幕が開き、最後に一曲、とびきりのダンス・ナンバーをプレゼントされたようなものである。狂喜して踊りまくったのはいうまでもない。

推敲《すいこう》を重ねていない作品が世に出てしまうことについては、作者の気持ちを思うと、正直、胸が痛まないではない。だが、未発表作品というものは、ナボコフの『ローラ』のように、いずれ世に出る運命にある。それにクライトンは、わりと諸般の事情に理解を示す人だった。今回は事情が事情だし、そういうものさ、ただ楽しんでくれ、とあの世で肩をすくめて許容してくれそうな気がする。

ここで、故人にあらためて敬意と哀悼の意を表するとともに、作者に成り代わり、読者のみなさんに厚くお礼申しあげたい。みなさんに作品を読んでいただいたことを、クライトンも光栄に感じていたと思う。ご愛読に心から感謝します。

ところで、本書はドリームワークスでの映画化が決まっており、巨額の予算が投じられるとのこと。『プレイ――獲物――』以降は映画化が進まず、『ER』も本国では二〇〇九年四月に終了し、クライトンと映像の縁が切れてしまうかに見えていたので、これは朗報だった。プロデューサーはスピルバーグで、みずから監督をする話も出ている。追悼の意味からも、メガホンをとる可能性はきわめて高いだろう。クライトンの作品は、第一に情報小説であり、映像にしやすいようでいて難しい要素が多いが、視覚に訴える見せ場が山ほどあるだけに、本書は比較的映画化しやすいと思う。スピルバーグがあの軍艦を、『激突！』のトラックのように、不気味に描いてくれればとてもうれしい。

さて、本来ならここで、本書の単行本が出たあとに判明したことを補足すべきところだが、そのへんは解説の吉野仁さんが的確にまとめておられるので、そちらをごらんいただきたい。昨年アメリカで刊行された第二の遺作、*Micro* についても紹介してくださっている。その *Micro* の内容にちょっぴり触れておくと、今回は特異なマイクロロボット製造技術をからめた〝秘境〟冒険ものである。乞御期待。

二〇一二年二月十七日

解説

文芸評論家
吉野　仁

マイクル・クライトンが遺した痛快無比なる歴史冒険大作。それが『パイレーツ―掠奪海域―』だ。

現在クライトンといえば、『ジュラシック・パーク』をはじめとする最新科学知識を活かした小説の書き手として知られているだろう。まず作家として世にクライトンの名を知らしめたのは、『アンドロメダ病原体』である。

だが、ミステリをはじめ海外エンタテインメント小説を幅ひろく読んできた読者ならば、天才クライトンの活躍は、ひとつのジャンルにとどまらないことをご存知のはず。そもそも彼は学生時代に学費稼ぎのため、そのころ流行していたジェイムズ・ボンド型のスリラーを週末と休みの短期間に書きまくっていた。初期にジョン・ラング名義で発表された『華麗なる賭け』や『殺人グランプリ』は、なるほど六〇年代に大ヒットした娯楽映画のテイストにあふれている。

また、一九六八年に出版された『緊急の場合は』は、まだ医学生だった頃にジェフリイ・ハドスン名義で書いたメディカル・サスペンスである。のちに寄稿された序文によると、最初、春季休暇に十日間で書き上げたものの、担当編集者からハードカヴァーで出版したいと説得され、夏期休暇に書きなおしたという。当時クライトンはまだ二十代半ばだった。そしてこの作品は一九六九年に栄えあるアメリカ探偵作家クラブ賞最優秀長篇賞を受賞したのだ。

そのほか、十九世紀の英国を舞台にした犯罪もの『大列車強盗』、現代アフリカにおける秘境探検もの『失われた黄金都市』、そして日本企業のビル内で起きた殺人をめぐる『ライジング・サン』など、多種多様なジャンルやテーマを扱っている。

さらには、自ら監督および脚本を担当し『大列車強盗』を映画化したり、全米で大ヒットし日本でも人気となったテレビドラマ・シリーズ『ER　緊急救命室』の原案および総指揮を行なったことなども有名である。

そのクライトンが、なんと十七世紀のカリブ海を舞台にした冒険小説を書いたのだ。しかも、二〇〇八年に急逝したのち、パソコンの中から発見されたという。まさに眠っていた財宝を発掘したようなものではないか。

ときは一六六五年、ジャマイカ総督オルモントは、スペイン船を襲撃し船に積まれた財宝を奪う私掠行為をみとめ、その戦利品を上納させることで、町の繁栄を築いていた。

あるとき、私掠船の船長チャールズ・ハンターは、財宝船がスペイン領の島マタンセロスに停泊しているとの情報を教えられた。その島は、司令官カサーリャが率いる数百人の守備隊と大砲十二門を備えている難攻不落の要塞島だった。ハンターは、優秀な仲間を集め、襲撃へと向かう。

日本人にとっての〝海賊〟のイメージは、古くはスティーブンスン『宝島』、近年ではディズニーランドの「カリブの海賊」、そして映画『パイレーツ・オブ・カリビアン』から来たものが大半なのではないか。乱暴にいえば、子供向けにデフォルメされた印象が強い。その点クライトンによる本作は、よりリアルな印象を受けた。ハンターとその仲間は、単なる海賊ではなく私掠人である。国から私掠免状を与えられて海賊行為を行なう連中のこと。免状があるため、少なくとも自国からは罰せられることがない。

本作のモデルになっている実在の人物に、ヘンリー・モーガンという有名な私掠人がいる。英国人のモーガンは、一六五〇年に十五歳でカリブ海のバルバドス島に渡り、五年間ほど農園での年季奉公に従事した後、一六五五年にジャマイカ島に渡った。そこで海賊を募集していた私掠船隊に入り、その後たちまち頭角を表わしたという。モーガン自身が船長となり数々の襲撃でその名をカリブ海に知らしめた。やがてジャマイカ総督の要請で、スペイン領を掠奪してまわった。おそらくモーガンひとりではなく、当時のさまざまな私掠人の記録を参考にしながら、本書を描き上げていったに違いない。

またクライトンは一九八二年にジャマイカへ旅をしている。自伝的旅行記『トラヴェルズ—旅、心の軌跡—』の「ジャマイカ」の章に次のような文章がある。

〝ジャマイカを去る前に、わたしは南部のスパニッシュ・タウンを訪れたいと思っていた。

そこには初期ジャマイカ文明の遺物の新しい博物館があると耳にしたのだ。何年ものあいだ、十七世紀のジャマイカを扱った本を執筆中だったから、わたしはその博物館へ行ってみたかった〟

一九七九年に行なわれたパトリック・マクギリガンによるインタビュー記事には、〝(クライトンは)十七世紀のカリブの海賊に関して長年とりくんでいる本を完成させるつもりだ〟という記述があった。三十年以上もまえに構想があり書き始めていたのだ。当然、資料を多く集めて読み込んでいたのだろうし、ジャマイカの旅で得たさまざまな体験や記憶が、作品のあちこちで活かされているのに違いない。

このように本作は、歴史的な事実を掘り下げた上で、当時のカリブ海と私掠人たちの闘いを生々しく描いているのだ。

もちろん、ただ史実にもとづき、当時を再現してみせただけではない。大胆な虚構性やプロットを導入し、血沸き肉踊る冒険活劇の醍醐味《だいごみ》をそなえた娯楽大作へとみごとに昇華させている。ハンター船長とともに活躍を見せる個性的な面々の登場も読みどころだ。火薬の専門家である〈ユダヤ人〉ディエゴ、男装の女海賊レイジュー、バッサとも呼ばれる〈ムーア人〉と、まるで昔話の「桃太郎」のごとく、それぞれ優秀な特技をもった子分たちが集結している。

そして潜入、工作、脱出という軍事冒険小説の黄金パターンを踏襲しつつ、ただ派手なドンパチが連続するのではなく、一対一の剣戟《けんげき》シーンがあるかと思えば、奇抜な発想による攻撃が仕組まれるなど、ストーリーテリングの巧さには感心するばかりである。海洋冒険ものとして、帆船や軍艦に関するディテールをはじめ、歴史、文化、科学とさまざまな当時の蘊蓄《ちく》がちりばめられているあたりも読みどころだ。

また、手強い相手はスペイン勢だけではない。一難去ってまた一難と、自然の脅威をふくめ、さまざまな強大な敵との闘いが活写されている。これぞクライトンである。たとえばドラマ『ER』では次から次へと重篤な患者が緊急救命室へ運び込まれ、医師や看護師らが必死の対応へと追われる迫真の場面が幾度も見られた。病院内がまさに戦場へと化していくシーン。多くのクライトン作品で息もつかせぬ活劇の連続が繰り広げられるが、もしかするとその原点は、医学生時代に医療の現場を見聞きし、休日にはひたすら小説を書きまくるという多様な修羅場《しゅらば》をくぐり抜けてきた若き日の体験が元にあるのかもしれない。

このように本作は、虚実の扱いが巧みで、キャラクターの魅力にあふれているばかりか、プロットもよく練られており、先を読まずにおれないサスペンスあふれる長篇に仕上がっている。遊園地の最新式アトラクションに勝るとも劣らない痛快な面白さが活字でぞんぶんに味わえるのだ。

それにしても、七十歳をすぎてなお旺盛に執筆を続ける作家は少なくないだけに、享年六十六でのクライトンの死は残念でならない。未読作のある方は、ぜひともさかのぼって数多《あまた》の傑作を堪能していただきたい。

最後に、うれしいニュースがある。二〇一一年十一月、『パイレーツ』と一緒にクライトンのパソコンの中から発見された未完の作品 *Micro* がハーパーコリンズ社より刊行されたのだ。『ホット・ゾーン』などの著作で知られるノンフィクション・ライターのリチャード・プレストンが、途中まで書きあげられた遺稿とそのアウトラインや資料などをもとに完成させたという。日本でもこの春（二〇一二年四月）、翻訳出版される予定だ。内容は『ジュラシック・パーク』のスタイルで描かれたハイテク・スリラーといえばいいのだろうか。ハワイ・オアフ島の大自然を舞台に、ミクロ化された人々が冒険を重ねるという物語のようだ。いまから楽しみでならない。

二〇一二年二月

本書は、二〇〇九年十二月に早川書房より単行本として
刊行された作品を文庫化したものです。

訳者略歴　1956年生，1980年早稲田大学政治経済学部卒，英米文学翻訳家　訳書『NEXT—ネクスト—』クライトン,『都市と星〔新訳版〕』クラーク，『星の光、いまは遠く』マーティン（以上早川書房刊）他多数

HM=Hayakawa Mystery
SF=Science Fiction
JA=Japanese Author
NV=Novel
NF=Nonfiction
FT=Fantasy

パイレーツ
—掠奪《りゃくだつ》海域《かいいき》—

〈NV1252〉

二〇一二年三月十日　印刷
二〇一二年三月十五日　発行
（定価はカバーに表示してあります）

著者　マイクル・クライトン
訳者　酒井《さかい》昭伸《あきのぶ》
発行者　早川浩
発行所　株式会社　早川書房

郵便番号　一〇一－〇〇四六
東京都千代田区神田多町二ノ二
電話　〇三－三二五二－三一一一（大代表）
振替　〇〇一六〇－三－四七七九九
http://www.hayakawa-online.co.jp
乱丁・落丁本は小社制作部宛お送り下さい。
送料小社負担にてお取りかえいたします。

印刷・三松堂株式会社　製本・株式会社明光社
Printed and bound in Japan
ISBN978-4-15-041252-4 C0197

本書は活字が大きく読みやすい〈トールサイズ〉です。